ela que começou

ela que
começou

SIAN GILBERT

ela que começou

Tradução
Laura Folgueira

Rocco

Título original
SHE STARTED IT
Novel

Copyright © 2023 by Sian Gilbert

Todos os direitos reservados.
Nenhuma parte desta obra pode ser reproduzida ou transmitida
por meio eletrônico, mecânico, fotocópia ou sob
qualquer outra forma sem a prévia autorização do editor.

Direitos para a língua portuguesa reservados
com exclusividade para o Brasil à
EDITORA ROCCO LTDA.
Rua Evaristo da Veiga, 65 – 11º andar
Passeio Corporate – Torre 1
20031-040 – Rio de Janeiro – RJ
Tel.: (21) 53525-2000 – Fax: (21) 53525-2001
rocco@rocco.com.br
www.rocco.com.br

Printed in Brazil/Impresso no Brasil

Preparação de originais
ANNA CLARA GONÇALVES

CIP-BRASIL. CATALOGAÇÃO NA PUBLICAÇÃO
SINDICATO NACIONAL DOS EDITORES DE LIVROS, RJ

G393e

    Gilbert, Sian
        Ela que começou / Sian Gilbert ; tradução Laura Folgueira. - 1. ed. - Rio de Janeiro : Rocco, 2024.

        Tradução de: She started it novel
        ISBN 978-65-5532-456-3
        ISBN 978-65-5595-278-0 (recurso eletrônico)

        1. Ficção inglesa. I. Folgueira, Laura. II. Título.

24-92060   CDD: 823
                              CDU: 82-3(410.1)

Gabriela Faray Ferreira Lopes - Bibliotecária - CRB-7/6643

Este livro é uma obra de ficção. Nomes, personagens, lugares e
incidentes são produtos da imaginação da autora, foram usados de
forma fictícia. Qualquer semelhança com pessoas reais, vivas ou não,
estabelecimentos comerciais, acontecimentos ou localidades é mera coincidência.

O texto deste livro obedece às normas do
Acordo Ortográfico da Língua Portuguesa.

*Para minha avó, Marie Blackmore.
Seu amor pelos livros inspirou o meu.*

PRÓLOGO

Robin

22 DE MAIO DE 2023

A única pessoa me esperando é a noiva, e ela está coberta de sangue. Normalmente, no fim de um período de descanso nesta ilha, o grupo inteiro está com as malas prontas, todos queimados de sol, mas alegres. Enquanto vou até eles com algum esforço em meu barco a motor, muitas vezes não me olham, em vez disso vislumbram a ilha uma última vez: as praias de areia branca, água clara, palmeiras.

É uma manhã perfeita para estar na praia. O sol está quente e a maré está a meu favor.

Mas a noiva me esperando muda tudo.

Eu não diria que sou uma pessoa que se abala com facilidade. Quem administra uma ilha particular se prepara para tudo. Apenas a meia hora de lancha do continente, sempre consigo estar lá quando algo dá errado. Os hóspedes ficam com a ilha para si, mas não ficam isolados. Há um telefone de emergência, sinalizadores e um kit de primeiros socorros completo.

Crises já aconteceram, claro que sim.

Alguém teve a ideia de escalar a encosta do penhasco e acabou quebrando a perna. Uma mulher insistiu que a gravidez não seria um problema e entrou em trabalho de parto na primeira noite. Acho que pensei que tivesse visto de tudo.

Nunca vi isto.

O barco chega ao píer e consigo desligar o motor e atracar antes de a noiva vir correndo.

— O que aconteceu? — pergunto, chocada com o quão enérgica minha voz soa. — Está todo mundo bem? Preciso chamar uma ambulância?

Agora que consigo vê-la de perto, a noiva parece em estado de choque. Tem cortes fundos nas mãos, mas não tenho certeza de que foram o suficiente para causar a destruição do seu vestido branco fino. Grandes manchas de sangue escurecidas pelo tempo estampam a frente da peça. Arranhões cobrem um lado do rosto dela. Um pequeno hematoma está se formando sob o olho esquerdo.

Estendo a mão, hesitante, e ela dá um solavanco para trás.

— Desculpa!

Olho ao redor, em busca de algum sinal das outras.

Está quieto demais. Penso em poucos dias atrás, no grupo feliz e barulhento de mulheres que eu trouxe até a ilha, deixando-as prontas para a melhor despedida de solteira que já viram. Não parecia haver algo fora do comum.

— Cadê as outras? — pergunto.

Os olhos da noiva finalmente focam em mim, arregalados e temerosos.

— Suas madrinhas — insisto. — Cadê elas?

— Deu tudo errado — diz ela.

Estou prestes a falar, mas a noiva não terminou. Ela se encolhe em uma corcunda, agarrando os dois braços e se envolvendo em um abraço apesar do clima escaldante.

Suas próximas palavras me fazem gelar.

— Ela que começou.

UM

Annabel

18 DE MAIO DE 2023

P ego o convite de novo, o cartão grosso cor de creme com impressão em relevo que consegue ser mais impressionante que a passagem de avião de primeira classe para as Bahamas. Tenho alguns minutos até meu táxi para o aeroporto chegar, então me sento na poltrona de veludo ao lado da janela e analiso tudo mais uma vez.

Querida Annabel, diz. *Espero que este convite seja uma surpresa agradável. Vou me casar no verão do ano que vem e adoraria que você aceitasse ser madrinha. Organizei a despedida de solteira em uma ilha particular nas Bahamas, e você não precisa gastar um centavo. Dou mais detalhes sobre o casamento quando todas chegarem! Por favor, me escreva de volta para avisar se consegue ir. As instruções estão abaixo e incluo suas passagens de avião. Com amor, Poppy Greer.*

Logo Poppy Greer. O convite era uma surpresa, sem dúvida. Eu não a vejo nem falo com ela há quase dez anos. Desde o fim das provas finais do nível avançado. Eu também não era muito fã dela. Digo com tranquilidade que nós quatro — ou seja, eu, Chloe, Esther e Tanya — não gostávamos tanto assim de Poppy e implicávamos com ela por isso. Provocações inofensivas, nada sério. Mesmo assim, é um choque que ela tenha nos convidado, ainda mais para sermos madrinhas.

— Não vou recusar um voo de primeira classe e hospedagem em uma ilha particular — disse Chloe, quando descobrimos que todas tínhamos recebido a mesma carta. — Principalmente se formos nós quatro.

No envelope, há um folheto com o convite e as passagens. A ilha se chama Baía de Deadman, e esse nome, "homem morto", dá uma primeira impressão sombria, mas fácil de esquecer uma vez que você avista a água cristalina do mar. Tem um píer pequeno de madeira pintada de branco à espreita das ondas, mostrando uma faixa do continente distante e o céu azul acima. Há também fotos da ilha. Em meio a uma vegetação espessa e exuberante, há um gramado bem-cuidado; palmeiras se espalham como postes de iluminação, algumas curvadas e outras retas, unidas por redes, com uma lareira externa no meio, cercada de cadeiras dobráveis. No fundo, há um relance da areia branca, com espreguiçadeiras e um pequeno gazebo aberto com listras vermelhas e brancas. A casa em frente à praia, a maior das acomodações, esconde quatro pequenas cabanas nos fundos da ilha e fica atrás de quatro grandes palmeiras que brigam por espaço. É uma construção térrea pequena com janelas e porta cor-de-rosa. Ao lado, quase fora da vista, há uma área de lazer que inclui churrasqueira.

Não foi difícil aceitar o convite. Eu nem precisei mudar meus planos: não tinha plano algum e, além disso, não trabalho. Andrew, meu marido, também não ligou de eu ficar quatro dias longe.

Todas as outras três têm emprego. Esther Driscoll trabalha com investimentos em uma corretora grande e quase precisou dar a própria vida para conseguir uns dias de folga. Ela é bem mais séria que o restante de nós. Mesmo quando não está no trabalho, vive no celular respondendo e-mails. É bem diferente do espírito selvagem que ela era na escola e na faculdade, sempre a última a sair das festas. Mas eu sei que foi a mãe dela quem conseguiu a entrevista na empresa, e Esther se sente muito pressionada a se sair bem, embora nunca vá admitir isso para nós.

Hoje em dia, a última a sair de uma festa é Tanya Evesham, mas porque ela é quem as organiza. É produtora de eventos, desde ensaios com celebridades até festas de aniversário da alta sociedade. Quando começou, ela nos convidava para ir às farras que organizava, garantindo drinques de graça e a possibilidade de fazer contato com a elite. Tanya tem um certo charme. Ela consegue captar a atenção das pessoas e adora isso, sempre as deixando querendo mais. Seus eventos estavam na agenda de todo mundo.

Até que, de repente, uns meses atrás, deixaram de estar. Tanya parou de nos convidar para as festas e nós paramos de ficar sabendo delas, o que não a impediu de continuar trabalhando, e agora ela parece mais ocupada do que nunca. Tanya e o namorado, Harry — guarda-costas profissional de um político —, compraram no ano passado uma casa nos arredores de Londres, que está sendo redecorada, então nós quase não a vemos e também não fomos convidadas para visitá-la.

Para Chloe, esta viagem conta como trabalho. É a mais animada de todas nós. Chloe Devine (sobrenome verdadeiro Smith, irremediavelmente comum e com o qual ela jamais teria se dado bem, é o que nos diz) é uma sensação do Instagram: faltam apenas cinquenta mil seguidores para chegar a um milhão. Inundada em contratos de publicidade que ela divulga em posts diversos, não tem nada que Chloe ame mais do que uma oportunidade para ostentar sua riqueza para os seguidores. Mas uma passagem de primeira classe está em outro nível, e ela até comprou sete biquínis diferentes para a ocasião. Algo simples como uma foto tomando café em uma cafeteria recebe centenas de milhares de curtidas.

Se eu soubesse que só precisava de uma rinoplastia para ficar rica e famosa, teria feito antes dela. Mas não tenho inveja. Chloe continua solteira, apesar dos inúmeros relacionamentos que teve. Se é que dá para chamar de relacionamentos.

Eu sou casada e feliz. Eu sou a sortuda.

Como se tivesse lido os meus pensamentos, Andrew entra na sala e me encontra encolhida ao lado da janela, guardando tudo com cuidado no envelope e, então, na minha bolsa Prada. Chloe não é a única que tem itens chiques de marca.

— Você viu minha chave? — pergunta Andrew, levantando as almofadas do sofá e jogando-as de volta. — Juro, você vive mudando elas de lugar.

Suspiro. Andrew perde a chave toda vez que está prestes a sair, e a culpa é sempre minha.

— Você olhou o bolso do seu casaco?

— O bolso do meu casaco? — ecoa ele, como se eu tivesse enlouquecido. — Por que raios estaria…

O resto da frase desaparece com ele porta afora, e escuto um barulho metálico de chaves chacoalhando. Ele volta franzindo a testa.

— Você colocou lá? Eu podia jurar que tirei ontem depois do trabalho.

— Por que eu mudaria as suas chaves de lugar?

Tento rir e levar na brincadeira, mas Andrew fecha a cara.

— Você vive mudando as minhas coisas de lugar.

Ele para em frente ao espelho acima da lareira e ajusta a gravata.

— Você tem alguma coisa no trabalho hoje?

Minha voz o sobressalta, mas a gravata finalmente está no lugar.

— Nada de especial. Por que a pergunta?

— É que você parece bem preocupado com a gravata hoje. E fez a barba.

Isso o faz suspirar.

— Sinceramente, Annabel, você não tem nada melhor para fazer do que ficar prestando atenção na minha rotina matinal?

— Bom, minha viagem é hoje — digo, porque ele não parece que vai falar disso.

Eu não estava esperando que ele me levasse ao aeroporto, isso seria ridículo. Mas esperava, talvez, acordarmos cedo, tomarmos café da manhã juntos, um sexo ao acordar como despedida. Em vez disso, Andrew apertou o botão de soneca e eu comi torrada com avocado, desacompanhada, na cozinha.

— Vou ficar fora por quatro noites.

— Ah, é. A tal despedida de solteira — diz ele. — Que horas você vai?

— Já, já — explico, olhando meu celular. — O táxi deve estar chegando.

— Parece que você já está pronta. — Andrew acena com a cabeça para a mala ao meu lado e olha o relógio. — Não posso me atrasar, amor.

— Sem problema.

Porque não tem problema mesmo. Andrew precisa trabalhar, é ele quem ganha dinheiro aqui, embora possa ser bem pão-duro, raramente permitindo que eu faça tantas compras quanto gostaria. Mas eu tenho jeitos de contornar isso. Eu me levanto e vou até ele.

— Vou sentir saudade.

— Você vai estar se divertindo demais para isso — retrucou ele, se retirando do abraço em que o envolvi.

Boto um sorriso na cara.

— Eu te amo. Ei, me dá um beijo de despedida.

Ele ri.

— Eu vou te ver daqui a uns dias.

Estou prestes a beijá-lo antes que ele consiga protestar quando o meu celular toca, o barulho repentino quebrando qualquer clima romântico que poderíamos ter. Achando que é o táxi, corro para atender sem nem checar quem está ligando.

— Alô?

Quando coloco o telefone no ouvido, Andrew aperta meu ombro e sai. A porta se fecha atrás dele antes mesmo de a pessoa do outro lado responder.

— Annabel, querida, é você? Não acredito que você atendeu mesmo uma das minhas ligações. Normalmente você é tão *ocupada*.

Minha mãe.

Solto um grunhido interno. Talvez não seja tarde — posso só desligar agora e fingir que foi problema de sinal.

— Mãe — digo, decidindo acabar logo com isso.

— Bom, como é que você está, pelo amor de Deus? Faz meses que não tenho notícias suas.

Dizer que tenho uma relação complicada com minha mãe seria colocar as coisas de um jeito delicado. Não teve um rompimento dramático, nenhum segredo sombrio para eu me mudar para o outro lado de Bristol e nunca ter voltado. É natural, na verdade, que quisesse me reinventar um pouco depois da faculdade. Virei uma pessoa melhor, não alguém que se contenta em trabalhar em uma loja qualquer, tipo minha mãe. Ela nunca saiu da casa minúscula de dois quartos na fronteira de Hartcliffe, onde eu fui criada, mesmo muito tempo depois de meu pai ter ido embora. Quando conheci Andrew, e ele me apresentou aos seus pais — o pai é ex-membro do Parlamento e a mãe é dermatologista, os dois moram em uma mansão georgiana de cinco andares no centro de Clifton —, pareceu natural me afastar da minha mãe.

Andrew só a viu uma vez, no casamento, quando fui obrigada a convidá-la. Passei o dia todo em constante estado de pânico, temendo que ela dissesse algo ignorante, falando por cima dela o tempo todo e rindo imediatamente sempre que tentava fazer piada, para desviar a atenção. Ela tinha se esforçado, mesmo, mas o vestido justo demais da Next e o presente de casamento, um vaso de planta, não tinham como competir com a sofisticação da família de Andrew. Não com a mãe dele chegando de vestido Givenchy com renda Chantilly e nos dando não só um decanter e taças de diamante "para ter alguma coisa para vocês desembrulharem", mas também uma estada de sete noites em um resort e spa cinco estrelas na Islândia. O gosto deles simplesmente é mais distinto. Fiquei aliviada quando minha mãe foi embora, e Andrew não pediu para que a encontrássemos de novo, então imagino que o sentimento seja mútuo. Ela está melhor lá e nós estamos melhores aqui, em uma casa georgiana idêntica àquela em que os pais dele moram a algumas ruas de distância.

— Na verdade, estou indo viajar — digo, torcendo para o táxi chegar a qualquer momento e me dar uma desculpa para desligar. — Vou para uma despedida de solteira.

— Quem vai casar? — questionou minha mãe, sempre direta.

Fico me perguntando quando foi a última vez que ela foi viajar. Nós nunca fomos quando eu era criança, porque eu vivia com inveja de ouvir todo mundo contar do verão fantástico que havia tido.

— Isso que é engraçado. — Por um segundo, não sei bem se devo contar, mas que mal poderia ter? — É o casamento da Poppy Greer.

— Poppy Greer? — repete minha mãe, parecendo surpresa. — Poppy Greer da escola?

— É, essa Poppy — respondo. — Meio estranho, né? Mas ela convidou a gente para ir com ela para uma ilha particular nas Bahamas. Não tem como negar uma coisa dessas.

Há um suspiro do outro lado da linha.

— Seria difícil de recusar, concordo. Vocês se encontraram recentemente, então?

— Hum, não — admito, percebendo que parece estranho. — Ela mandou as passagens de avião junto com o convite. Mas a gente viu ela no Instagram, postando coisas sobre o casamento. Ela seguiu a gente durante alguns meses.

— Quem é "a gente"?

— Eu, Chloe, Esther e Tanya.

Por que parece estranho agora que estou explicando a ela? Minha mãe sempre consegue distorcer as coisas para parecerem piores do que são.

— Vamos todas ser madrinhas — continuo.

— Mas eu achei... — começa ela, mas a voz vai sumindo.

— O quê?

— Deixa para lá, eu devo ter me enganado. — Ela pigarreia. Seu tom fica mais leve. — Bom, é uma oportunidade para vocês quatro se redimirem com a Poppy, depois de tudo o que aconteceu. Espero que esteja pensando nisso, não só em uma viagem grátis. Que ótima a notícia de que ela vai se casar.

Toda hora isso. Sempre que tem uma chance de me atacar, ela já chega com as garras afiadas.

— A gente não precisa se redimir por nada — digo. — Foi há dez anos. E eram coisas bobas de adolescente, nada sério. Estou passando por mais problemas agora do que ela jamais passou!

— O seu problema, Annabel, é que você sempre acha que o passado não importa porque já acabou. Você não pensa em como ações sempre têm consequências. Dá atenção demais a você mesma e não o suficiente aos outros.

É a mesma mensagem de sempre. Como se eu já não estivesse de cabeça cheia.

Talvez ela sinta que estou me afastando, porque continua sem esperar uma resposta.

— É sério. Aproveite essa oportunidade para se redimir com Poppy pelo passado. Você vai se arrepender se não fizer isso. Talvez essa seja a intenção dela com essa viagem, esclarecer tudo. — Ela suspira de novo, uma exalação profunda. — Eu me preocupo mesmo com você, querida. Mas não porque sua agenda social é agitada nem porque Andrew vive ocupado demais no trabalho. Fico preocupada de você estar desperdiçando o seu potencial. O que houve com aqueles seus diplomas? Foi a primeira da nossa família a fazer faculdade e você não fez nada com eles.

O táxi enfim, misericordiosamente, para na entrada da garagem, e vejo o motorista saindo e ligando para meu celular. Dou um aceno pela janela e começo a pegar minhas coisas.

— Preciso ir agora, mãe, o táxi chegou.

— Pensa no que eu falei. Estou com saudade. Seria bom te ver com mais frequência, não só no Natal. Quem sabe depois da sua viagem você não pode vir me ver por uns dias?

— Quem sabe — respondo. — Agora, tchau.

— Tchau, querida. Eu te amo. Boa despedida de solteira.

Ela me espera desligar. Faz isso toda vez. Não sei bem por quê, sendo que ela tem a última palavra. Mas desconecto a ligação e enfio o celular na bolsa, dando uma checada final em tudo antes de sair pela porta.

Nada que eu não tenha ouvido dela antes, essa insistência de eu precisar fazer algo com minha instrução. Também não é que eu não tenha considerado. Escolhi Psicologia porque, na época, era apaixonada pela ideia de entender a mente humana, e ainda sou. Quando Andrew não está, vivo no computador dele pesquisando estudos que acho interessantes. É um lado meu que não mostro a ninguém desde a época em que minha mãe se sentava na ponta da minha cama e me escutava tagarelar sobre as revisões para as provas de nível avançado.

Mas não tem motivo para usar meus diplomas agora. Sim, diplomas, no plural. Fiz mestrado em Psicologia também, com especialização no lado biológico. Existe algo de fascinante na possibilidade de observar diversos transtornos psicológicos em imagens e exames, uma prova física do impacto genuíno deles. Não sou muito de psicologia freudiana — debater sentimentos e conectá-los a traumas passados me parece um monte de bobagem.

O taxista me ajuda com as malas, como eu sabia que ele faria depois de eu dar meu maior sorriso, e até abre a porta do carro para mim. Sei que está atrás de uma gorjeta gorda porque viu o tamanho da casa, mas ainda assim fico orgulhosa de saber que fez esse esforço extra.

Enquanto ele sai de ré, olho nossa casa pela última vez. Está no nome de Andrew e foi o dinheiro dele que pagou, mas mesmo assim chamo de "nossa". De fora, ela lembra o consultório odontológico da minha infância, uma casa georgiana que fora reformada para atender às necessidades dos dentistas. O interior fora esvaziado e cada cômodo transformado em algo frio e clínico, pintado de branco com pisos horrorosos de linóleo.

Dou uma olhada em meu telefone, mas Andrew não me mandou uma mensagem de despedida, embora nunca saia do celular, uma presença constante perto da mão direita dele, quer esteja vendo televisão ou no banho.

Para não ficar pensando em Andrew, abro de novo o envelope com as passagens e o folheto, dando mais uma olhada nas fotos da ilha.

Não me sinto culpada pelo passado. Minha mãe não me abalou. Não tenho por que me redimir com Poppy, e este convite é a prova. Vamos nos divertir muitíssimo e esquecer o mundo real deixado para trás.

Se Poppy ainda guardasse rancor, não ia ter convidado a gente.

Posso só relaxar agora.

Vai ser fantástico.

DOIS

Chloe

18 DE MAIO DE 2023

Tá, acho que já tenho fotos suficientes. Esta viagem é *insana*. Eu não ia até ver que Poppy estava pagando tudo. Desde quando justamente Poppy Greer é uma ricaça? Eu até podia dizer que não estou com inveja, mas seria uma mentira deslavada. Se eu tivesse o dinheiro dela, ia viajar de avião pelo menos duas vezes por semana para curtir esse luxo todo. Mas quem sabe? Se minhas publis continuarem indo bem e as pessoas curtirem as fotos da minha viagem… Oi, como é? Uma companhia aérea de luxo tipo — ah, sei lá, a Emirates, digamos — quer te patrocinar para você curtir viagens de primeira classe para qualquer lugar do mundo? É uma situação difícil, mas, quer saber, eu topo.

Só chegar no lounge do aeroporto já foi surreal. Tínhamos nossa própria área, onde ofereciam café da manhã. Café da manhã completo mesmo, com vitamina de frutas feita na hora e toda uma variedade de pães, doces, iogurtes, queijos e granola. Esther acabou comendo a maior parte, mas eu criei o prato mais lindo do mundo com tudo o que estava disponível, até o vinho chique com castanhas e azeitonas ao lado. Próximo a nós, alguns empresários tomavam um café da manhã simples e certamente não gostaram da sessão de fotos improvisada ao lado deles, mas isso também é trabalho, sinto muito, senhores.

Estou tão perto de um milhão de seguidores que já posso visualizar. Minha agente, uma mulher magra chamada Carla, que eu tenho quase certeza de que vive em uma dieta restrita de aipo e estresse, me disse que, se as coisas continuarem como estão, pode rolar até o fim do mês. Ela ficou maravilhada quando contei sobre a viagem de Poppy e insistiu que eu tirasse fotos de cada passo da jornada. Eu queria ter trazido meu kit de iluminação completo, mas alguns dos meus seguidores já disseram que preferem o look "natural" que estou usando agora.

Encontrar todo mundo de novo, na real, foi meio esquisito no começo. Faz tanto tempo que nós quatro não ficamos juntas. E eu meio que ando evitando Annabel ultimamente, por motivos óbvios. Também não é muito divertido ver Tanya no momento.

Ela não está parecendo muito melhor. Nem se esforçou para a viagem — sério, a gente está na primeira classe, pelo amor, ao menos finja costume —, só usou legging e um moletom *oversized*. Acho que ela estava tentando esconder o quanto emagreceu, mas não dá para disfarçar no rosto. Agora, ela tem uma aparência esquelética e umas bolsas enormes embaixo dos olhos. Talvez eu devesse dar umas dicas de como cobri-las, porque ela está fazendo um péssimo trabalho para esconder que tem alguma coisa errada.

Não que Annabel ou Esther tenham notado. Annabel deu um grito enorme quando chegou, correu para beijar nossas bochechas e comentar como todas estávamos lindas. Pelo menos dá para contar com ela no quesito apresentação, embora vai saber como é que consegue pagar uma bolsa Prada, já que nem trabalha.

— Quanto tempo faz que nós quatro estivemos juntas assim? — perguntou Annabel, com aquela voz idiota meio sussurrada de quando está se exibindo.

— Nós nos encontramos para discutir os convites — apontou Esther, com um sorriso.

Pensando bem, Esther também está vestida como se estivesse escondendo algo. Esther gosta de exercício (que, se quer minha opinião, é algo que as pessoas superfitness falam só para ter uma superioridade em relação a pessoas normais como nós, que só aceitam esse sofrimento em troca de uma bunda bonita), então devia estar mostrando os braços e pernas torneados, mas, em vez disso, está toda coberta, com uma calça larga e uma blusa de gola alta e manga comprida. Enquanto estávamos esperando Annabel chegar ao aeroporto, ela mal falou comigo e com Tanya, em vez disso, ficou no celular, distraída com as mensagens constantes do namorado. Ela mordeu tanto o lábio que rasgou a pele e ficou com uma mancha de batom nos dentes, mas estou curtindo muito adivinhar quanto tempo levará para ela perceber, então decidi não contar.

Annabel gesticulou com desdém para ela.

— Ah, você entendeu o que eu quis dizer. Sem ser um almoço rápido ou coisa assim. Vamos todas passar tempo de verdade juntas. Não é ótimo?

— Ah, é *fabuloso*, sim — falei, mas ela pareceu não perceber que eu estava debochando, porque abriu um sorriso como resposta.

Somos levadas a nossos assentos no avião e, quando digo assentos, quero dizer suítes, o que é bem incrível. Tem uma cama separada e uma sala de estar, tudo com uma decoração legal e neutra, em cinza e branco, além de uma almofada laranja para realçar a poltrona de couro. Ocupamos quatro das seis suítes no avião. Das duas que sobraram, uma está vazia e a do fundo é ocupada por um homem de terno com uma aparência séria e uma careca brilhante que me fez dar uma risadinha e Esther revirar os olhos para mim.

Vou admitir que a decolagem me deixou um pouco nervosa, aquele solavanco quando o avião começa a subir sempre me deixa em pânico, achando que estamos prestes a cair. Tem alguma coisa errada com gente que gosta de decolagem; não é natural ficarmos simplesmente flutuando no céu, tenho certeza de que a qualquer minuto as leis da física vão lembrar e fazer a gente cair.

Suco de laranja e uma toalhinha quente me fizeram esquecer um pouco meus medos. Pressionei a toalha no rosto, sabendo que minha maquiagem reserva estava em uma bolsa aos meus pés, e fechei os olhos. Quando o avião começou a planar e o aviso para colocar os cintos foi desligado, suspirei de alívio.

Agora, está todo mundo na minha suíte. Acho que todas ainda sem acreditar que estamos aqui e prestes a nos encontrar com Poppy Greer em uma ilha nas Bahamas. Quando chegamos ao aeroporto, uma parte de mim se perguntou se, ao passar pelo escâner, nossas passagens se revelariam falsas, uma última vingancinha pelo que aconteceu quando éramos mais novas, e a equipe da companhia aérea ia rir e mandar a gente embora.

Esther chegou a falar isso quando fomos almoçar juntas há alguns meses, na época que os convites chegaram. Cada uma levou o seu e o colocou na mesa junto com as saladas caesar, assimilando as informações dadas por Poppy, que eram exatamente iguais, exceto pelos nomes.

— Não acho que a gente devia ir — disse Esther, sacudindo a cabeça ao pensar. — Parece meio suspeito.

— Suspeito em que sentido? — questionei, girando um pedaço de frango no garfo. Meus seguidores, ou, como eu gosto de chamar, minha "família" (o que é fácil quando sua família de verdade é um pai encarcerado e uma mãe alcoólatra) amam como eu curto alimentação saudável (recebi mais de cem mil curtidas em uma foto daquela refeição). — É ela que está pagando tudo.

Para mim, esse era o ponto mais importante.

Esther não estava convencida.

— Mas *por que* ela pagaria tudo? Para a gente? Por que ela nos escolheu como madrinhas se a gente nem se vê há sei lá quanto tempo?

— Falando nisso — disse Annabel, franzindo a testa —, a gente ainda não sabe nada sobre o casamento. Tipo, onde vai ser? *Quando* vai ser exatamente? Só temos o convite para a despedida de solteira e uma promessa de mais detalhes.

— Então, a gente descobre quando chegar lá. Nada de mais. Ela claramente quer ver como estão as coisas com a gente. — Dei de ombros, pegando o celular e pesquisando o Instagram de Poppy. — Desde que passou a seguir a gente, ela está curtindo todas as nossas fotos. Aliás, ela curtiu até a foto que eu acabei de tirar desta salada.

Todas ficamos chocadas quando Poppy começou a nos seguir no Instagram há um tempo. A primeira fui eu, óbvio, mas logo ela descobriu as contas das outras e curtia nossas fotos e *stories* sempre que postávamos. Até as de Esther, que não entende de Instagram, só posta uma foto a cada três meses mais ou menos e tem menos de mil seguidores. A conta de Poppy não é muito melhor que a dela nesse quesito, mas tem muitos posts. Os primeiros eram principalmente fotos da vida noturna em Londres, imagens borradas de drinques e casas noturnas, e aí, claro, tinha umas do que deviam ser obras de arte dela ou que ela admirava (Poppy é doidinha por arte), mas todas nós vimos a foto da mão esquerda dela com um anel de diamante reluzente.

A ideia de segui-la de volta foi de Annabel, só de zoeira. Assim, eu só sigo celebridades, mas todas as outras três fizeram isso, então passamos a acompanhar a vida dela. Eu sei que não fui a única a ficar morrendo de inveja daquele anel — como é que, dentre todas as pessoas do mundo, Poppy Greer conseguiu um cara com esse tanto de dinheiro?

Depois disso, foi uma enxurrada de fotos de noiva, desde os vestidos que estava experimentando até ela explorando locais para a cerimônia. A escolha do vestido de casamento foi divertida. Todas ficamos bêbadas um dia na minha casa e votamos no nosso vestido preferido. Eu escolhi um modelo Versace justinho de seda, mas todas as outras preferiram as opções mais tradicionais. Acabou virando uma espécie de joguinho — o que Poppy postou agora e será que uma das fotos ia mostrar o rosto dela? Porque nenhunzinho daqueles muitos posts de casamento tinha a cara dela.

Alguns meses antes de recebermos os convites, Poppy tinha postado um *story* na frente de uns convites de casamento que pareciam luxuosos, se perguntando quem incluir na lista.

Faz tanto tempo que não vejo algumas pessoas, escreveu. Não seria divertido ter uma reuniãozinha da escola?

— Ela vai te chamar, Tanya — falei brincando na época. — Você vai ser a madrinha mais importante dela.

— Como se ela fosse incluir a gente — respondera Tanya, revirando os olhos. — Estou chocada até de ela estar pensando em convidar gente da escola.

Imagine nossa surpresa, então, quando chegaram os convites para a despedida de solteira. Não só para Tanya, mas para cada uma de nós.

Sorri para elas enquanto decidíamos o que fazer.

— Se ela está disposta a pagar por umas férias nas Bahamas, acho que Poppy Greer finalmente pode ser uma de nós.

Isso fez Annabel sorrir, mas até ela estava relutante.

— Não sei se uma de nós seria tão generosa com as outras se fosse a nossa despedida de solteira.

— Principalmente porque ela não seria convidada! — falei, rindo.

Tanya, que até agora estava perdida nos próprios pensamentos, franziu a sobrancelha.

— Talvez não tenha a ver com isso. Talvez a gente devesse pensar em ir para... sabe, ver como ela está. Depois de tudo.

— Alguém está com saudade da amiga das antigas? — provoquei. — Só você mesmo para sentir pena dela.

— Só estou falando. — Tanya empurrou o prato ainda com comida para longe. — A gente foi bem ruim com ela, especialmente no fim. Pode ser nossa chance de voltar à estaca zero. Ficar com a consciência limpa.

— Alguém está com a consciência pesada? — perguntou Esther. — Eu não.

— Todas nós devíamos ir — disse Tanya. — Acho que é importante.

— E, mesmo que Poppy ainda seja uma esquisitona, nós quatro vamos estar em uma ilha particular desfrutando uma vida de luxo por quatro dias — completei, ignorando o suspiro irritado de Tanya.

Esther cedeu, levantando as mãos em rendição.

— Tá, tá, eu vou. Todas nós vamos.

Annabel assentiu.

— É, tá bom. Mas eu vou pelas praias de areia branca e pelos drinques, não pela sessão de terapia sobre a infância.

— Yay! — Levantei minha taça de vinho. — Um brinde a isso.

— Se eu conseguir folga — murmurou Esther, mas também sorriu e levantou a taça. — Às Bahamas!

— Às Bahamas! — repetimos.

Agora, a conversa volta a Poppy. Estou na poltrona, enquanto Esther e Annabel estão sentadas na cama e Tanya está de pé ao lado da porta. Uma comissária vem e nos oferece cafés uma vez que terminamos nossa refeição, e nós aceitamos. Depois que ela vai embora, cafés entregues, podemos conversar direito.

— Como será que ela está agora? — digo, me lembrando da Poppy de anos atrás. — Ela nunca postou fotos de rosto no Instagram.

Sabe como sempre tem aquela criança na escola que nunca parece se encaixar, apesar de aparentar ser totalmente comum? Não tem algo errado com ela, nenhuma característica digna de risadas. E, apesar disso, ela vive na beira do precipício, nunca consegue se enturmar de verdade e entender as piadas, porque tem uma grande chance de a piada ser sobre ela.

Era Poppy Greer. Sim, ela era meio gordinha e nós nunca hesitamos em jogar isso na cara dela (lembro uma época, quando tínhamos uns doze ou treze anos, em que o apelido dela ficou sendo Poppy Grande por meses a fio), mas é que tinha alguma coisa que fazia ninguém querer ser amiga dela. Poppy tinha uma personalidade esquisita, obsessiva, cismava com certos assuntos e nunca mais calava a boca, tipo *Star Wars* ou até *The Great British Bake Off*. O mais esquisito de tudo eram as pinturas bizarras dela. Poppy amava arte e vivia expondo a dela na escola. Ainda usava aparelho aos dezesseis anos. Ela se dava bem com os professores e quase sempre era a melhor da turma. Uma dessas crianças, sabe.

Nunca imaginei que ela seria bem-sucedida, porque, por mais que o mundo tente fingir que não, são as pessoas confiantes e bonitas que são recompensadas. É só olhar para mim. Eu me dei mal nos últimos dois anos de escola, que é o período pré-universidade, com três notas abaixo de cinco, mas isso não fez diferença, porque meu sutiã tamanho DD me rende muito dinheiro todo mês com fotos de biquíni. Veja Annabel também: linda, loira, um nariz mais bonito do que o meu, embora eu tenha feito plástica, casada com o delicioso do Andrew e não precisa ganhar um centavo sequer. Já Esther é bem mais comum, apesar de se vestir bem e ter um corpão, então precisa desse trabalho chato no banco. E Tanya, no momento, melhor nem falar muito dela, mas não é um cão chupando manga. Era por isso que o trabalho dela em eventos de luxo dava certo. Não dá para ser a alma da festa sendo feia que dói.

— Ela sempre foi nerd — comenta Esther. — Talvez também trabalhe com investimentos.

— Talvez ela tenha até chegado lá sozinha, sem articulações — diz Annabel, sorrindo.

Esther escolhe ignorar a provocação, tomando seu café.

— Nem sei o que aconteceu com ela depois que a gente se formou. Ela não se mudou com a família?

— Me lembro de alguma coisa assim mesmo. A irmã mais nova não era ainda mais inteligente do que ela? Talvez tenham se mudado para ela terminar os estudos em alguma escola sofisticada para gênios no interior do país.

— Vai ser muito estranho ver a Poppy — diz Annabel. — Minha mãe tentou dizer que seria uma boa oportunidade de a gente se redimir, se é que dá para acreditar nisso.

— Eu não sabia que você ainda falava com a sua mãe — comenta Tanya, e Annabel fica corada.

— Ela me ligou na hora em que eu estava esperando o táxi hoje de manhã — murmura ela. — Não vi que era ela, achei que fosse o taxista que talvez tivesse se perdido no caminho.

— Coisa que é fácil, com tantas casas deslumbrantes — reconhece Esther. — Mas o que ela quis dizer com isso de se redimir? Se redimir pelo quê?

Annabel e Esther, em particular, têm a tendência de fingir que nada aconteceu na época da escola. Minha abordagem é mais sincera. Qual é, nós temos vinte e oito anos, é meio imaturo não conseguirmos reconhecer algo tão pequeno quanto o que aconteceu com Poppy Greer.

— Tentei falar isso no almoço. A gente podia pedir desculpas pelo nosso comportamento — propõe Tanya. — Dizer que estamos contentes por sermos madrinhas dela.

— Quem pede desculpa por algo que aconteceu dez anos atrás? — diz Annabel. — Não, acho que é melhor só não mencionar. Sempre é mais fácil.

— Concordo — diz Esther. — Não mencionar absolutamente nada. Especialmente você, Chloe.

Franzo a testa. Ela ficaria chocada se soubesse algumas das coisas que estou escondendo delas.

— A questão mesmo é com quem ela vai se casar — comenta Annabel.

— Verdade — concordo, dando uma risadinha. — Quem raios ia querer se casar com Poppy Grande?

Todas rimos, e o clima fica mais leve.

Poppy vai nos encontrar na ilha, então não tenho certeza se está lá há mais tempo ou pegando um voo diferente. Parece que está deliberadamente criando um suspense no fato de a encontrarmos depois de tantos anos, mas não a culpo. Seria meio desconfortável todas nós neste mesmo voo de nove horas e no trajeto até o hotel.

Penso também, não pela primeira vez, que talvez sejamos madrinhas porque ela não tem outras amigas. Pode ser que a gente seja o mais próximo que Poppy chegou de uma amizade de verdade.

E, na real, isso é bem triste.

As outras voltam às próprias suítes, Tanya avisando que vai dormir o resto da viagem e não quer ser perturbada, enquanto Esther planeja mandar alguns e-mails de trabalho e responder o namorado, Brad, que já mandou umas doze mensagens. Só Annabel e eu realmente curtimos o restante do voo; consigo ouvi-la baixinho vendo um filme e pedindo mais comida, e planejo fazer o mesmo depois de postar outra foto minha.

Estou deitada na cama, segurando o celular bem alto, me vendo na tela com o cabelo espalhado de um jeito sexy em torno da cabeça, como uma auréola oxigenada. Não precisa se aventurar no banheiro para se divertir no voo, escrevo embaixo, sabendo que é meio ousado, mas também que esses posts ocasionais recebem bem mais curtidas. E, realmente, já tem centenas, junto com comentários desesperados de velhos tristes sobre como queriam estar deitados comigo. Até parece.

Depois de um filme e mais uma refeição absurda com algumas taças de vinho, a comissária vem com um último drinque e bolo.

— Vamos chegar logo — diz ela, enquanto admiro como seu coque está apertado, o frescor viçoso da maquiagem apesar de ela ter ficado de pé sem parar esse tempo todo. — Espero que tenha sido um bom voo.

— Foi mágico — respondo, mas, assim que se acende o sinal para colocar os cintos para a aterrissagem, eu sinto aquele frio na barriga de novo.

TRÊS

Tanya

18 DE MAIO DE 2023

O folheto que Poppy incluiu com os convites não era capaz de capturar a beleza do local.

Só ficar parada no píer do continente deixa evidente como tudo parece mais vivo e claro aqui. Bem longe, do outro lado do oceano, consigo ver a ilha onde vamos ficar, um pontinho escuro no horizonte em meio a todo o azul. O trajeto do aeroporto até aqui levou quase uma hora, nós quatro apertadas em um táxi desconfortavelmente quente. Passo a maior parte de olhos fechados tentando evitar a chegada de uma enxaqueca por estar tão abafado. Isso sem falar o quanto já me sinto mal. Agora que estou ao ar livre, parece mais fresco, bem diferente da fumaça de escapamento e poluição da Inglaterra.

Parte de mim ainda quer ir para casa, desejando não enfrentar o inevitável. Mas outra parte quer ficar aqui para sempre, vivendo como uma local, longe de tudo e sem ter que pensar no que me espera quando eu voltar. Mas é difícil. De vez em quando, meu coração bate forte como se estivesse tentando escapar, e minhas mãos não param de tremer. Lembretes constantes decididos a acabar comigo.

No fim do píer, parada ao lado de um barco, uma mulher de meia-idade levanta a mão em cumprimento, gesticulando para nos aproximarmos. Ela não é bem o que pensei. Eu tinha imaginado uma loira atlética maravilhosa, com pernas longas, pele bronzeada, vestida com roupas de hippie. Em vez disso, ela é bem comum e está com uma legging floral e botas grossas, exibindo um sorriso largo que revela suas rugas.

— Bom, ninguém vem ajudar com as nossas malas, então — murmura Annabel, colocando a mochila no ombro. — Parece que o serviço de primeira classe acabou.

Não estamos nem a vinte metros dela, quero retrucar, *e sua mala tem rodinhas*. Mas mordo a língua, o que frequentemente é o melhor a se fazer com Annabel.

Quando nos aproximamos, me pergunto o que a mulher deve achar de nós, quatro mulheres arrumadas demais carregando malas com dificuldade e de salto alto. Eu sou a menos produzida das quatro, com meu moletom largo, mas até isso parece demais, especialmente neste calor. Não foi a melhor opção para alguém que está tentando desesperadamente não suar, mas também não posso tirar agora. A mulher é infinitamente mais prática, e acho que vejo um toque divertido na expressão dela quando chegamos.

— Vocês devem estar aqui para a despedida de solteira — diz ela, e a voz também é diferente da que imaginei.

Vendo-a de perto, com a pele envelhecida e brilhosa de sol, o cabelo preso em um rabo de cavalo baixo que não lhe cai bem, achei que ela fosse soar ríspida, quase masculina. Mas, de novo, a mulher me surpreende com um sotaque galês suave e cantarolado. Eu não tinha percebido que não era uma nativa.

— Bem-vindas. Espero que o trajeto até aqui tenha sido bom.

— Maravilhoso — diz Esther. — Aqui é muito lindo.

— A gente nunca se acostuma — diz a mulher com um aceno de cabeça, permitindo-nos mais um momento para absorver o cenário. — Aliás, eu sou a Robin. Vou levar vocês em segurança para a hospedagem. — Ela levanta a mão e indica o ponto escuro na linha do horizonte que eu tinha visto antes. — Aquela é a ilha em que vocês vão ficar. Baía de Deadman.

O nome me faz estremecer. Robin percebe e abre um sorrisinho.

— Fica tranquila, o nome faz parecer mais assustador do que é — diz ela. — É um local histórico. No início foi habitado por um marinheiro que sofreu um naufrágio. Ele se casou com uma mulher do continente e eles construíram uma casa juntos, que não sobreviveu ao tempo. A casa do novo proprietário, onde vocês vão ficar, é construída no mesmo lugar. Nada de mortes assustadoras, eu juro.

— A ilha não é sua? — pergunta Chloe, enfim ouvindo depois de tirar uma foto da ponta do píer.

Robin ri.

— Quem me dera. Sou apenas a gloriosa moça que faz o translado entre o continente e a ilha. Mas os proprietários moram nos Estados Unidos, então eu cuido do dia a dia.

Parece um emprego bem bacana. Analiso Robin, essa mulher agradável e educada que claramente é do País de Gales. Por que ela se mudou para tão longe?

Talvez eu devesse parar de achar que todo mundo está fugindo de alguma coisa. Sinto que passei a vida toda fugindo.

Ela dá um passo à frente para nos ajudar, pegando uma mala de cada vez para colocar no barco. Faz isso com destreza; um pé no píer, o outro no barco, sem ter medo e sem desequilibrar enquanto a embarcação se mexe na maré suave. Quando termina, ela oferece a mão para nós, uma a uma, para nos ajudar a subir.

— Fico enjoada em barcos — diz Annabel, insegura, pairando na beirada. — Quanto tempo leva o trajeto?

— O mar está tranquilo hoje — responde Robin. — Não deve levar mais de meia hora, quarenta minutos. Quando estamos contra o vento, pode demorar o dobro do tempo.

— Isso tudo? — Annabel olha para nós, pálida. — E vamos ficar completamente sozinhas lá?

— Tem um telefone de emergência fixo — explica Robin — e, se não funcionar, vocês terão sinalizadores que são fáceis de enxergar daqui. Mas ninguém nunca precisou usar.

De forma ríspida, ela oferece de novo a mão. Annabel admite a derrota e embarca, vacilando nos saltos até se sentar no longo banco do fundo. Esther vai sem reclamar, se juntando a Annabel e até dando um apertozinho na mão dela para confortá-la.

Chloe parece ansiosa para embarcar, nem precisa de ajuda. Em vez disso, entra sozinha no barco e se senta. Mas, bem quando estou prestes a pegar a mão de Robin, Chloe começa a falar, como se tivesse acabado de pensar naquilo.

— E se tiver uma tempestade?

— Uma tempestade? — Robin pausa para considerar, deixando minha mão pendurada. — À noite, é comum ter raios e trovões, mas não é nada preocupante.

— Mas você conseguiria chegar até nós mesmo se fosse? — insiste Chloe, com um brilho nos olhos que me diz que ela está só tentando assustar Annabel.

Está funcionando. Annabel está apertando forte a mão de Esther.

Robin levanta as mãos, se rendendo.

— Eu precisaria de uma ajuda externa se acontecesse, admito. Se a tempestade fosse forte. Mas, de novo, nunca aconteceu. Vocês vão ficar bem. Meninas, vocês estão de folga, lembrem! Não é um campo de treinamento!

Olho para a ilha do outro lado, percebendo como parece distante e pequena. O céu está limpo, sem uma única nuvem. O vento está calmo.

Mesmo assim. Viro a cabeça para o continente, pensando no conforto de saber que a ajuda deveria ser imediata.

— É Tanya, né?

Ouvir meu nome me dá um sobressalto. Robin está me esperando.

— Recebi um arquivo de informações com o nome de todas vocês — diz ela, se explicando. — Está pronta para embarcar?

Algo nisso me deixa desconfortável, mas afasto o pensamento e pego a mão dela.

Com as quatro finalmente acomodadas, Robin assume a frente, e o rugido do motor despertando faz Annabel e Chloe pularem.

Enquanto o barco sai para o mar, ganhando velocidade, o vento nos empurra para trás, a brisa bem mais forte. Fico feliz de estar em movimento, inalando o ar fresco. Minha cabeça parece mais pesada que as malas de Chloe e, antes de sairmos, eu estava preocupada de ser eu que ia vomitar.

— Preciso avisar — diz Robin, por cima dos sons do motor e das ondas. — Em cerca de cinco minutos, vocês vão perder qualquer conexão de wi-fi. Tem sinal na ilha, mas às vezes é meio instável. Infelizmente, a baía de Deadman ainda não chegou no século XXI em termos de acesso à internet.

É a vez de Esther parecer horrorizada.

— Sem wi-fi? Não posso depender de dados móveis para passar os próximos quatro dias.

Chloe protesta também.

— Como eu vou postar fotos e vídeos da minha viagem se não tiver internet?

— É uma aventura! — diz Robin. — E, também, vocês estão aqui pela noiva.

Com urgência, Chloe já está subindo conteúdo para o Instagram e Esther, digitando no celular.

Estamos aqui por Poppy. Foi o que tentei dizer às outras, mas é estranho agora que está acontecendo. Esses anos todos e vamos finalmente ficar cara a cara de novo.

Só consigo pensar na garota que deixamos para trás há dez anos. Parece estranho pensar nela como uma adulta, como nós, tendo uma vida independente da nossa influência.

Ela nos perdoou? E, em particular, me perdoou?

Às vezes, olho as outras e quero gritar na cara delas. Será que elas ligam para o que fizemos no passado? Será que ainda pensam nisso? Porque tem certos dias, especialmente desde que recebi o convite, em que não consigo fazer outra coisa.

Não avisto outros barcos enquanto seguimos para a ilha, só a imensidão do mar nos cercando. Penso no meu apartamento minúsculo, no mofo do banheiro, que está lá porque não tem janela, e um ventilador exaustor nunca vai dar conta do recado, não importa o que o proprietário diga.

Estou começando a me perguntar se Robin aceitaria dividir o emprego dela comigo.

— Como você está, Annabel? — grita ela, a única de nós que lembra que Annabel, supostamente, enjoa no mar.

Ela está meio pálida, mas sem sinais óbvios. Annabel dá um joinha fraco.

— Ok. Estava pior antes de sairmos, quando ainda estava balançando.

— Eu sabia que você ia ficar bem — comenta Robin. — Sua despedida de solteira vai ser maravilhosa. Quando é o casamento?

Esse comentário nos confunde.

— O casamento? — pergunta Annabel. — Meu casamento?

— Você é a noiva, não? — pergunta Robin, mantendo o olhar em frente. O pontinho que antes era a ilha vai ganhando forma, começando a crescer no horizonte. — Uma das suas madrinhas veio antes para organizar tudo para a sua chegada.

Como ela pôde entender aquilo tudo errado?

Apesar do que falei às outras, eu também tinha minhas reservas com a viagem desde o começo. A partir do momento em que o convite chegou, na verdade, há três meses. O fato de eu ter recebido algo pelo correio já foi o primeiro sinal de alerta. Ninguém me manda cartas nem cartões, não mais. Então, quando vi algo no chão que não era uma conta junto à porta, minha nuca se arrepiou, uma sensação primitiva de perigo: tem alguma coisa errada aqui.

E aí a história de ser um convite para a ilha nas Bahamas. Para ser madrinha de Poppy Greer. Eu não tinha ideia, na época, de que as outras tinham sido convidadas. Achei que fosse alguma piada doentia e cheguei muito perto de rasgar o convite, o folheto e as passagens de avião ali mesmo.

Mas não rasguei. Fiquei sentada com tudo aquilo no colo por um tempo, e aí pensei naquelas passagens de primeira classe. No que podiam significar. Algumas horas depois, Annabel ligou para a gente perguntando se mais alguém tinha recebido um convite. Não tinha a ver só comigo.

Ainda é difícil pensar sobre o passado. Parte de mim ainda se pergunta se tudo o que está acontecendo comigo agora é algum tipo de castigo. O universo me dizendo que mereço o que tive. Sou um ser humano terrível. Talvez seja egoísta da minha parte, de certa forma, ver esta situação como uma chance de alcançar perdão.

As outras estão tão animadas para ver como Poppy está agora. Eu estou mais preocupada com o que ela vai achar da gente.

— Acho que você entendeu errado — diz Esther a Robin.

Mas Annabel acha o erro hilário. Ela joga a cabeça para trás e gargalha.

— É. Eu que sou a noiva. Né, gente?

— É — diz Chloe, e sorri, mas a coisa toda ainda me deixa insegura.

Por que Robin acharia isso?

A mulher assente.

— Só vocês cinco. Uma despedida de solteira pequena, mas talvez do tamanho certo.

— Está se sentindo melhor, Tanya? — cochicha Chloe para mim, de novo com aquele brilho no olhar. — Poppy não arrumou uma nova amiga.

As três nunca me deixaram esquecer que Poppy e eu éramos amigas de verdade. Melhores amigas, acho. Estudamos na mesma escola durante a primeira parte do ensino fundamental e íamos todo dia uma na casa da outra, satisfeitas de conversar e inventar histórias para passar o tempo. Mas, quando chegamos ao sexto ano e eu fiz amizade com as outras três, Poppy e eu nos afastamos. Foi uma coisa da vida. Ou, pelo menos, era o que eu dizia a mim mesma.

Ocasionalmente, todas elas gostam de me lembrar de que eu quase fui como Poppy. Excluída de tudo, sempre deixada de fora.

— Cala a boca, Chloe — digo, incisiva, mas ela sorri para mim.

Robin continua, ignorando nossa picuinha.

— Vamos chegar já, já.

O resto do trajeto é feito em silêncio. Uma tranquilidade dominou o barco e nós quatro nos recostamos no assento branco e duro, mas cada uma em seu mundo. Como disse Annabel no aeroporto, faz mesmo muito tempo que não fazemos algo juntas assim. Houve almoços ocasionais nos últimos meses, embora nunca com a presença de todas, mas eram rápidos e simples — chegar, pedir comida e bebida, atualizações curtas sobre a vida de cada uma, fragmentos do que andamos fazendo, dividir a conta e seguir a vida.

Então, agora, é meio estranho, meio novo nós quatro passando mais tempo juntas do que em anos. É mais fácil sair com uma de cada vez, com Annabel em particular, por mais que eu me sinta culpada. Esther ultimamente sempre parece relutante. Quanto a Chloe, tento evitá-la o máximo possível para que ela não fique o tempo todo me olhando tão horrorizada. Ela estava fazendo isso até no aeroporto, com aqueles olhos julgadores que pareciam gritar ao mundo que tem alguma coisa errada comigo. Tenho certeza de que se encontram sem mim. Posso ser difícil às vezes, eu sei. Não sou cega aos meus defeitos. E com certeza ando mais difícil nos últimos tempos.

Mas a culpa não é toda minha.

Agora, estamos nos aproximando da ilha e, embora estejamos bem mais perto, consigo perceber como é pequena. Comento isso em voz alta e Robin concorda com a cabeça, desligando o motor já perto do píer, idêntico ao do continente.

— Uns oito hectares no total — diz. — Mas cabe muita coisa.

Ao contrário do continente, não tem uma praia de areia branca conectando o píer; em vez disso, ele volta direto para o solo, cercado por árvores e arbustos com um único caminho de terra no meio. Atrás, ilha adentro, há uma pequena montanha, com trilhas visíveis serpenteando pela encosta até o cume.

Depois de Robin amarrar o barco em um poste com uma corda, ajuda de novo todas a sair e nota meu olhar.

— Eu chamo de Pico de Deadman, mas não tem um nome oficial. Parece bem mais intimidante daqui do que é de verdade. Crianças sobem essas trilhas sem muita dificuldade, só precisa tomar cuidado para não cair lá de cima. — Ela se permite um sorriso e um aceno de cabeça para nossos sapatos. — Espero que tenham trazido mais do que saltos, se estão pensando em subir.

— Tranquilo, eu vou ficar na praia — diz Chloe, apesar de não parecer impressionada. — Tem praia, né? Não é só esse caminho enlameado, é?

— Não precisa se preocupar, vamos subir por essa trilha agora e vocês vão ver — diz Robin. Ela puxa nossas malas para o píer e garante que as estejamos segurando. — Não deixem rolar para o mar! Se bem que pelo menos íamos conseguir ver onde caíram.

É verdade, a água aqui é ainda mais clara e não tão funda. A areia só está a mais ou menos um metro.

— Ah! — exclama Chloe, fazendo todas nós nos virarmos para olhá-la. Está apontando para a frente, na direção do caminho que leva à parte principal da ilha. — É a Poppy?

Tem uma mulher vindo na nossa direção.

— Aqui estamos — diz Robin. — Ela deve ter ouvido o barco. O grupo da noiva agora está completo.

QUATRO

Esther

18 DE MAIO DE 2023

Para as outras, não tem problema. Quando esta viagem surgiu, ninguém sequer mencionou o impacto de tirar quatro dias de folga, só ficaram falando se tinham biquínis suficientes.

Para mim, resultou em uma conversa longa com meu chefe, um homem que ainda trata mulheres da minha idade como se estivessem prestes a parir a qualquer segundo e caça motivo para se livrar delas antes de confirmarem uma temida gravidez. Ele não ficou feliz, mas é amigo dos meus pais e eu não tiro um dia de folga há mais de um ano, então não podia fazer muita coisa exceto verbalizar o quanto estava decepcionado por ser tão em cima da hora (com três meses de antecedência) e em um momento tão crítico (todos são).

Tenho tantos e-mails não lidos que eu tinha planejado responder durante esta viagem. Toco meu colar favorito para aliviar o estresse, uma corrente dourada onde estava escrito "Esther" em letra cursiva, agarrando meu nome contra o pescoço.

O comentário de Annabel sobre conexões no avião ainda está me incomodando. Ela sempre gostou de pensar que é melhor do que nós, mais inteligente, mais competente — e estou tendo que me esforçar muito para não apontar o quanto a vida dela se tornou superficial. Pelo menos, estou fazendo algo com a minha.

O marido dela, claro, nem ligou de ela ficar quatro dias longe. Meu namorado, Brad, por outro lado, entendeu como mais um sinal de que eu não estava me comprometendo de verdade com o nosso relacionamento, mesmo depois de três anos juntos. Na véspera da viagem, ele deixou bem claro o quanto estava infeliz com a coisa toda. Eu falaria disso com as outras, mas estão todas tão isoladas em seu próprio mundo que não sei nem se fingiriam que estão escutando.

Não sei por que ainda sou amiga delas, para ser sincera. Na verdade, é meio triste, né, nós quatro nos agarrando umas às outras desde a escola? A maioria das pessoas que conheço já superou essa fase, não consegue nem imaginar como seria manter esse tipo de amizade. Mesmo na faculdade, quando me mudei para Warwick, não consegui me livrar delas. Todas as três ficaram onde estavam, Annabel na Universidade de Bristol, Tanya na Universidade de West England e Chloe em um de seus estágios de curta duração antes de descobrir o Photoshop. Era minha chance de me afastar, mas fazer amigos na faculdade acabou sendo mais difícil do que eu pensava. Claro, conheci algumas pessoas, mas, depois da graduação, todos se mandaram para Londres para viver a própria vida, felizes em bolhas que não me incluíam.

Então, acabei me reaproximando dessas três e estamos presas umas às outras desde então. Mesmo depois de Tanya se mudar para Londres para o novo emprego, ela voltava com tanta frequência que parecia que estava sempre por perto. Às vezes, eu me olho no espelho, vejo indícios de rugas na testa e me pergunto onde foram parar os anos.

Estou tão ocupada com meus pensamentos que Tanya precisa me cutucar para eu perceber que todo mundo está distraído observando algo à frente. Levanto os olhos e também fico hipnotizada pela mulher vindo na nossa direção.

— Não pode ser a Poppy — comenta Chloe, boquiaberta.

— É a Poppy — diz Robin, sem perceber nosso choque, nada confusa por não parecermos ter certeza.

Poppy Greer era uma menina gorda e desajeitada que usava aparelho e tinha um cabelo castanho oleoso e sem graça. Quando andava, seus ombros se curvavam de leve, provavelmente porque estava sempre olhando para o chão. Tinha um ar de desespero que a seguia como um cheiro ruim e, em dias quentes, o cheiro se fazia real.

Não é Poppy Greer caminhando na nossa direção, alta, esguia e cheirando a canela, o perfume tão forte que paira até nós embora ela pare a um metro de distância. Ela está usando rasteirinha, mas mesmo assim é mais alta do que nós, até do que eu, e um vestido frente única de tricô de ponto aberto que mal esconde seu corpo atlético e bronzeado em um biquíni laranja vibrante. Não só a aparência dela, apesar de estar muito diferente — ela com certeza fez preenchimento nos lábios e mexeu no nariz, além de modelar as sobrancelhas para emoldurar o rosto anguloso —, mas a forma como se porta faz com que ela pareça uma nova pessoa. Seus ombros estão para trás, o queixo levantado, e tem uma tranquilidade nela, uma presença calma, mas forte, que deixa claro que ela não tem mais medo de estar perto de nós.

Meu Deus, será que a gente se abraça? Qual é o protocolo aqui? Annabel parece pensar nisso, levantando os braços sem vontade antes de transformar o gesto em uma espreguiçada, ao ver que Poppy não se mexeu.

Em qualquer outro cenário, eu sairia correndo, abraçando forte quem quer que fosse, a pessoa gostando ou não, porque eu simplesmente sou assim. Mas este não é qualquer outro cenário. É Poppy Greer. E não a Poppy Greer que a gente conhecia, não — uma Poppy nova, confiante, bonita que deixa meus nervos à flor da pele.

— Oi, gente — diz ela. Até a voz mudou. Antes, sempre tinha um leve tremor que denunciava o quanto estava nervosa. Agora, é grave e controlada. — Que bom ver vocês.

É nos olhos que vejo a velha Poppy. O azul-claro, sua melhor característica, e agora que ela está mais perto dá para ver que ainda tem as sardas espalhadas de uma bochecha a outra, atravessando seu novo nariz. O cabelo também está igual, embora, em vez de oleoso, esteja molhado porque ela esteve no mar, as mechas castanhas presas em um rabo de cavalo que cai por cima de um ombro.

— Não acredito que é você — diz Chloe, sempre direta ao ponto. — Você está tão diferente!

Poppy ri, um tilintar curto que me parece falso.

— Bom, sou eu, sim. Posso considerar isso um elogio?

— Com certeza. — Chloe não tem tato algum. — Você tem que me dar o nome do seu personal trainer.

— É tudo esforço meu, na verdade — responde Poppy.

Bem quando estou me perguntando se vamos ficar aqui paradas para sempre neste píer suportando os comentários rudes de Chloe sobre como Poppy está mais bonita, Robin se manifesta.

— Vou levá-las para fazer um tour na ilha enquanto estou por aqui — diz. — Podemos deixar as malas na acomodação no caminho.

Ela vai na frente, o resto de nós a seguindo. Nos dividimos em pares naturais. Annabel com Robin, claramente curtindo fingir ser a noiva por mais alguns momentos, Poppy e Chloe no meio, Tanya e eu no fim. Tanya se vira para mim e arqueia as sobrancelhas enquanto caminhamos, apontando para a frente com a cabeça.

— O que você achou da Poppy? — cochicha.

Ela esfrega o nariz com os dedos, aparentemente sem perceber seu gesto distraído. Seus lábios estão rachados, o que o sol forte deixa mais óbvio.

— Uma loucura — sussurro de volta, tentando não deixar muita areia entrar no meu salto, mas percebendo que é um esforço em vão. — Ela parece outra pessoa.

— Quase — diz Tanya. — Ainda consigo ver quem ela realmente é por baixo disso tudo. Você acha que ela mudou mesmo tanto assim?

Tanya parece chocada, quase não consegue parar de olhar para Poppy. Acho até que as mãos estão tremendo.

— Ainda não decidi — respondo, e ela sorri.

Subimos pelo caminho que se abre para o jardim que vimos no folheto. Um pequeno lagarto passa por nós na grama e escuto Chloe dar um gritinho. Quando chegamos à casa, há um aerogerador nos fundos, e o conjunto de espreguiçadeiras e móveis aleatórios para área externa fazem tudo parecer mais disperso do que o folheto fazia crer. Mas a área do deque é linda, a luz incide no piso de pedra e reflete pelo vasto terraço. Há algo grande escondido embaixo de uma lona em um canto, que estou convencida de que é uma jacuzzi, e mal posso esperar para experimentar. A área é bem grande, as folhas de palmeira assoviam ao vento e vejo que Poppy estava tomando sol na grama recém-cortada, porque há algumas toalhas no chão, firmadas por jarros de algo que parece Pimm's.

— Então, esta é a área principal e aquela é a área central — diz Robin.

Ela abre a porta da frente e todas nós entramos, até Poppy, que deve ter feito o tour hoje cedo. A porta dá para uma sala de jantar que dava a falsa impressão de ser grande, com azulejos laranja, paredes brancas e uma cozinha moderna junto. — Temos todas as comodidades, fiquem tranquilas. Temos aerogerador e painéis solares para eletricidade. Também trouxe hoje de manhã toda a comida que Poppy pediu, então a geladeira está cheia. Tem uma dispensa abastecida. Vocês devem estar planejando uma festa e tanto.

Será que eu ouvi um tom melancólico ali? Será que Robin já chegou a se hospedar na ilha?

— Todas as comodidades, menos wi-fi — comenta Chloe.

Robin não para de sorrir, mas está começando a parecer um pouco forçado.

— Infelizmente.

Passando pela área de estar, há dois banheiros, ambos com chuveiros. Por fim, tem um quarto nos fundos, ainda com o mesmo azulejo laranja que reveste a casa toda. A roupa de cama e as cortinas parecem saídas dos anos 1970. A cama king size é o destaque do quarto, que, fora isso, é bem vazio, exceto pelos acessórios espalhafatosos. Acima da cama, há um quadro grande, mas, antes de eu conseguir olhar direito, Poppy começa a falar e todas nos viramos para ela.

— Eu fiquei com este quarto, espero que não seja um problema — diz.

— É a acomodação mais moderna — explica Robin. — Apesar de as cabanas terem suíte, os banheiros são meio temperamentais, digamos.

Temperamentais? Chloe e Annabel trocam olhares horrorizados, o que me faz sorrir.

Continuamos o tour, Robin nos levando às demais cabanas, que são acessadas por um caminho curto ladeado por árvores e arbustos. Todas compostas apenas por quarto e banheiro, no entanto, mais bem decoradas, com tapetes cor de pêssego e lençóis azul-bebê, levando a minúsculos banheiros compostos apenas por chuveiro, privada e pia, tudo da mesma cor da vegetação lá fora. É básico, mas, pelo menos, tem água corrente e ar-condicionado. Eu estava meio preocupada de acabar parecendo que estamos em um reality show de sobrevivência na selva. Cada uma escolhe uma cabana, jogando as malas nas camas, e Robin nos leva de volta à praia.

— Meu Deus — grita Chloe, correndo para a areia e pegando o celular para tirar fotos. — Alguém tira uma foto minha com o mar atrás. Isso é uma loucura!

É mesmo. Parece saído de um cartão-postal ou de um filme, uma faixa longa e exuberante de areia branca paralela a uma água inacreditavelmente transparente, a maré trazendo e levando pequenas ondas. Espreguiçadeiras se espalham pela área próxima ao caminho e, mais à frente, há o gazebo do folheto, mas também uma área de bar que deve ser nova, incluindo várias garrafas de bebidas alcóolicas maravilhosas. A praia se estende por uma longa distância, pelo menos um quilômetro e meio em uma das direções. Do lado direito, ela leva de volta à montanha. Que bom que eu trouxe meu tênis de corrida. É uma pista perfeita para testá-lo.

— Tem uma outra praia menor do outro lado, mas precisa atravessar as árvores — explica Robin. — Eu ficaria nesta. Se vocês forem longe o bastante, tem piscinas naturais ótimas para pescar.

— Não sei se vamos fazer isso — responde Annabel —, mas isto aqui é incrível.

Nem Tanya, que parece estar sofrendo de um resfriado forte desde que chegamos no aeroporto, resiste a sorrir para a vista. Ela tira os sapatos e põe os pés na areia, e todas começamos a fazer o mesmo. A tarde está chegando ao fim, tons leves de cor-de-rosa e laranja começando a se formar no céu, e a areia tem um calor que me traz uma onda de conforto.

— Já mostrei para a Poppy onde fica o telefone de emergência, mas, para vocês saberem, é ao lado do aerogerador — explica Robin, se bem que só eu pareço estar ouvindo. — Os sinalizadores estão guardados embaixo da pia da cozinha e tem um kit de primeiros socorros nos dois banheiros da casa principal. Vocês têm mais alguma pergunta?

— Não quer ficar para tomar um drinque? — pergunta Poppy.

— Não quero me intrometer. — Robin faz que não com a cabeça. — É melhor eu voltar antes de escurecer.

— Vamos com você para nos despedir — diz Poppy. — Obrigada por tudo.

— Imagina. Você tem tudo o que precisa?

— Agora, sim.

Poppy faz um aceno de cabeça na nossa direção ao dizer isso, o que não devia me fazer franzir a testa, mas faz.

— Vamos, gente — chama Poppy, e acabamos indo atrás dela, educadas demais para negar.

Chloe murmura para nós enquanto voltamos pelo mesmo caminho.

— Desde quando a Poppy Greer manda na gente?

— Desde que ela é a noiva — diz Annabel, e Chloe mostra a língua. — Não que nossa guia pareça saber disso!

— Você vai dizer que ela se confundiu? — pergunto.

— Eu não. — Annabel dá uma risadinha. — Que mal fez? Foi ótimo ser o centro das atenções.

— Temos que perguntar para Poppy sobre o noivo dela — sussurra Chloe. — Depois de a Rachael ir embora.

— Robin — corrijo. — O nome dela é Robin.

— Tanto faz.

Ela dá de ombros.

Sem ter que se preocupar com a gente, Robin já está dentro do barco quando nós quatro a alcançamos, com o motor ligado e se afastando. Poppy fica parada perto do fim do píer, dando tchau. Parecemos muito afastadas dela, então dou alguns passos à frente e também grito uma despedida.

Vai ser muito estranho sem Robin, isso sim. Agora que ela foi embora, vamos ter tempo para ficar a sós com Poppy. E não tem escapatória.

Se bem que é igualmente difícil conviver com Annabel, Tanya e Chloe. Faz tanto tempo que não faço isso que me esqueci das manias irritantes delas, tipo a grosseria de Chloe, as ressalvas de Annabel e a intensidade de Tanya.

Robin nos dá um aceno final quando o barco começa a ganhar velocidade. Nós cinco a vemos ir embora até, enfim, ela ser apenas um pontinho distante, voltando para o continente que agora parece muito, muito longe.

— Bom, então — diz Poppy, segurando uma garrafa de champanhe em cada mão. — Vamos começar esta despedida de solteira?

— Só se for agora — responde Chloe.

No meio da distração, Robin saiu da vista; quando volto a olhar o mar, estamos completamente sozinhas.

O que você está pensando, Poppy?

Como é ser a noiva desta despedida de solteira? Ser a pessoa que está no controle?

Talvez seja libertador. Você finalmente sente um gostinho de poder.

Só de chegar na ilha com todo mundo, senti a atmosfera mudando, uma movimentação muito sutil enquanto percebíamos isso. Que, pelo menos desta vez, era você que estava liderando, não seguindo. Toda a culpa que senti pelo que aconteceu; isso tudo me ajuda a seguir em frente.

Tem algo especial neste lugar. Possibilidades infinitas.

Sei no fundo do meu coração que seguir em frente não é uma delas.

Eu vim por um motivo. Não que as outras façam ideia.

É hora de colocar um ponto-final no passado de uma vez por todas.

Uma coisa é certa: nem todo mundo vai sair vivo desta ilha.

CINCO

Annabel

18 DE MAIO DE 2023

— Vamos começar pelo começo — diz Poppy. — Vou precisar do celular de todo mundo.

A gente mal se sentou com o champanhe na área do deque com vista para a praia e precisamos de um momento para entendermos o que Poppy está dizendo antes de Chloe falar por todas nós:

— Como assim, precisa do nosso celular?

Poppy sorri com o desconforto óbvio dela.

— Não é que o sinal aqui seja ótimo, mas a regra número um da minha despedida de solteira é que eu não quero qualquer tipo de tecnologia. É uma ilha, e quero que a gente esteja completamente presente no momento. Sem mensagens, sem ligações, sem distrações. E se você quiser tirar fotos, pode usar isto.

Para nosso choque, ela mostra uma câmera digital, vista pela última vez nos anos 2000.

— Acho que não entendi — diz Chloe. — Meu celular é meu emprego. Eu preciso tirar fotos dessa viagem e postar.

— Você pode fazer isso depois.

O sorriso dela não vacila. Ela estava esperando por isso. Sabia que não íamos entregar com facilidade, mas não liga.

Olho meu celular, mas, de qualquer forma, nem tem sinal. Que mal faria entregar?

— Pode pegar, então — digo.

Passo meu aparelho a ela, e parece ser suficiente. Tanya dá de ombros e entrega o dela também, depois de checar que está desligado.

— Vou guardar em segurança no meu quarto — garante Poppy. — Ninguém vai sair fuçando, podem ficar tranquilas. Mas, como é minha despedida e eu sou a noiva, acho que vocês me devem esse pequeno favor depois de eu trazer todo mundo para este refúgio luxuoso.

Esther suspira.

— Era para eu estar tirando folga do trabalho, não checando os e-mails. Então... dane-se. Pega.

Agora na posse de três celulares, Poppy levanta uma sobrancelha para Chloe.

— Você não vai me chatear antes mesmo de a despedida começar, né, Chloe?

Ela faz que não com a cabeça.

— Meu Deus, tá. Toma. Sempre posso alegar que estava fazendo um detox de redes sociais.

— Perfeito. — Embaixo da cadeira, Poppy pega uma caixa de madeira decorada. Uma vez aberta, vejo um forro de veludo azul-escuro, e ela coloca nossos celulares lá dentro, fechando com um clique e chegando até a trancar com uma chave minúscula. Chloe abre a boca para protestar, mas Esther agarra o braço dela para silenciá-la. — Não dá para voltar atrás agora. Vou colocar isso no meu quarto e já volto.

— Não sei, não — murmura Chloe, enquanto vemos Poppy sair andando, com passos confiantes e o rabo de cavalo chacoalhando para a frente e para trás. — Por que ela tem essa neura com tecnologia?

Lá longe, um pássaro canta, então sai voando, fazendo as árvores farfalharem. Quando o sol começa a se pôr no mar atrás de nós, começa a ventar mais, então ficamos gratas pelo clima quente.

— Parece certo não ficar com o telefone aqui — comento. Além do mais, vai ser bom não ficar procurando mensagens de Andrew sem encontrar nada. — Olha este lugar.

— Annabel tem razão — diz Esther. — Não é nada de mais. São quatro dias. E digo isso sabendo que vou ter pelo menos duzentos novos e-mails na volta. Na verdade, é bem libertador. Pode ser uma coisa boa.

Chloe revira os olhos.

— Vocês são todas doidas. Mas deixa. Não vou ser eu a causar drama.

— Vai ser bom para variar — provoco, e as outras riem enquanto Chloe exibe um olhar sombrio.

Mas eu me sinto nua sem o celular na bolsa. Minha mão se abaixa distraída para procurar e tateia por um segundo antes de eu lembrar e, em vez disso, pegar um gloss e reaplicar, para Chloe não perceber o ato reflexo e se sentir triunfante. Poppy volta para nós pelo deque, os saltos batucando na madeira, trazendo mais uma garrafa de champanhe e um vinho.

— Mais bebidas, meninas? — pergunta ela, enchendo nossas taças. — Vamos brindar ao nosso reencontro, que tal?

Me pergunto o quanto se lembram da última vez que estivemos todas juntas. Mas boto um sorriso na cara e levanto a taça.

— Ao nosso reencontro — declaro, e as outras ecoam meu sentimento e viram as bebidas.

O champanhe desliza fácil por minha garganta, borbulhante e frutado.

— Vocês devem ter um milhão de perguntas — diz Poppy, servindo uma taça de vinho branco para cada uma, até a boca. — Mas, primeiro, quero dizer outra vez o quanto estou feliz por todas estarem aqui.

Chloe, direta como sempre, faz a pergunta que todas estamos querendo fazer:

— Por que você convidou a gente, pra começar? E para sermos madrinhas?

— Vocês quatro são importantes para mim. — Poppy dá um gole no vinho, e acho que consigo ver as mãos dela tremendo de leve, traindo o ar de segurança. — Eu sei que o sentimento não é recíproco, mas, sinceramente, vocês quatro moldaram toda a trajetória da minha vida. Eu não estaria onde estou hoje sem vocês.

Há uma pausa desconfortável enquanto absorvemos isso. Até Chloe parece sem palavras por uns segundos, com rugas se formando na testa.

— Mas por que você não procurou a gente antes? — pergunta ela, enfim.
— No começo, achamos que fosse piada, isso dos convites para a despedida de solteira, porque não te vemos há dez anos.

Poppy dá de ombros.

— Nunca pareceu o momento certo para entrar em contato. Seria tão bobo só convidar vocês para sair e conversar ou algo do tipo. Este era o melhor momento. Um momento importante da minha vida. Eu queria que vocês todas estivessem lá para ver. E, por sorte, vocês concordaram. Eu sabia que concordariam.

— E todas as coisas que a gente te fez? — diz Tanya baixinho, o que atrai olhares de nós três.

Ela continua usando o moletom gigante do avião, embora dê para ver que está suando. Por que ela não tira?

Tanya sempre exagerou o impacto de nossas brincadeiras bobas. E, pelo jeito, Poppy também, falando do efeito que tiveram na vida dela. Eu acho tão trivial. A ideia de que alguém se apegaria a algo que aconteceu na escola parece ridícula. Agora somos adultas, não adolescentes. Nada do que aconteceu antes importa.

— Tanya — irrita-se Esther, mas Poppy ri.

— Foi exatamente por isso — diz ela. — Quero deixar o que passou para trás. Superar o passado. Quando eu era mais nova, só queria ser amiga de vocês. Não acham que isso é possível agora?

— Você acha mesmo? — sussurra Tanya, mas é interrompida por Chloe falando por cima.

— Quem sabe se você continuar pagando por viagens a ilhas particulares — diz ela, mas sorri para mostrar a todas nós que até ela, sempre tão materialista, só pode estar brincando.

— Quem é o noivo sortudo? — pergunta Esther, ansiosa para parar de falar do passado. — A gente não sabe nada sobre ele.

— Ah, sim — fala Poppy. — Meu noivo.

Nós quatro trocamos olhares incertos.

— Vamos falar dele mais tarde, acho — diz Poppy. — Quando tivermos consumido bem mais álcool.

— Por mim, tudo bem — concorda Chloe, virando a taça de vinho e colocando mais. — Então, o que você faz agora, Poppy? Vi que você me segue, então deve saber que eu sou uma influencer bem grande no Instagram. Quase um milhão de seguidores.

Poppy levanta as sobrancelhas como se estivesse impressionada, mas sinto que é uma encenação.

— Eu vi, sim. Você deve entrar todo dia, se bem que nunca achou tempo para me seguir de volta. Parabéns, Chloe. Já eu, sou médica do Hospital Great Ormond Street, na verdade. Atualmente estudando para me especializar em cardiologia pediátrica.

Isso faz Chloe calar a boca.

— Ah, que ótimo — murmura ela.

É ótimo, mesmo. Quer dizer, todas sabíamos que Poppy era inteligente, mas chegar a uma posição assim tendo a mesma idade que a gente parece inacreditável. Até Tanya e Esther parecem impressionadas — uma mistura de chocadas e impressionadas, vai. É como se todas tivéssemos achado que, apesar da inteligência, Poppy Greer ia acabar meio que como o restante de nós, se não pior. Talvez presa em um cargo administrativo sem futuro, sonhando em como poderia ter sido alguém na vida.

— Eu sabia que você ia ter sucesso — comenta Tanya, e Poppy faz uma cara engraçada.

— Você continua fazendo sua arte? — pergunto.

Poppy assente, embora não pareça feliz com isso.

— Tive a sorte de expor minhas obras em galerias do país todo. Muita gente adora. Estou começando a ficar conhecida.

— Que incrível — digo, embora meu estômago se aperte quando penso no que fizemos há tantos anos.

Tem algo esquisito em toda a energia de Poppy, mas não consigo entender o quê. Talvez eu só não esteja acostumada com a nova Poppy, mas parece mais do que isso. Tem uma arrogância nela ao anunciar o novo emprego. Poppy sabe que venceu todas nós no quesito trabalho. E definitivamente lidera a conversa.

— O que vocês têm feito? — pergunta ela, mas está olhando para mim. — Annabel? E a vida de casada? Você vai ter que me contar.

Enrugo a testa. Como é a vida de casada? Sei lá. Andrew nem fez a coisa do pedido romântico — estávamos passando em frente a uma joalheria, mencionei o que eu gostei, e ele perguntou se "provavelmente" não devíamos começar a pensar em nos casar. Na hora, eu nem ganhei um daqueles anéis. Em vez disso, ele me deu um acordo pré-nupcial para assinar. Mas eu estava tão apaixonada — *estou* tão apaixonada — que nem liguei. Hoje, acho que teria insistido naquele anel. Enfim. Depois, eu fui lá e comprei um para mim mesma. Andrew me deu o cartão de crédito dele e disse para eu comprar o que quisesse, então é basicamente a mesma coisa. Depois de três anos, temos um casamento maravilhoso. Diferente de tantos casais, nunca brigamos. E saímos para jantar e beber com os amigos de trabalho de Andrew sempre.

— É boa — digo, sabendo que todo mundo está esperando uma resposta. — Você vai gostar, Poppy. Desde que tenha escolhido o homem certo. Que nem eu.

— Você com certeza escolheu um bom partido — comenta Poppy.

— Você nem conhece o Andrew — rebate Esther. — Então, como vai saber se ela escolheu um bom partido ou não? Mas escolheu, sim, Annabel — completa, ao ver minha cara de decepção. — Pode acreditar, escolheu. E a Tanya também, com o Harry.

— Bom, o casamento já durou três anos, então ele tem que ser bom, né? — diz Poppy. — Você não acha, Chloe?

Chloe parece ser pega de surpresa. É óbvio que não estava prestando atenção, e provavelmente ainda está de bico porque o celular foi embora.

— Hã, acho.

— Que bom — diz Poppy.

Estou prestes a questionar Poppy quando ela é mais rápida do que eu e volta a atenção para Esther.

— E você, Esther, o que você faz?

— Trabalho com investimentos no Goldman Sachs — responde ela, levantando o queixo. — Estou muito bem, obrigada.

— Isso é incrível. — Poppy se inclina à frente. — Você deve valorizar muito seu emprego.

— Valorizo, com certeza — fala Esther, soltando uma risadinha nervosa. — Sinceramente, é tudo para mim.

— Eu entendo — diz Poppy, assentindo. — Também sou assim com o meu. Agarre esse emprego e não o perca.

Por algum motivo, Esther olha Tanya, depois para as próprias pernas, corando. Chloe também parece estar olhando Tanya. Estou perdendo alguma coisa aqui? Por que tudo ficou tão quieto?

Poppy de repente fica de pé, esticando os braços acima da cabeça e revelando uma barriga torneada.

— Que tal a gente levar a festa para a banheira? Tem uma tomada lá perto para o CD player. Eu sei, bem retrô. Chloe, me ajuda a trazer a bebida e montar uma festinha?

— Hum, tá.

Chloe, que não está acostumada a receber ordens, se levanta.

Esther, Tanya e eu não conseguimos evitar de rir com o fato de alguém finalmente ter mandado naquela minidiva, e com total indiferença.

Todas nos levantamos, mas Poppy dá meia-volta e faz todo mundo parar de repente.

— Não perguntei o que a Tanya está fazendo agora! Embora, claro, eu saiba um pouco. Quem não ouviu falar dos eventos sociais incríveis da Tanya Evesham? Um dia desses só preciso conseguir ser convidada.

Tanya parece ter sido pega no pulo, com o rosto vermelho.

— Não achei que você tivesse ouvido falar.

— Ora, e por que não? — retruca Poppy. — Nós, de Londres, precisamos nos unir, né? Escapamos do tédio de Bristol e alçamos novos voos. Suas festas eram o auge da temporada. Óbvio, eu estava sempre ocupada demais com meu emprego para conseguir ir a alguma delas. Que azar, né?

— A gente sempre ia — digo, porque Tanya parece paralisada, boquiaberta. — Nós três, estou falando. Tanya convidava a gente para ir a Londres e a gente aproveitava o fim de semana todo. Eu não vou faz séculos. Teve uma há seis meses, mas não consegui ir.

— Acho que foi dessa que eu ouvi falar — diz Poppy. — Não foi aniversário de uma herdeira, Tanya?

— Não me lembro — responde Tanya, embora não pare de flexionar e relaxar os dedos. — Eu organizo tantas festas.

— Você estava, não, Esther? — pergunta Poppy.

Esther parece surpresa.

— Ah, sim, acho que estava. Chloe também.

— Faz tempo que não ouço falar de uma — diz Poppy. — Você vai ter que me convidar para a próxima.

— Claro — concorda Tanya, com uma voz que sugere que é a última coisa que ela vai fazer.

Vamos para a jacuzzi, onde começamos a preparar a área para uma festa. Poppy nos explica onde está cada coisa. Chloe e eu penduramos umas faixas entre o telhado da casa e uma palmeira, passando por cima da jacuzzi, dizendo "PARABÉNS, NOIVINHA!" em letras cor-de-rosa enormes, e até nos damos o trabalho de encher uns balões e grudar ao redor do deque. Chloe, responsável pelo álcool, não só trouxe um cooler com cidra e cerveja até a jacuzzi, mas também montou um bar improvisado com algumas espreguiçadeiras, uma fileira de destilados, misturas para drinques e copos plásticos para pegarmos. Tem até umas pizzas em umas banquetas altas, que Poppy explica que assou mais cedo e podem ser consumidas frias. O CD player foi ligado e, embora a seleção não seja lá muito boa, está tocando uma playlist antiga da coleção *Now That's What I Call Music*, e ninguém recusa uma boa música da Britney. O clima ficou mais leve. Poppy fica só de biquíni e entra na jacuzzi, com ondas convidativas. Fico um tiquinho aliviada de ver que ela tem estrias nas coxas, que não é cem por cento perfeita? Talvez.

— Vão se trocar — diz ela. — Eu espero aqui.

Chloe entra na minha cabana enquanto estou me aprontando. Está com um biquíni laranja-vivo de cintura alta e se senta na cama tentando amarrar o cabelo em um coque complicado.

— Poppy fez plástica demais — comenta, como se fosse um cumprimento.

— Olha quem fala.

Não tenho vergonha de trocar de roupa na frente de Chloe, somos amigas há anos, então tiro a legging, a blusa e o sutiã, desesperada para me livrar disso tudo depois da longa viagem. Aliás, adoraria tomar um banho, me sentir limpa depois do avião e do táxi e do barco até a ilha, mas sei que todas vão ficar esperando, então coloco o biquíni amarelo-claro que Andrew elogiou uma vez. Minha mala continua aberta, esperando para ser desfeita. Poppy não deu tempo para nos acomodarmos — foi uma coisa atrás da outra, mal tivemos espaço para respirar.

Chloe prende o cabelo com uma presilha e se levanta para se olhar no espelho de corpo inteiro ao lado do guarda-roupa. Enruga o nariz e move as sobrancelhas.

— Pelo menos, eu pareço natural. Poppy parece eu com meus filtros, e não de um jeito bom.

— Só estou escutando inveja! — Desvio da escova de cabelo que Chloe me joga e dou risada. — Vai, Chloe, admite, você está morrendo de vontade de perguntar quem é o cirurgião plástico dela.

Ela faz biquinho, mas não nega. Quando vai pegar a escova, para na frente de um quadro na parede ao lado da janela.

— Hum, que coisa.

O tom dela me faz virar do espelho.

— O quê?

— Esse quadro. — Ela ri, mas sai forçado. — É que me lembrou das artes da Poppy naquela época, só isso. Será que ela pediu para pendurarem as obras antigas dela?

Fico olhando o quadro. É verdade, parece mesmo. As obras dela têm uma marca característica — pinceladas amplas que mesclavam tinta grossa e borravam as linhas entre as formas mesmo quando ela pintava algo convencional. Ela costumava usar cores fortes que se destacavam em frente a cenários delicados, e esta não é exceção. É uma versão de *A última ceia*, com as figuras e Jesus, em particular, pintados com cores exuberantes que os fazem parecer estar se estendendo para além do fundo pálido e diminuto.

Parece mesmo o estilo dela. Mais bem-acabado, talvez. Menos óbvio do que quando ela era jovem.

— Talvez tenham deixado ela colocar obras em todos os quartos — digo, pensando no que estava no dela também. — É uma ilha particular. Devem deixar as pessoas fazer praticamente tudo.

— Mas é esquisito, né? — pergunta ela. — Considerando o que aconteceu.

Não quero pensar no que ela quer dizer. Dou de ombros, fingindo que não é problema.

— Ela sempre foi meio estranha, a gente sabe mais do que ninguém.

— É, tem razão. — Ela se esforça para desviar os olhos e procura uma distração. — Quer que eu prenda seu cabelo?

É uma agradável surpresa, então sinalizo que sim.

— Quero, obrigada, Chloe.

Sento-me na beirada da cama e ela se senta de pernas cruzadas atrás, quase como quando estávamos na escola e dormíamos uma na casa da outra. Sem o celular, não tenho para onde olhar, apenas para o quadro. O contraste furioso das cores me deixa enjoada. Na pintura, todos estão chorando.

Enquanto Chloe arruma meu cabelo como fez com o dela, sinto quando ela suspira.

— O que foi?

— Ah, nada.

Mas ela está mentindo, tenho certeza.

Espero até que ela termine, aí me viro, louca para evitar olhar o quadro mais um segundo que seja.

— Acho que você só precisa beber mais.

— Olha — diz ela —, não é má ideia.

SEIS

Chloe

18 DE MAIO DE 2023

A rinoplastia de Poppy está torta. Desculpa, mas é verdade. Agora que estamos esmagadas uma perto da outra nesta jacuzzi, que, aliás, é incrível, estou bem na frente dela e ainda consigo ver um calombo do lado esquerdo. É minúsculo, mas notório. Que pena ter gastado milhares de libras nessa palhaçada.

Comemos pizza fria e bebemos umas quatro garrafas de cidra cada uma. Agora, estamos finalmente passando para os destilados que dispus de um jeito tão lindo nas cadeiras. Esther serve uma limonada com vodca para cada e todas brindamos de novo à despedida de solteira e ao casamento de Poppy.

Sabe, no começo, eu não curti muito, especialmente quando ela exigiu que eu ajudasse a montar tudo. Quase decidi só tomar um banho de banheira na área principal e ir dormir. Mas que bom que eu saí, porque estamos começando a nos divertir de verdade. Poppy hoje em dia é bem mais divertida, e todo mundo parece estar relaxando um pouco.

— Vocês quatro devem fazer viagens assim sempre — comenta Poppy. — Deve ser legal ter amigas com quem fazer coisas desse tipo.

Troco um olhar com Esther. Isso quer dizer que Poppy realmente não tem outras amigas? Há um momento de desconforto, então começo a tagarelar para seguir adiante.

— Não assim, mas fomos para um resort cinco estrelas no Marrocos faz alguns verões e foi fantástico.

— Marrocos? — Annabel franze a testa e percebo, naquele segundo, que fodi tudo. As sobrancelhas depiladas com linha se unem em uma demonstração de confusão. — Quem foi ao Marrocos?

— Acho que você estava ocupada com o Andrew — solto, ciente de que minhas bochechas estão ficando rosadas. — Não foi nada de mais.

— Vocês três foram sem mim?

Tanya pigarreia.

— A gente não achou que você fosse querer ir.

— Mas por que não?

Meu Deus, ela parece chateada mesmo. Não — brava, até.

— Como a Chloe falou, você estava ocupada — comenta Esther, tranquila. — Não foi intencional nem nada. Desculpa. Você sabe como é.

Poppy ri.

— Puxa vida, eu não queria causar.

Uma veia pulsa na têmpora de Annabel, que se vira para Poppy:

— E cadê as *suas* amigas?

— Ih! — diz ela, mas o tom é leve e ela ri de novo. — Me pegou. A coitadinha da Poppy Greer... sem amigas e tendo que recorrer a vocês quatro para a despedida de solteira, deve ser o que vocês estão pensando.

Bom. Foi ela que disse.

Poppy vê nossa cara e assente com a cabeça.

— Fiz uma comemoraçãozinha com minhas amigas do trabalho, mas esta é para vocês quatro em particular. Eu não queria ninguém de fora estragando esta ocasião especial. E, bom, no que depender de mim, *todas* vocês são convidadas.

O sorriso de Annabel fica tenso, como se fosse estourar a qualquer momento. Eu sabia que devíamos ter contado sobre a viagem para o Marrocos quando rolou, mas Esther insistiu para não fazermos isso.

Mas do que é que Poppy está falando? Ela sempre foi esquisitinha. Eu não comentei nada antes com Annabel, mas, para ser sincera, estava meio surtada de ficar no meu quarto mais tempo do que o necessário. Também tinha uma obra de arte sinistra pendurada na minha parede — uma recriação estranha de O grito, mas com uma mulher com lágrimas rolando pelas bochechas. Um negócio superdeprimente, não exatamente algo que se vê em uma viagem feliz. Eu ia falar com alguém sobre isso, mas, do fundo do meu coração, não percebi que tinha entrado na cabana de Annabel. Esperava encontrar Tanya, ou mesmo Esther. Qualquer uma, menos ela. No momento, ainda é muito desconfortável ficar perto dela, tentando evitar qualquer menção a como está minha vida para não me entregar, mas acho que consegui esconder bem.

— Vamos brincar de Eu Nunca! — sugere Poppy. — Assim vai ser mais fácil a gente se atualizar do que não sabe uma da outra.

Esther solta um gemido.

— Não brinco disso desde a faculdade.

Annabel vira o resto da bebida e pega outra garrafa.

— Sério, Poppy?

— Ah, vamos, vai ser divertido — diz ela.

— Eu topo — digo.

Amo um jogo de festa. Mesmo que seja meio engraçado, como se estivéssemos tentando recuperar a juventude perdida ou coisa assim. Estarmos todas juntas desse jeito só nos faz voltar a ser as pessoas que éramos há dez anos.

Bem, tomara que não por inteiro.

É estranho, mas fico satisfeita quando Poppy sorri para mim, como se estivéssemos conspirando. Imagina só, eu feliz com a aprovação de Poppy Greer.

— Maravilha. Eu começo.

Ela olha para cada uma de nós, pensando seriamente no que vai falar.

— Eu nunca nadei pelada no mar.

Blackpool, há quatro ou cinco anos. Eu estava em outra despedida de solteira com um bando de amigos de um estágio que eu estava fazendo, e todo mundo nadou, embora fosse outubro e estivesse frio. Uma das madrinhas acabou pegando uma gripe e a pulseira da noiva foi roubada da pilha de roupas que deixamos para trás.

Dou um gole, vendo Tanya e Annabel fazerem o mesmo. Esther sacode a cabeça.

Poppy ri.

— Tá, acho que foi fácil demais! Eu nunca tive uma transa casual.

Ela está falando sério? Observo sua expressão, mas Poppy está sorrindo inocentemente, esperando para ver quem vai beber. Para a surpresa de ninguém, todas bebemos um gole. Talvez ainda tenha um pouco da velha Poppy Greer ali, afinal.

— Você é tão tradicional! — diz Annabel. — Que bonitinha, Poppy.

— Chloe, sua vez — fala Poppy. — Vamos em círculo. Não posso monopolizar todas as rodadas.

— Eu nunca...

É difícil pensar em algo que eu não fiz sem parecer uma mulher fácil. Eu gosto de me divertir e não vou pedir desculpas por viver a vida ao máximo. Mas, então, penso em algo:

— Eu nunca transei com uma mulher.

Estou achando que ninguém vai beber. Annabel, Tanya e Esther ficam imóveis. Bom, Annabel começa a levantar o copo, aí obviamente percebe o que eu falei e o apoia de volta. Mas todas ficamos boquiabertas quando Poppy dá um gole enorme do copo plástico.

— Quando? — pergunto. E, porque não consigo me segurar: — Seu noivo sabe disso, Poppy?

Ela dá uma risadinha.

— Bom, espero que sim, porque era isso que eu ia contar a vocês. Meu noivo não é noivo. É noiva. Uma mulher.

— Uma *mulher*?

As outras me olham, surpresas com a revelação. Elas estão de brincadeira? Não acredito que só eu pareço incomodada com isso.

— Tudo certo aí, Chloe? — diz Poppy. — Você não tem um problema com isso, né? Tudo bem gostar dos dois, sabe?

— Parabéns — fala Annabel, rápido. — Fico feliz que você tenha encontrado alguém.

Poppy a ignora.

— Chloe?

Ela devia saber que eu não dou para trás. Ela está pedindo.

— Normalmente eu não convivo com gente que nem você — digo. — Mas também não é uma surpresa, né?

Tanya chacoalha a cabeça.

— O que você quer dizer com isso? — pergunta Poppy.

Está tentando soar séria, mas não consegue esconder a mágoa por trás da pergunta.

— Desesperada para ser amada por qualquer um — respondo. — Você sempre foi a Poppy Grande.

Algo passa pelo rosto de Poppy.

Todo mundo ficou em silêncio.

Sério que ninguém vai me apoiar? Estão todas olhando para a bebida, evitando desesperadamente qualquer contato visual. Que patético.

Olha, pode ser que eu tenha bebido demais, mas foda-se. Eu tenho direito de ter uma opinião.

— Que foi? — digo. — Caramba, relaxa, gente. É brincadeira, tá?

Não é brincadeira, mas enfim. Desde que ela fique sentada lá do outro lado e não se aproxime, não vai me incomodar. Aposto que ela passou anos gostando de mim. Não me surpreenderia.

Tem um momento em que todas parecem se encarar, e então olham para os próprios copos. Poppy ainda está espumando. Finalmente, Annabel abre um sorriso e começa a rir. Tanya e Esther também.

— Você não mudou, Chloe — diz Poppy, mas agora está sorrindo.

Esther é a próxima no jogo, mas está hesitando.

— Vamos lá! — diz Poppy.

— Eu nunca traí ninguém — fala Esther.

Tem uma pausa enquanto todas consideram o quanto querem ser sinceras. Não consigo deixar de olhar de soslaio para Annabel, desesperada para vê-la beber, mas ela continua imóvel. Foda-se. Elas não podem questionar quando, onde e, mais importante, com quem. Decido me sacrificar pelo grupo e beber primeiro.

Tanya e Poppy dão um golinho. Tanya me deixa curiosa, mas pega a deixa rápido para evitar perguntas.

— Eu nunca fiz uma tatuagem — declara.

Eu tenho uma borboletinha na coxa e aponto para ela enquanto bebo. É uma tatuagem que fiz com outra pessoa, na verdade, não que eu vá contar isso a alguém. Minha mãe também tem uma borboleta na coxa. Fizemos para celebrar o último drinque dela e o começo da sobriedade, que, infelizmente, não foi tão duradoura quanto a tatuagem. Agora, conto que tatuei depois de uma noite louca de balada durante uma viagem à Tailândia; é uma história bem mais emocionante.

Poppy sacode o pulso para a gente por um momento, com uma flor vermelho-escura no centro, e bebe em seguida.

— É uma papoula, por causa do significado do seu nome? — pergunta Annabel.

— É uma tatuagem de amor para você mesma, né? — comento.

— Talvez — diz Poppy, mas não explica mais. — Eu nunca furei em um encontro.

Um silêncio desconfortável se estabelece enquanto processamos. Poppy continua tranquila, mas me pergunto o que está rolando por trás dos olhos dela, no que está pensando.

— Aparecer no encontro, ver como ele é na vida real e ir embora conta? — falo, rápido. — Porque, se sim, com certeza vou beber.

— Eu diria que conta — responde Poppy. — Se você não aparece depois de combinar com alguém, independentemente do motivo, conta.

Bebo, dolorosamente consciente de ser a única a fazê-lo. Damos uma pausa no jogo enquanto esperamos Annabel pensar em alguma coisa.

— Esta ilha não é linda? — diz Poppy, gesticulando ao redor.

A jacuzzi dá para o jardim principal, a praia visível logo lá atrás, as ondas quebrando baixinho, indo e vindo, audíveis só para quem se esforça para ouvir. Mas, na maior parte, há silêncio, exceto pela música pop alta que sai do CD Player, e uma escuridão crescente nos lembra exatamente do quanto estamos isoladas. Acima de nós, o céu não está coberto de poluição, mas por uma imensa camada de estrelas.

Esther se recosta para olhar a lua, que está pendurada como um crescente bem acima de nós.

— É tão estranho estar aqui. É tão longe de tudo o que conhecemos.

— Tem muito inseto nesta ilha? — pergunto, e faço uma careta.

Pode ser lindo de morrer, mas, se eu acordar com uma aranha gigante em cima de mim, este lugar é oficialmente um pesadelo.

Poppy parece entretida.

— Não é fã de insetos, Chloe?

Estremeço.

— Nem um pouco.

— Acho que você vai ficar bem. Mas, em uma ilha, nunca se sabe. Claro que vai ter alguns.

Annabel toma um gole cauteloso do vinho.

— Não consigo pensar em nada para o jogo.

Sinceramente, ela é uma inútil. Estou prestes a sugerir algo quando Poppy se intromete.

— Eu nunca fiz algo por caridade.

Ah, que ótimo. Ela vai ser uma dessas pregadoras. Nós quatro ficamos imóveis nesta rodada, nem uma gota de álcool é consumida.

— Eu menti — diz Poppy. — Eu doo para três instituições de caridade diferentes todo mês e também sou voluntária todos os domingos em um abrigo de sem-teto. Só estava curiosa.

— Ei, não é justo! — protesto. — Você não pode simplesmente inventar uma coisa.

Ela bebe o drinque todo, depois reabastece.

— Pronto. Já bebi.

— Bom, mas não conta de verdade — diz Tanya.

— Nenhuma de vocês faz doações para caridade? — pergunta ela. — Mas todas ganham tanto dinheiro.

Franzo a testa. Não sei bem por que ela é tão crítica.

— O dinheiro é meu e eu posso fazer o que quiser com ele. E, enquanto sou jovem, planejo me divertir. Tenho um tempão para ajudar os outros no futuro.

— A Chloe tem razão — concorda Tanya. Claro que ela está me apoiando. Está me devendo um favor e tanto. — E, de qualquer jeito, tem outras formas de ajudar alguém que não seja doar para instituições de caridade. Ouvi dizer que várias doações vão só para os custos administrativos.

— O que você faz em vez disso, Tanya? — questiona Poppy.

— Bom, hum, alguns dos meus eventos são para conscientizar sobre certas causas — diz ela, vacilando.

— Annabel, Esther? — insiste Poppy. — Não só instituições de caridade. Vocês fazem alguma coisa para ajudar outras pessoas?

Annabel evita responder tomando sua vodca.

— Nada — admite Esther, direta. — Mas algumas de nós têm seus próprios problemas.

Ok, o clima pesou legal agora. O que Poppy estava pensando? Ela nota meu olhar quando eu a encaro séria e, para minha surpresa, devolve na mesma moeda, sustentando a intensidade até que desvie, derrotada.

— Talvez essa tenha sido um erro — reconhece Poppy. — A Chloe tem razão, não foi justo. As regras são que a gente tem que falar algo que nunca fez.

— Ah, tudo bem — diz Esther, sempre apaziguadora, tentando melhorar a situação. — Vamos só fazer outra coisa. Talvez seja hora de dormir.

— Eu nunca usei drogas — diz Annabel.

Ah, meu Deus. Sinto os olhos de Tanya em mim, mas a ignoro e dou um gole. Não estou nem aí. Elas que me julguem.

Até Esther, a fanática fitness, tem que beber.

— Se um pouco de maconha no meu primeiro ano de faculdade contar — murmura.

Tanya e Poppy ficam como estão.

Permaneço em silêncio.

— Tanya — diz Poppy. — Você também nunca usou drogas? Sério?

Sinto como se estivesse prendendo a respiração, mas Tanya não cede.

— Nunca — responde ela.

Poppy finge uma grande surpresa.

— Mas você organiza festas em Londres. Com certeza faz parte do trabalho. Nem um pouquinho de, sei lá, cocaína?

Tanya nega com a cabeça, mas fecha a cara. Meu coração está acelerado. No céu, um forte estrondo de trovão. Um minuto se passa e, então, outro ressoa, ainda mais ameaçador que o primeiro. Está chegando mais perto.

— Acho que é nosso sinal para encerrar por aqui — diz Poppy. — Agora que estamos familiarizadas umas com as outras de novo, mal posso esperar para a despedida começar de verdade amanhã.

— Qual é o plano? — pergunta Esther.

— Se não estivermos com uma ressaca terrível, acho que podemos tomar um bom café da manhã e subir o Pico de Deadman. Quanto ao restante do dia, a gente vai vendo.

Minha cabeça se vira automaticamente para a encosta do morro, que paira atrás da casa e parece ainda mais alto do que quando chegamos. Um relâmpago ilumina a cena e um pássaro voa ao longe, assustado com a claridade repentina.

— Eu que não vou ficar aqui na água — diz Tanya, e todas a seguimos, saindo apressadas da jacuzzi e nos enrolando em toalhas.

Poppy está olhando para o céu.

— Robin disse que sempre tem tempestades aqui à noite. Você nunca diria, durante o dia.

— Só umas cadeiras voando e garrafas de cidra rolando — diz Annabel. — Estou ansiosa para a trilha amanhã.

Está? A Annabel que conheço não faria atividades ao ar livre nem morta. É bem mais a cara de Esther. Talvez ela esteja só tentando puxar o saco de novo, jogando aquele charme que ela usa com estranhos e que faz com que eles gostem dela. Mas Poppy não é uma estranha, mesmo que pareça uma.

— Vejo vocês de manhã, meninas — despede-se Poppy. — Será que uma de vocês pode recolocar a cobertura da jacuzzi? Obrigada pela brincadeira, foi bem interessante.

Ela se vai, atravessando o deque e entrando na casa principal.

— Acho que eu não gosto da Poppy — comenta Tanya e, para variar, concordo totalmente.

— Bom, isso não é novidade — rebate Annabel com um sorrisinho.

— Ah, vai, ela não é tão ruim. — Esther pega a cobertura da jacuzzi e coloca ela mesma, depois desliga o CD player. — Só tem um leve complexo de superioridade. Como se vocês três não fossem assim às vezes.

— A gente não é desse jeito — protesto.

— Tá bom. — Ela boceja, cobrindo a boca com a mão. — Estou acabada. A gente já vai?

— Num minutinho — responde Tanya. — Só quero dar uma palavrinha com a Chloe.

As outras duas parecem confusas, mas não discutem e seguem em direção às cabanas.

— Vejo vocês amanhã — diz Esther ao sair, e tenho certeza absoluta de que ela vai me perguntar o que Tanya falou.

Não importa. Eu que não vou contar.

Agora que estamos só nós duas, a noção de isolamento da ilha parece crescer. O trovão e os raios continuam se aproximando, e as primeiras gotas de chuva começam a cair. Sinto meu estômago se revirar. Não sei o que ela vai falar.

Mas Tanya me surpreende.

— Obrigada — murmura, mal conseguindo me olhar nos olhos.

Sério que agora é hora de mencionar esse assunto?

— Tudo bem — digo.

— Ver Poppy — continua ela — é estranho, né?

— É.

— Você é uma boa amiga para mim, Chloe, eu não me esqueço disso. Eu também tenho sido uma amiga boa para você, né?

Tanya está começando a enrolar as palavras e seu rosto, a assumir uma expressão vidrada. Está bêbada.

— Vai dormir, Tan — respondo. — Você está precisando.

Ela estende a mão e agarra meu braço de um jeito surpreendentemente forte.

— É sério. Obrigada.

— Não sei do que você está falando — digo, enfatizando cada palavra. — Mas tá bom.

Ela me solta e caminha lentamente para sua cabana. Eu a observo para garantir que não vai tropeçar.

Preciso mantê-la por perto, mas ela está começando a não valer o trabalho que dá.

SETE

Tanya

19 DE MAIO DE 2023

Por um momento, esqueço onde estou.

A luz suave da manhã entra no quarto. Devo ter aberto as cortinas e a janela antes de dormir. A brisa traz um frescor bem-vindo ao meu rosto. Ainda parece cedo, então me arrumo com calma. Eu me sento e estico os braços, desfrutando dos cliques leves dos meus ombros. De onde estou, consigo ver a trilha que atravessa a floresta e leva à cabana de Esther, uma mescla de verdes e marrons.

Este quarto, esta ilha — este é um mundo desconhecido.

Lembro-me do rosto confuso de Chloe na noite passada. A vergonha, ela tentando continuar a conversa, sem querer falar sobre o assunto. Talvez seja melhor mesmo se fazer de desentendida. Pode ser que seja como ela decidiu lidar com o assunto. Eu também preciso agir dessa forma.

Talvez Poppy esteja sendo sincera sobre querer esquecer o passado. Pareceu até bem feliz ontem, fora a decepção por não fazermos nada por caridade. Talvez eu tenha me preocupado todos esses anos por nada.

Estou prestes a me levantar da cama quando vejo Annabel saindo com tudo da cabana de Esther, a expressão enfurecida. Esther logo vai atrás, usando agasalho esportivo e tentando apaziguá-la. Sei que, se as duas ousassem olhar para cá, iam me ver sentada na cama encarando, então deito de volta e tento escutá-las.

— E isso ser mencionado ontem à noite como se não fosse nada! Ah, nós todas fomos ao Marrocos. Aquela Chloe. Que vaca arrogante ela é às vezes. — A voz de Annabel alta como um grito. Esther tenta fazê-la falar mais baixo.

É realmente por isso que estão discutindo? A porcaria do Marrocos? Faz dois anos. E foi Chloe que mencionou, aliás. Por que brigar com Esther?

— Annabel, você tem que se acalmar. Eu não podia negar, né? E não queria que você sentisse que era obrigada a ir.

— Com certeza foi por isso, sim. Você fez pela bondade do seu coração.

— Os últimos dois anos não provaram exatamente o que estou fazendo pela bondade do meu coração?

Franzo a testa. Do que elas estão falando?

— Você não pode continuar jogando isso na minha cara. Estou tentando, sério…

— Você precisa pôr um fim nisso, Annabel. Não consigo continuar. Você precisa pensar no que vai fazer, porque está sozinha nessa.

— Esther!

Olho discretamente e vejo Esther se afastando de Annabel, irada desta vez, possivelmente indo para uma de suas corridas. Annabel fica lá parada ao lado da cabana e, mesmo à distância, consigo ver cada músculo tenso de raiva, a testa franzida. Em outro lugar — a cabana de Chloe, talvez — algo cai no chão fazendo barulho, e é como se as cortinas tivessem se aberto, de tão rápido que as feições de Annabel mudam. A raiva desapareceu e, em seu lugar, há uma expressão serena, como se nada tivesse acontecido.

Que merda foi aquela? Annabel sai com pressa, provavelmente ansiosa com o barulho repentino e sem querer ser pega perto da cabana de Esther. Eu me sento de novo, com a cabeça girando. Claramente, as duas estão escondendo alguma coisa. Não pode ser que Annabel esteja brava só porque a gente foi ao Marrocos sem ela.

Eu me levanto e vou ao pequeno banheiro, grata porque a ducha só leva uns minutos para esquentar.

Com uma toalha macia cor de pêssego amarrada ao redor do corpo, começo a desfazer a mala. Faço isso com calma, transferindo cuidadosamente cada item dobrado para a cômoda de carvalho embaixo da janela, dispondo minha roupa do dia na cama. Ah, meu Deus, é verdade, ainda temos que subir aquela porcaria de penhasco. Pego meus Doc Martens.

Uma maquiagem rápida e estou pronta. Me pego olhando meu rosto no espelho por um segundo a mais, observando minhas rugas de preocupação, minha palidez, as bolsas sob os olhos. Eu realmente estou tão mal assim ou estou só focando demais? Meu nariz está entupido, não importa quantas vezes eu inspire, e, se eu ficar parada tempo demais, minhas mãos começam a tremer. Acho que as outras não notaram.

— Toc, toc. — Esther coloca a cabeça pela porta. — Posso entrar?

— Pode.

Ela se senta na cama. O cabelo, penteado para trás, cai pelos ombros, e seu rosto está corado.

— Você foi correr? — pergunto, como se já não soubesse.

— Sim, só ali pela orla. Está sendo tão bom não acordar e olhar meus e-mails, sabia?

— Há quanto tempo você está acordada?

— Horas. Eu sempre levanto cedo. — Ela estica as pernas e estende as mãos para segurar os pés, se dobrando para a frente. — E é uma praia ótima para correr. — Ela volta a se sentar. — Lembra que a Robin estava comentando que tem umas piscinas naturais na outra ponta? Eu achei.

— Não sei de onde você tira tanta energia.

— Eu amei aqui — diz ela. — Com certeza vou correr toda manhã enquanto tiver chance. É meu único respiro dos meus e-mails. E das mensagens do Brad.

— Não vai sentir falta de mandar mensagem para ele? — Ele já tinha enviado tantas para ela mesmo antes de entregarmos nossos celulares que o dela era um amontoado de apitos constantes sempre que tinha sinal. — Ele é tão carinhoso.

Ela faz uma cara esquisita.

— É, dá para dizer que sim. Mas, não, acho que estou feliz em dar um tempo das telas. Vamos subir o pico hoje, né?

— Foi o que a Poppy falou ontem à noite. — Passo protetor solar nos ombros e braços. — É uma atividade meio estranha para uma despedida de solteira. Eu achei que a gente fosse passar o dia na praia se bronzeando.

— O melhor que a gente pode fazer é curtir. — Esther dá de ombros. — Foi você que convenceu a gente a vir, lembra?

Minha própria culpa me dá uma pontada no estômago, e falo a única coisa que me perturbou:

— Você não achou meio santinha demais aquela história de caridade ontem?

— Lógico. Mas não deixo isso me afetar. — Ela vai até a porta e aí se vira de novo para mim. — Aliás, enquanto eu estava voltando, a Poppy já tinha acordado e estava fazendo café para todo mundo. Falei que ia avisar vocês.

— Foi por isso que você veio aqui? — pergunto, antes de ela sair.

— Como assim?

— Para me falar que a Poppy estava fazendo café. — Percebo que estou parecendo estranha e ensaio um sorriso despreocupado. — Ou você queria me perguntar alguma coisa?

— Há quanto tempo você está acordada, hein?

Será que ela me viu olhando pela janela quando estava brigando com a Annabel?

Dou de ombros.

— Não muito. Uma meia hora, no máximo.

— Certo.

É alívio? Não sei dizer. Então, noto uma coisa.

— Ei, seu colar sumiu.

— Quê? — Ela toca o pescoço e corre até o espelho, mas não vê nada ali. — Merda. Devo ter perdido enquanto corria. Vou ter que procurar depois.

— Você usa sempre aquela coisa — comento.

— Aquela *coisa* vale muito dinheiro — irrita-se Esther. — Meu Deus, pode ter caído enquanto eu dormia. Acontece às vezes. Vou procurar no meu quarto também.

E, então, Esther sai sem dizer outra palavra.

Sinto o cheiro do café da manhã antes mesmo de eu chegar até ele; Poppy está na grelha fazendo bacon e salsichas. Ela pôs a mesa principal na grama, na sombra, cada lugar na mesa já com talheres e copos cheios de suco de laranja. No meio, há uma tigela cheia de croissants e, ao lado, uma bandeja repleta de torradas.

— Não sabia que um exército vinha nos visitar — digo, dando o máximo para começar a manhã bem com ela.

Ainda parece estranho estar aqui com Poppy. Todas as questões do passado sobre as quais não falamos ainda fermentando sob a superfície.

Para meu alívio, ela sorri da minha piada ruim e acena com a espátula.

— Bom dia, Tanya. Parece que você e a Esther acordam mais cedo que as outras.

— E você mais do que todo mundo.

— Ah, bom, eu não conto — diz ela. — Tenho dificuldade de dormir, sabe? Insônia.

— Ah. Bom, obrigada por ter feito tudo isso. — Gesticulo para a mesa. — Precisa de ajuda?

As outras se materializam como em um passe de mágica bem quando Poppy e eu terminamos. Ela se senta na cabeceira, informando a todas como dormiu maravilhosamente, uma contradição direta do que acabou de me contar. Mas, apesar das alegações de insônia, ela parece descansada e também bem jovem. Não está de maquiagem e seu rosto tem um equilíbrio perfeito, um frescor que o meu parece ter perdido, embora tenhamos a mesma idade.

— Alguém viu meu colar? — pergunta Esther, assim que nos sentamos. — Acho que sumiu enquanto eu corria. Não consegui achar em lugar nenhum do meu quarto.

— O dourado com seu nome escrito? — diz Poppy. — Não vi, não. Mas é lindo.

Chloe sacode a cabeça.

— Nem eu.

— Caramba — murmura Esther, baixinho. — Annabel? Você viu?

Annabel parece se assustar com a menção de seu nome, mas logo nega com a cabeça.

— Não, desculpa.

Ainda parece bizarro. Especialmente depois de tudo o que passamos juntas. Vê-la agora com esse brilho natural me lembra de quando éramos crianças e fazíamos bolo de terra no quintal dos fundos da casa dos pais dela, dizendo uma à outra que éramos bruxas, mas boazinhas, escondidas da sociedade para garantir que animaizinhos tipo sapos e lesmas tivessem protetoras.

A memória me faz sorrir. Poppy me olha e sorri de volta, como se tivesse lido minha mente.

— Podem me passar o suco, por favor? — pede Esther, com um aceno de cabeça para o nosso lado da mesa.

— Claro.

Poppy se levanta com a jarra, traz até mim, e é como se eu soubesse o que vai acontecer antes do fato.

— Meu Deus! Desculpa, Tanya!

Poppy deixou a jarra cair e derramou todo o conteúdo no meu colo, o recipiente cai no chão com um baque, mas sem quebrar. Chloe e Annabel, perto de mim, dão um pulo, surpresas, quando eu jogo a cadeira para trás.

— Meu Deus, você está bem? — Poppy pega minha mão e tenta me ajudar a levantar, mas o suco de laranja deixou sua mão escorregadia, e ela solta bem quando estou quase de pé, o que me faz cair sentada de novo. — Ops! Desculpa!

Chloe corre e me ajuda a me levantar direito. Minha blusa está arruinada, com manchas laranja enormes na barriga, e minhas pernas e meus braços estão grudentos. Mas todas as outras ficaram intocadas, apesar de Annabel ficar checando se o suco respingou nela.

— Eu sou tão desastrada — diz Poppy. — Eu compro uma blusa nova, prometo. Mil desculpas.

— Deixa — falo, irritada.

Talvez seja por causa da raiva borbulhando dentro de mim, mas as palavras de Poppy parecem falsas. Desde quando ela é desastrada, essa mulher que até aqui cuidou de tudo absolutamente sozinha? Que eu vi jogando um pedaço de bacon para o ar e pegando com a espátula meia hora antes? Mas a expressão dela não tem qualquer indício de vergonha. Parece quase um desafio. O olhar dela diz: *Vai, faz alguma coisa. Duvido.*

Toda a minha certeza e os meus bons sentimentos desaparecem.

— Seu café da manhã vai esfriar. — diz Chloe, olhando ao redor, sem saber o que fazer. — Quer que a gente coloque na geladeira para você esquentar depois?

— Eu como agora. Não tem problema.

— Sabe, quase parece que você fez xixi na calça — comenta Poppy, abrindo um sorriso.

Chloe ofega, e um silêncio paira sobre nós.

Depois de tudo, de tanto papo sobre deixar o passado para trás, toda a positividade e o desejo de que fôssemos amigas, ela fala isso?

Todas ficam me olhando, apreensivas. Agora estou hiperconsciente do suco, como se estivesse encharcada dos pés à cabeça, e não consigo suportar mais nem um segundo.

Tiro a blusa, grata por ter colocado biquíni por baixo da roupa, e troco a cadeira por outra. O silêncio permanece enquanto faço isso.

Por fim, Poppy quebra o gelo.

— Eu estava brincando, gente.

— Acho melhor a gente não ficar lembrando essas coisas — murmura Esther, corando.

— Não curte muito olhar para trás, é? — diz Poppy.

Todo mundo volta para seu lugar, me olhando de canto de olho quando pensam que não estou vendo. Não sei o que dizer. Ela derrubou aquele suco de laranja de propósito para dar uma liçãozinha de moral? Ou foi um acidente do qual ela se aproveitou? Não tenho certeza e, ao olhar para as outras, elas também não.

— Bom — diz Poppy, com uma risada curta. — Eu ia comentar como a manhã estava uma delícia, mas agora já não tenho tanta certeza! Vai, vamos nos animar. Temos uma despedida de solteira para celebrar!

As outras riem com ela e estou ciente de que estou pesando o clima, sentada no meio que nem o Grinch. Mas não estou nem aí. Determinada a ignorar o fato de que minhas coxas agora estão grudadas na cadeira graças ao melado do suco, enfio comida na boca, mas desfrutando do gosto bom, e Esther pega mais suco de laranja na cozinha. Estou no segundo croissant quando sinto alguém pressionando meu pé. Levanto os olhos e vejo Annabel à minha frente com um sorriso encorajador.

— Vamos, vai, me contem tudo — diz Poppy. — Quero saber o que vocês andaram fazendo nos últimos dez anos. Já faz muito tempo que não nos vemos.

— Não tem muita coisa para falar — responde Annabel. — A gente já te contou sobre nossos empregos. Bom, elas contaram. Eu sou apenas dona de casa.

— Você sempre foi tão nerd. — Poppy se inclina à frente, a comida espetada no garfo. — O que te fez tomar essa decisão? Espero que não tenha sido só para deixar seu marido feliz.

Annabel cora. Definitivamente foi por isso.

— Ah, sei lá, eu não conseguia descobrir o que queria fazer.

— Que pena. — Poppy coloca a comida na boca e mastiga, pensativa, antes de engolir. — Você sempre foi minha rival em termos de inteligência.

Adorável. Esther parece tão irritada quanto eu.

— Nunca se sabe, talvez eu volte a trabalhar — diz Annabel, embora nunca tenha mencionado isso.

— O que você faria? — pergunta Poppy.

— Psicologia. Usar meus diplomas.

Será? Annabel parece sincera, mas fico surpresa de ela não ter comentado com nenhuma de nós. Analiso as outras, mas parecem tão confusas quanto eu.

— Qual é o hobby de vocês? — insiste Poppy.

Por algum motivo, isso deixa Annabel desconfortável, e ela abaixa a cabeça para evitar o olhar das pessoas.

— Nada de mais.

— Eu amo correr — responde Esther, salvando-a do constrangimento. — Corro todos os dias.

— É, eu te vi hoje de manhã. — Poppy termina de beber o suco e dá uma piscadela para mim que me faz querer socar a cara dela. — Muito admirável. Eu mesma curto mais ioga e pilates.

— Idem — concorda Chloe.

Ela mal tocou no café da manhã, comendo algumas fatias de bacon, uma torrada e empurrando todo o resto pelo prato como uma criança de cinco anos.

— Você não tem ninguém, Chloe? — pergunta Poppy. — Fico surpresa. Na escola, você sempre era a que tinha mais namorados.

É uma cutucada? Pela expressão confusa, Chloe não consegue descobrir também, mas leva na boa.

— Não no momento. Não tenho muito tempo para homens.

— Com certeza isso não deve ser verdade. — Poppy estende o braço e dá um tapinha no joelho dela. — Você vai achar o cara certo se procurar nos lugares certos.

— A Chloe não é muito boa nisso. — As palavras saem da minha boca antes que eu consiga segurar.

Ela fecha a cara para mim, e sei que fui longe demais.

— O que isso quer dizer? — questiona Annabel, franzindo a sobrancelha.

— Nem começa — diz Esther, cansada.

Poppy parece intrigada.

— Deixa pra lá — respondo, para decepção dela. — Eu só estava implicando.

— Se eu fosse você, tomaria cuidado com isso — retruca Chloe. — Você já deu um showzinho hoje.

— Vamos parando com isso! — insiste Esther, enquanto Chloe e eu nos olhamos com raiva.

— E você, Poppy? — diz Annabel, para seguir a conversa. — O que andou fazendo nos últimos dez anos? Como está a sua família?

Engraçado; é uma pergunta tão fácil e típica para se fazer a alguém depois de se passar muito tempo, mas Poppy parece congelar.

— Tudo bem — responde, com uma animação forçada. — Andei ocupada. É que meu trabalho exige muito. Eu comecei logo que saí da faculdade, na verdade. Do meu lado, não tem muito a contar. Estou mais interessada em vocês quatro.

— Ah, ok. — diz Annabel, sem saber como reagir.

Acabamos comendo o restante do café no que acredito ser um silêncio agradável, mas parece mais desconfortável do que qualquer outra coisa, o ar pesado com perguntas do passado não respondidas.

— Acho que agora precisamos gastar essas calorias — diz Poppy depois de todo mundo terminar, ignorando que Chloe está mordiscando o croissant. — Vamos dar dez minutos para a Tanya se trocar e aí subimos a montanha para ver a vista que Robin estava comentando. Todas de acordo?

— Você é a noiva, a decisão é sua — responde Esther. — Podemos tirar os pratos e arrumar tudo, já que você cozinhou.

Poppy sorri.

— Vou dar uma relaxada em uma espreguiçadeira e vocês podem vir me dizer quando estiverem prontas para ir.

Chloe abre a boca para protestar, mas, do outro lado da mesa, Esther sacode a cabeça para ela. Pelo menos acho alguma graça nisso. Chloe, que parece desanimada enquanto Annabel e Esther começam a tirar a mesa, pega emburrada a tigela de croissant com as duas mãos.

— Vê se vai se trocar, Tanya, você está fedendo muito — diz Poppy.

Ela diz isso de um jeito leve, mas parece uma provocação. De repente, volto a perceber o cheiro cítrico de laranja irradiando de mim, o quanto minha pele está pegajosa.

Ninguém mais ouve o comentário. Poppy se afasta na direção das espreguiçadeiras e se joga em uma, levantando a mão para proteger o rosto do sol forte.

— Eu sei que ela é a noiva, mas podia ajudar um pouquinho — resmunga Chloe ao passar por mim.

— É o fim de semana dela. — Esther, sempre tranquila, dá de ombros de novo. — Ela é que manda.

É uma dinâmica de poder interessante. Incomum. Observo Poppy por mais algum tempo, bem depois de as outras terem ido para a cozinha após deixarem a mesa limpa. Eu a pego se sentando e olhando ao redor para checar se todo mundo obedeceu. Ela faz contato visual comigo outra vez, mas não é como quando senti que talvez estivéssemos pensando na mesma memória inocente de infância. Ela me encara com o mesmo olhar desafiador de antes. Então abana a mão como se o meu fedor ainda chegasse até ela.

OITO

———

Esther

19 DE MAIO DE 2023

Estar no pico gera uma sensação surpreendente de liberdade. Ajuda a acalmar minha irritação por ter perdido o colar. Não consegui achar na praia nem no meu quarto. Sei que vai aparecer em algum lugar, tem que aparecer, mas me sinto estranhamente vulnerável sem ele, e minha mão sobe ao pescoço na esperança de o cordão reaparecer como mágica.

A trilha, como disse Robin, não foi muito difícil, especialmente para mim, embora Annabel e Tanya estejam sentadas em pedras recuperando o fôlego. Atrás das cabanas, pegamos o caminho passando pelas árvores até chegarmos à ladeira do início da montanha, que foi ficando mais íngreme até a trilha virar uma batalha ascendente. O acesso se estreitava perto do fim, nos obrigando a andar em fila única até o pico se abrir à nossa frente, com alguns metros de largura. Alguém, há muito tempo a julgar pela ferrugem na superfície, tinha cruzado as pedras irregulares, ido até a ponta e colocado uma cruz na beira do precipício. A grama sob nossos pés é alta e livre, com ervas daninhas germinando por todo lado. A superfície não é plana, como o gramado da casa, e sim bastante acidentada, o que me faz pisar com cuidado. Há uma árvore solitária no meio, e alguns dentes-de-leão floresceram embaixo. O pico em si não é muito bonito, um espaço bem pequeno coberto de vegetação, com pedras se projetando por todo lado, que as outras ficam gratas de poder usar como bancos enquanto eu chego mais perto da beirada.

Olhar para baixo, embora eu mal chamasse isso de uma montanha de verdade, não é para os fracos. Chuto que a queda é de quase vinte metros direto no mar, onde as ondas enfrentam uma corrente mais forte e batem na face da pedra com fúria. A água também é menos clara, talvez porque a corrente agite a areia e embace a superfície, gerando uma incerteza adicional sobre o que há embaixo.

Mas estou dando atenção às coisas erradas. O pico, a queda, o mar — esse não é o verdadeiro apelo. Robin não estava errada. A vista é sensacional.

De onde estou, consigo ver a ilha toda. A praia principal se estende de um lado, a areia branca resplandecendo, e uma menor corta o outro, com um trecho minúsculo de areia que vai até o topo da ilha. Próximo, há mais uma cabana, pintada de verde para se mesclar com as árvores em torno.

— Para que serve aquela cabana? — pergunto, apontando.

As outras param ao meu lado, apertando os olhos na direção do meu dedo.

— Não consigo ver nada — diz Annabel. — O que exatamente estamos olhando? Que cabana?

— A verde. — Aponto de novo. — Perto da praia menor, bem ali no topo.

— Eu vi! — grita Chloe, triunfante. Aí, fecha a cara. — Que estranho, a Robin não mencionou outra cabana. Sabe para que serve, Poppy?

Poppy também está de cara fechada, expressão intrigada enquanto analisa a cabana.

— Talvez estivesse aqui quando fizeram as primeiras construções da ilha. Duvido que esteja em condições de uso hoje em dia.

— Vou ter que tentar investigar em uma das minhas corridas — digo. — Pode estar cheia de coisas antigas.

— Ah, aliás! — Poppy bate na testa. — A Robin me contou, sim. Ela disse que é onde fica o gerador de eletricidade. Falou que era melhor ficar longe, já que tem um monte de bugiganga eletrônica. O acesso já está praticamente restrito mesmo.

— Que pena.

— Mas que vista, hein? — diz Annabel, suspirando.

Não faz muito o tipo de Annabel ficar ao ar livre. Ela é uma mulher urbana, fica bem mais confortável em um dia de compras e chá da tarde do que em fazer trilhas e desbravar a natureza. Depois da nossa discussão de manhã, ela está me ignorando, e mesmo agora se concentra na vista lá fora, como se eu não existisse. Tanya, em geral melhor em fingir que está se divertindo, está de mau humor a manhã toda depois do fiasco do suco de laranja, vestindo um conjunto novo de short jeans e blusa, com uma carranca como acessório.

Já Chloe, que eu achei que fosse reclamar ainda mais do que Annabel e que resmungou a subida toda que os sapatos estavam machucando, está de muito bom humor desde que a gente chegou. Pegou a câmera digital que Poppy trouxe e tirou várias fotos dramáticas da vista da ilha de um lado e depois de outro, além de várias na trilha, e agora está implorando para alguém tirar uma dela com a vista no fundo.

— Por favor, Tanya! — implora ela, enfiando a câmera na mão de Tanya. — Só algumas, e aí me deixa ver a luz.

— Meu Deus, tá bom.

Só Chloe mesmo para fazer Tanya virar fotógrafa. Não consigo segurar uma risada com Tanya fotografando enquanto Chloe posa.

— Você é bem fitness, né?

A voz de Poppy ao meu lado me faz dar um pulo. Não a escutei vindo na minha direção.

— Assim, acho que até sou — respondo. — Corro uma maratona todo ano. Mas não tenho força nenhuma.

— Que incrível! Mas tem que tomar cuidado nas suas corridas.

— Como assim?

Ela aponta meu pulso, os hematomas nele agora óbvios, três marcas distintas.

— Você deve ter batido hoje de manhã quando foi correr, né?

Dou de ombros.

— Acho que sim. Não tenho certeza. Eu fico roxa muito fácil.

Isso, pelo menos, é verdade. Até uma batidinha me deixa roxa por dias. Fecho a mão em torno do pulso. Não percebi que minhas mangas tinham se arregaçado, expondo meus braços. Por mais que esteja calor, fico melhor assim.

— Fico impressionada com a sua dedicação.

— Sério? — O comentário escroto de Chloe para Poppy ontem à noite ainda ressoa em meus ouvidos. Eu não devia ter rido junto; foi covarde da minha parte. — Olha, sinto muito pela Chloe ontem — falo agora, baixinho.

Poppy parece surpresa e levanta as duas sobrancelhas.

— Já ouvi coisa pior. E, de qualquer forma, não foi você que falou.

— Não, mas eu não esperaria um pedido de desculpas dela.

Isso parece diverti-la.

— Pode acreditar, não vou esperar.

— Ela é difícil, às vezes — digo, tentando conciliar.

— Tomara que você encontre logo seu colar — diz ela, como se estivéssemos falando disso o tempo todo.

— Vamos tirar uma foto de grupo!

O grito animado de Chloe nos distrai, e ela nos reúne para uma selfie. Poppy de início fica de lado, sem saber se está incluída nesse pedido, antes de eu a puxar e a colocar entre mim e Tanya. Chloe segura a câmera no alto, enquadrando todas nós, e abrimos um sorriso largo.

— Digam "despedida de solteira!" — grita ela.

— Despedida de solteira! — ecoamos, e há um senso real de união. Estamos todas sorrindo uma para a outra, até Tanya.

— Vir aqui foi uma ótima ideia — comenta Chloe quando nos separamos.

— Vamos olhar a foto, então.

Pego a máquina e analiso a imagem de nós cinco. Estamos todas sorrindo, Chloe mais do que qualquer uma, mas tem alguma coisa estranha. Ela está com a mão no ombro de Tanya como se fosse cair a qualquer momento. Annabel está separada do grupo e não olha direto para a câmera. Parece estranho Poppy estar entre mim e Tanya, como se fosse para ela estar lá desde sempre, mas, mesmo assim, se destacando demais. Meu hematoma está escondido atrás das costas de Tanya, graças a Deus.

— Que linda — digo, quando percebo que todo mundo está esperando uma resposta. Devolvo a máquina a Chloe. — É bom ter uma foto de todas nós.

— Nem precisamos de celular — completa Poppy, triunfante.

Tanya se senta em uma pedra, enquanto o restante de nós volta para olhar a vista. Até Annabel ousou chegar mais perto da beirada.

— Não está sentindo falta do seu? — pergunto a Chloe.

— Está tudo bem.

Chloe guarda a câmera e observa direito a vista.

Poppy caminha ao lado de Annabel.

— Lembra a última vez que nós cinco estivemos juntas assim?

— Na escola? — diz Annabel, franzindo a testa.

— Mais específico que isso — rebate Poppy.

Levo um segundo para perceber o que ela quer.

— A prova de Artes — digo.

Poppy faz que sim.

— Isso. Alguém lembra a data certinha?

— Dia 22 de maio — responde Tanya, me surpreendendo.

— Faz quase dez anos — Poppy nos informa. — Uma década inteira entre agora e aquela época. Daria para acreditar que, dez anos depois daquele momento, íamos estar todas juntas outra vez?

Por que ela está falando disso? Todas trocamos olhares inquietos, sabendo o que aconteceu.

Poppy coloca a mão nas costas de Annabel. Ela é tão rápida que nenhuma de nós tem tempo de reagir. Annabel vira a cabeça na direção dela horrorizada, boquiaberta, levantando as mãos em defesa.

Poppy a empurra.

Annabel cambaleia à frente, mas está longe demais da beirada para acontecer qualquer coisa. Ela finca os pés e se equilibra.

Foi um empurrão leve. Algo pensado para provocar, não machucar.

Estamos todas olhando chocadas para Poppy, que cai na gargalhada.

— O que foi isso? — grita Annabel, se afastando da borda e parando atrás de mim. Tanya dá um passo à frente e Chloe também se move para se juntar a nós, então agora estamos em fila olhando para Poppy, que continua rindo, secando uma lágrima dos olhos.

— Não teve graça, Poppy — digo. — Annabel podia ter morrido.

— Ah, para com isso, Esther — responde Poppy, sorrindo para a gente como se fosse uma conversa normal. — Ela estava a um metro da beirada. Um empurrãozinho de nada não ia matar.

— Está tudo bem? — pergunta Chloe quando Annabel começa a ficar com lágrimas nos olhos. — Você está bem, não chegou perto da beirada, juro.

— Como você pôde fazer isso? — pergunta Tanya.

Poppy joga as mãos para o alto.

— Foi uma *piada*. Vocês lembram como é, né? Vocês quatro? Pelo que me recordo, vocês gostavam muito de piadas.

Ela lembra, sim. Eu sabia.

— Eu sei que era brincadeira, mas nunca mais faça algo do tipo — digo, e tento fazer um gesto de cabeça para Poppy, mas ela me olha sem nem prestar atenção.

— Se alguém devia ter medo aqui em cima, sou eu — diz. — Afinal, eu sei do que vocês são capazes.

NOVE

Poppy

4 DE SETEMBRO DE 2006

Querido diário,

Meu Deus do céu. Primeiro dia do Fundamental II! É grande e assustador que nem todo mundo fala. Apesar de eu ser praticamente adulta agora, porque acabei de fazer onze anos, não importa o quanto a mamãe e o papai tentem me convencer de que vai ficar tudo bem. Já paguei o maior mico do mundo.

Desculpa, não é assim que os diários têm que começar, né? Ah, bem! O diário é meu e eu posso fazer o que quiser. Mas talvez seja melhor me apresentar porque a mamãe sempre me diz que é educado fazer isso quando conhecemos gente nova. Não que você seja uma pessoa nova, mas deu para entender. Se alguém no futuro, tipo daqui a cem anos, descobrir este diário escondido embaixo da terra, ia ficar tipo: ah, uau, quem dera a gente soubesse quem era e pudesse fazer ela ficar famosa na história. Então, não vou arriscar! Se bem que eu com certeza vou ser famosa de qualquer jeito. Vou ser uma artista famosa, pode esperar para ver. E aí este diário vai ser mais incrível ainda, porque vai ser o diário de uma celebridade. Imagina se achassem o diário do Picasso ou do Van Gogh ou do Leonardo da Vinci. É basicamente igual.

Estou me antecipando, né? Meu nome é Poppy Greer, eu tenho onze anos e moro em Bristol. E hoje foi o primeiro dia do ensino fundamental II e foi um DESASTRE TOTAL.

Nível humilhação-mortal-cara-vermelha-humilhante-total. E quero me fazer de corajosa e tentar superar, mas e se agora for assim? Eu sempre vou ser conhecida como a fracassada que passou a maior vergonha no primeiro dia.

Ainda bem que eu tenho a Tanya. Ela é minha melhor amiga desde aquele primeiro dia na recepção, quando nós éramos pequenininhas. Eu estava lendo um livro quando ela me perguntou sobre o que era, e a gente nunca mais se separou.

Agora estamos no sexto ano e é uma doideira pensar o quanto crescemos. Vou amar todas as matérias novas (mas Artes ainda vai ser a melhor, claro!). Na assembleia de boas-vindas, cheia de mais de duzentos outros alunos do sexto ano, o diretor explicou nosso currículo e o que a gente vai fazer. Tudo parece maravilhoso e eu pude sentar com a Tanya enquanto ouvíamos, porque ela está no meu grupo de tutoria, graças a Deus. Apertei a mão dela quando começaram a falar do departamento de Teatro. A Tanya ama atuar e diz que quer ser uma atriz famosa quando crescer, e eu sei que a maioria das pessoas nunca realiza os sonhos, mas acho mesmo que ela vai conseguir.

A Tanya pode estrelar filmes de Hollywood e eu posso ser exposta em todas as galerias de arte do mundo. Minha professora do primário disse que eu era a melhor aluna de Artes que ela já viu, e ela sabia ser bem cruel quando queria. Ela nunca elogiava à toa, então eu sei que estava falando a verdade e que eu sou talentosa.

Enfim. Deixa eu falar do INCIDENTE HORRÍVEL, porque é isso que eu quero focar mesmo.

Estávamos fazendo um tour da escola com nosso grupo de tutoria, e nosso tutor estava indo na frente. (Meu Deus do céu, nosso tutor! Distração completa da questão principal, mas acho que ele deve ser o cara mais lindo do mundo na história dos homens. E com certeza não sou só eu que acho!) A maioria das garotas estava na frente do grupo, seguindo ansiosas, enquanto os meninos andavam no meio. Tanya e eu ficamos para trás, curtindo ver a escola toda e tentando garantir que íamos lembrar o caminho para não nos perdermos. Tinha outro grupo de garotas distante, ainda mais do que nós, agindo como se não estivessem nem aí. Apesar de o sr. Edwards falar que a gente tinha que fazer silêncio, elas estavam cochichando sem parar.

Uma delas bufou e soltou uma risada alta. Olhei para o sr. Edwards, preocupada de ele achar que éramos eu e a Tanya, mas ele nem tinha escutado, continuou o tour e descreveu o departamento de História enquanto entrávamos em um corredor cheio de cartazes sobre as guerras mundiais e as sufragistas.

Eu não devia ter olhado para elas. Eu sei, eu sei! Mas elas me viram olhando e chegaram perto.

— Meu nome é Annabel — disse a do meio — e essas são a Chloe e a Esther.

Era a Chloe que tinha rido bem alto, e ainda estava dando risadinhas. Pensando bem, era muito óbvio que ela estava segurando alguma coisa atrás de si, mas eu estava ocupada demais olhando para a Annabel, ok?

— Como vocês se chamam? — perguntou Esther e, sim, ela também estava segurando alguma coisa atrás das costas.

Falei meu nome, mas estava muito nervosa e, quando a Tanya falou o dela, não consegui deixar de pensar em quanto ela parecia mais confiante do que eu.

— *Não sabia que vocês duas tinham tanto medo de História* — comentou Annabel, apontando para um dos cartazes pelos quais estávamos passando. — *Eu sei que parece bem gráfico, mas é importante aprender. Não precisa ter medo.*

— A gente não está com medo — rebati.

Na hora, fiquei muito confusa. Eu amava História, não tinha medo de um cartaz idiota. Ganhei o prêmio mais importante no Fundamental I pelo meu projeto sobre mulheres romanas.

Tanya viu antes de mim e conseguiu pular para trás. Eu estava ocupada demais franzindo a testa para os cartazes e tentando entender do que eu devia ter medo quando Chloe e Esther tiraram um suco de caixinha das costas e esguicharam em nós, mirando na virilha. Eu fiquei encharcada, mas, pior, parecia que tinha feito xixi na calça. Esther e Chloe jogaram as embalagens no lixo e começaram a gargalhar.

É. Basicamente, parecia que eu tinha acabado de fazer xixi na calça no meio do corredor.

Mas fica tranquilo que vai piorar.

— Ah, meu Deus! sr. Edwards! — chamou Annabel. — Esta menina acabou de fazer xixi na calça! Poppy fez xixi na calça!

E, aí, ela também caiu na gargalhada.

Para meu horror, a turma toda parou de repente e se virou para me olhar enquanto o sr. Edwards vinha lá da frente do grupo, tentando entender a cena. Eu, com a calça molhada e o rosto quente. A poça de líquido no chão no meio dos meus pés. As três apontando para mim, fazendo com que os outros fizessem o mesmo, todo mundo gargalhando e eu sendo a piada. Eu não conseguia mais nem olhar.

— Você está bem, Poppy? — perguntou o sr. Edwards. Ele se virou para todos os outros e levantou a voz. — Já chega! Não quero ouvir ninguém rindo dela. Vão me esperar no fim do corredor e se eu pegar vocês se comportando mal, vão todos ficar de castigo mesmo sendo o primeiro dia. Está claro?

Lembro palavra por palavra, porque eu só conseguia pensar: meu Deus, o sr. Edwards acha que eu fiz xixi na calça. Ele está tentando me proteger. Está piorando tudo.

— Eu não fiz xixi na calça — falei, fraca, tarde demais. — Foram a Chloe e a Esther... elas...

Então Annabel passou e sacudiu a cabeça para mim.

— A Chloe e a Esther? — repetiu ele. — O que elas fizeram?

Eu não podia ser dedo-duro no primeiro dia. Simplesmente não podia.

— Nada — respondi.

O sr. Edwards enrugou a testa para mim, mas deixou passar.

— Vamos, você vai se limpar e com certeza deve ter uma calça extra na Educação Física. Vou pedir para alguém te levar para a recepção e cuidar disso, tá? E, se precisar de um atestado médico por causa da sua bexiga...

— Sr. Edwards, não — sussurrei, sabendo como devia parecer que eu estava sofrendo. — Eu não fiz xixi na calça. Eu juro. Por favor, não fala nada sobre isso.

— Bom, tudo bem. — Outra aluna estava passando, e ele a chamou. — Você consegue levar uma das minhas alunas do sexto ano para a recepção?

— Sim, senhor — disse a menina, me olhando de cima a baixo com curiosidade.

O sr. Edwards sorriu para mim.

— A gente se vê mais tarde. E fica tranquila, não vou deixar ninguém ficar falando sobre isso.

Quando ele voltou para o restante da turma, não consegui deixar de me perguntar como ele pretendia fazer isso. Até eu falaria com a Tanya sobre a menina que fez xixi na calça no primeiro dia, e não ia acreditar nela, não importava o quanto ela insistisse que não tinha feito.

Agora, vai ser uma história para sempre. Vou ser sempre aquela garota. E, para piorar minha humilhação, apareceu uma faxineira com um esfregão e um balde bem quando eu e a menina íamos sair. O corredor já estava vazio, mas mesmo assim foi horrível e eu fiquei apavorada que outro grupo do sexto ano passasse por ali durante o tour.

A outra aluna, no fim das contas, era do nono ano, e foi gentil o suficiente para não perguntar por que eu estava ali parada com a calça molhada. Em vez disso, ela me levou até onde eu precisava. A equipe da recepção me deu uma calça extra, que não era tão diferente da que eu estava usando, e uma sacola plástica para levar a minha para casa. Quando voltei à sala do sr. Edwards, as aulas tinham começado e ele precisou me levar até a de Matemática.

Por sorte, Tanya tinha guardado um lugar para mim e, quando me sentei, ela estendeu o braço e apertou minha mão.

— O que aconteceu? — cochichou ela.

— Eles me deram uma calça extra. Só isso.

— Você não falou para o sr. Edwards que foram a Chloe e a Esther?

A menção dos nomes delas me fez olhar ao redor, tentando achá-las. Chloe, Esther e Annabel estavam em uma mesa de quatro, com a outra cadeira ocupada por um garoto que já estava com a cabeça apoiada na mesa. Elas me pegaram olhando e sorriram, tapando o nariz.

— Não — murmurei para Tanya. — Eu não queria ser dedo-duro. Mas devia ter falado. E por que você não me ajudou?

— Desculpa. — Ela apertou minha mão de novo. — Sério, Poppy, desculpa. Não vai acontecer de novo. Daqui para a frente, vamos ficar juntas.

Não foi o primeiro dia que eu queria. Tanya não mentiu e ignorou as três garotas quando tentaram falar com ela, até mandou Esther ficar quieta quando ela tentou mencionar o que tinha acontecido. Mas quando cheguei em casa, segurando aquela sacola idiota, eu estava exausta.

Basicamente, só queria subir direto e escrever tudo isto aqui, mas não tinha como passar tão fácil pela mamãe e pelo papai.

Aff, pais, né? Eu sei que eles querem o nosso bem e tal, mas, às vezes, você só quer ficar na sua e eles vivem incomodando. Fazendo você descer e passar tempo com eles. Comer todas as refeições juntos, e é bom limpar todo o prato! Mesmo que você esteja mal. Mas não conte para eles que está chateada, porque aí vocês só vão falar disso a noite toda.

Olha, eu amo meu pai e minha mãe, sério. É que eles podem ser meio exagerados, tá?

Eles estavam fazendo o jantar quando entrei pela cozinha, jogando a mochila e a sacola na bancada da ilha e me sentando em um dos bancos altos.

Eu sabia que não adiantava ir direto lá para cima, porque um deles ia vir atrás de mim e perguntar o que tinha acontecido, por que eu não *tinha ido falar com eles, especialmente no meu primeiro dia. A mamãe estava descascando batata enquanto o papai cuidava de uma panela, mas os dois pararam o que estavam fazendo e me deram um abraço quando me viram. Até minha irmã mais nova, Wendy, que geralmente vive presa no próprio mundo, saiu do sofá e entrou no abraço. Ver a Wendy de uniforme, com as cores da escola em que eu havia estudado, me deixou nostálgica e um pouco emotiva.*

Queria poder voltar.

Não, não queria! Não vou riscar isso porque vai estragar a página, mas não falei sério. Nem sei por que eu escrevi isso. Sinceramente, estou sendo ridícula por causa de um momento bobo.

— Como foi seu primeiro dia no Fundamental II, querida? — perguntou minha mãe, voltando às batatas. — Estamos fazendo sua comida favorita hoje para comemorar: batatinhas fritas caseiras e o macarrão com queijo do seu pai.

— Delícia — respondi automaticamente. — Obrigada, gente.

Mas meus pais não deixam passar nada.

O papai gesticulou para mim com a colher de pau.

— Você não respondeu a pergunta. Como foi a escola? Os professores eram legais? Você fez alguma amizade nova? Conseguiu ver o departamento de Artes?

Momento humilhante número dois chegando.

— O que é isso? — Wendy pegou a sacola plástica e olhou dentro. — Por que tem uma calça fedida aqui?

— Quê? — Mamãe veio olhar e eu quis afundar naquele banco. — Poppy, o que é isso? — Ela olhou direito para mim e percebeu. — Você está usando outra calça. O que aconteceu?

— Derramaram suco em mim, só isso — falei. — Então, a escola me deu uma calça de Educação Física.

— Ainda dá para sentir o cheiro! — A mamãe tirou a calça, deixou a sacola cair no chão e inalou fundo. — Está até meio úmida. Quanto caiu em cima de você? Parece que a caixinha toda!

Wendy levantou uma sobrancelha. Ela está ficando boa nisso. Sempre gosta quando consegue fazer alguma coisa que eu não consigo.

— Como é que se derrama um suco de caixinha?

— Exatamente o que eu estava pensando. — Mamãe colocou a calça na máquina de lavar, aí se debruçou na ilha da cozinha para olhar para mim. — Alguém por acaso fez isso de propósito?

— Não, mãe! — falei, irritada, odiando ver os olhos dela se arregalarem de mágoa. — Eu te disse que foi um acidente. Só isso. Meu dia foi normal, tá? Normal.

— Poppy...

Mamãe estendeu o braço para mim, mas eu me levantei, empurrando o banco para trás.

— Só me deixa em paz.

Saí correndo da cozinha e subi as escadas até a segurança do meu quarto.

E é aqui que eu estou agora, escrevendo em você, diário. Eu sei que eles vão entrar já, já. Sei que vão me consolar, me fazer rir, melhorar as coisas um pouco. Mas eu só quero esses minutos sozinha.

É bobagem. Vai ficar tudo bem.

Ah, meu Deus, olha eles batendo na porta agora. Lá vem o batalhão do consolo.

27 DE JUNHO DE 2007

Querido diário,

Antes de mais nada, eu sei que faz quase um ano desde que escrevi aqui. Desculpa, tá? As coisas andam... difíceis.

E, quando as coisas ficam difíceis, o que eu faço? Pinto. Não sou escritora. Era para isto aqui ser um caderno para escrever sobre todas as coisas legais do Fundamental II. Todas as festas para as quais eu ia ser convidada. Todos os amigos incríveis que eu ia fazer.

É, não rolou.

Então, andei pintando muito. E, bom, pelo menos está indo bem. Definitivamente sou a melhor em Artes no meu ano e, para ser sincera, provavelmente na escola toda. E não estou me gabando, é o que meus professores me disseram. Eu vi minhas obras à mostra ao lado de algumas dos grupos de alunos mais velhos e, desculpe, mas as minhas são melhores.

Será que eu pareço muito arrogante? Não é de propósito. Juro que é só nesse caso. Arte é a única coisa agora que me deixa feliz, então deixa eu me gabar mais um pouquinho, por favor. Senão, acho que vou enlouquecer de vez. Talvez já tenha enlouquecido? Toda esta entrada no diário até agora foi só loucura.

O departamento de Artes fica no térreo da escola, bem nos fundos, então, a não ser que você esteja indo lá para fazer aula, não tem como ver. Mas quando você começa a andar pelo corredor naquela direção, vê todos esses quadros e esculturas incríveis que os alunos fizeram ao longo dos anos. Uma das minhas pinturas agora está lá também, ao lado de algumas outras de alunos mais velhos, e eu me sinto bem especial por isso. Definitivamente é uma das mais modestas, só um campo bonito e umas garotas brincando na grama. Os professores já me disseram que sou meio experimental com algumas peças, mas não posso conter meu modo de expressão, ou é o que eu digo a eles, o que acho que parece bem adulto e importante, como se eu fosse uma artista de verdade.

Tem três professores de Artes, mas minha favorita é a srta. Wersham, porque ela é jovem e bonita, e sempre fica muito impressionada com tudo o que eu faço, mesmo que às vezes me diga para ir com calma. Ela me ensinou a fazer sombreado com um lápis comum para parecer bem realista, e estou praticando desde então. Na outra semana, eu desenhei um pássaro bebê caído do ninho e a mãe pássaro procurando, e ela me disse que, apesar de eu realmente ter começado a acertar a técnica, era um pouco triste demais para ser exposto. E, tipo, sério?! Arte não deveria ser sobre emoção?

Ela expôs o desenho bobo de Ollie, um foguete decolando para o espaço. Ele estava lá quando ela me mostrava a técnica do lápis e é claro que ele tinha que tentar. Ollie Turner é um garoto da minha sala. Ele é ok, definitivamente também é bom em Artes, mas não tanto quanto eu. Eu sou a melhor. Ele tem que se contentar em ser o segundo e acho que se irrita muito, porque pareceu bem arrogante quando a professora Wersham colocou o dele e não o meu. Não consegui não dizer para ele que era porque, apesar de o meu ser "brilhante" (juro que ela usou essa palavra!), era emotivo e triste demais para ser exposto. As pessoas iam se chatear.

Gosto muito dessa ideia de que meu talento produziria emoção nas pessoas. Os melhores artistas não fazem exatamente isso? Entristecem as pessoas.

E, enfim, eu estou triste! Estou projetando minha verdade na arte! Que é o motivo todo de eu estar escrevendo aqui de novo.

Então. A grande notícia. A notícia horrível. O motivo de eu não ter escrito aqui foi porque fiquei esperando ela mudar de ideia e voltar para mim, porque com certeza sete anos de amizade significam mais do que umas garotas idiotas que jogaram um suco idiota em mim no primeiro dia.

Mas, agora, tenho certeza. Então, não dá mais para esconder.

Eu e Tanya não somos mais melhores amigas. Ela se juntou com Annabel, Chloe e Esther. E eu não tenho ninguém.

Foi tão gradual que no começo eu nem notei. Mudaram Tanya de lugar e a colocaram do lado da Annabel em várias das nossas matérias, por causa da organização de acordo com a ordem alfabética dos sobrenomes. Então, óbvio, elas tinham que conversar porque estavam fazendo os mesmos trabalhos.

Mas as semanas foram passando e Tanya começou a ficar ocupada depois da escola, que era quando a gente se encontrava todos os dias.

Virou uma vez por semana, uma vez a cada duas semanas e depois nunca. Tanya me disse que a mãe falou que ela precisava levar a escola mais a sério agora que estava avançada, então ela não tinha tempo para sair.

Eu não sou boba. Suspeitei que não fosse verdade. Achei que talvez algumas pessoas da escola tivessem convidado ela para as coisas e Tanya ficasse com pena de me contar. A gente ainda se via em todo intervalo e almoço, até que, depois do Natal, peguei uma gripe forte e precisei faltar por três dias. Quando voltei, esperando que Tanya estivesse superentediada sem mim, vi que ela estava se divertindo e fofocando com Annabel, Chloe e Esther, e ela voltou com muita relutância a se sentar comigo.

Isso durou mais umas semanas e, aí, ela parou de ficar perto de mim. E, pior, foi quando começou a se juntar a elas no bullying.

É. Isso não parou. Não foi só um trote de primeiro dia. Todo dia elas riem da minha cara. Às vezes, finjo que estou doente para ficar em casa e longe delas, mas a mamãe está começando a desconfiar.

No almoço, muitas vezes tento ficar na sala da srta. Wersham. No começo, ela aceitou, mas, quando começou a ser todo dia, até a professora se cansou de mim. E não ajudou o fato de Ollie e uns outros alunos que gostam de arte acharem que eu estava tendo ajuda extra e que era tipo um clubinho artístico do almoço, então ela precisou mandar todo mundo embora.

Enfim. Vamos ao motivo para eu estar escrevendo agora. O desastre do meu aniversário.

Quando meu aniversário chegou, no fim de junho, Tanya e eu tínhamos parado completamente de nos falar. Mas o problema era que meus pais não sabiam. Não dá para contar para os pais que de repente você virou uma fracassada, né? Era melhor eles não saberem. Mas isso quis dizer que, apesar de eu ter implorado, eles insistiram em convidar a Tanya para minha festa.

— *Você tem que convidar a Tanya, ela é sua melhor amiga* — *disse mamãe, pegando o telefone para ligar para a mãe de Tanya.*

— Por favor — implorei. — Eu só quero a família. Eu, a Wendy, você e o papai. Ia ser bom.

— Que bobagem — respondeu ela, e pronto.

E foi por isso que quando estávamos sentados, com a comida à mesa da cozinha esperando a Tanya, não consegui aguentar. O tempo passou e, logo, ela não estava só dez minutos atrasada, mas meia hora. Fico com vergonha até de escrever isto, mas parte de mim achou que talvez ela viesse. Era meu aniversário. Tanya não precisava falar para as outras pessoas. Eu não ia contar. Podia ser como nos velhos tempos.

No ano passado, fomos a um parque juntas e aí fizemos uma noite do pijama na minha casa e pedimos pizza, foi ótimo. Fizemos pulseiras da amizade e falamos que íamos ser melhores amigas para sempre.

Spoiler: ela não apareceu.

— A Tanya não é assim — comentou mamãe, franzindo a testa e olhando o relógio pela terceira vez. — Será que aconteceu alguma coisa?

— A Tanya não vem aqui faz séculos — murmurou Wendy.

Eu não contei nada do que está acontecendo para a Wendy, mas ela é observadora. Eu sei que a mamãe e o papai acham que ela é meio que uma criança prodígio e vivem se estressando de não estarem fazendo o suficiente por ela, sendo que ela já faz aulas particulares de violino, mandarim e matemática avançada. Ela pegou um sanduíche quando a mamãe não estava olhando e enfiou tudo na boca, dando de ombros para mim.

Mas era verdade. A última vez que Tanya veio dormir aqui foi no feriado da Páscoa, e foi só porque a mãe dela tinha um evento de trabalho e teve que viajar para Manchester. Foi esquisito o tempo todo, especialmente quando, no fim daquela semana, Annabel, Chloe e Esther ficaram me zoando por causa da minha casa com base no que a Tanya tinha contado.

— Vamos comer logo — falei. — Não quero desperdiçar a comida.

A mamãe e o papai tinham feito o maior esforço para comemorar que eu estava fazendo doze anos. Tinha o suficiente para alimentar uma multidão.

Como se não pudesse piorar, a mamãe decidiu escolher o caos.
— Não, espera aí, vou só dar uma ligadinha para a Jane.
A mãe de Tanya.
Tentei implorar para ela parar, tentei mesmo.
— Mãe, não! Está tudo bem.
Ela me ignorou, pegando o telefone fixo e discando o número da casa de Tanya. Ela sabia de cor, de tanto que a gente era próxima. Ela sempre tinha que ligar para perguntar se eu vinha lanchar em casa.
— Oi, Jane, é você? É a Sue, mãe da Poppy. — *Ela se virou de costas para mim, enquanto eu fazia mímica para ela desligar.* — Estamos na festa de aniversário da Poppy e queríamos saber se a Tanya já saiu. A gente está esperando por ela, sabe, e... como?
Fechei os olhos.
— Quando era para ela fazer isso? Ninguém ligou hoje de manhã. — *A mamãe me olhou.* — Certo. Entendo. Bom, obrigada, Jane. Não, obrigada, eu falo. Um abraço.
Ela desligou e suspirou.
— E aí? — *disse o papai.* — A Tanya vem?
— Não. — *Mamãe colocou o telefone no lugar e se sentou.* — Aparentemente, teve algum mal-entendido. Ela não vai conseguir vir hoje. Mas a Jane me disse para te falar que ela desejou feliz aniversário e que tem um cartão no correio para você. Agora, vamos comer?
Não sei o que Jane disse, mas depois, quando olhei o Facebook, vi a verdade.

Me divertindo pra caramba hoje com minhas melhores amigas!

Tanya tinha postado uma foto e marcado Annabel, Chloe e Esther. As quatro juntas no parque tomando sorvete. Estavam todas sorrindo para a câmera, se abraçando, o sol brilhando atrás.
Era um passeio tão simples. Nada especial. Só sorvete no parque. E Tanya não conseguiu abrir mão nem disso por mim no meu aniversário, depois de tudo.

Entrei embaixo da coberta e chorei. Não achava que, no fim, ia ficar tudo bem. Só chorei e chorei e nunca mais queria encarar o mundo de novo.

Desculpa pelas manchas. Eu não queria chorar escrevendo isto. Achei que escrever fizesse a gente se sentir melhor. Isso é uma mentira deslavada.

Mesmo assim. Pelo menos, posso fingir que você é meu amigo, diário. Isso me lembra do diário da Anne Frank, os escritos dedicados, e bem mais sofisticados, dela a "Kitty". Mas não acho que quero te dar um nome. Isso vai só fazer eu me sentir ainda mais sozinha.

DEZ

Annabel

19 DE MAIO DE 2023

Não acredito que ela me empurrou daquele jeito tão perto da beira do precipício.

O clima na trilha de volta é meio estranho, mas Poppy parece decidida a fingir que nada aconteceu. Não estou nem aí se não tinha como eu cair — ela estava desafiando o destino, me assustando. Durante toda a descida, ela ficou falando de um jeito alto e insuportável, como se não tivesse ideia de que eu estava chateada, e agora estamos na praia e parece que a manhã toda foi esquecida.

— É o momento perfeito para tomar sol, não acham? — diz Poppy, enquanto nos reunimos perto das espreguiçadeiras. — Vou fazer margarita, e a gente pode só relaxar aqui por uma hora mais ou menos antes do almoço.

Boto um sorriso na cara, sabendo que deve parecer forçado.

— Parece ótimo. — Não vou ser eu a estragar a despedida de solteira. Vou só engolir e botar na conta do senso de humor deturpado dela. — Vou tomar um banho. Estou toda suada da subida.

— Eu vou com você — oferece Poppy. — Preciso ir fazer os drinques mesmo.

Que ótimo. Deixamos as outras se jogarem nas cadeiras (Chloe reposiciona a dela, tirando da sombra das palmeiras e levando para a areia) e voltamos à área principal. Está bem mais calor que de manhã. Vai ser ótimo entrar debaixo do chuveiro. Meu rosto está oleoso e meu cabelo está começando a grudar nas têmporas.

No começo, acho que vamos só caminhar juntas em silêncio, o que seria preferível, mas Poppy estende a mão, pega meu braço e aperta de leve.

— Como você está? — pergunta.

— Bem. Como eu falei, só meio suada.

Tento sacudir o braço para soltar a mão dela, mas ela segura firme.

— Você continua chateada com aquele empurrão, né? — Ela passa a mão livre pelo cabelo, aí me solta. — Eu estava brincando. Desculpa.

Caminhando lado a lado assim, não consigo ver os olhos dela para saber se está sendo sincera. Mas parece que sim, então pego leve.

— Não, desculpa. Eu estava sendo boba. Como você ia saber que eu levaria tão a sério?

— Eu devia ter percebido. A gente não pode mais brincar que nem antigamente. Afinal, já faz dez anos.

Minha respiração acelera. Não é a primeira vez que ela menciona o passado, embora não pare de insistir que quer deixar para lá.

— Tem razão — digo. — Faz muito tempo. Estamos voltando a nos conhecer.

Chegamos ao deque e ela para, pronta para entrar na área e fazer os drinques. Ninguém parece se incomodar por mal ser meio-dia, mas acho que despedidas de solteira são assim mesmo.

— Não demora, Annabel — diz ela, enquanto me afasto. — Não quero que você perca nadinha.

Aceno em resposta. Fico grata pela sombra que a área projeta enquanto caminho até minha cabana, nos fundos. Parte de mim quer se virar e pedir meu celular para Poppy, só para ver se Andrew me mandou alguma mensagem, mas algo me diz que ela não seria tão receptiva a isso.

Chegando à pequena varanda da minha cabana, percebo que a porta da frente está aberta. Quase não dá para notar, é uma abertura minúscula, mas perceptível.

Eu com certeza fechei ao sair de manhã.

Não fechei?

Abro a porta toda e a fecho algumas vezes, testando-a, só para ver se tem algo de errado com a tranca. Mas ela se fecha com um clique distinto, um barulho que com certeza já conheço. Quando entro, nada mudou, nenhum sinal de que alguém entrou aqui. Está exatamente como eu deixei, produtos de cabelo e maquiagem jogados na cômoda e minhas roupas empilhadas na mala aberta, esperando para serem guardadas direito. O quadro continua pairando sobre o quarto, me lembrando de que tenho que perguntar a Poppy se foi ela que pintou, afinal.

O chuveiro engasga quando ligo, nada como a potência desta manhã. Só sai um fio fraco, ocasionalmente tossindo respingos maiores. Também não fica mais do que morno, no máximo.

— Pelo amor de Deus — murmuro.

Sei que estamos em uma ilha no meio do Caribe, mas seria de se imaginar que luxo cinco estrelas garantiria algumas comodidades básicas. Talvez o fornecimento opere de forma programada, funcionando melhor pela manhã. Como eu vou saber? Encaro a situação da melhor forma que consigo, a água escorrendo pelo meu corpo penosamente, e acabo saindo com frio, mesmo no calor tropical.

Demorou tanto que é surpreendente Poppy não ter vindo atrás de mim. Mas eu precisava muito desse momento sozinha. É estranho passar tanto tempo sozinha em casa e, de repente, estar cercada de quatro mulheres a cada segundo do dia. Sinto saudade de Andrew também, apesar de ele quase nunca estar por perto.

Eu trouxe uma blusa azul-escura horrível que Andrew me deu de Natal no ano passado. Não me pergunte por que eu pus na mala. Usei o negócio uma vez para uns drinques natalinos naquela mesma noite, mas não é nem um pouco meu estilo. Talvez eu coloque só para me sentir um pouco mais perto de casa.

Coloco o mesmo short branco que estava usando antes e troco as botas por sandálias combinando, então reviro a mala atrás da blusa. Sei que está aqui em algum lugar, mas acabo tirando todas as minhas roupas e guardando-as nas gavetas, tentando achar. Chego ao fundo da mala e só me sobraram uma meia-calça e uma camisola velha.

A blusa sumiu.

Olho de novo, voltando às roupas que já guardei, e vasculho o quarto e até embaixo da cama, caso tenha magicamente ido parar lá. Mas não tem nada, nem uma meia esquecida por algum hóspede anterior. O quarto está impecável e minha mala, vazia.

Minha mente volta à porta aberta. Entraram aqui? Mas por que alguém — e teria que ser uma das quatro — entraria e só levaria uma blusa azul brilhante que, sinceramente, é horrorosa? A pessoa teria que revirar todas as minhas roupas para pegar. Não faz sentido.

Com certeza Esther não faria algo tão mesquinho, independentemente da nossa briga de antes. Não é do feitio dela ser infantil. Ela é bem mais direta sobre as coisas que a incomodam. Nossa discussão foi exatamente sobre isso.

Não, devo não ter posto na mala. Mas eu me lembro de colocar em cima da cama em casa, pronta para trazer comigo. Talvez tenha caído em algum momento antes de eu fechar o zíper da mala. Deve estar jogada no chão do quarto, com Andrew passando por ela dia e noite, sem perceber que tem a capacidade de se abaixar e pegar.

Mas mesmo assim. Enrugo a testa e escolho outra blusa.

Estou passando pela cabana principal de novo quando vejo Chloe e Tanya no gramado, paradas juntas, segurando toalhas.

Achei que era para estarem tomando banho de sol, não? Elas estão com as cabeças pertinho e com uma expressão séria.

Estão tão distraídas que consigo pegar o finzinho da conversa e fico paralisada ao ouvir meu nome.

— A Annabel ainda não sabe, então, se der para não deixar tão óbvio…

— Você tem que contar para ela.

— Por que você não pensa no que eu podia contar para ela sobre você, hein?

— Não é justo. —Tanya se vira e me vê. Ela fica corada. — Annabel!

Chloe solta uma risada aguda, mas não está enganando ninguém. Um músculo do maxilar dela estremece e ela não consegue me olhar nos olhos direito.

— O que você está fazendo aí, bisbilhotando?

A cara das duas está cheia de preocupação. Elas não sabem o que eu ouvi. Não sabem há quanto tempo estou aqui parada.

— Do que vocês duas estão falando? — pergunto, como se não soubesse. — Vocês nem me ouviram chegando.

— De nada — responde Chloe, mas é rápida demais, está super na defensiva.

— Estávamos falando da Poppy, se você quer saber — responde Tanya, e Chloe assente, concordando. — Não estamos muito convencidas das intenções dela.

Estão mentindo, mas mordo a isca. Não vou arrancar uma resposta delas agora.

— Como assim, não estão convencidas?

— Esta viagem toda. — Tanya dá de ombros. — Sei lá. O jeito como ela agiu na trilha mais cedo, aquele empurrão. E aí todo o fiasco do suco de laranja hoje de manhã. Será que ela não está fazendo essas coisas deliberadamente?

— Nós precisamos nos unir — diz Chloe. — Nós quatro contra ela sozinha. Mesmo que esteja tramando algo, ela não pode fazer nada tão ruim.

Fico me perguntando se Poppy roubou a blusa da minha mala. Mas por quê? A troco de quê?

— Nós quatro contra ela sozinha — ecoa Tanya, como se estivéssemos em algum tipo de seita.

— Não sei, não — respondo. — Ela me pediu desculpas quando eu estava voltando para cá. Acho que ela só não sabe se comportar com amigas.

— A gente é amiga dela? — Chloe dá um sorrisinho irônico. — Alguma de nós teria aparecido se fosse um fim de semana em Brighton?

— Vamos. — Estou irritada com as duas e não consigo suportar passar mais um segundo na companhia delas. — A Poppy deve estar querendo saber onde eu me enfiei.

— Encontro vocês já, já — diz Chloe.

Poppy e Esther estão deitadas no sol quando voltamos à praia, claramente nem um pouco preocupadas com meu paradeiro. Na sombra, há duas jarras de margarita e alguns pratos com frutas. As duas se sentam quando Tanya e eu chegamos, a luz do sol batendo em minha nuca e me fazendo desejar ter passado mais protetor solar.

— Está melhor? — pergunta Esther, e aceno que sim com a cabeça.

É gostoso deitar no sol e se esquecer de tudo. Mas não consigo deixar de lado essa sensação desconfortável na boca do estômago, nem sei exatamente por quê. Por causa do comportamento estranho de Poppy, me empurrando no pico? Da blusa perdida? De Chloe e Tanya tendo algum tipo de reuniãozinha secreta para falar de mim? Coloco a mão na barriga para tentar me acalmar, mas não funciona.

E, então, ouvimos Chloe gritar.

ONZE

Chloe

19 DE MAIO DE 2023

Minha maquiagem está arruinada. Destruída. Cada frasco de base está espatifado e derramado no chão. Até meus lápis de sobrancelha foram partidos ao meio. Minha paleta de sombras virada para baixo, está tudo destruído. Atrás da mesa, a janela está bem aberta e as cortinas voam com a brisa.

Não acredito. Eu nunca fui tão idiota. Centenas de libras jogadas fora porque eu coloquei tudo na mesa de canto perto da janela e um vento forte deve ter derrubado tudo.

— Chloe?

Esther entra correndo.

Embora saiba o que aconteceu, não consigo deixar de gritar com ela.

— Você fez isto? Qual de vocês fez isto? Está tudo destruído!

— Do que você está falando? — Ela olha para trás de mim e vê a bagunça no chão. — Ah, meu Deus.

— Que diabos eu vou fazer agora? Eu só trouxe isso. Só sobrou um pouco de rímel e pó. É inútil!

— Pode pegar a minha maquiagem emprestada — diz Esther, se abaixando e começando a pegar as coisas. — Ou podemos salvar algo daqui.

— Deixa — irrito-me, sabendo que a culpa não é dela, mas não estou nem aí. — Não adianta. Melhor só queimar dinheiro, também, para aproveitar.

— Como isso pode ter acontecido?

— Ou uma de vocês decidiu acabar com a minha vida ou deve ter sido a janela idiota! — Aponto e me jogo na cama com lágrimas escorrendo. — O vento deve ter derrubado tudo. Eu sou tão idiota.

— O vento? — Esther coloca os pedaços quebrados de volta na mesa e analisa a janela, franzindo a testa. — Não ventou tanto assim hoje, ventou?

Agora que ela mencionou, não mesmo. A maquiagem definitivamente ainda estava no lugar hoje de manhã, eu usei bastante. E o clima esteve ameno o dia todo.

— Talvez o vento se afunile aqui — murmura Esther, mais para si mesma do que para mim. — Cria uma força maior, e foi isso que derrubou sua maquiagem.

— Talvez.

Mas, agora, estou em dúvida. Será que uma das outras realmente estragaria minha maquiagem?

Imediatamente penso em Poppy. Ela não gostou do comentário que fiz ontem sobre ela ser bissexual, eu sei. É sensível demais, como a maioria das pessoas hoje em dia. Não é culpa minha ela ser o que é.

Esther sai, volta alguns minutos depois com uma esponja molhada e um pano de prato.

— Aqui — diz, começando a limpar o chão. — Não tem muito o que fazer, mas, se eu fosse você, fecharia essa janela.

— Aham, obrigada. — Fecho bem, aí me sento de novo na cama enquanto Esther limpa o chão. — Não precisa fazer isso.

— Eu queria falar com você, de qualquer jeito — explica, o que me deixa nervosa.

Ela termina de limpar o chão e se senta na ponta da cama com uma cara solene.

— Que foi?

— Você me diria se estivesse rolando alguma coisa, né?

O que ela sabe? Tento manter o rosto impassível, mas sei que sou uma atriz de merda. Meu coração começa a bater forte.

— Do que você está falando? — pergunto.

Até eu escuto a falsa descontração em meu tom.

— Com a Tanya. Acho que tem alguma coisa errada.

Tanya. Ela está falando de Tanya. Preciso me segurar para não suspirar de alívio. Graças a Deus.

— Não notei nada — minto na cara dela.

— Vocês duas andam conversando muito ultimamente. — Esther me olha e parece estar no limite. Será que *ela* sabe algo da Tanya e está querendo ver se eu também sei? Será que estamos falando da mesma coisa? — Ela te contou alguma coisa?

— Ela anda meio esquisita, mas não sei se eu posso falar disso.

— Ela está passando por muita coisa. E parece muito doente agora, como se estivesse sofrendo muito. — Esther sacode a cabeça. — Deixa para lá.

Caramba.

— Acho que você sabe algo, sim — ouso dizer. — Talvez eu também saiba algo. Sobre o quanto ela está doente.

Ela franze a testa.

— Isso é por causa daquilo seis meses atrás?

Seis meses atrás? Ela está falando da festa?

Ela suspira.

— Fica tranquila — diz.

Sou só eu ou ela parece aliviada?

— A gente pode falar sobre isso, se você quiser — respondo, esperançosa.

Mas ela fica firme.

— Não. É melhor deixar quieto.

Esther está sendo frustrantemente vaga, mas sei que não vou arrancar mais nada dela.

— Você mesma parece um pouco estressada, sabe.

Ela parece sobressaltada.

— Eu estou ótima.

Era para ser um comentário casual, mas, quanto mais penso, mais percebo que é verdade. Ela anda distante e esquisita, totalmente diferente da Esther de sempre. Não que ela seja especialmente simpática para começo de conversa, mas muitas vezes é a única do grupo que gosta de garantir que todo mundo esteja bem. A guardiã de segredos. Deve ser infinitamente insuportável eu saber algo sobre a Tanya e ela não.

Mas não vou dar com a língua nos dentes. Tanya também sabe segredos meus, e não posso deixar que ela os conte para se vingar.

— Você diria se estivesse acontecendo alguma coisa, né?

Faço uma cara que espero parecer de empatia.

— Lógico. — Ela dá de ombros, então parece decidida a mudar de assunto. — Você vai falar para as outras da sua maquiagem?

— Para quê?

Afinal, elas não tiveram nada a ver com isso. E, mesmo que tivessem, não iam admitir abertamente.

— Pode ter sido a Poppy — sussurra Esther, checando a porta atrás de si para ver se não tem ninguém escutando. — Ela pode ter vindo e derrubado tudo. Ficou séculos fazendo a margarita.

— Para de ser boba — retruco, embora tenha pensado a mesma coisa. Eu me inclino à frente, também em um sussurro: — Ela é esquisita, né?

— Estava falando do que planejou para hoje à tarde. Parecia superanimada, mas se recusou a dar detalhes.

— Acho que ela está curtindo deixar a gente desconfortável, sabia?

— Concordo. Ai, meu Deus, vamos. Elas vão resolver vir para cá se demorarmos mais. Eu disse que ia dar uma olhada depois de ter escutado seu grito, então devem estar achando que já fomos assassinadas.

— Não tem mais ninguém na ilha — comento. — Teria que ser uma delas.

— Verdade. — Esther ri. — Mas eu não me surpreenderia. Vamos.

Saímos da cabana, dando risadinhas, e encontramos Poppy, parada do lado de fora. Não parece ter sido pega fazendo algo errado, embora claramente estivesse ouvindo nossa conversa. Em vez disso, ela fica lá parada, sem qualquer sinal de vergonha, sorrindo com os braços cruzados.

— Misericórdia, você quase me matou de susto — digo. — Você estava ouvindo nossa conversa?

— Estava só vindo ver se vocês estavam bem — responde. — O que foi toda aquela gritaria?

— Minha maquiagem estava toda no chão — digo a ela, observando sua reação.

Ela levanta as sobrancelhas, mas não parece muito surpresa.

— Puxa vida, como isso foi acontecer?

— Deve ter sido o vento. Ninguém teria feito de propósito.

— Provavelmente.

— Vamos almoçar, então? — diz Esther.

Ela massageia a nuca com a mão, e noto hematomas circulares horríveis no pescoço dela, como se alguém tivesse segurado forte demais. Esther me pega olhando e abaixa a mão na mesma hora.

Poppy não se move, impassível. A confiança dela é inacreditável. Foi pega espionando a gente, mas não parece nem um pouco constrangida. Aliás, parece até que está nos desafiando, suplicando para que a confrontemos e, por algum motivo, temos muito medo de fazer isso. O que é muito estranho. É Poppy Greer. Implicar com ela era o nosso passatempo. Engraçado como as coisas mudam.

Ela sorri para nós.

— Mal posso esperar para contar a vocês o que planejei para hoje à tarde. Vai ser um dia inesquecível.

DOZE

Tanya

19 DE MAIO DE 2023

O almoço não acaba nunca. Nós estamos sentadas à mesma mesa em que tomamos café da manhã, e fico o mais longe possível de Poppy para evitar uma repetição do incidente do suco de laranja. Annabel está esquisita desde que descemos da trilha e até Chloe está mal-humorada. Poppy finge que estamos nos divertindo muitíssimo, contando anedotas sobre o trabalho que acha serem engraçadas, e todas reagimos apenas com o entusiasmo necessário.

Enfim, Poppy desaparece dentro da casa e volta com uma garrafa de gim enorme que parece cara, além de alguns envelopes. Seus olhos brilham de animação. Deve ser o plano secreto superdivertido sobre o qual ela não para de falar.

— A gente vai virar shot até desmaiar? — brinca Chloe. — Porque essa brincadeira eu apoio.

Poppy ri.

— Na verdade, não. Apesar de este gim ser incrível. Só tomei uma vez antes, porque é caríssimo, mas podem acreditar quando eu digo que vale a pena, meninas.

— O que vamos fazer, então? — pergunta Annabel, se inclinando e tentando olhar os dois envelopes. Um é cor de pêssego e o outro, azul-bebê, mas, fora isso, nada escrito.

Poppy une as duas mãos.

— Como parte do meu dia especial, todas vão participar de uma caça ao tesouro.

— Caça ao tesouro? — Esther não parece animada. — Como se fôssemos bandeirantes ou coisa do tipo?

Também tenho minhas dúvidas. De tudo o que esperava que Poppy fosse dizer, "caça ao tesouro" não era uma delas. Todas nós andando por aí procurando coisas?

— Com certeza, não preciso explicar as regras. — Poppy abre um sorriso enorme e ignora nossa falta de entusiasmo. — Mas quem voltar com mais itens vai ganhar esta fabulosa garrafa de gim, além de poder escolher o que vamos fazer mais tarde.

— A gente pode ganhar os celulares de volta? — pergunta Chloe.

— Ah, deixa de ser boba. — Poppy ri de novo, um corte seco que faz Chloe ficar quieta. — Bom, no total, são cinco itens. Pensei em dividir vocês em duas equipes concorrentes. Não parece divertido?

— Você não vem junto? — questiono.

— Claro que não. Eu sei onde estão todos os itens.

Bom argumento. Olho as outras de relance. Faria mais sentido ser dupla de Chloe, por mais irritante que ela seja. Não quero que fique muito tempo sozinha com mais ninguém, considerando o que sabe sobre mim.

— Acho que a Chloe e eu vamos...

— Ah, eu já escolhi as duplas. — Poppy me entrega o envelope pêssego e dá o azul-bebê a Annabel. — Esther e Chloe, e Annabel e Tanya.

Jesus Cristo.

Chloe disfarça bem a cara de horror quando Esther se vira para ela, dando de ombros. Annabel, por sua vez, levanta a sobrancelha para mim. Sei que ando esquisita com ela ultimamente, mas não consigo evitar. Sério, eu preferiria qualquer uma, menos ela, considerando o que estou escondendo. Mas sorrio, como se estivesse contente.

— Dentro dos envelopes, tem uma pista do primeiro item — anuncia Poppy. — Dei pistas diferentes para cada equipe, para vocês não acabarem se seguindo. Quando encontrarem o primeiro tesouro, haverá uma pista ao lado dele. Procurem em todos os lugares e, mais importante, divirtam-se!

Ela analisa nossas expressões relutantes e sacode a cabeça, achando engraçado.

— Sinceramente, vocês quatro... Estão em uma ilha particular, o dia está lindo e eu estou dando a chance de saírem para explorar. O que mais vocês querem?

— Mais umas horas tomando sol — murmura Chloe.

Ela está tentando fazer contato visual comigo, mas a ignoro e, em vez disso, abro o envelope com Annabel. A pista está escrita com a mesma letra bonita do convite.

Sou quase da altura de uma montanha,
Guardado no meio da grama,
Me achar é uma grande façanha,
Sou um deleite para quem você ama.

— Bela rima — comento.

Sai mais irônico do que eu pretendia, e uma faísca de algo cruza o rosto de Poppy. Raiva? Irritação?

— Vou deixar este lugar maravilhoso para hoje à noite — anuncia ela. — Agora vocês têm que ir. E nada de dividir dicas!

— Tá, tá.

Acenamos em despedida a Chloe e Esther, que vão na direção oposta, para a praia. Annabel e eu seguimos pelo caminho que leva ao penhasco. Não nos viramos, mas tenho certeza de que Poppy está nos observando.

— Da altura de uma montanha — falo, enquanto contornamos a área e desaparecemos de vista. — Bom, é uma pista bem fácil. Robin falou que aqui só tem uma montanha. Deve estar por lá, enfiado na grama.

Annabel assente.

— É. Tanto faz. Vamos para lá.

Ela está bem menos animada do que hoje de manhã. Caminhando com ela agora, percebo como passamos pouco tempo juntas como dupla. Chloe foi a vários eventos meus sozinha por causa da carreira no Instagram (para o bem ou para o mal, levando em conta o que hoje sabemos uma da outra) e até com Esther é fácil conversar, porque ela sempre tenta deixar todo mundo confortável. Annabel e eu somos as mais distantes entre as quatro, e ser unidas agora parece destacar que mal conseguimos conversar. Na escola, eu tinha medo de Annabel. Ela tinha uma energia de líder, muita confiança, estilo e inteligência, tudo somado a uma beleza da qual ela não tinha medo de se gabar. Cada esqueminha, cada planinho nosso, cada evento — era tudo Annabel garantindo que as coisas saíssem do jeito dela.

E, quando não saíam, todas sabíamos. É tão fácil lembrar. Algo em estar nesta ilha com Poppy trouxe memórias do passado nas quais não quero me aprofundar, mas estão todas vindo à tona. Imagino a raiva de Annabel se descobrir o que ando escondendo dela. O que Chloe fez.

Talvez Chloe e eu não sejamos as únicas a enfrentar a ira dela. Ainda não sei por que ela e Esther estavam discutindo antes. Com certeza é bem esquisito. Esther é tão dócil. O que Annabel fez que a irritou tanto? Tinha a ver com Esther fazer algo durante dois anos. Sobre o que raios foi aquilo?

Aqui na sombra das árvores, a caminho do topo do penhasco, está escuro. Embora haja uma trilha aberta deliberadamente ou por passantes ao longo dos anos, o terreno ainda é irregular em alguns lugares e, em certo ponto, Annabel quase tropeça, tendo que se segurar em uma palmeira.

— Esta porcaria desta ilha — diz ela. — Não é o que eu tinha em mente.

Eu entendo ela. Mas as praias de areia branca, a água cristalina do mar, tudo isso é de tirar o fôlego. A gente só não esperava ter que atravessar toda a ilha em uma missão sem sentido.

— Já que estamos aqui, vamos tentar curtir um pouco — digo.

Annabel fecha a cara.

— Bom, você é a maior fã da Poppy.

— Faz muito tempo que eu e você não passamos algum tempo juntas — falo, em uma tentativa de ela se abrir mais comigo. — Devíamos nos encontrar mais, só nós duas.

— Você anda tão esquisita ultimamente.

Porque não consigo suportar que você não saiba a verdade.

— Tenho ficado meio distraída.

Pelo menos isso também é verdade. Se Annabel soubesse o que passei nos últimos seis meses, estaríamos tendo uma conversa bem diferente agora.

— Como vai o Harry? E Londres? — diz ela, as temidas perguntas.

— Ah, nada de mais. Tudo bem. E com você?

— Bem.

Nós duas estamos mentindo. Nossas respostas são artificiais, medíocres e prontamente disponíveis, sem qualquer prévia elaboração. Se eu achava que a escapadinha de Poppy ia reaproximar o grupo, achei errado.

A trilha começa a ficar mais íngreme, na direção do pico, mas um arbusto do lado direito me faz parar.

— Tem que ser aqui.

Estou estranhamente envolvida nessa caça ao tesouro, e meu coração bate forte quando ponho a mão na grama, ignorando os espinhos arranhando meu braço.

— Tem algo aí?

— Tem! Uma caixa. Olha.

É bem grande, do tamanho de uma caixa de sapato, mas embrulhada para presente com um laço. Na frente, uma etiqueta com um beijo diz "Abra", então nós nos sentamos em uma pedra, soltamos o laço e levantamos a tampa.

Quase deixo cair.

Lá dentro, no meio de papel de seda cor-de-rosa e um envelope marrom--dourado, tem um batom. De uma marca bem cara.

Não precisamos olhar embaixo nem abrir para saber de que cor vai ser, mas fazemos isso mesmo assim.

Vermelho-vivo.

— Cacete, o que a Poppy está querendo? — diz Annabel, se levantando e passando os dedos pelo cabelo, um hábito nervoso comum dela. — Por que ela colocaria justamente um batom vermelho como parte da caça ao tesouro? Ela sabe no que vamos pensar ao ver isto.

As imagens voltam a mim como se tivesse acontecido ontem. O batom. Nossa risada. As provocações que se seguiram. A humilhação de Poppy.

— Ela é doente. — A voz de Annabel está tensa. — Está tentando nos impressionar. Bom, não vai funcionar.

— Tem razão.

Com as mãos trêmulas, abro o envelope da próxima pista.

— O que você está fazendo?

Levanto a cabeça e vejo o rosto de Annabel pálido de raiva.

— Como assim?

— É sério que você vai continuar esse jogo idiota dela?

— Que outra escolha a gente tem? — Pego a nova pista. — Temos mais três dias nesta ilha, gostando ou não. É melhor entrarmos na onda dela.

— Se ela começar a desenterrar o passado, depois de dizer que estava bem com tudo... — Annabel suspira, mas não tem mais força para brigar. — Tá. O que está escrito? E fecha de novo essa porcaria de tampa. Não quero olhar esse batom idiota nem mais um segundo.

Nem eu. Coloco a tampa de volta na caixa, feliz por não ver mais. Tenho um péssimo pressentimento sobre a próxima pista.

Siga por toda a mata
Até a praia secreta achar
É uma linda cena pacata
Mas não se assuste se eu gritar.

— Ela devia continuar só fazendo arte e sendo médica — comenta Annabel, e não consigo deixar de sorrir, porque o desconforto entre nós está diminuindo um pouco. — Certo. Ela deve estar falando daquela segunda praia que vimos de manhã do penhasco. Vamos, e pode ir carregando a caixa com o batom.

A caminhada pelo meio da ilha não demora muito. Robin estava falando sério quando disse que este lugar era minúsculo. Agora, estamos em um caminho menos percorrido do que os outros, com plantas nascendo no meio e bem mais insetos rastejando. No fim, a trilha volta a se abrir e, em vez de nos apertarmos em fila única no meio das árvores, conseguimos caminhar lado a lado enquanto começamos a avistar a praia. Não chega nem perto do tamanho daquela em que estávamos tomando sol. É fácil de enxergar as duas pontas, tem no máximo cem metros. No meio da areia, meio submersa, está outra caixa de presente.

Annabel pega, mas hesita em abrir.

Nós duas sabemos que o batom é só a ponta do iceberg.

— O que será que as outras duas acharam? — pergunto, sabendo que Annabel deve estar pensando a mesma coisa.

— Ela não ia usar a prova de Artes, né?

Sinto um nó na garganta. Quando Poppy mencionou isso na trilha de manhã, achei que fosse desmaiar. Ela resgatou a memória na nossa mente, e esta caça ao tesouro é como uma homenagem triste a tudo que levou àquele momento.

— Tá, talvez ela queira que a gente peça desculpas — comento. — Talvez seja esse o motivo de estarmos aqui.

— Mas ela falou…

— Eu sei o que ela falou. Mas, aí, ela deu o batom vermelho em uma caixa de presente. Se não é uma dica bem direta, não sei o que pode ser.

— E se ela quiser algo da gente? Tipo dinheiro?

Annabel agora parece em pânico.

Faço que não com a cabeça.

— Ela é médica, ganha mais que a gente.

— Porque eu não posso. — Ela morde o lábio. — É o Andrew que controla as finanças. Eu não tenho meu próprio dinheiro.

— Annabel, não é por dinheiro. — Por que ela está tão preocupada com isso? Esse pensamento parece ter vindo do nada. — Só abre a caixa. Poppy está apenas querendo provar alguma coisa. A gente vai voltar, pedir desculpa e ponto.

Ela assente.

— Desculpa. Estou meio doida. O empurrão hoje de manhã, sendo que eu já estava brava depois de...

Espero, mas ela para.

— Depois da sua briga com a Esther? — completo, enfim.

Annabel pisca, sobressaltada, e então endurece o olhar.

— A Esther te contou?

— Eu vi vocês duas da minha cabana — admito, envergonhada. — Vocês estavam, hum, falando bem alto.

Os dedos dela brincam com o laço da caixa, desatando-o.

— O que você ouviu?

É difícil não fingir que ouvi mais coisa, mas não tenho como blefar uma coisa da qual não faço ideia. Então, dou de ombros e vou no que é mais seguro.

— Nada de mais. Você estava chateada por causa do Marrocos. A Esther mencionou algo sobre te ajudar por dois anos.

Ela me analisa por um longo momento, preocupada.

— Verdade, eu estava chateada por causa do Marrocos. Fazia anos que eu falava para a Esther que queria ir para lá. Fiquei chateada de vocês decidirem ir sem mim.

Annabel não está falando a verdade. É a voz, em um tom mais agudo, como se estivesse tranquila, sendo que, por dentro, está em pânico. Não sou excelente em ler as pessoas, mas Annabel é um livro aberto. Ela não para de pressionar os lábios, para se manter ocupada, e olha para baixo, direto para o item da caça ao tesouro.

— Pareceu mais do que isso — digo, me arriscando. — Por que a Esther também estaria brava com você?

— Deixa quieto, Tanya.

Acima de nós, o sol não dá trégua e nos faz suar. Precisamos ir para a sombra. Desisto.

— Tá, esquece o que eu disse. Abre o próximo item.

O que será? Observo enquanto Annabel joga o laço na areia e abre a caixa. Por um segundo, minha única dica é a reação dela. Um olhar de confusão.

— Ela está fodendo com a nossa cabeça — diz Annabel, e joga a caixa na areia também.

O item sai rolando quando a caixa pousa. Um envelope verde espera para ser lido.

Annabel tem razão. Poppy está tirando uma com a nossa cara.

Porque este é pessoal para mim. Eu sei. Ela lembra o que eu fiz quando ela completou doze anos, ignorando-a e saindo com as outras.

— Um chapéu de festa, tipo de aniversário infantil — diz Annabel. — O que exatamente a Poppy está fazendo?

É o que estou começando a me perguntar.

Ela nos convidou aqui por um motivo. Não vamos só curtir uma folga e voltar para casa. Acho que todas já sabíamos disso.

A pergunta é: até onde ela está disposta a ir?

TREZE

Esther

19 DE MAIO DE 2023

Uma caça ao tesouro. Como se fôssemos crianças.
No fim da praia, passando pelas piscinas naturais, há uma entrada para uma caverna. Leva um tempo para chegar — pulando pedras cobertas de líquen e algas e, em determinado momento, acho que Chloe vai escorregar e cair no mar —, mas chegamos à areia. Não é uma caverna muito extensa, então só ao fundo é escuro e, sem o celular, não tem esperança de luz. É claustrofóbico entrar mesmo que não muito, ainda que nossa rota de fuga esteja à vista. Tirei os sapatos para evitar molhá-los e, agora que estou aqui, fico agradecida por ter feito isso porque a areia é molhada e densa. Uma indicação clara de que a maré cobre este lugar quando escurece.

Não precisamos procurar muito. Em cima de uma pedra alta o suficiente para ainda estar seca, está nosso segundo item para a caça ao tesouro. Mais uma vez, está dentro de uma caixa embrulhada para presente, uma visão estranha em meio à paisagem solitária da caverna.

A acústica aqui é esquisita. Cada passo que damos, especialmente os da Chloe, que continua de bota, ecoa de volta, como se alguém estivesse nos seguindo. Está frio aqui e a água pinga de vários lugares acima de nós. A caverna é um mundo diferente do paraíso quente que é o resto da ilha e, embora eu fique grata pelo alívio do sol, quanto mais ficamos aqui, mais me preocupo que a maré suba atrás de nós, pronta para nos pegar despreparadas e nos prender aqui.

Já estamos bem desconfortáveis, para começo de conversa. O primeiro item, escondido atrás das espreguiçadeiras na praia, era uma embalagem vazia de suco.

Qualquer outra pessoa acharia que era lixo, não parte da brincadeira.

A gente sabia a verdade.

— O que você acha que vai ser, um batom vermelho? — pergunta Chloe.

Ela não perde tempo, rasga a caixa e joga na areia, aparentemente sem se importar com o fato de que a maré varrerá o lixo para o mar.

Consciente disso, eu a pego, pronta para levar de volta conosco. Chloe está segurando o objeto a sua frente, confusa.

— Bom, eu não sei o que significa. Você sabe?

A caverna ecoa as duas últimas palavras dela: *Você sabe? Você sabe?*

Ela está segurando um espelho de mão, mas a parte espelhada foi estilhaçada, só sobrando alguns cacos. Parece caro. Tem strass no cabo e é feito de madeira de verdade, pintada de branco.

— Talvez ela esteja se referindo a quando a gente...

— Que coisa idiota — interrompe Chloe, e me entrega o espelho, que coloco de volta na caixa. — Se ela vai ficar fazendo esses joguinhos, acho que a gente devia dobrar a aposta.

— Dobrar a aposta?

— Voltar lá e fingir que adoramos. Como se não tivéssemos ideia do que ela está tentando fazer com essa merda de brincadeira.

— Não sei, não.

Estou dividida. Será que não seria mais fácil a gente pedir desculpas, mesmo ainda achando que foi só uma diversãozinha que acabou indo longe demais? Vamos em busca do último item, que parece estar na casa principal, onde Poppy está hospedada. Enquanto saímos e atravessamos as pedras, a claridade do sol machuca meus olhos por um segundo. É incrível como aquela caverna estava escura e úmida em comparação.

— Escolher a baía de Deadman foi uma coisa meio óbvia — diz Chloe, enquanto andamos pela praia. — Acha que foi de propósito?

— Ela não vai transformar nenhuma de nós em um homem morto.

Chloe ri.

— Relaxa, Esther. A gente precisa curtir isso pelo que é: um jogo. E, se a Poppy quer jogar, vamos mostrar que ela mexeu com as mulheres erradas.

Penso na Poppy agora. Ela mudou tanto. Forte e segura, palavras que eu nunca teria usado para descrevê-la antes. Depois de tudo que a fizemos passar, acho que nenhuma de nós entende exatamente o quanto ela é corajosa de querer nos reencontrar, sozinha, em um local tão isolado. Claro que está esquisita; como poderia não estar?

— Estou cansada de jogos — digo e, desta vez, é verdade.

Chloe nota a seriedade do meu tom e levanta uma sobrancelha.

— O que está acontecendo com você, hein? Você não quis me contar antes.

Não sou tão boa atriz quanto pensei. Pelo menos, não tão boa quanto Tanya.

— Nada de mais.

— Bom, isso não é verdade — retruca Chloe, direta como sempre. — Você está esquisita desde que chegamos. Não, desde antes. Mal falou com a gente, e não vem dizer que é por causa do trabalho, porque você ficou ótima ontem e hoje sem seu telefone.

Não consigo respirar direito.

— Não é nada de mais.

Chloe me cerca, me fazendo parar. Sua expressão é de preocupação, o que é incomum.

— Sabe, você pode conversar comigo. Eu não vou contar para as outras.

Estou prestes a contar a ela. Parece um alívio tão grande tirar esse peso dos ombros. Mas, então, vejo a animação nos olhos dela com a ideia de saber algo que as outras não sabem.

Para ela, é só fofoca, pura e simples fofoca.

Eu me fecho de novo.

— Para, Chloe. A gente precisa ir achar esse último negócio.

O contraste na temperatura depois de estar na caverna está começando a pesar. O suor gruda acima do meu lábio, não importa quantas vezes eu seque. Poppy não está por perto quando chegamos apressadas pelo jardim, mas ela decorou tudo para a noite. Tem faixas, balões jogados por todo lado e a mesa está posta com bebidas e canapés. O prêmio para as vencedoras da caça ao tesouro, a garrafa de gim, está em um lugar de honra no centro da mesa. O CD player também está ligado, com velhas músicas dos anos 1990 trazendo confortos domésticos à ilha.

A porta da casa está entreaberta, então achamos que fomos vencidas, mas, quando entramos, o item final está na mesa da cozinha, intocado.

É enorme. Tão grande, aliás, que sinto uma náusea e escuto meu coração batendo no peito.

— Meu Deus do céu, parece…

Chloe não consegue terminar.

— Acaba logo com isso.

A voz de Tanya vem de trás e nos assusta. Ela e Annabel entram pela porta e a fecham. Nós quatro estamos na cozinha. Percebo que, lá na frente, a porta do quarto de Poppy está fechada, e me pergunto se ela está escutando a gente.

— A Poppy está lá perto do penhasco — diz Annabel, como se lendo minha mente. — A gente encontrou com ela quando estava voltando.

— O que ela está fazendo lá? — pergunta Chloe, franzindo a testa.

— Que importância tem? Olha esse treco. — Tanya cruza os braços. — O que vocês duas acharam na caça ao tesouro? A gente achou um chapéu de festa de aniversário e um batom vermelho.

Caralho. Então tinha um batom. Chloe arregala os olhos para mim.

— Uma embalagem de suco e um espelho de mão quebrado.

Annabel suspira.

— Eu sabia. Isto aqui é tudo por causa do que a gente fez com ela.

Ficamos todas olhando a caixa na nossa frente.

— Então, isso tem que ser… bom. — Começo a desfazer o laço, ciente de que minhas mãos estão tremendo. — Acho que todas sabemos o que é.

Tanya resmunga.

— Meu Deus, acaba logo com isso.

Eu abro e nossos medos são confirmados.

É um quadro. Tem uma pintura, mas é difícil ver o que é. Meio que parece nós quatro — com certeza tem quatro figuras distintas, com cabelo parecido.

Mas foi destruído. Alguém jogou tinta preta em cima e abriu buracos no tecido com o punho.

Acho que vou vomitar.

— Desenterrar o passado é tão desnecessário. — Annabel acena com a mão. — Ela acha que está sendo esperta, mas é só patético.

Annabel soa despreocupada, mas a voz treme de um jeito que trai sua suposta confiança. Cubro a tela de novo com o embrulho e ficamos paradas, desajeitadas, sem saber bem o que fazer.

— Acho que vamos atrás dela agora — falo, incerta.

Chloe dá de ombros.

— A gente pode só deixar tudo isso e ir para a praia. Pegar um pouco da bebida e da comida no caminho e fazer nossa própria festa.

— É meio estranho. — Tanya esfrega a nuca sem parar, uma reação de estresse. — Talvez a gente *devesse* falar disso. Ela quer.

— Ela quer foder com a nossa cabeça — diz Chloe. — Não é assim que se começa uma conversa. É assim que se começa uma guerra.

Típico de Chloe escolher a opção nuclear. Ela sempre foi a mais inconsequente de nós, nunca planejou nada direito. Na escola, era ela que fazia as coisas mais impulsivas com Poppy, tipo colocar o pé para ela tropeçar no corredor, se oferecer para entregar trabalhos para a professora e aí fazer o de Poppy cair, ou ser amassado, ou perdido. Ela não tinha inteligência nem energia para algo mais elaborado. Até na vida adulta Chloe continua tomando decisões idiotas.

Mas as outras me surpreendem. Tanya ri, como se concordasse, e até Annabel se anima. Eu sou a única que vê a situação como o que ela provavelmente é — um chamariz, mas nada drástico. Estamos só tendo um gostinho do que fizemos com ela, um lembrete das nossas ações.

— Vamos nos acalmar um pouco — sugiro. — No fim das contas, é uma brincadeira.

— Como é aquele ditado? — diz Annabel. — Toda brincadeira tem um fundo de verdade.

— Não importa o que aconteça, vamos ficar unidas — diz Chloe. — São quatro contra uma. Como sempre foi.

Annabel concorda com a cabeça.

— Isso. Somos uma equipe.

Somos mesmo? Até paradas aqui, agora, não estamos exatamente unidas. Annabel está escondendo segredos de Chloe e Tanya, que, por sua vez, está escondendo segredos de Annabel e de Chloe. Eu estou escondendo segredos de todas elas. E com certeza tem mais segredos que eu nem imagino. Nós dizemos que somos melhores amigas, mas não sei mais se é verdade. Nem se um dia foi.

Na realidade, todas permanecemos juntas porque sabemos que ninguém mais entenderia o que fizemos no passado. E o problema é que ficamos tão convencidas de que aquilo não era um problema que aceitamos um convite da própria mulher com quem fizemos.

— Esther? — Chloe pressiona. — Você está com a gente, né?

— Claro — respondo.

Eu posso não ser boa atriz, mas sou uma mentirosa e tanto. Não confiaria nessas mulheres, e não confio que vão me defender se tudo começar a desabar.

— Ah, maravilha!

A voz calorosa da Poppy faz a gente pular. Ela está parada na porta; nenhuma de nós a ouviu chegando.

— Vocês acharam todos os itens. — Ela bate palmas. — Vamos falar sobre quem chegou aqui primeiro? Na minha opinião, vocês todas são vencedoras.

— Poppy — digo. — Você sabe o que esses itens significam. Qual é seu jogo?

Ela sorri, sem se perturbar.

— Tudo vai ser explicado em breve. Venham, hora de começar a festa. Quero que todas estejamos lindas.

— Mas o quadro…

— Eu disse que vocês vão ter que esperar. — Poppy levanta a mão para me impedir de continuar falando. — Afinal, já faz dez anos. Vocês podem esperar um pouco mais.

Annabel morde o lábio.

— Então, tudo isso vai ter algum significado?

— Óbvio. — Poppy olha para Annabel como se ela fosse burra. — Senão, eu não teria tido tanto trabalho, né?

— Por que você não pode só contar para a gente agora? — questiona Chloe. — Tudo isso está ficando meio desconfortável. Achei que tivéssemos vindo para nos divertir.

A presunção demonstrada por Chloe mais cedo está meio amortecida. Não sei o que é, mas Poppy parece ter um efeito estranho em todas nós. É como se ficássemos fascinadas com ela, apesar de tudo. Como se não conseguíssemos acreditar que ela está parada na nossa frente nos dizendo o que fazer e, por causa disso, tivéssemos que obedecer.

— E viemos! É por isso que quero que a gente se concentre na festa de hoje à noite. Vamos comemorar minha despedida de solteira do jeito que eu mereço. Tem álcool de todo tipo. Para não falar de todas as comidas de festa.

— Se somos todas vencedoras, quem decide o que a gente vai fazer hoje? — pergunta Tanya.

— Acho que eu já decidi o que vamos fazer. E, como eu sou a noiva, ninguém pode se recusar.

— Isso a gente já entendeu — murmura Chloe.

Poppy assente com a cabeça.

— É, estou vendo que entenderam mesmo. E já era hora. Agora, vamos, quero que todas fiquem lindas. Vão colocar suas melhores roupas.

Por um segundo, fico tentada a falar que não. Só desistir da coisa toda, ir para a cama e me recusar a participar. Mas não gosto do brilho nos olhos dela.

Faz dez anos que não vemos Poppy Greer. Não sabemos quem ela se tornou.

As outras também sentem a mudança na maré dos acontecimentos do dia.

Estamos todas à mercê dos caprichos dessa noiva.

E talvez a gente mereça.

CATORZE

Poppy

20 DE FEVEREIRO DE 2010

Querido diário,
JULIAN DAVIS ME CHAMOU PARA SAIR!!!
Não, sério. Tipo, me chamou para sair de verdade. Para um encontro! Eu vou ter um encontro!
Eu sei o que você está pensando. Eu, em um encontro? Poppy Greer, a maior nerd do nono ano? A deprê total que não tem amigos e que fica perambulando pelos corredores na hora do almoço, fingindo que tem algum lugar para ir em vez de ficar parada e encontrar aquelas quatro?
Bom, é verdade. Não estou brincando.
Eu sempre quis um namorado. É tão injusto ficar vendo todo mundo arrumar alguém e parecer tão feliz. Outro dia, eu estava indo a pé para casa e um cara mais velho esbarrou sem querer e ele era tão alto, com um cabelo loiro ondulado e olhos azul-claros, e, por um segundo, ficamos nos olhando e eu me convenci de que ele gostava de mim em segredo. Mas aí ele continuou andando e não olhou para trás nem quando eu parei no fim da rua para dar uma chance de ele voltar e falar comigo.
As outras quatro têm namorados. É, até a Tanya. Bom, e por que não teriam? Elas são tão lindas. Annabel faz várias tranças complicadas no cabelo loiro com presilhas diferentes que brilham e chamam a atenção,

e ela usa a saia muito curta, mostrando suas pernas bronzeadas. Todos os meninos ficam olhando quando ela passa pelo corredor. E a Chloe é tão saltitante e animada e óbvia — não sei como ela não leva bronca por deixar a blusa desabotoada e usar sutiã rosa e preto que aparecem por baixo da camisa. Ela também usa um montão de maquiagem, apesar de não poder, insistindo com os professores, alegre, que é tudo natural e revirando os olhos quando eles viram as costas. Ela teve três namorados só neste ano! Toda semana, tem uma história sobre Chloe ficando com um cara ou outro, e fico com tanta inveja que me dá vontade de gritar.

Todas são magras e lindas. O cabelo delas está sempre arrumado, nunca parece oleoso, e elas simplesmente sabem como se comportar com garotos. Já eu sempre pago o maior mico.

Tanya agora passa por mim como se eu não existisse, a não ser que esteja me provocando junto com as outras. Ela usa saia curta também, mal cobre a bunda, e está começando a fazer aula de dança, então as pernas dela estão muito definidas. Antes, ela era praticamente do mesmo tamanho que eu.

Eu sou tão gorda. Tentei uma vez encurtar a saia, mas minhas pernas flácidas só ficaram ainda mais à mostra, e as quatro riram tanto que tive que amarrar o moletom na cintura só para ninguém ficar olhando. E vou falar: não estavam olhando pelos motivos certos.

O único menino que fala comigo é Ollie, da aula de Artes, e só quando quer ajuda. Agora que nós dois estamos fazendo aulas de preparação para o Certificado Geral, ele está bem mais aberto a ouvir minhas ideias, porque sabe que eu tiro notas boas. Mas ele não está interessado em mim, não desse jeito. Acho que ele preferiria morrer a deixar as pessoas pensarem isso da gente. Acho que a maioria dos meninos preferiria.

Achei que eu nunca ia conseguir um namorado. Mas estava errada! Muito errada.

Mal posso esperar para esfregar na cara de todo mundo na escola na segunda-feira! Elas não vão acreditar quando Julian e eu entrarmos de mãos dadas depois do encontro maravilhoso que teremos hoje à noite.

Ah, uau, estou só pensando, e se as mãos dele estiverem suadas? E se as minhas estiverem? Todo mundo vai ficar olhando a gente e com certeza vou ficar tipo um pimentão. Mas sem dúvida vamos dar as mãos antes disso. Talvez até hoje.

E se a gente se BEIJAR?

Não sei se eu sei fazer isso. Já vi filmes, óbvio, e sempre me parece bem nojento, muito molhado e difícil de respirar, e já li em revistas o que é para fazer. Mas nunca fiz de verdade. Aposto que Julian fez dezenas de vezes. Centenas. Milhares.

Sentamos um ao lado do outro na aula de Matemática. Viva o sr. Holmes! Ele nos colocou juntos por sermos os dois primeiros da turma e disse que deveríamos nos ajudar a tirar as melhores notas possíveis para estarmos prontos para as provas do Certificado Geral no próximo ano. Eu achava que era só eu que gostava das nossas conversas na aula e que ele devia me ver como a mesma gordinha esquisita que todo mundo vê.

Mas estou me esforçando muito. Chega de saia curta! Isso não sou eu. Mas comprei sapatos de salto novos, e aquelas quatro lá ainda não zoaram, e, apesar de terem me dito que meu novo corte de cabelo me faz parecer uma Barbie jogada no lixo, acho que ficou bem bonito. Descolori e cortei em camadas, de um jeito que emoldura muito bem o meu rosto, escondendo as bochechas redondas e o queixo duplo. Também comprei óculos novos, grandes e pretos, em vez dos pequenos retangulares vermelhos que eu tinha antes e que faziam meu rosto parecer largo. Até comecei a usar base, se bem que ainda não tenho certeza se acertei a cor, porque a Chloe disse que eu parecia um Oompa-Loompa.

A Esther e a Annabel também estão nessa turma de Matemática, e a Esther até se senta na mesma mesa que eu e o Julian. Ela terminou com o namorado, Aaron, há um mês e, desde então, está tentando ficar com o Julian. Ela ri com uma vozinha aguda e idiota de todas as piadas dele, mesmo quando ele não está realmente tentando ser engraçado, e, como ela se senta em frente a ele, faz aquela coisa de se inclinar para a frente apoiada nos cotovelos, apertando os peitos para garantir que ele esteja olhando para o decote. É muito constrangedor, mas eu realmente achei que Julian gostava disso, porque ele sempre parava o que estava fazendo para dar atenção quando ela fazia isso.

Ele a mandou parar uma vez quando Esther me disse que eu era uma sabe-tudo. E foi bastante incisivo, parecendo muito decepcionado com ela.

Apesar de tudo, ele sempre foi legal comigo. O Julian não é como os outros meninos, que ignoram a minha existência e nunca me convidam para as festas. Às segundas-feiras, ouço todo mundo falando sobre as loucuras que aconteceram no fim de semana, as bebedeiras e as aventuras, e fico morrendo de inveja. Sempre pensei: quando vai ser a minha vez? Eu também quero me divertir.

Pois bem. Finalmente chegou!

Ele me mandou uma mensagem! O professor nos incentivou a trocar números para que, quando chegasse a hora da revisão, tivéssemos um colega, mas eu não esperava que Julian fosse pedir o meu depois de o sr. Holmes ir ajudar outra pessoa.

— Você quer meu telefone, sério? — perguntei, atônita.

— Claro — disse ele, supercalmo e casual, como se não fosse nada.

Ele tem um sorriso torto incrível que mostra as covinhas, e sorriu na hora, praticamente me fazendo desmaiar tipo a heroína de um romance da Jane Austen.

— Por que não? Você me dá uma surra em álgebra. Eu posso precisar de ajuda em algum momento.

O rosto de Esther estava em choque, com a boca aberta. Ela com certeza gosta dele. Quase todo mundo gosta, inclusive eu! Quem consegue resistir àqueles olhos verdes?

Foi muito gratificante concordar com o pedido dele na frente dela.

— Seria incrível. Quer dizer, ah, legal.

Recitei o número para ele duas vezes para ter certeza de que ele havia anotado certo.

— Vou colocar meu número no seu telefone agora — disse ele, estendendo a mão.

Por um segundo, seus dedos roçaram os meus e, meu Deus, sério, acho que meu coração decolou que nem um foguete.

— Ah, não! — *respondi. Devo ter gritado, de tão nervosa que estava.* — Quer dizer, eu coloco. É só me falar, que nem eu fiz para você.

Eu não podia deixar que ele visse que minha lista de contatos tinha um total de cinco pessoas: mamãe, papai, Wendy, vovó e Tanya, cujo telefone eu só tinha porque ela me enviou acidentalmente depois de informar a toda a sua agenda que tinha mudado de número. Era humilhante demais para os outros saberem. Nem o pessoal da minha turma de preparação para a prova de Artes do Certificado Geral pediu meu celular, apesar de eu saber que eles se encontram nos fins de semana.

Ele ergueu as sobrancelhas (já contei que ele tem uma pequena cicatriz na sobrancelha direita que a quebra bem no arco? É tão legal), mas deu de ombros e concordou.

— Claro, tranquilo.

Agora eu tenho seis contatos, e um deles é o garoto mais bonito da escola.

Então, quando a mensagem chegou ontem, com o nome Julian *aparecendo na tela, meu coração começou a bater forte, e surtei quando li a mensagem. Vou escrever na íntegra, porque ainda não consigo acreditar:*

Oi, Poppy, achei que você estava linda outro dia na aula de Matemática. Não consigo parar de pensar em você. Quer namorar comigo? Me encontra no parque Greville Smith, no domo, amanhã às seis da tarde.

Linda! Julian Davis acha que eu sou linda! E olha como ele escreve uma mensagem! Como se fosse uma carta de amor! É muito incrível.

E ele quer me encontrar no domo!

O domo faz parte da área infantil do parque, mas fica mais para o fundo. Normalmente, fica cheio de adolescentes que querem um lugar tranquilo para se pegar, porque é superprivado. Lá dentro, ele se expande, então dá para permanecer de pé de boa, e é decorado com ladrilhos azuis e brancos que me fazem pensar em piscinas.

Já entrei no domo uma vez, durante o dia, quando tinha criancinhas por ali, só para ver como era. Ficar ali parada sozinha não pareceu especial, principalmente porque alguém tinha largado uma garrafa vazia de vodca. Mas eu pelo menos peguei e joguei no lixo, o que fez uma mãe com um carrinho me olhar toda julgadora, achando que eu estivesse bebendo lá dentro.

Bem que eu queria! Mas foi legal, mesmo que por um segundo, alguém acreditar que eu pudesse ser esse tipo de pessoa. Que tem amigos e faz coisas ousadas.

Respondi quase na mesma hora falando que ia adorar, já sabendo que, por mais que tentasse, não ia conseguir parecer descolada. Mas ele respondeu quase imediatamente! Olha!

Então, encontro marcado. Te vejo amanhã. Não me mande mais mensagens. Gosto do ar de suspense no nosso relacionamento.

Encontro? Nosso relacionamento? Pode ter certeza de que fiquei vermelha. Foi muito difícil não responder e perguntar se isso queria dizer que a gente estava namorando. Ok, até eu sei que isso é uma loucura total! A gente primeiro tem que ver se gosta um do outro.

Ah, tomara que ele goste de mim. Porque eu gosto dele.

Contei para a mamãe, o papai e a Wendy de noite no jantar.

— Um encontro? — papai resmungou, com uma voz autoritária e brava de pai, antes de sorrir. Ele se acha tão engraçado! — Minha filha tem um primeiro encontro! Se bem que eu não gosto muito da ideia de vocês ficarem juntos em um parque. Ele não pode te levar no cinema ou coisa do tipo?

— É só um ponto de encontro — respondi, apesar de eu mesma não ter certeza se ia ser isso. Mas que importância tinha? — Não sei se vamos para algum lugar depois.

— Tome cuidado — disse mamãe, mas eu via que, no fundo, ela estava superfeliz. — Não volta depois das nove, você só tem catorze anos.

— Nove horas?! É muito cedo.

— Dez, então. Mas é o máximo.

— Então, como é esse Julian? — perguntou meu pai. — Será que você vai ser tão sortuda quanto a sua mãe quando me conheceu?

— Ai, pai — resmunguei. — Ele é ótimo. Sério.

Wendy se debruçou na mesa e disse:

— E é inteligente também, pai. Está em todas as turmas avançadas. E é superesportista, é capitão do time de futebol, mas também está no de basquete. Ele parece legal.

— Que maravilha — disse minha mãe. — E, claro, nossa Poppy é dez vezes melhor que ele, mas que bom que alguém tão bacana a chamou para sair.

— Mas ele é bem popular com as meninas.

Wendy franziu a testa, e eu entendi o que ela estava pensando. Direta como sempre, ela teve que falar:

— Por que ele te chamou para sair, Poppy? Você não é exatamente...

— Não sou exatamente o quê? — desafiei-a.

— Wendy — falou papai, com um tom de alerta na voz.

— Eu ia dizer popular — respondeu Wendy, fazendo biquinho. — Parece um pouco estranho, só isso.

— Bom, ele não julga as pessoas por quão populares elas são — retruquei. — Talvez você devesse aprender com ele.

— Não vamos brigar à mesa — pediu minha mãe, sempre apaziguadora. — Tem torta de maçã de sobremesa.

— Eu pego — disse papai. — Podem me considerar o garçom da noite, meninas.

Wendy e eu fizemos cara feia uma para a outra de cada lado da mesa. Não é fácil ter uma irmã como a Wendy, vou te falar. Ela tem só doze anos, mas já me passou em quase tudo. Na aparência, somos quase totalmente opostas. Meu cabelo é castanho mais claro, e o dela, mais escuro. Eu tenho um monte de sardas, ela quase não tem. Além de tudo, ainda é alta. Eu herdei as pernas minúsculas da mamãe enquanto a Wendy é que nem o papai, alta e graciosa, e, pior de tudo, ela é magra, apesar de comer igual a mim. Eu até poderia deixar passar o fato de que ela é mais bonita do que eu, com dentes brancos retinhos enquanto eu sofro com aparelho, mas é injusto também Wendy ser mais inteligente. Ela tem um montão de amigos e eles vivem no quarto dela cantando karaokê a plenos pulmões e se divertindo.

Então, talvez, agora minha irmã finalmente esteja com um pouco de inveja de eu ter feito alguma coisa antes dela. E com o melhor cara possível. Um menino demonstrou interesse e me chamou para sair. Isso não aconteceu com ela ainda, apesar do cabelo escuro lindo e da popularidade.

Mas, depois do jantar, ela me segurou.

— Você vai ficar bem, né? — perguntou. — Não vai fazer nada idiota?

— Eu sei me cuidar.

Suspirei, decidida a ignorá-la quando Wendy pegou meu braço e me obrigou a encará-la.

— É sério — disse. — Não faz nada que ele queira só porque ele quer, tá?

— Quem é a irmã mais velha aqui? — brinquei. — Vou ficar bem. Estou acostumada a ser piada, de qualquer forma. Então, se ele tentar alguma coisa, vou saber em um segundo.

Mesmo assim, Wendy pareceu preocupada. Eu sei que ela vê quase tudo; a gente está na mesma escola. Minha irmã sabe que eu escondo muito do que realmente acontece da mamãe e do papai. Eles sabem que eu não tenho amigos, claro, já faz anos. Mas não sabem o tanto de bullying que eu sofro, como é raro um dia que eu não durma chorando. Wendy vê o ostracismo, as risadas, os trotes. Mas, como se em um acordo tácito, ela não conta para os nossos pais.

Por mais que eu tenha inveja, ela ainda é minha irmãzinha, e eu a amo demais.

Enfim, preciso correr agora. Tenho um encontro fabuloso!

Venho mais tarde contar como foi tudo.

Querido diário,

Quero riscar tudo o que escrevi antes.

Não, quero rasgar e jogar os pedacinhos no lixo.

Como eu sou idiota.

Claro que nunca vão me amar. Claro que nunca vou ter um namorado. Quem ia querer alguém tão feia, tão ridícula?

Eu me odeio. E odeio elas.

EU ODEIO ELAS. Queria que estivessem mortas.

Acabei chegando muito cedo no parque. Lógico, eu sou desesperada e triste. Eu nunca ia chegar atrasada e fingir que eu sou legal, né? Meu celular mostrou que eram quinze para as seis, então tentei desacelerar o passo enquanto chegava ao domo. Estava vazio lá, mas talvez ele já tivesse entrado, então abaixei a cabeça e entrei.

Tinha uma caixinha com um bilhete em cima. A caixa tinha um laço de seda vermelho e nenhuma pista do que havia dentro, mas o bilhete tinha meu nome.

Poppy, dizia, em uma letra bonita que eu não reconheci, Use isto hoje para ficar ainda mais maravilhosa. Vou te levar em um restaurante legal com minhas economias. Com amor, Julian.

Julian escreveu "amor"! Com a respiração pesada, abri a caixa e levantei a tampa, achando que talvez fosse um colar ou uma pulseira. Ele me chamou de linda, então eu estava disposta a usar qualquer coisa!

Meu Deus. Preciso parar de chorar e escrever logo isso. Pelo menos, riscar a caneta no papel com raiva faz com que eu me sinta um pouco melhor, porque posso fingir que o papel são elas.

Não era um acessório. Era um batom.

Um batom mesmo, do tipo que vende em lojas de verdade, que mulheres adultas usam e que Chloe tenta levar escondido para a escola, apesar de ela só usar os tons nude e rosa.

Quando abri a tampa, era um vermelho vivo e quente. Profundo e fosco. Quase a cor de uma pimenta ou de um ônibus londrino de dois andares.

Eu devia ter percebido. Não tem nada a ver comigo. Eu nunca nem usei batom antes, que dirá um vermelho chocante como aquele, como as atrizes de cinema usam. Como uma modelo pinup sexy. E eu com certeza não sou pinup.

Mas Julian disse que eu ficaria maravilhosa. Tinha um banheiro público perto, onde eu podia usar o espelho. Eu ia fazer um beicinho com os lábios como fazem nos filmes e jogar beijos e de repente me transformar: de estudante esquisitona em top model.

Peguei a caixa, recolocando a tampa, e guardei o bilhete no bolso da calça jeans. Quando saí do domo, olhei ao redor outra vez para ver se ele tinha chegado, mas havia umas garotas conversando em um banco tão longe que eu mal conseguia enxergar. Fui rápido para o banheiro, piscando contra a luz forte repentina em contraste ao escuro do parque.

Banheiros nunca são os lugares mais agradáveis do mundo, especialmente os públicos, mas coloquei a caixa na pia, tirei o batom e levantei em direção a boca. Não tinha certeza de como era para passar, mas não podia ser mais difícil que desenhar ou pintar, e eu era boa nisso. Era só colocar com a pressão certa, provavelmente muita, para garantir que não sairia, e ia ficar linda.

É. Maquiagem e pintura são coisas bem diferentes, caso você não saiba. Foi bem fácil — muito mais do que eu tinha imaginado. De repente, minha boca estava um vermelho-vivo. E não só minha boca — apesar de ter segurado o batom com firmeza, manchei um pouco a parte abaixo do nariz, o que fez com que meu lábio superior aparentasse ser bem maior do que o inferior. Tentei melhorar passando mais embaixo, mas só parecia que, de repente, eu tinha feito um preenchimento labial. Quando fiz um biquinho como se estivesse beijando alguém, o centro dos meus lábios ainda estava teimosamente rosa, então passei mais batom.

Quando sorri, imaginando que teria um lindo sorriso hollywoodiano, só vi manchas de batom nos meus dois dentes da frente.

Será que eu parecia adulta e sofisticada ou só uma criança de cinco anos que tinha roubado a maquiagem da mãe?

Então, teve um flash.

— Diga xis!

Annabel, Esther, Chloe e Tanya apareceram na porta. A líder do grupo estava segurando o celular, e o flash foi disparado de novo. Estavam tirando fotos minhas.

— Para! — *gritei.*

Nesse momento, elas já estavam dentro do banheiro, rindo e me cercando.

— Ai, meu Deus — *disse Chloe, praticamente dobrada de tanto rir ao me ver* —, é sério que você acha que se passa batom assim? Eu sabia que você era uma inútil, mas isto aqui é outro nível. E pensar que a gente só achou que ia tirar umas fotos engraçadas de você posando no espelho. Isto não tem preço.

— Como é que vocês sabiam que eu estava aqui? O que estão fazendo? — *perguntei.*

Tentei tirar o batom, esfregando o dorso da mão nos lábios. Claro, saiu um pouco, manchando minha mão como se eu mesma a tivesse pintado, mas, quando olhei no espelho, a maior parte ainda estava lá, só que, agora, um monte tinha sido espalhado pelo queixo e pela bochecha.

Annabel tirou mais fotos.

— Você parece uma maluca!

— *Por favor, para!*

— Você não achou mesmo que o Julian quisesse sair com você, né? — *perguntou Esther.*

É horrível lembrar. Escrever isso. Mas preciso. Tenho que tirar de mim antes que me consuma por dentro.

— O Julian joga futebol depois da escola na sexta e tem que deixar o celular no vestiário — *disse Tanya.*

Mesmo agora, anos depois, ainda é horrível o quanto ela gosta de me torturar, igual às outras três. Tanya realmente não se lembra de quando a gente era amiga e se sente mal? Ou só fica feliz por ser eu a vítima, e não ela?

— A gente se infiltrou e mandou mensagem para você do telefone dele. Foi ideia da Esther. Foi tão engraçado — continuou ela.

— Claro que ele não está interessado em você, sua idiota — provocou Esther.

— Meu Deus, como você está ridícula! — disse Annabel, tirando mais uma foto. — Parece um filme de terror.

Não saía, não importava o quanto eu esfregasse. Até liguei a torneira e comecei a tentar tirar com água, mas só piorou, criando um círculo inteiro vermelho em torno da minha boca, escorrendo pelo meu queixo.

Eu não estava aguentando. Empurrei-as para passar, tentando ignorar as gargalhadas e as piadas, corri para casa, sem conseguir evitar as lágrimas, e bati a porta atrás de mim.

— Poppy? — Mamãe e papai saíram da sala na mesma hora, claramente ansiosos. — O que foi? Você está bem?

— Me deixa em paz! — gritei.

Então, eles viram o batom. Era tão horroroso e óbvio, como não iam ver?

— O que aconteceu com o seu rosto? Alguém te machucou?

Papai parecia praticamente histérico. Ele me agarrou pelos ombros para olhar mais de perto.

— O menino te bateu?

Fiquei muito confusa, e aí percebi. Eu tinha feito tanta sujeira com o batom, esfreguei tanto que parecia um machucado, um ferimento, uma mancha de sangue por toda a minha boca.

Também doía como se tivessem me agredido.

— É batom! — berrei. — Ele não me bateu! Ele nem apareceu! Ele nem sabia que tinha um encontro!

— Ah, Poppy!

Papai me abraçou, mas eu me soltei e corri aqui para cima.

— Só me deixa em paz! — falei, batendo a porta do quarto.

— Abre a porta, por favor, Poppy.

Logo a família toda estava do outro lado da porta.

— Poppy, vem aqui embaixo — falou papai. — Podemos ver um filme e comer pipoca. Você não tem que conversar se não quiser.

— Sinto muito — disse Wendy. — Eu vou matar ele na escola, pode esperar.

— Por favor, me deixem em paz — pedi. — Só quero ficar um pouco sozinha.

No fim, depois de implorar um pouco mais, eles foram embora e eu fiquei soluçando no travesseiro. Mas, quando alguns minutos se passaram, levantei a cabeça e vi que o travesseiro estava manchado de vermelho. Não ia sair nunca.

— Porra! — gritei.

Eu nunca falo palavrão. É estranho até escrever um, como se eu fosse levar uma bronca, mesmo que esteja escrevendo em algo privado. Mas foi tudo o que eu consegui pensar em dizer naquela hora.

O batom continuava no meu bolso, então peguei e joguei do outro lado do quarto, vendo a tampa voar e rolar para baixo da escrivaninha. O que parecia tão caro e lindo antes, uma forma de me transformar em alguém que eu não era, agora só parecia feio e barato. Peguei o que tinha sobrado e esmaguei na escrivaninha, vendo a parte de dentro se desfazer contra o tampo. Outra mancha. Outra marca que sempre estaria lá para me lembrar do que havia acontecido.

— Poppy.

Era Wendy batendo na porta.

— Que parte de "me deixa em paz" você não entende? — falei, irritada.

— Desculpa, mas você precisa ver uma coisa.

Quando abri a porta, Wendy estava lá parada segurando o laptop contra o peito, séria.

— Que foi?

— Você está, hum, no Facebook.

Eu sabia. Quando elas tiraram aquelas fotos, eu sabia que iam fazer alguma coisa. Só não sabia o quê, nem como iam agir rápido. Mas eu devia ter percebido que não iam me deixar ter nem um momento sequer de paz.

Wendy entrou no meu quarto e se sentou na cama, me chamando para ficar ao seu lado. Eu a vi olhar ansiosa para a mesa e o travesseiro manchados, mas ela continuou em silêncio. Depois de eu me sentar, minha irmã me passou o laptop.

O Facebook estava aberto. Estava logado na conta de Wendy, não na minha, mas, mesmo na dela, eu era a atração principal, o primeiro post que aparecia. Era um álbum de fotos minhas naquele banheiro, me olhando no espelho, tentando desesperadamente remover o batom, depois voltada para elas.

Estou chorando nas fotos, mas o batom é o pior. Parece ainda pior do que foi na vida real. Ainda consigo ver cada imagem, como se meu cérebro tivesse decidido passar uma apresentação de slides só para me entreter.

Uma das legendas dizia: O novo projeto de Artes de Poppy Greer. *Isso foi o que mais doeu.*

Eu era uma palhaça. Estava com a cara toda lambuzada, tinha batom até nos dentes.

— Não é tão ruim — disse Wendy.

Mentirosa. Eu mal a escutei, arrastando para baixo para ver os comentários.

Você acha que ela já ouviu a palavra "maquiagem" antes?

HAHA! Lógico que não! Ela é tão feia na escola, nunca usa.

Maquiagem também não ia salvar!

Que raios ela acha que está fazendo? Eu sabia que ela era de dar dó, mas isso aí é trágico.

Tenho pena dela, ela não tem amigos e tem que fingir que tem alguém no Dia dos Namorados.

Que fracassada.

Meu Deus do céu, que palhaça! Isso é tão engraçado!

Devia ser mesmo o projeto de Artes dela. Não suporto o jeito que ela fica se mostrando com as obras. Ela nem é tão boa. Vaca metida.

Me lembra de mostrar para ela como se usa batom de verdade. Tipo, oi?! Não é no dente!

Ela acha que é para comer!

Ela come tudo, né, então faz sentido! HAHA!

Outro post apareceu. Uma atualização de status de relacionamento.

Julian Davis está em um relacionamento com Esther Driscoll.

Claro. Por que ele gostaria de mim? Sendo que podia ficar com ela? Wendy pegou o laptop e fechou.
— *Não olha mais.*
— *Como eu vou para a escola na segunda?* — *sussurrei, com lágrimas escorrendo pela bochecha.*
— *Você pode ir e vai* — *respondeu Wendy.* — *Não deixa elas vencerem. Você é a melhor pessoa que eu conheço.*
A melhor pessoa que ela conhecia, idiota o suficiente para acreditar que Julian a chamara para sair.
Depois de Wendy ir embora, dei uma última olhada no espelho. Ainda estava péssima. Tenho uns lencinhos faciais na mesa de cabeceira e precisei de três para finalmente tirar o resto do batom, deixando meu rosto ferido e vermelho. Quando joguei os lenços no lixo, não consegui deixar de pensar em como estavam horríveis. Arruinados.

Sem pensar direito, dei um soco com força no espelho. Eu não sou forte, então fiquei surpresa quando o impacto rachou a superfície e um caco caiu no carpete, manchado de sangue dos nós dos meus dedos. Quando peguei, fiquei olhando muito tempo antes de pegar a ponta afiada e arranhar meu braço.

A dor aguda me fez ofegar, primeiro não aconteceu nada, depois veio uma onda de sangue da cor exata do batom que lambuzara minha boca. A pele estava quente e irritada, e caíram lágrimas dos meus olhos, mas, estranhamente, aquilo me empolgou. A dor.

Com os dedos tremendo, fiz de novo, desta vez menor, cortando ao lado da primeira marca. A dor veio de novo, fazendo meu coração bater na garganta.

E, então, parei, colocando o caco afiado na gaveta da minha mesinha de cabeceira, embrulhado em um lenço de papel. Coloquei a parte com o corte na boca até o sangue estancar, depois entrei em pânico, olhando os cortes vermelhos feios que ficaram.

O que eu tinha feito? E, ainda assim, me senti melhor. Horrorizada. Mas melhor.

Depois, quando mamãe veio me dar boa-noite, trazendo um chocolate quente com chantilly e minimarshmallows, pedi desculpa. Eu tinha quebrado o espelho quando estava com raiva. Coloquei um pijama de manga comprida para ela não questionar as marcas no meu braço.

— Tudo bem, você estava chateada — disse ela. — Vamos tirar o espelho amanhã. Não chega perto, caso tenha cacos de vidro no chão.

Não contei para ela que guardei um para mim, escondido na gaveta da mesinha, caso eu decidisse usar de novo.

Odeio todas elas. Elas merecem morrer. Se um ônibus as atropelasse amanhã, o mundo seria um lugar melhor.

Talvez eu devesse afinal te dar um nome, diário. Porque você é o único amigo que eu vou ter na vida. É inútil imaginar outra coisa.

Eu vou ficar sozinha para sempre.

QUINZE
———

Annabel

19 DE MAIO DE 2023

Chloe entra no meu quarto bem quando estou terminando de me arrumar para a festa. Nós duas exageramos na maquiagem e na roupa. Eu estou com um vestido curto apertado e meu sapato preto favorito, e Chloe está com uma jardineira roxa curta combinando com seu colete preto. Estamos usando cílios postiços e tom pesado na sombra. Olhando no espelho, é como se tivéssemos voltado a ter dezoito anos.

— Pintura de guerra — diz Chloe, o que me faz sorrir. — Poppy está mexendo com as garotas erradas. Apesar de eu ter precisado pegar a maquiagem da Esther emprestada para ficar bonita.

— É isso aí.

Dei os toques finais no meu cabelo, fazendo um rabo de cavalo alto. Mas fico surpresa de Chloe não ter pedido minha maquiagem emprestada. Ela anda tão esquisita comigo. Pelo espelho, vejo-a me olhando de um jeito estranho, mordendo o lábio. Ela fecha e abre as mãos, e é óbvio que quer falar alguma coisa.

— O que foi?

— Só estou pensando — diz ela. — Não é engraçado Poppy hoje ser uma médica respeitada? Há dez anos, eu nunca teria imaginado.

— É estranho, sim.

Penso na Poppy que conhecíamos.

— O que será que ela acha da gente? — pergunta Chloe. — Aposto que pensa que não mudamos nada.

— Espero que a gente tenha mudado, sim — respondo. — Não fomos muito legais com a Poppy no passado, como ela adora nos lembrar. Mas somos pessoas melhores agora.

— Ela só está puta por nenhuma de nós ter se dado ao trabalho de descobrir o que aconteceu com ela depois de se mudar.

Nunca nem nos ocorreu descobrir o que Poppy estava fazendo depois da formatura. Terminamos nossas provas, fizemos nossa própria comemoração e foi isso. Mas era normal não ligar para o que acontecia com as pessoas da sua turma depois que você saía escola. Não sei o que aconteceu com mais ninguém.

— Talvez seja bom, afinal, a gente ter retomado o contato — comento, pensando nas palavras da minha mãe.

Chloe parece perdida em pensamentos.

— Chloe?

— Desculpa.

Ela sacode a cabeça, a expressão preocupada.

— Olha, Annabel, preciso te contar uma coisa.

Tem algo sério no tom dela, muito incomum para Chloe.

— O quê? — pergunto.

Ela esfrega a mão na testa, suavizando as rugas.

— Não sei por onde começar.

Com uma batida na porta, Esther coloca a cabeça para dentro, segurando faixas rosa-choque com letras vermelhas que dizem "Madrinha".

— Para vocês duas, cortesia da noiva nervosa! Vocês estão incríveis.

— Você também!

Chloe agarra as faixas e coloca a dela. O momento passou. Ela parece grata pela interrupção e louca para sair dali.

— Vamos, Annabel! — diz Chloe.

Obedeço, colocando a minha faixa enquanto analiso a roupa de Esther. Ela também fez um esforço, a faixa rosa-choque contrasta com o macacão rosa-bebê e a sandália branca. O cabelo está preso em um coque, e mechas soltas emolduram seu rosto. Ela está maravilhosa. E sabe disso, porque arqueia as sobrancelhas rapidamente, pouco impressionada com o elogio de Chloe.

Saímos atrás dela até a praia, onde Poppy e Tanya já estão esperando, e nós três não conseguimos deixar de rir da roupa de Poppy. Ela está vestida de noiva: vestido branco esvoaçante e cachos castanhos caindo até a cintura. Um véu longo na cabeça cobre todo o seu cabelo e, para completar o look, pôs luvas brancas até o cotovelo.

O constrangimento do dia meio que é esquecido enquanto todas viramos um shot de tequila e chupamos um limão. Esther serve um copo de vodca com Coca para todo mundo e nos sentamos em círculo, com uma faísca de energia entre nós.

— O Eu Nunca de ontem à noite foi só o começo — anuncia Poppy, brandindo o copo alto no ar.

— Ah, não! — diz Esther.

— Vamos fazer um brinde e esquecer o dia de hoje.

Nós quatro trocamos olhares, inseguras.

— Sério, meninas — diz Poppy. — Eu só queria dar um sustinho em vocês. E, pelo jeito, consegui. Ainda temos muito da despedida de solteira para curtir, e planejo passar a maior parte desse tempo daqui para a frente bêbada ou na praia. Para não falar de todos os detalhes fabulosos do casamento que vou revelar para vocês amanhã de manhã. Quem está comigo?

Ela até que parece sincera, então damos de ombro e cedemos, levantando os copos.

— A uma ótima noite e uma despedida de solteira incrível!

— A uma ótima noite e uma despedida de solteira incrível! — respondemos, em coro.

Poppy bate palmas.

— E, agora, o evento principal. Hoje, vamos brincar de Verdade ou Consequência!

Pego de novo a vodca com Coca e dou um golão, meu estômago se revirando com a ansiedade. Mais um jogo.

— Já sei, para ser justo, a gente gira uma garrafa para decidir de quem é a vez — diz Poppy.

Ela pega uma garrafa de cidra e a vira por completo, sem parar para respirar nem uma vez enquanto o líquido desce goela abaixo. Inclina-se para o meio do círculo e testa girar a garrafa na areia e no tapete irregulares, o que acontece sem problemas.

— Perfeito. Todas prontas? — pergunta Poppy.

— Na medida do possível — murmura Tanya.

Poppy ignora o comentário e gira a garrafa. Ela coloca muita força no ato, então esperamos quase vinte segundos para parar de rodar. Ela desacelera mais e mais antes de, enfim, parar em Esther.

Solto um suspiro de alívio.

— Escolho consequência — declara Esther.

É uma novidade para ela, a sensata do grupo. O clima da noite deve estar afetando-a. Ou o álcool.

— Das quatro, você foi a única que não nadou pelada — diz Poppy. Um brilho em seus olhos nos diz no que está pensando antes de falar: — Eu te desafio a tirar a roupa e entrar no mar por dez segundos.

— Ah, merda. — Esther sacode a cabeça. — Agora, queria ter escolhido verdade.

— Tarde demais.

Poppy está alegre, e o restante de nós começa a entoar para que ela tire a roupa.

— Eu vou entrar de roupa — diz ela. — É praticamente pior. Vou ficar com a roupa molhada pelo resto da noite.

— Nada disso. — Chloe abre um sorrisão como o do gato de *Alice no País das Maravilhas*. — Isso é trapaça. Vai, tira tudo.

Ela se levanta, mas não parece nada feliz. Abraça o corpo com os dois braços e, por um momento, fico preocupada porque ela parece realmente assustada.

— Anda! — diz Poppy. — Não dá para passarmos a noite toda em você.
— Tá. Droga.

Ela fica pelada e faz até uma pose sexy para nós, com uma das mãos atrás da cabeça e outra no quadril. Noto uma marca na barriga. Algum tipo de hematoma. Ela me vê olhando e cobre com a mão.

— Escorreguei no banheiro outro dia — explica. — Um dia antes de vir para cá. Eu sou muito desastrada.

Ela não me dá tempo para questionar. A gente a ouve gritar enquanto cai na água.

— Puta que pariu! Está muito gelada! Achei que estivéssemos em uma ilha tropical!

— Esquenta se você ficar aí! — grita Chloe, e sorri para nós. — Pelo menos, é o que eu imagino.

Esther volta e se enrola em uma toalha, se sentando com tudo na almofada, ainda pelada.

— Meu Deus. — Ela está batendo os dentes. — Minha vez de girar a garrafa.

Esther gira com habilidade, e a garrafa roda algumas vezes antes de parar por completo na frente de Tanya.

— O que vai ser, Tanya? — pergunta Chloe.
— Verdade — diz ela.

Esther se veste de novo, torce o rabo de cavalo e a água do mar escorre.

— Hum, não consigo pensar em nenhuma pergunta.

Poppy pigarreia.

— Eu tenho uma.
— Então vai — concorda Esther.
— Por que você e o Harry terminaram?

Um silêncio atônito paira no ar. A pergunta de Poppy faz Tanya ofegar. Nós ficamos confusas. Tanya não terminou com Harry. Eles acabaram de comprar o apartamento de Londres. Faz mais ou menos um mês que ela estava falando com a gente sobre a cozinha nova. Eles estão juntos há séculos.

— Acho que você se enganou — diz Esther. — A Tanya e o Harry não terminaram.

Chloe olha de Tanya para Poppy e pergunta:

— E como é que você conhece o Harry?

— A gente terminou por causa do trabalho. — Tanya termina o drinque e pega mais. — Pronto, feliz?

— Quê? — Agora, não consigo deixar de me envolver. — Por que você não contou pra gente? Quando foi isso?

— Faz meses. — Tanya bebe mais. — Esquece, Annabel.

— Meses? — ecoo. — Mas como assim? Não entendo.

— Eu não queria contar para vocês. Só isso.

Tanya estende a mão e gira a garrafa, que desvia para a esquerda, perdendo o controle, e bate no joelho de Chloe.

Há outra pausa, e Chloe resgata o clima, pegando a garrafa com uma risadinha.

— Pelo jeito, é minha vez. Vou querer verdade.

Tanya não pergunta nada e se contenta em esvaziar mais um copo e se servir de um terceiro.

— Meu Deus, estou com dor de cabeça — diz ela.

Antes de termos a chance de falar alguma coisa, Poppy interrompe:

— Qual é o seu maior medo?

É uma pergunta estranha.

— Sabe — diz Chloe —, eu ia falar avião, porque odeio. Mas, na verdade, acho que meu momento mais aterrorizante aconteceu no último verão. Meu apartamento foi assaltado. Eu acordei e vi que meu laptop tinha sido roubado. A polícia achou que podia ser um fã maluco, então troquei a fechadura e tudo, porque não tinha sinal de arrombamento. Eu não consegui dormir por várias semanas.

Lembro como Chloe ficou depois disso. Ela foi dormir lá em casa, convencida de que ia ser assassinada por algum *stalker*. Acabou ficando comigo e com o Andrew por bem mais do que a uma noite que tínhamos combinado, mas ele pareceu não se importar, dizendo que ela havia passado por um trauma e que era para eu ter mais empatia.

— É o fato de que eu estava dormindo e a pessoa estava lá — diz ela. — Podiam ter feito qualquer coisa.

Poppy arqueia as sobrancelhas.

— Você não ia querer que alguém se aproveitasse quando você está no seu estado mais vulnerável.

Chloe fica sem saber o que responder.

— Enfim!

Ela gira a garrafa, e cai em Poppy.

— Consequência — diz Poppy.

Chloe bebe o resto do copo, aí pega a garrafa de vodca para um refil.

— Já sei. Eu te desafio a raspar as sobrancelhas.

Esther cospe quase toda a bebida.

— Você não pode pedir para ela fazer isso! Está passando dos limites.

— Chloe sempre gosta de passar dos limites. — Poppy se levanta, batendo areia das pernas. — Mas eu faço.

— Ela vai fazer mesmo, sério? — pergunto, enquanto Poppy se afasta de nós.

— Está blefando — diz Esther. — Chloe, foi baixo até para você.

— É o que ela merece por obrigar a gente a fazer aquela caça ao tesouro — responde Chloe. — É um desafio, ela tem que cumprir.

Poppy volta com uma lâmina e, para nosso choque, raspa uma parte da sobrancelha. Uma linha evidente aparece bem no arco, e ela repete do outro lado.

— Pronto. — Ela joga a lâmina no chão e se vira para nós. — Você não falou quanto das sobrancelhas eu precisava raspar. Mas eu raspei elas.

Tem algo nesse visual. Ela parece mais selvagem, mais perigosa. Combina com ela.

Chloe fecha a cara; não estava esperando que Poppy fosse ser mais esperta do que ela nem que o resultado final fosse bom. Mas não pode reclamar. Poppy cumpriu o desafio.

Estou começando a ficar altinha. As outras também estão ficando bêbadas. Os olhos de Tanya estão vidrados e Chloe está se servindo de mais um drinque. Até Esther está bebendo sem parar e rindo das artimanhas de Poppy, que, aliás, é a única que ainda está um pouco sóbria.

Poppy gira a garrafa, mas é uma tentativa fraca. Mal dá uma volta completa antes de acabar de volta em Esther, que resmunga sobre já ser sua segunda vez.

— Verdade, agora — diz ela. — Acabei de me secar!

— É verdade que você conseguiu seu emprego porque sua mãe conhece seu chefe? — pergunta Poppy.

Esther fica inquieta; é seu ponto mais sensível. Eu sei bem, porque gosto de alfinetar, mesmo sabendo que a incomoda. Por que sempre gosto de cutucar as inseguranças dos outros? Eu sei o que estou fazendo, aliás, é quase o motivo de eu fazer. É bom ver a cara de alguém se desmanchar e saber que foi por sua causa, que você está na posição mais forte.

Era o que me atraía tanto para Poppy na época da escola.

— Minha mãe conseguiu a entrevista — responde Esther, bruscamente. — Eu ainda tive que me preparar, que provar que era merecedora do emprego. E eu sou. Sou incrível no que eu faço, ninguém pode negar. Eu devia estar agora respondendo um milhão de e-mails, mas não posso porque estou presa nesta ilha e você tem uma regra imbecil sobre celulares, então não vem me falar que eu não sou digna do meu trabalho!

— Eu não disse isso — fala Poppy. — Você disse.

— Talvez seja melhor parar por aqui — diz Chloe, nervosa.

— Ah, é verdade, Esther, e você sabe. — Tanya, que estava olhando o próprio copo, levanta a cabeça e faz uma careta. — Pensa nas milhares de candidaturas que eles nem devem ter olhado. Você pulou toda essa parte. Você acha que é melhor do que todo mundo?

Ah, meu Deus.

Tanya não fica legal quando está bêbada. Fica cruel muito rápido, escolhe um alvo e ataca, apesar de estarmos todas do mesmo lado aqui. Quanto ela bebeu? Treme ao pegar outra garrafa e colocar o conteúdo no copo, e depois quase erra a boca.

— Ah, é, porque as pessoas com quem você trabalha são bem melhores! — retruca Esther.

— Exatamente. Eu sei do que estou falando.

— E como vai o Harry? — pergunta Esther. — Ele te traiu? Foi por isso que você não contou? Eu não esperaria isso dele, mas, por qual outra razão você não falaria nada?

— Esther. — Coloco a mão no ombro dela. Tanya está espumando. — Não faz isso.

— Por que não? Ela que começou! E ainda tem a pachorra de falar comigo de competência profissional, vou te contar.

— Ninguém começou! — grita Chloe. — É uma brincadeira idiota. Deixa pra lá.

A explosão nos deixa em silêncio. Esther e Tanya não conseguem nem se olhar, e Chloe está sacudindo a cabeça para as duas. Poppy é uma espectadora ávida, de olhos bem abertos, com sinais de diversão passando pelo rosto.

— Minha vez! — declaro, enlouquecida, pegando a garrafa e apontando para mim. — Podem perguntar qualquer coisa. Eu escolho verdade.

Esther respira fundo e fecha os olhos por um momento. Ao abrir, sua postura relaxa e vejo que ela decidiu deixar para lá. Graças a Deus por isso. Tanya continua parecendo chateada, mas voltou à bebida, que está segurando com as duas mãos.

Poppy se aproveita do fato de Esther estar distraída e faz sua própria pergunta:

— Quando você quer ter filhos?

Essa pergunta não. Por que uma mulher de vinte e poucos anos não consegue passar mais de cinco segundos sem que alguém lhe faça essa maldita pergunta?

— Não sei se quero.

Poppy solta um ruído de surpresa e todas nos viramos para ela.

— Desculpa — diz. — Só achei que você fosse, tipo, a dona de casa número um.

— Não sei bem o que eu sou — respondo.

— Mas você ama o Andrew — continua Poppy. — Né?
— É.

Disso, pelo menos, tenho certeza.

Eu me inclino à frente e giro a garrafa.

Cai em Chloe.

— Consequência. — Ela sorri. — Mas não vou deixar você se vingar de mim falando para eu raspar o cabelo. Sem desafio repetido!

— Eu te desafio a virar o resto da vodca — digo.

Tem pelo menos mais quatro doses. É uma ideia insana.

— Ela não pode fazer isso — diz Esther. — Poppy, você é médica. Devia saber disso.

Poppy levanta as mãos, em um sinal de quem se rende.

— Tá. *Metade* do resto da vodca. O meio-termo é justo para você?

— Eu não trabalho com meio-termo — responde Chloe. — Cala a boca, Esther, você é muito santinha.

Ela agarra a garrafa e toma tudo, com o rosto se contorcendo de desconforto. Um pouco cai para fora da boca e escorre pelo queixo, mas ela consegue acabar com a vodca. Coloca a garrafa de volta na mesa, mas o vasilhame escorrega e cai na areia, por sorte, sem quebrar.

— Meu Deus. — A voz dela está enrolada, o efeito é instantâneo. — Pronto! — grita.

— Acho que é hora de todas nós bebermos mais. — Poppy coloca um pouco de vinho para as outras e um pouco mais de cidra para ela. — Vamos!

Está ficando mais difícil. Percebo que estou levando a mão à boca para não vomitar tudo.

Minha mão está tremendo? As coisas estão começando a ficar meio embaçadas.

— Desculpa pelo que falei sobre o Harry — diz Esther de repente. — Foi muito grosseiro. Está tudo bem entre a gente?

Tanya suspira.

— Não, eu que peço desculpas pelo que falei sobre o seu emprego.

Chloe escolhe esse momento para se meter no meio das duas, passando um braço pelo ombro de cada uma.

— Somos amigas de novo? *Yay!*

— Sai fora, Chloe — diz Esther, mas sorri.

— É difícil guardar segredo uma da outra, né? — fala Poppy.

— A gente não guarda segredo — responde Chloe.

— Ah, nós duas sabemos que isso não é verdade.

— Ei. — Com dificuldade, Chloe volta a ficar de pé e aponta um dedo. — Não pega no meu pé. E a Tanya, ela...

— Chloe! — grita Tanya.

Poppy concorda com a cabeça.

— Não, não. Tem razão, não é só você. É todo mundo.

— Todo mundo?

É a última coisa que me lembro de dizer. O restante da noite passa em um borrão, formas vagas de nós nos levantando e dançando em algum ponto, cantando a plenos pulmões, recebendo mais bebidas. Parece durar horas, incluindo uns punhados de comidinhas. Viramos um quinteto unido pela primeira vez na vida, festejando e conversando, mas não consigo me lembrar das conversas.

Em algum momento, teve uma discussão. Eu me lembro de vozes exaltadas. Tanya? Tanya estava brava com alguém, acho. Era com Poppy?

Não me lembro de ir para a cama, mas, em algum momento, devo ter ido, porque acordo com um som repentino à noite, seguido por um barulho mais baixo. Minha cabeça está latejando e minha boca está seca.

— Oi? — murmuro, mas, quando me viro para olhar, não tem nada, só o quarto vazio ao meu redor e o silêncio.

Executar qualquer movimento já é um esforço suficiente para me fazer gemer, porque o quarto está girando.

Algo deve ter caído, só isso. Me questiono se devia ir ou não investigar, quando o peso do sono me domina de novo.

DEZESSEIS

Chloe

20 DE MAIO DE 2023

Acordo fervendo em uma poça de suor. Acima de mim, o ar-condicionado parou de funcionar e está mostrando uma luz laranja insistente.

— Meu pai do céu.

Estendo a mão para a mesa de cabeceira quando lembro que meu celular não está aqui. Lá fora, o céu está muito azul, indicando que dormi até tarde.

Tudo bem. Eu me demoro no chuveiro, dando muito tempo para meu cabelo absorver o condicionador, e dou um grito quando puxo a toalha e vejo uma aranha na parede ao lado do suporte.

— Porra de ilha!

Sacudo a toalha várias e várias vezes antes de me secar com cuidado, checando a cada cinco segundos se a aranha não pulou nela. Agora, consigo ouvir as outras conversando e comendo, então deixo o cabelo pingando e coloco um vestidinho e uma sandália. Também não é como se eu pudesse passar minha maquiagem.

Elas estão perto do deque, tomando café da manhã. Alguém se deu ao trabalho de colocar um banquete completo, uma mistura de croissant, torrada e comida quente para as que têm estômago forte, e iogurte, granola e fruta para as que, como eu, não aguentam uma refeição pesada depois da noite anterior. Esther é a que parece mais disposta e pronta para o dia, enquanto

Tanya está sentada largada e cansada. Annabel não está em canto algum e Poppy está à cabeceira de óculos de sol, então é difícil ver como se recuperou da bebedeira, mas isso talvez seja um indicativo. Ela também se arrumou demais para a ocasião, com uma blusa de manga comprida que ficaria melhor para uma saída à noite do que para a manhã seguinte.

Poppy acena para mim com a cabeça enquanto me sento.

— Bom dia, Chloe.

— Que horas são? — pergunto, me servindo de colheradas de iogurte.

— Tarde. — Poppy coloca um pouco de suco para mim sem acidentes, embora eu me veja prendendo a respiração até ela acabar. — Em torno das onze. Eu estava quase indo lá te acordar.

— Desculpa. — Dou um gole. — Vocês já acordaram faz muito tempo, então?

Esther não consegue resistir a uma oportunidade de se gabar do quanto adora acordar cedo nem do quanto é fitness e ativa.

— Eu estou de pé desde as sete, que, para mim, é tarde. Fiz uma longa corrida, depois nadei um pouco no mar para me refrescar. Foi uma manhã gostosa. Bem tranquila, na verdade, sozinha.

Tanya revira os olhos, mas Esther está virada para mim, então não consegue ver. Tenho que esconder um sorriso, embora olhar para Tanya seja o suficiente para me fazer ficar séria, de qualquer forma. Ela está ainda pior do que ontem, meio suada e pálida, como se fosse ela quem saiu para correr. E não para de fungar, apesar de eu achar que ela nem está percebendo.

— Desculpa pelo atraso!

Annabel vem apressada pelo deque, os chinelos batendo contra a madeira. Está usando um vestido esvoaçante com estampas florais muito lindas. Um vestido que eu sei muito bem que custa quase duas mil libras, porque usei em uma campanha há alguns meses.

Como é que Annabel consegue pagar por isso? Andrew mal dá dinheiro para ela comprar comida, quanto mais um guarda-roupa de luxo.

É bem impressionante. Talvez Annabel mereça mais crédito, ainda há um pouco da personalidade antiga dela ali, não só a dona de casa tediosa que ela virou.

Estou prestes a perguntar isso quando Annabel volta a falar:

— Que noite, hein? Lembro que a gente dançou Britney.

— Difícil não lembrar. — Esther ri. — A gente tem que pegar mais leve hoje.

— Temos todo o gim maravilhoso de vocês para tomarmos juntas — diz Poppy. — Não pensem que eu esqueci.

— Ah, meu Deus — geme Annabel. — Acho que não consigo aguentar mais uma noite. Não temos mais dezoito anos.

É um comentário inocente, mas pensar nele me faz me encolher. Não temos mais dezoito anos e, com Poppy sentada à mesa com a gente, não quero ser lembrada do que fizemos quando tínhamos essa idade.

— Qual o plano para hoje, Poppy? — pergunto, para mudar rápido de assunto.

Ela abaixa os óculos.

— Vocês vão ver. Primeiro, podem curtir o café da manhã.

Passamos a hora seguinte mais ou menos jogando conversa fora. Embora eu estivesse me sentindo mal de manhã, me animo e pego um croissant. Todas estamos em um clima mais relaxado agora, depois do desconforto de ontem. Parece que talvez a gente até acabe curtindo esta despedida de solteira e se divertindo de verdade.

Continuo pensando isso, sem perceber quando Poppy diz que já volta e não questiono na hora que ela traz a caixa de madeira com nossos celulares para a mesa.

— Ah, maravilha — digo. — Preciso me atualizar em tanta coisa. E quero tirar um monte de foto. O que te fez mudar de ideia?

— Bom, acho que posso ver quantos e-mails consigo tentar baixar sem wi-fi — comenta Esther. Ela morde os lábios. — E responder o Brad.

Poppy faz que não com a cabeça.

— Não, não foi por isso que eu trouxe os telefones.

— Bom, então foi por quê? Aconteceu alguma coisa?

— É hora de falar a verdade — anuncia Poppy. — Passamos alguns dias juntas, e vocês não mudaram nada.

Uma sensação desconfortável começa a subir pela minha nuca.

— Como assim?

— Eu achei que devia dar uma chance. — Poppy destranca a caixa com a chave e a abre. — Mas vocês continuam as mesmas. São mesquinhas, egoístas e materialistas. Como sempre foram.

Tanya suspira.

— Eu sabia. Sabia que tinha uma pegadinha.

Annabel parece confusa.

— Mas isto é uma despedida de solteira. O que você esperava da gente?

— Se você acha isso da gente, por que se deu ao trabalho de convidar? — pergunto. — Por que passar por todos esses dias de viagem, ainda por cima em uma ilha particular, se estava só checando se ainda éramos iguais à época da escola? A troco de quê?

— Essa é a pergunta certa, Chloe.

Poppy sorri para mim, tirando os óculos. Há uma selvageria no olhar dela, algo que vinha escondendo muito bem até agora.

— Minhas quatro amigas mais queridas, as mulheres que me tornaram o que sou hoje. Por que eu convidaria todas vocês a esta ilha particular quando um fim de semana em um lugar legal na Inglaterra já serviria? — provoca Poppy.

— A gente não precisa ficar aturando isso — diz Tanya.

— O problema é que precisam, sim, porque não têm para onde ir. E eu vou garantir que escutem, porque vocês sabem por que eu as trouxe até aqui.

— Meu Deus do céu. — Bato o pé no chão. — Isto não é por causa de uma coisa que aconteceu *dez anos atrás*, né? Você não pode ainda guardar rancor por causa de tudo aquilo. A caça ao tesouro patética já foi ruim o suficiente. Mas mexer nos nossos celulares foi muito baixo. Achei que era para ser uma viagem sem tecnologia. Você é louca.

O rosto dela fica sombrio e há um momento em que penso que talvez ela me ataque. Há um relance de agressividade em suas feições, e um segundo depois ela relaxa de novo.

— Annabel — diz ela, escolhendo me ignorar. — Lembra quando você me disse que eu ia acabar triste e sozinha?

— Não escuta essa merda — fala Tanya.

— Isso era quando a gente era criança — responde Annabel, e cruza os braços na frente do peito, sem se deixar afetar. — Só você para lembrar uma coisa dessas.

— Crianças! — Poppy ri. — Tecnicamente, você tinha dezoito anos e eu, dezessete. Então, acho que uma de nós era uma criança, mesmo. Você me disse que eu ia acabar triste e sozinha, e que, quando eu morresse, ninguém se daria ao trabalho de ficar de luto no meu funeral, fora minha mãe, meu pai e... — A voz dela falha, revelando seus verdadeiros sentimentos, e ela pigarreia. — E minha irmã. Que ninguém nunca ia me amar. Você deve lembrar. A Chloe chegou a mencionar nesta viagem mesmo que eu estava tão desesperada por amor que sairia com qualquer um.

Quero me esconder atrás de algo. Era uma piada. Mais ou menos.

Poppy continua, embora Annabel esteja olhando para o chão com as bochechas coradas.

— Então, pensei comigo mesma, como posso me vingar da Annabel Hannigan? Bom, você não é mais Annabel Hannigan. É Annabel Dixon. E aí me veio uma ideia. O Andrew é muito bonito, né?

Annabel levanta a cabeça com um solavanco, abalada. Até Tanya desistiu de fazer cara feia e parece chocada.

Poppy não está dizendo o que eu acho que está, né?

Agora, ela está se divertindo, acendendo e apagando a tela de Annabel. O fundo de tela, uma foto de Annabel e Andrew no dia do casamento, parece piorar a tortura.

— Ele foi tão fácil. Bebe no mesmo bar todo dia depois do trabalho. Você sabe que ele sai às cinco, não às sete, né?

— Você quer falar alguma coisa ou está só divagando? — questiona Annabel.

— Estou chegando lá — responde Poppy. — Eu ia transar com o seu marido, Annabel, vou ser direta. Ou, bom, ia fazer você achar que eu tinha feito isso. Levar o Andrew para o quarto de hotel que eu tinha reservado, acima do bar, tirar uma foto de nós dois juntos, mandar para você. Mas, quando cheguei lá, ele já estava com outra mulher. Ele estava com outra mulher todas as noites em que eu tentei.

Para minha surpresa, isso não faz Annabel desabar. Ela continua firme, encarando Poppy, como se estivesse simplesmente ouvindo-a falar do tempo.

Quero dizer a Poppy que ela está errada, mas não posso. Assim como não posso jamais contar a Annabel que Andrew tentou ficar comigo uma vez, em uma das festas de Tanya um ano depois de eles se casarem. Eu estava saindo do banheiro feminino em uma boate que já fechou faz tempo por causa de uma batida de drogas, e ele estava apoiado na parede me esperando, aí me agarrou pela mão e me puxou para perto quando passei. Ainda me lembro do hálito quente e pegajoso dele no meu pescoço, da insistência de acharmos um lugar tranquilo, falando que ele sabia que eu sempre quis que ele fizesse aquilo.

Poppy me olha de relance e me convenço de que está tudo acabado. Ela sorri para mim e se vira de novo para Annabel. Eu suspiro, aliviada.

— Qual o sentido de tudo isso? — pergunta Annabel.

Poppy parece assustada.

— Como assim?

Tanya, de olhos arregalados e boquiaberta, não sabe o que fazer. Ela fica tentando trocar olhares comigo e eu tenho que me esforçar para ignorá-la.

— É só isso que você tem? — diz Annabel. — Provas de que o Andrew está me traindo?

— Então, você sabia? — pergunta Esther. — Annabel... é por isso que você anda...

— Cala a boca, Esther — irrita-se Annabel.

Do que elas estão falando?

Ela volta a se virar para Poppy com um sorrisinho sarcástico.

— Infelizmente, seu joguinho deu errado. Eu já sabia do Andrew. Típico dos homens. Mas, e daí? Ele é rico. Foi minha passagem para sair da minha vida deprimente. Ainda volta para mim todos os dias. Foi comigo que ele se casou.

Ela não deve saber de tudo. Meu estômago parece prestes a se contorcer de tão nervosa que estou. Mesmo assim. Não consigo deixar de admirá-la. Em algum lugar lá dentro está a Annabel Hannigan, abelha-rainha da nossa escola, alguém com quem não se deve mexer.

Poppy está insegura, olhando Annabel com atenção. O celular ainda na mão de Poppy, tenho certeza de que vai ter algo horrível nele.

— Você podia até saber — fala Poppy, enfim. — Mas e todas as outras pessoas? O que você acharia de todo mundo saber do segredinho sujo do Andrew?

Ela joga o celular de volta para Annabel, um movimento tão rápido que mal dá tempo para a outra reagir.

— Felizmente, todas vocês têm planos de dados ótimos, então a falta de wi-fi não foi problema — diz Poppy. — Claro, com o sinal tão irregular, precisei gastar muito tempo para postar tudo, mas funcionou. Que pena que isso significa que os dados acabaram completamente. Mas tirei *print* de tudo que eu fiz para a gente não precisar se preocupar que vocês não fossem conseguir dar uma olhada.

— O que você fez? — pergunta Annabel, abrindo o celular.

— Eu olharia os *prints* do seu Instagram, seu Twitter e seu Facebook — fala Poppy. — Muitos familiares no seu Facebook, né? O tipo de gente que você não quer que veja sua roupa suja. Ou a roupa suja do Andrew.

Annabel chega a dar risada.

— Meu Deus do céu, você é maluca.

— O que ela fez?

Esther pega o celular, ofega e cobre a boca com a mão. Seu tom vira veneno puro, dirigido a Poppy.

— Você é uma completa psicopata.

Tanya, em pânico, corre para olhar e, na comoção, consigo chegar perto o bastante para espiar por cima do ombro dela e ver por conta própria o que Poppy fez.

O perfil de Annabel. Tem um novo álbum de fotos, intitulado: Meu querido marido.

Ah, meu Deus.
A legenda é pior.

Andrew e eu somos casados há três maravilhosos anos. E, nesses três anos, tive a sorte de descobrir que ele passou seu tempo comigo e com pelo menos mais cinquenta mulheres. Espero que vocês curtam essa pequena apresentação do Maridinho Querido.

O álbum me deixa enojada. Como ela conseguiu essas fotos? Andrew em bares, com as mãos nas coxas de mulheres e sorrindo sedutoramente. O rosto enterrado no pescoço delas. Beijando-as em lobbies de hotel. Levando-as para quartos de hotel, a mão na bunda delas. Analiso cada foto, em pânico, mas cada imagem é uma loira ou morena curvilínea e sorridente mais estranha que a outra. Eu não sabia. Não sabia que ele estava saindo com todas essas mulheres.

— E daí? — enfrenta Annabel. — Foi você que tirou todas essas fotos? Você percebe que só conseguiu me transformar em uma vítima inocente, né? O vilão aqui é o Andrew.

Ela continua passando pelos *prints*; as imagens parecem não ter fim e, em dado momento, Poppy volta a sorrir.

— Se eu fosse você, terminaria de olhar tudo antes de continuar tão segura de si mesma — diz Poppy.

Ah, merda. Por que ela está me olhando?

Annabel continua, ainda confiante, e aí, de repente, derruba o telefone, em choque, fazendo-o cair com estrépito no chão, a tela se estilhaçando bem no meio.

— Annabel?

Esther se abaixa, o pega e então vê e também recua.

— Sua filha da puta!

Do nada, Annabel se lança à frente e me dá um tapa na cara.

— Eu devia saber! Claro que você fez isso!

Cambaleio para trás enquanto o ardor forte enche meu rosto e coloco a mão na bochecha.

— Annabel, para! — grita Esther.

Ela e Tanya correm para afastá-la.

— Annabel!

Tanya para na frente dela, que tenta me bater de novo. A mesa do café foi abandonada, nós cinco agora estamos de pé, meio no deque, meio na grama.

— Esquentadinha como sempre — comenta Poppy, alegre.

— Você transou com ele! Você transou com o Andrew! — berra Annabel.

Esther joga o celular em minhas mãos, e vejo o que todas estavam olhando. Caralho. É pior que as outras. Eu e Andrew em restaurantes. Em bares. Em hotéis. E aí, por último, nos beijando na porta da casa deles, a mão dele no meu cabelo e meus braços envolvendo sua cintura.

Ah, meu Deus.

— Ela anda trepando com o seu marido, Annabel — Poppy conta. — Lembra aquela vez que a Chloe foi assaltada e foi ficar com você? Ela mencionou nesta viagem mesmo. Bom, ela e o Andrew estão fodendo desde aquela época.

— Como é que você sabe disso? — sussurro.

Ela estava *espionando* a gente? O que mais ela sabe?

Todas estão me olhando horrorizadas.

Preciso tentar explicar.

— Foi um erro. Eu não fiz de propósito. Uma noite, estávamos sozinhos em casa e só... a gente...

— Meu Deus. — Annabel sacode a cabeça. — Na minha *casa*? Quando eu estava sendo legal e deixando você *ficar* lá? Você foi para cama com o meu marido?

Esther arregala os olhos.

— Ah, Chloe, você não fez isso.

Annabel não para de andar de lá para cá e, a qualquer segundo, acho que vai voar em mim de novo.

— Quantas vezes?

Vixe, centenas? Andrew é fantástico.

— Não sei — respondo, em vez disso.

— Caralho.

O rosto dela se contorce de dor e, por um segundo, chego a me sentir mal de verdade.

— Desculpa. Desculpa mesmo.

Não é culpa minha ele ficar me mandando mensagem, me ligando, me dizendo que não conseguia suportar uma semana sem me ter nos braços. Como eu ia resistir?

— Mas você não parou, né? — fala Annabel. — Quando foi a última vez?

Melhor eu ser sincera. Ela provavelmente vai descobrir pelo Andrew.

— Antes da despedida de solteira. Fim de semana passado.

— Jesus. Faz mais tempo do que isso que ele ficou *comigo*. — Annabel joga a cabeça para trás e ri. — Meu Deus.

— Vou parar. Vou terminar assim que chegarmos em casa.

Vou mesmo? Não sei, mas provavelmente é a coisa certa a dizer.

— Ah, nem precisa. Você sempre foi uma filha da puta egoísta, mas isso é um novo patamar — rosna ela por cima do ombro. — Você não podia só me deixar ter alguém, né? Você sempre foi patética. Sempre foi louca por atenção. Não conseguiu aguentar eu ficar com ele primeiro. Não conseguiu aguentar alguém me achar mais atraente do que você.

Lá vamos nós.

— Isso não é verdade.

— Aposto que você ficou bem mais chocada do que eu em descobrir que ele estava saindo com mais um monte de mulheres — continua ela. — Aposto que achou que fosse a única. Especial.

Bom. Eu não sabia mesmo. Mas não vou falar isso para ela.

Mas ela deve ver algo em meu rosto, porque dá um sorriso triunfal.

— Foi o que eu achei. Será que eu deveria me sentir melhor? Com o fato de que, no que diz respeito ao Andrew, você é ainda mais burra do que eu? Porque não me sinto. Você é minha amiga, Chloe. Ou pelo menos deveria ser. E é assim que você me trata?

— Ah, é, porque você sempre tratou todo mundo tão bem! — rebato. Já está na hora de ela ouvir. — Delicadeza e atenção, você é famosa por isso, né?

— Nem tenta, sua ridiculazinha...

— Isto já foi longe demais — interrompe Esther.

Ela para no meio de nós duas, estendendo as palmas das mãos.

— A gente pode resolver essa zona quando voltar para casa. Parem com isso. E você. — Ela olha séria para Poppy. — Devolve os celulares para a gente poder ligar para Robin e se mandar daqui.

— É, devolve meu celular — falo.

Poppy volta a abrir a caixa, tirando outro aparelho.

O meu. Reconheço de imediato, a capinha branca com adesivos da minha conta no Instagram na parte de trás. Estendo a mão, mas Poppy o puxa para longe do meu alcance.

— Fico surpresa de vocês ainda não terem entendido o óbvio — diz ela.

— Como assim? — pergunta Tanya.

— Se eu fiz isso com a Annabel, o que será que fiz com o restante de vocês? — Ela acena no ar com meu telefone, sorrindo para mim. — E, Chloe, já que você teve um papel tão relevante, acho que a gente pode continuar com você. Sua vez.

DEZESSETE

Tanya

20 DE MAIO DE 2023

Para ser justa com Chloe, ela tenta acalmar a situação em vez de surtar e atacar Poppy, que é o que eu estou pensando em fazer. Cada parte do meu corpo parece doer, senão eu arrancaria a caixa dela agora. Minha cabeça está latejando ainda mais, uma batida incessante durante toda a viagem. Annabel continua furiosa, cheia de raiva não só de Chloe, mas também de Poppy, sem dúvida por ferir seu orgulho. Esther e eu trocamos olhares, tentando descobrir o que fazer.

Talvez a gente mereça isto. Esta punição de Poppy, o que quer que seja para cada uma de nós. A gente mereceu.

— Você já foi longe demais com a Annabel — diz Chloe. — Não precisa magoar mais ninguém.

— Acho que foi você que foi longe demais! — irrita-se Annabel. — Vai, Poppy! Fode com a vida dela também.

Poppy abre um sorriso.

— Se eu só machucar a Annabel, não vai ser justo, né? Seria colocar o alvo em uma pessoa só, e isso é muito cruel, não?

— Você não respondeu por que está fazendo isto. — Esther me olha, querendo apoio, e faço que sim com a cabeça, apesar de permanecer em silêncio. — Então, fala para a gente. Talvez dê para consertar tudo. Deve ter sido por isso que você nos convidou, né? Por que fazer todo esse drama se não liga para o que a gente pensa?

— Vocês quatro fizeram da minha vida um inferno — diz Poppy. — E o pior é que ninguém liga. Nenhuma de vocês tentou descobrir o que aconteceu comigo depois da escola.

— Desculpa! — diz Chloe. — Pronto, falei. Desculpa, Poppy, por como eu te tratei. Estamos todas arrependidas, né?

— Eu não — responde Annabel, ainda sentada. — Tem diferença entre ser uma adolescente e fazer idiotice e ser uma adulta e destruir a vida de alguém. A gente nem fez nada tão ruim!

— Annabel! — repreende Chloe. — Fala logo.

— Acho que você já abriu bastante a boca, não? — sibila ela.

— Acho que você vai gostar disto, Annabel — diz Poppy.

Ela aperta algo no telefone de Chloe e levanta para todo mundo ver.

— Eu não tenho marido nem namorado, então não tem nada que você possa usar para me machucar — afirma Chloe. — E não sei como você desbloqueou meu telefone.

— Eu sei o que pode te machucar — retruca Poppy. — Por exemplo, fico superfeliz de você finalmente estar mostrando para sua família de seguidores, como você os chama, sua verdadeira personalidade.

O rosto de Chloe fica pálido e sua confiança desaparece.

— Do que você está falando?

Poppy liga o celular de Chloe, e todas ouvimos.

— Este é seu *story* do Instagram agora — diz ela. — Achei melhor salvar o vídeo no seu aparelho também, para você poder ver sempre que quisesses.

É da primeira noite que chegamos. Estamos todas na jacuzzi; a câmera mostra todo mundo, menos Poppy.

— Eu nunca... — O rosto da Chloe é iluminado pela luz no teto da área principal. Não tem dúvida de que é ela. — Eu nunca transei com uma mulher.

A câmera não mostra, mas todas escutamos alguém bebendo.

— Que porra é essa? — questiona Chloe. — Como tem uma câmera filmando isso? Nenhuma de nós estava com celular.

— Ah, isso não é verdade — responde Poppy. — Eu estava com o meu. Só garanti que nenhuma de vocês estivesse. Achei uma posição estratégica. Nas duas noites.

Chloe fica boquiaberta.

Estou igualmente horrorizada. O que mais ela revelou?

O vídeo continua, independentemente do nosso choque.

— Quando? — pergunta Chloe. — Seu noivo sabe disso, Poppy?

Poppy dá uma risadinha, fora da tela.

— Bom, espero que sim, porque era isso que eu ia contar a vocês. Meu noivo não é noivo. É noiva. É uma mulher.

Faço uma careta quando a câmera mostra o rosto enojado de Chloe.

— Uma *mulher*?

E, aí, ela dá uma risada horrorosa e esquisita, parecendo entender que não devia ficar tão incomodada, mas não conseguindo se segurar.

— Tudo certo aí, Chloe? — diz Poppy. — Você não tem um problema com isso, né? Tudo bem gostar dos dois, sabia?

O rosto de Chloe se fecha ainda mais, como se ela não conseguisse nem respirar o mesmo ar que Poppy.

— Parabéns — fala Annabel, em sua tentativa de acalmar a situação. — Fico feliz que você tenha encontrado alguém.

— Chloe?

E, aí, a pior parte de todas. E Chloe sabe, porque fica tensa e fecha as mãos em punho, sem dúvida rezando para o vídeo ser cortado antes de chegarmos lá.

— Normalmente eu não convivo com gente que nem você — diz ela. — Mas também não é uma surpresa, né?

— O que você quer dizer com isso? — pergunta Poppy.

Tanya sacode a cabeça.

— Tão desesperada para ser amada por qualquer um — responde Chloe. — Você sempre foi a Poppy Grande.

A imagem final é ela rindo da própria piada, o rosto iluminado de alegria e arrogância. Aí, o *story* acaba.

— Ah, querida — diz Poppy. — Não acho que seus seguidores gostem de quem você é de verdade, Chloe. Só nos últimos dias, sua conta já caiu para seiscentos mil.

— Mas que... Eu não... — Chloe mal consegue falar, gotas de suor escorrem de sua testa. — É o meu trabalho, Poppy. Meu Deus.

— Todos os comentários nas suas últimas fotos estão chamando você de homofóbica e encorajando as pessoas a pararem de te seguir — continua Poppy, como se Chloe não tivesse falado nada. — Sua agente ligou umas dez vezes e deixou uns recados furiosos. Aparentemente, a PrettyLittleThing não quer mais você na campanha dela. Seus outros patrocinadores também estão encerrando as parcerias.

Chloe vai desmaiar. Ela vacila, e Esther vai até ela, agarrando-a pela lateral do corpo e a segurando de pé.

Annabel gargalha.

Poppy entrega o celular dela.

— Foi você que disse essas coisas, não eu. Eu só mostrei ao mundo quem você é.

Fico chocada quando Chloe aceita o celular nas mãos sem comentar. Ela tenta ligar para a agente, mas não adianta, então digita mensagens desesperadas que provavelmente não vão ser entregues. As lágrimas chegam, descendo rápidas e grossas pela face e deixando o rosto dela vermelho.

— Minha vida está arruinada — murmura ela. — Acabou tudo. Só por causa de uma piada idiota.

— Não é piada — cospe Poppy.

— Isto não é real, né? — Chloe leva a mão à boca, abafando suas palavras. — Estou sonhando. Vou acordar amanhã e estar em casa.

Poppy se inclina à frente e a belisca, não muito delicadamente, fazendo-a dar um grito.

— Mas que caralho!

— Não é um sonho e está longe de terminar.

Ela pega outro aparelho na caixa.

Tenho certeza de que serei a próxima. Afinal, fomos amigas por anos. Se ela tem rancor de todas nós, deve me odiar mais que às outras. Penso se ela sabe o que a culpa fez comigo. Mesmo agora, estou desesperada por uma bebida para mascarar esta dor horrorosa.

Em vez disso, ela escolhe o celular de Esther, e sei que está me deixando por último. Sua obra-prima.

Será que consigo ficar aqui esperando que ela me conte o que fez? Pontadas de nervoso dançam por meus braços e minhas pernas, arrepiando meu corpo todo, apesar de estar escaldante e o deque começar a queimar meus pés.

Chloe continua hipnotizada pelo telefone, tentando entrar em contato com a agente.

Esther é diferente das outras duas; é mais parecida comigo, capaz de pensar e avaliar uma situação. Ela agora franze a testa para Poppy, sem morder a isca, mas uma veia pulsa em seu pescoço, e é assim que sei que está aterrorizada.

— Qual é a pior coisa que você já fez comigo? — pergunta Poppy.

— Você está falando da prova? — diz Esther. — Não era para acontecer daquele jeito.

Poppy levanta a mão para ela parar.

— Não falei vocês. Falei você. Esther, qual é a pior coisa que *você* fez comigo?

Ela franze ainda mais a testa.

— Não estou entendendo.

Mas eu estou. Sei aonde Poppy quer chegar, o brilho em seu olhar ao assentir para mim com a cabeça confirma minhas suspeitas.

— Esther — falo baixinho. — Ela está falando do Julian Davis.

— Julian Davis? — Os olhos de Esther se arregalam. — Mas não fui só eu. Fomos todas nós.

— A ideia foi sua — responde Poppy. — O namorado era seu.

Esther ri de nervoso.

— Mas você não fez isso. Quer dizer, não tem como. — O pânico chega quando ela começa a entender, como eu, o que Poppy pode ter feito. — Ah, caralho. O desafio ontem à noite. Poppy, você *não fez* isso.

— Achei genial, na verdade.

Esther arranca o aparelho da mão de Poppy, mas vejo que ela não estava tentando segurar.

Agora é tarde demais, percebo que é porque ela já fez tudo o que está falando. Não tem como impedi-la. Esses posts, esses *stories* foram postados faz pelo menos um dia inteiro e, enquanto estávamos aqui na ilha, todo mundo na Inglaterra estava vendo em tempo real.

Esther ofega.

— Sua *vaca* — sibila.

Toda a atitude dela muda, os ombros sobem e os punhos se cerram, e ela fecha a cara. Joga o celular no chão, aparentemente sem se importar quando a tela racha.

Poppy continua relaxada, um sorriso sarcástico e confiante que desafia Esther a se aproximar.

Eu me abaixo e pego o aparelho. Está aberto em um *print* dos e-mails de trabalho dela, com uma mensagem do chefe informando que está demitida por conduta inapropriada e assédio sexual. Continuo rolando e acho *screenshots* de outros e-mails, com respostas confusas de colegas sobre o que ela enviou, alguns com respostas raivosas, outros ignorando completamente, outros falando que ela foi denunciada aos Recursos Humanos. Dezenas e mais dezenas de e-mails de Esther posando nua, correndo para o mar, voltando ensopada, com água pingando dos seios. Cada e-mail inclui uma mensagem dando em cima dos colegas em um tom personalizado. Tem até um para o CEO da empresa.

Isto é o pior. Chloe pode perder os seguidores do Instagram, Annabel pode perder o marido, mas isto é uma crueldade calculada. O medo atingiu um novo nível e, agora, eu estou preocupada.

O que quer que Poppy tenha feito comigo, não posso deixá-la revelar.

Mas, antes que eu consiga fazer alguma coisa, Esther dá um tapa bem na cara de Poppy, e o golpe soa tão alto que tenho certeza de que teria ouvido lá em cima do Pico de Deadman.

— Vou te matar, caralho! — grita ela. — Escutou, sua puta? Eu vou te matar. Vou chamar a polícia, vou te processar, você vai perder seu precioso emprego de médica e acabar sem nada.

— Esther! — Chloe agarra o braço dela. — Não dá essa satisfação para ela!

Continuo onde estou. É surpreendente — Chloe, que em geral é a impulsiva, acalmando Esther, a racional. Há lados delas que estou descobrindo agora, talvez suas personalidades verdadeiras quando as coisas ficam difíceis.

— Como você teve coragem? — grita Esther. — Como pôde fazer uma coisa dessas?

— Vocês são um bando de hipócritas — respondeu Poppy, mas sua voz treme de leve. Ela se afastou, levando a mão à bochecha. Até eu consigo ver a vermelhidão embaixo. Esther é forte. Deve ter doído. Os olhos dela estão lacrimejando? — Você sabe como eu tive coragem. Pensa em tudo que vocês fizeram comigo. Pensa no que você fez, Esther.

— Você é uma psicopata — rebate Esther. — E eu estou de saco cheio disto.

— Que tal pensar no que você fez? — retruca Poppy. — Não me lembro de você ter ficado tão chateada quando acontecia alguma coisa comigo.

— Essa filha da puta vai pagar pelo que fez — rosna Esther. — Não vou aceitar isto. No segundo em que voltarmos ao continente vou entrar em contato com um advogado. Tem que ter um jeito de provar que foi a Poppy que fez isto, e não eu, e eles vão ter que me devolver meu emprego. Não podem simplesmente me demitir assim.

Ela gira e vai embora em direção à área principal.

— Não foge, Esther — grita Poppy atrás dela, alegre de um jeito doentio. — Estamos em uma ilha minúscula, não tem muito aonde ir.

— Vai se foder! — berra Esther por cima do ombro, e continua caminhando.

Um dos balões de ontem à noite continua preso ao chão, e ela pisa ao passar. Naquele segundo, percebo para onde ela está indo. O telefone de emergência. Fico de pé em um pulo e corro também, chegando bem quando ela o alcança e dá um passo para trás, com uma expressão de horror.

— Esther?

O telefone fica dentro de uma cabine bem antiga. Sigo o olhar apavorado dela até lá dentro e coloco a mão na frente da boca.

O fio foi cortado.

Parece que foi cortado há horas. Dias, até. O telefone sumiu. Alguém até se deu ao trabalho de quebrar os botões, destruindo-os, só para garantir.

— Merda!

Estou furiosa, a raiva fervendo dentro de mim e acendendo minha pele. Voltamos às outras.

— Por que você quebraria o telefone de emergência? — grito para Poppy.

Estou tão puta que tenho vontade de dar na cara dela também. Mas meu corpo continua me traindo. O suor emana das minhas axilas e a náusea embrulha meu estômago. Em vez disso, então, tenho que usar minhas palavras.

— E se tiver uma emergência de verdade na ilha, tipo uma de nós ter um ataque cardíaco? Ou cair do penhasco? Isso é uma maluquice. Você entende que ainda faltam dois dias para a Robin voltar?

Esther está igualmente furiosa.

— Você é uma burra do caralho. Olha o que você fez.

Poppy dá de ombros.

— Fui eu? Nem me lembro.

— Você não liga se uma de nós se machucar? — digo. — Porque essa pessoa pode facilmente ser você.

— Gostei da ideia — diz Esther.

Chloe e Annabel se juntam nessa: de olhos reluzindo, todas nos viramos para Poppy, uma nova ideia ganhando forma.

— Cuidado, Tanya — avisa Poppy. — Qualquer um acharia que você está me ameaçando. E você não quer perder a cabeça. Ainda tem os sinalizadores de emergência, se tiver um problema de verdade. Se acalma.

— Mas não podemos usar isso para chamar a Robin de volta! — retruco. — Você sabe disso. Eles mandariam a guarda costeira. Você isolou a gente.

— Você colocou a gente em perigo! — berra Chloe. — Todo o meu ganha-pão está correndo risco por sua causa. Minha vida toda.

— Você que fez isso — diz Poppy. — Com seus comentários homofóbicos. Não eu. Meu plano original para você era só vazar umas fotos peladas, que nem fiz com a Esther.

— Quero ir embora! — fala Annabel. — Quero sair desta ilha idiota e voltar para o caos que está minha vida e tentar resolver a merda que você fez, porque você não vai se safar. Eu vou garantir isso.

— E a Tanya? — pergunta Chloe, fazendo nós todas ficarmos em silêncio. Essa mulher. Eu seria capaz de estrangulá-la.

— Me esquece. Não quero ouvir.

Annabel parece perplexa.

— Mas você deve querer saber o que ela fez. Ela pode ter arruinado seu emprego.

— Esquece, Annabel — falo, irritada.

— Não, ela tem razão — diz Poppy. — Eu ainda não falei de você, Tanya. — Ela sacode meu celular, toda alegrinha. — A última.

— Não faz isso — respondo, em voz baixa, ciente de como meu tom ficou ameaçador.

Poppy não se intimida. Ela me joga meu celular e, quando o pego entre as mãos, começa a falar.

— A Tanya já perdeu o emprego.

— Quê? — Annabel para completamente.

— Você me ouviu — fala Poppy. — Tanya perdeu o emprego faz meses. Nenhuma de vocês percebeu que ela não produziu um evento em mais de seis meses? Assim como ninguém percebeu que o Harry largou ela mais ou menos na mesma época, imagino.

Abro a boca para tentar argumentar, mas não consigo. É verdade. Não trabalho há meses. Tentei induzir as outras a acharem que eu estava só produzindo festas particulares, não eventos grandes e públicos com convites abertos.

Todas me olham, perplexas, e sei que estou paralisada. Os nós dos dedos ficam brancos de tão forte que estou segurando o celular.

— Mas por quê? — pergunta Annabel. — Como você pode ter perdido o emprego? Não entendo. Foi por isso que o Harry te deixou?

— É difícil saber o que fazer com alguém que já está com a vida arruinada. — Poppy está se divertindo agora. Quero arrancar esse sorrisinho arrogante da cara dela. — Mas, aí, descobri como você perdeu seu emprego. E tenho que admitir que fiquei bem surpresa.

Esther ofega. Não consigo me obrigar a parar de fitar o chão.

— Eu fiz merda no trabalho — explico. — A festa de aniversário da herdeira, há seis meses. Eu devia ter imaginado quando você mencionou. O evento todo foi um desastre.

Foi um evento enorme, um cruzeiro pelo rio Tâmisa para a filha de dezesseis anos de um bilionário russo. Ela mesma era meio que uma subcelebridade. Os mínimos detalhes deviam ter sido planejados, mas eu estava distraída. Ocupada com meus próprios problemas. Uma das amigas dela conseguiu entrar com drogas porque eu não tinha contratado segurança suficiente para o evento, e a aniversariante acabou internada fazendo lavagem estomacal.

— E por que foi um desastre, Tanya? Como aquela coitadinha de dezesseis anos acabou passando três dias no hospital enquanto os pais dela estavam furiosos com você? — insiste Poppy. Está gostando da situação. — Bom, droga é uma coisa terrível, né?

— Meu Deus, Tanya — diz Annabel. — Ela teve uma overdose? Como isso pôde acontecer?

— Eu não estava atenta. Nunca devia ter acontecido.

— Ah, a Tanya entende tudo de droga — diz Poppy. — Eu não ficaria surpresa se você mesma tivesse dado a ela. Graças a Deus que pelo menos nisso você teve bom senso.

— Quê? — diz Annabel, parecendo atordoada.

Chloe está mordendo o lábio com tanta força que está começando a sangrar. Ela sabe o que vem pela frente.

Só posso me preparar para o impacto.

Poppy continua.

— Vocês sabiam que a Tanya é viciada em cocaína há dois anos? Porque agora todo mundo sabe. Eu fiz questão de subir sua confissão em todas as suas redes sociais.

Meu Deus. Agora todos sabem.

Todas as dores no corpo, o entupimento nasal constante, o resfriado, a náusea, tudo parece chegar ao limite. Olhando para Poppy, parece que ela está embaixo d'água, tudo ao meu redor vira um borrão doentio de formas e cores. Tentei tanto esconder. Eu sei que ando mal-humorada e distante. Sei que estou um caco. Mas, desde que ninguém questionasse nem fizesse alguma acusação, eu estava bem. Podia me virar. Agora, parece haver uma placa em luz néon apontando para mim: viciada, viciada, viciada.

A única pessoa que sabia, além de Harry, que terminou comigo por causa disso, era Chloe, que me pegou cheirando cocaína naquela mesma festa.

Ela guardou meu segredo. E eu guardei o dela.

Era nosso acordo.

— Londres é a capital desse tipo de coisa. — diz Poppy com um falso pesar, suspirando. — Vocês ficariam surpresas com a quantidade de jovens que dão entrada no hospital por causa de droga. O mundo lá fora é horrível. Mas Tanya foi bem discreta.

— Não foi por isso que eu fui demitida — digo, encontrando minha voz. — Não teve nada a ver com isso. Eles me demitiram por incompetência. Não sabiam que eu era… que eu também usava drogas. Eu escondi isso.

— Ah, Tanya. — Poppy sacode a cabeça para mim. — Você é mais inteligente que isso. Você é autônoma. Por que acha que ninguém te contratou mais? Um evento não sai como o planejado e pronto, você está demitida? Improvável.

Estou começando a duvidar de mim mesma.

— Mas eles não sabiam. Não sabiam que o motivo para as coisas terem dado errado era que eu estava drogada.

— Alguém garantiu que eles soubessem. Alguém que queria proteger amigos que eram clientes.

— Não. — Eu me viro para Chloe. — Você *contou* para eles?

De boca aberta, ela parece um cachorro perdido na mudança.

— Não! Tanya, não contei!

— E pensar no que eu fiz por você!

— Eu não contei, juro!

— Fui eu.

Tudo fica em silêncio. Todas nos viramos para Esther, que está com a cara vermelha e começando a gaguejar.

— Você tem que entender — diz ela. — Muitos clientes meus estavam naquela festa, e fui eu que te contratei para o evento. Foi vergonhoso. Eles queriam um motivo maior do que o fato de você ser incompetente. Então, falei a verdade. Tentei fazer parecer uma história triste, que você estava sofrendo. Saiu pela culatra.

— Ah, que maravilha — ironiza Poppy. — Não precisei nem te contar. Olha a Esther sendo a boazinha.

Minha cabeça está girando.

— Mas como é que você sabia?

— Eu também estava na festa — responde ela, baixinho. — Eu vi tudo.

— Meu Deus — digo, sem conseguir acreditar.

— E você não me falou nada esse tempo todo? E aí me fez ser demitida e garantiu que eu nunca mais tivesse trabalho? Como você teve coragem?

— Por favor.

Ela tenta me tocar e eu me afasto, enojada.

— Sai de perto de mim.

— Então, agora todas sabem por que eu as trouxe aqui — declara Poppy. — Queria ver se as quatro tinham mudado e se tornado pessoas melhores ou se ainda eram as mesmas garotas egocêntricas e superficiais que me largaram na escola, destroçada, e nunca mais voltaram. E o que eu descobri? Mais do mesmo. Se não pior. Precisava castigá-las. Vocês mereciam pelo que fizeram comigo.

— Você é patética — sibila Annabel. — Não vai se safar disto.

Chloe segura o telefone no ar.

— Assim que eu conseguir sinal, vamos ligar para a Robin ou sei lá qual o nome dela e nos mandar daqui. E você vai se arrepender.

— Eu me apressaria para conseguir sinal, então, se fosse você — responde Poppy. — Porque os celulares de vocês estão quase sem bateria, e eu joguei todos os carregadores no mar.

É a gota d'água. Enraivecida, dou um passo na direção de Poppy e a empurro com as duas mãos em seu peito. Ela cambaleia para trás, mas não cai. Estou prestes a atacar de novo quando Esther me puxa.

— Não, Tanya — diz. E, então, bem baixinho: — Pelo menos não agora.

— Me larga! — grito. — Você já fez o suficiente comigo. É quase tão ruim quanto ela.

Poppy sorri, sarcástica, e preciso de toda a minha força de vontade para não me atirar de novo em cima dela.

— Não sei do que você está rindo — falo. — Não vai mais sorrir quando eu acabar com a sua raça.

Ela debocha, fingindo ter medo, levando a mão à boca.

— Ui, estou tremendo.

Nós quatro fechamos o cerco contra ela, quatro contra uma. Não estamos em bom estado, destruídas pelas revelações infinitas. E Poppy também parece sentir isso, porque cruza os braços e baixa a guarda.

— Vou dar uma caminhada — anuncia ela. — Vocês todas precisam pensar no que merecem. Porque tem mais coisa vindo. A gente conversa depois.

— Mais coisa vindo? — repito. — Quem você pensa que é?

As mãos de Chloe estão tremendo.

— Você já não fez o suficiente?

Annabel morde o lábio, e Esther está sacudindo a cabeça.

— Poppy! — chamo. — Fala!

Mas ela me ignora, dá as costas para nós e sai andando.

Esther faz uma careta de desprezo.

— Que caralhos a gente vai fazer?

Eu a odeio. Mas odeio mais Poppy. Viro-me para Annabel e Chloe, que estão se ignorando completamente.

Poppy some de vista.

— Ela está tentando mexer com a gente — falo. — Quer que a gente discuta. Quer que a gente se divida.

Chloe concorda com a cabeça.

— Será que a gente vai atrás dela? O que ela quis dizer com "depois"?

— Não. — Esther ainda parece traumatizada pela coisa toda. — Não tenho ideia do que ela quis dizer. Mas não podemos pensar nisso agora. Precisamos sair daqui.

— Alguma de vocês tem sinal para ligar para a Robin? — pergunto.

Elas negam com a cabeça.

— Bom, continuem checando. Já, já a gente vai sair daqui.

Mas a bateria do meu celular está em dez por cento e não tenho muita esperança.

— Vou beber esta porra de gim — anuncia Annabel, pegando da mesa e abrindo. — Quem topa? Vamos beber nosso prêmio da caça ao tesouro.

— Vamos — concordo.

— Vocês vão beber em um momento destes? — questiona Esther. — Depois de tudo o que aconteceu?

— Que momento seria melhor? — irrita-se Annabel. — Nossa vida acabou. Eu voto por beber.

Ela serve o suficiente para uma dose dupla e me passa a garrafa. Sirvo todas, até Esther, e bebemos direto, precisando do álcool para entorpecer os sentimentos em relação a tudo o que acaba de acontecer. O gim é surpreendentemente amargo e difícil de engolir, mas isso só me deixa mais determinada a beber.

— Que gosto de merda — comenta Annabel. — Belo prêmio.

— Ela que vá para a casa do caralho — diz Chloe. — Vamos destruir este lugar.

— Vamos nós mesmas para a casa do caralho — rebato.

Minha raiva está focada em Poppy Greer. Por enquanto, todas as outras parecem estar de acordo.

— Ela está morta — diz Annabel. — Eu vou matar essa garota.

— Não se eu matar primeiro. — Chloe levanta o copo no ar. — Um brinde a mandar aquela vagabunda para o inferno.

Todas brindamos, com expressões solenes. Vendo meu reflexo no copo, percebo que estou pálida, branca de raiva.

— O que vamos fazer? — pergunta Esther. — Não era melhor conversarmos sobre o que aconteceu?

— Acho que você já falou o suficiente — respondo.

— Desculpa. Não achei que você seria banida desse jeito.

— Vocês todas sabiam? — pergunta Annabel. — Todas sabiam do vício em cocaína da Tanya e não me contaram? Que nem o Marrocos?

— Eu não sabia que a Esther sabia. Ela guardou isso só para ela. — Há uma garrafa de água tônica fechada por perto, e eu a misturo com o gim. — Não tem nem comparação com uma porra de viagem de férias, Annabel.

— Não. — Pelo menos ela tem a decência de parecer meio envergonhada. — Eu sei. Só não entendo por que você não tentou procurar ajuda.

Talvez porque não achasse que merecia.

— Achei que conseguiria resolver sozinha — respondo, em vez disso.

— Minha carreira acabou — diz Chloe. — Tudo porque eu fiz uma piada idiota.

— A minha também — fala Esther, e suspira.

— Você merece — retruca Annabel a Chloe. — A culpa foi sua. Olha só que coisa! Suas ações têm consequências.

— Annabel — diz Esther em tom de alerta. — Esquece isso. Temos problemas maiores. Precisamos lidar com a Poppy.

— A gente era mesmo tão ruim? — questiona Chloe. — Na escola, quer dizer. Com a Poppy. A gente mereceu isto?

A resposta de Esther é instantânea.

— Não. A gente era jovem. Sim, às vezes éramos difíceis, mas nada comparado ao que a Poppy fez agora.

— O que ela fez é imperdoável — concorda Chloe, ignorando a careta de desdém de Annabel.

O álcool finalmente está mascarando alguns dos sintomas da abstinência.

— Então, o que a gente vai fazer com ela?

— Ela é que devia estar com medo — murmura Esther.

Olhamos umas para as outras. Será que temos coragem?

— Ela está sozinha nesta ilha com a gente — começa Chloe. — Não acho que Poppy tenha pensado direito nisso.

— Ela precisa se cuidar — concorda Annabel.

— A gente conseguiria? — sussurro. — Será que alguém se importaria se ela... nunca voltasse para casa?

Há uma pausa, e aí bebemos mais. Ainda estamos à flor da pele, mas agora o pensamento está enraizado em nossas mentes, aquela ideia gloriosa de vingança. Afinal, não é a primeira vez que nós quatro nos unimos contra ela. Seria como colocar um antigo sapato confortável ou voltar para casa depois de muito tempo longe; com certeza, seria como se nunca tivéssemos saído.

Enquanto continuamos bebendo, nos perdendo pelo resto do dia e da noite, nossos celulares ficam sem bateria.

O de Esther é o último. Uma tela escura final que faz todas perderem as estribeiras e entrar em um estupor embriagado e determinado.

Estamos oficialmente ilhadas aqui, mas talvez, no fim, isso seja algo bom.

Porque aquela vadia vai pagar.

Só não sei ainda qual de nós vai pegar ela primeiro.

DEZOITO

Esther

21 DE MAIO DE 2023

Quando me sento, a ressaca me atinge e me faz gemer. Fecho os olhos de novo. O latejar nunca parece diminuir, batendo contra meu crânio. A gente bebeu mesmo tanto assim? Nem segurar a cabeça me traz conforto; minha visão borra e volta a focar várias vezes antes de se acostumar com a claridade.

Talvez sejam só os efeitos tardios de ontem me atingindo. Parte de mim deseja que tenha sido só um sonho febril, mas minha boca seca e a dor nos rins me lembram até demais de que não foi. Eu realmente perdi o emprego. Todo mundo no meu trabalho me viu pelada.

Por um segundo, acho que vou vomitar ali mesmo na cama e preciso me virar para o lado e respirar fundo. Não tem como saber o que está rolando em casa. Minha sala pode já ter sido esvaziada, minhas coisas podem estar em uma caixa, em uma sala dos fundos tenebrosa em algum canto, esperando para serem recolhidas. Ah, meu Deus, e, para pegar, eu vou ter que passar lá. Com todo mundo me olhando horrorizado. Na verdade, será que vão me deixar entrar depois do que aconteceu? Não sei o que é pior. Enfrentar todo mundo de novo ou ser humilhada esperando no saguão alguém descer e me trazer tudo.

Não vou deixar acontecer. Vai ter algum jeito de provar que foi Poppy que mandou as fotos. Com certeza não podem se livrar de mim tão rápido.

Será que meus pais ficaram sabendo? Minha mãe, que foi quem me conseguiu a entrevista, para começo de conversa. Meu Deus.

O quarto parece quente e abafado. Preciso sair daqui.

Quando jogo as cobertas para o lado, fico sem ar.

Minha barriga está vermelha. Acho que me machuquei, mas aí percebo que é batom vermelho. Uma palavra, escrita em mim. Não, um insulto. *VACA*. Quando raios isso aconteceu? Foi Tanya? Poppy?

Tento rebobinar os acontecimentos da noite anterior no meu cérebro, mas, por mais que me esforce, não me lembro. Só algumas memórias-chave permanecem. Por um segundo, acho que devo ter dormido demais, o que seria inédito para mim, mas aí o nascer do sol começa a entrar pela janela e percebo que é de madrugada.

Minhas mãos buscam o telefone, agora na mesinha de cabeceira. A tela preta me lembra de que está sem bateria; a rachadura me lembra de como nossa vida foi estilhaçada. Aqueles e-mails voltam com tudo de novo e, mesmo que não faça diferença, viro o telefone para baixo, para não encarar a tela desligada.

Está muito quieto. Apesar de como estou me sentindo, não consigo não ir correr. Para mim, é como respirar, tão natural quanto precisar de uma xícara de café pela manhã para outras pessoas. Há um momento em que me levanto e o mundo parece girar; acho que vou cair e me agarro à cabeceira da cama. Felizmente, ele se endireita e faço movimentos lentos. O batom está no chão, sem tampa. Enfio em uma gaveta, desesperada para tirá-lo da minha vista. Enquanto coloco a roupa, limpando a tinta horrorosa da pele, não consigo nem escutar o mar. Deve estar muito calmo lá fora esta manhã.

Um olhar no espelho me diz tudo o que preciso saber sobre a noite anterior. Há olheiras pesadas sob meus olhos vermelhos, meus lábios estão secos e rachados, e até mirar a visão por tempo demais me dá dor de cabeça. Prendo o cabelo em um coque bagunçado e vou lá para fora, onde o sol me faz gemer.

Primeiro: água. Passo pelas outras cabanas, todas as luzes estão apagadas. Acho até que escuto Annabel roncando. A porta de Tanya está entreaberta e fico tentada a ir fechar, mas não quero assustá-la. Em frente à cabana de Chloe, a embalagem de suco da caça ao tesouro está presa embaixo de uma bota. Por que ela está com um dos itens também?

Enquanto contorno a esquina até a área principal, vejo uma poça de vômito no deque. Que beleza. Não choveu ontem à noite, então ficou ali, com o cheiro acentuado por causa do calor. Giro a língua dentro da boca, ciente de que eu podia ser a culpada, mas estou limpa — se mau hálito matinal e o fato de esquecer de escovar os dentes ontem à noite pode ser considerado algo limpo. Mas, pelo menos, eu não vomitei.

Quando abro a porta da área principal, sinto algo molhado na minha mão.

— Que nojo — falo, achando que é vômito.

Corro até a pia e lavo a mão sob a torneira.

É aí que vejo que o que toquei, e está escorrendo da minha mão para o ralo, é vermelho.

Sangue?

Puxo a mão de volta, mas não há mais indícios do que era e, quando vou até o batente da porta, agora só tem um rastro quase invisível. Uma mancha. Escura. Como se no formato de dedos se fechando.

Chego mais perto e cheiro, mas o ar fresco do lado de fora interfere e não consigo ter certeza.

Alguma de nós teve sangramento nasal ou coisa assim?

Ávida, tomo água da torneira, enchendo e reenchendo o copo. Minha garganta parece estar pegando fogo e minhas mãos continuam trêmulas. Não somos mais tão jovens, claramente. Não conseguimos nos recuperar imediatamente.

A porta se abre e Chloe entra. Parece ainda pior do que eu, segurando a cabeça.

— Quando é que a gente foi deitar ontem? — pergunta ela, enchendo seu próprio copo d'água e dando um golão. — Estou morta. Morta mesmo.

— Nem ideia. Você acordou com algum som estranho?

— Não. Como assim? — Ela se senta à mesa da cozinha, e faço o mesmo. Tomamos cuidado para falar baixinho, cientes de Poppy no quarto ao lado.

— Como você está se sentindo?

— Mal — respondo. Omito o fato de ter acordado com VACA escrito em batom vermelho na minha barriga. — Parece que eu fui atropelada por um ônibus cheio de címbalos. Você acordou cedo.

— Não consegui dormir. Ainda não acredito no que rolou ontem.

— A gente devia ter previsto.

Não consigo parar de pensar nisso. Sabíamos que as coisas estavam esquisitas, que algo estranho estava acontecendo quando fizemos a caça ao tesouro. E, apesar disso, continuamos. Por quê? Porque queríamos provar que não fomos tão ruins assim? Porque nosso ego era grande demais para admitir que Poppy talvez ainda tivesse questões com a gente?

Fomos idiotas.

Chloe indica a porta com a cabeça.

— Ela já acordou?

— Não sei.

— Talvez a gente devesse acordar jogando água na cara dela.

Isso finalmente me faz sorrir.

— Não me tenta.

Chloe segura a água a sua frente, pensando.

— Não estou brincando.

Quando ela se debruça à frente, seu rosto é iluminado pela luz e consigo ver arranhões em seu pescoço.

— O que é isso?

— O quê?

— No seu pescoço. Alguma coisa te arranhou?

Ela parece confusa.

— Me arranhou? — Os dedos dela tocam as marcas no pescoço, e Chloe entende do que estou falando. — Nossa, que estranho. Não faço ideia. Talvez tenha sido de um dos arbustos daquela porcaria de caça ao tesouro.

— Estamos planejando um golpe? — diz Annabel, entrando seguida por Tanya.

Seguro a respiração ao ver Tanya, mas, no momento, ela parece satisfeita em me ignorar, passando direto para ir pegar café como se eu não existisse.

— Tanya — falo, mas ela finge que não me ouviu.

Nós quatro nos sentamos à mesa, mas não dá para ter uma conversa tranquila. Sabemos coisas demais umas das outras agora. O marido de Annabel a traindo não só com estranhas, mas com Chloe. O problema de Tanya com drogas. Chloe e eu perdemos nossos empregos. São assuntos íntimos. Não falamos sobre esse tipo de coisa. Não em grupo, pelo menos. Estou bem ciente de que tem mais coisa que Poppy não revelou, o que me deixa um pouco aliviada.

— Mais alguém acha que foi atropelada por um caminhão? — pergunta Annabel, esfregando a testa com os dedos. — Nunca fiquei tão mal assim depois de beber.

Chloe concorda com a cabeça.

— Eu também. Não importa quanta água eu tome, nada está ajudando.

— Não estava falando com você — diz Annabel.

Tanya fica quieta, mas, por seus olhos fechados e expressão sofrida, tenho certeza de que está igual.

Preciso dar um jeito de fazer as pazes com ela, mas este não é o momento certo. O mesmo vale para Annabel e Chloe. Se vamos nos unir, precisamos estar bem umas com as outras. No momento, é como se fôssemos um grupo de minas terrestres prontas para explodir ao toque mais sensível. Mordiscamos torradas, atentas à porta fechada do quarto de Poppy.

Meia hora se passa antes de Chloe se levantar, impaciente.

— A gente devia entrar logo. Ela não pode se esconder o dia todo. Precisa enfrentar as consequências.

— Chloe tem razão — diz Tanya. — Ela é uma covarde.

Caminhamos até a porta do quarto, mas hesitamos.

— E se ela só estiver dormindo? — pergunta Annabel. — Não quero passar mais nem um segundo perto dela.

— É a Poppy que vai disparar aqueles sinalizadores e levar a gente para casa — fala Tanya. — Não sou eu que vou me encrencar por causa disso. Ela pode levar a culpa. Foi ela que cortou o telefone fixo, para começar.

Tem algo de sinistro na porta fechada e no silêncio que ela provoca. Por que Poppy não saiu ao ouvir nossas vozes? Todos os outros dias, ela se levantou no mesmo horário que eu, algo que me deixou muito surpresa. Toda vez que eu ia correr, ela já estava acordada, no deque ou na praia, me observando sair.

— O que é isto? — diz Annabel, bruscamente.

Ela está olhando para o chão.

Todas olhamos para baixo e, de início, nem sei do que ela está falando. Mas, aí, vejo as marcas cor de ferrugem saindo por baixo do batente. Esfregadas às pressas.

— Isso é...

Não consigo terminar a frase.

— Meu Deus. — Tanya dá um passo para trás. — É sangue, não é?

Annabel se abaixa e esfrega os dedos na substância.

— Alguém tentou limpar — diz ela. — Só ficou a mancha.

— É velho, então? — pergunta Chloe, olhando pelo cômodo todo para ver se algo mais estava contaminado. — Não desta viagem?

Annabel se levanta, batendo poeira do jeans.

— Eu tenho cara de perito forense? Sei lá. Mas não me lembro de ter visto antes.

— Tinha sangue na porta da frente — informo.

— Quê?

As outras me olham chocadas.

— Só achei que uma de vocês tivesse tido um sangramento nasal ou algo assim e tivesse encostado no batente com a mão ensanguentada. — Vou até a porta e mostro onde achei, o resto ainda está lá, mas é fácil não ver. — É o que parece, que alguém tinha sangue na mão e tocou acidentalmente.

Elas olham as mãos, mas estão todas limpas.

— Alguém lembra alguma coisa de ontem à noite? — pergunto.

Elas pausam para pensar e fazem que não.

— Então, qualquer coisa pode ter acontecido — concluo.

— Então... o sangue? — Annabel volta para a porta do quarto, para aquela grande mancha suspeita no chão que leva para baixo do batente e, até onde sabemos, pode se espalhar mais lá dentro. — O que causou o sangue?

— Talvez Poppy esteja morta — diz Chloe, e todas nós rimos.

— Seria como se os nossos desejos tivessem se realizado, não? — responde Tanya.

Mas, aí, olhamos o sangue outra vez.

— Por que ela não sai? — pergunta Chloe, incerta.

Tanya parece pensar o mesmo, porque uma onda de pânico perpassa pelo rosto dela.

— Precisamos entrar.

Concordo com a cabeça. Em segundos, estamos na porta, batendo várias vezes.

— Poppy! — chama Annabel. — Poppy, você está aí? Vamos entrar!

Sem esperar uma resposta, Annabel empurra a porta, que se abre com violência, fazendo um barulho alto ao bater na parede à direita.

A luz está apagada, mas não faz diferença. O sol está entrando pelas duas janelas de canto, enchendo o quarto de claridade. Tudo se encaixa com uma clareza horrível.

Alguém dormiu na cama da Poppy, porque os lençóis estão emaranhados. A coberta está jogada de lado, parte dela no chão. Um copo de leite que ela deve ter levado para a cama está estilhaçado no piso, o leite se misturando à poça de sangue. Os lençóis também estão ensanguentados. Manchas de sangue violentas que se transferiram para a colcha e para o chão, até acima, na parede, em um respingo tenebroso. As gavetas foram abertas, como se alguém tivesse procurado alguma coisa, objetos jogados pelo quarto.

A cama está vazia. Poppy não está aqui.

Na parede dela, também tem sua própria obra sombria. Parece familiar, uma recriação de algo que já vi antes, mas não consigo identificar onde. Uma mulher está seminua com uma paisagem deserta e estéril atrás. O céu é escuro. Ela usa uma saia branca esvoaçante, mas seu tronco está exposto, só faixas brancas finas em torno da cintura e dos ombros, quase como uma camisa de força. No centro, o torso está aberto e há um coração partido visível. Ela está coberta de cicatrizes que cobrem todo o braço, desde o pulso, até mesmo na barriga. Lágrimas escorrem pelas bochechas.

É um autorretrato.

Os olhos de Poppy nos miram angustiados da tela, mas também há uma rebeldia impenitente na pose. Essa é ela, quer você goste ou não. Embora esteja ferida no quadro, não há sangue. Não como o que está a nossa frente.

Um rastro perturbador leva até onde estamos. Faixas de sangue em manchas sólidas espalhadas. Marcas de alguém sendo arrastado.

— Mas que... — Annabel coloca as duas mãos na frente da boca e cambaleia. — Acho que vou vomitar.

Tanya dá um passo à frente, mas eu a puxo para trás. Ela se vira para mim com a expressão sombria.

— Que merda você está fazendo?

— Não podemos encostar em nada — explico. — Isto é uma... é uma cena de crime?

— Uma cena de crime? — ecoa Tanya. — Só pode ser algum tipo de piada.

As janelas estão fechadas, e o fedor é insuportável. Um cheiro de mofo atinge minhas narinas e, agora que notei, não consigo escapar. É real.

— Cadê a Poppy? — sussurra Chloe.

Alguém precisa assumir o controle. O rosto de Annabel continua pálido, Chloe está paralisada e Tanya parece mais confusa que nunca.

Respiro fundo.

— Precisamos ir atrás dela. Procurar pela ilha. Só caso ela esteja em algum lugar machucada.

Chloe concorda com a cabeça, ansiosa.

— Sim, ela deve estar em algum lugar. É uma ilha minúscula. A Poppy não pode ter desaparecido.

— A não ser que alguém tenha jogado ela no mar — responde Tanya.

— Meu Deus, Tanya! — repreendo. — Não está ajudando. Ninguém colocou ela no mar. Que coisa horrorosa de se dizer.

Annabel parece infeliz.

— Seria fácil. Ela ia ser levada pela água.

— Só tem a gente nesta ilha — falo. — Então, isso *não* pode ter acontecido. Ok?

O silêncio delas não me conforta.

— Temos que procurar.

Minha voz parece bem mais confiante do que estou de verdade. A qualquer minuto, vou desmaiar. Uma enxaqueca faz minha cabeça latejar.

— Annabel, você fica com as cabanas. Chloe, você, com a área geral lá fora, tipo o gramado e as árvores. Tanya, você vai até o penhasco. E eu fico com a praia. Ela não pode ter... — Tenho dificuldade de terminar. — Se considerarmos o que estamos vendo aqui, ela não pode ter ido longe, mas precisamos checar.

Saímos juntas da área, mas nos separamos imediatamente. Fico grata por estar um pouco livre delas, o que permite que minha respiração saia em arquejos desesperadamente necessários. Vou para a praia sem hesitar, rezando sem parar para não encontrar algo sinistro.

A praia se estende por mais de um quilômetro e meio, mas, mesmo daqui, não tem formas óbvias a distância, nenhuma indicação clara de Poppy tomando sol ou dando uma caminhada, algo que tranquilizaria todas nós. Não que eu esperasse isso. Aliás, fico aliviada de o corpo dela não ter sido trazido até a orla por uma maré devolvendo o que lhe ofereceram.

Acalme-se, Esther.

Meu coração continua acelerando enquanto ando pela praia, tomando o cuidado de olhar também no mar e nas valas que levam às árvores e ao mato alto do outro lado.

Quando chego às piscinas naturais, estou convencida de que não há o que encontrar ali. Por acaso, olho para cima e vejo Tanya no topo do penhasco. Ela não está olhando para mim. Está com a cabeça enterrada nas mãos. Ela está chorando? Achou alguma coisa?

Mas não. Ela seca os olhos e se vira para descer. A busca também deve ter sido vã.

Estou quase no começo de novo quando vejo.

Flutuando no ritmo da maré, algo preso em uma pedra pontuda que sai da areia e entra alguns metros no mar.

A blusa que Poppy estava usando ontem. Expostas ao sol, as lantejoulas que a faziam brilhar no café da manhã parecem se multiplicar, resplandecendo mais que o oceano. Tirando os sapatos, entro na água, pego e trago para a areia.

A gola está coberta de sangue.

— Meu Deus — digo em voz alta.

Por um segundo, fico tentada a jogar de volta. Do que adiantaria as outras verem?

Mas demoro demais.

— É a blusa da Poppy! — grita Annabel. — Está coberta de sangue, ai, meu Deus!

Chloe e Tanya não estão longe e vêm correndo quando a escutam. Param de repente ao verem o que estou segurando.

— Vocês acharam alguma coisa? — pergunto a elas. — Algum sinal da Poppy?

Pela expressão delas, já sei a resposta, mas mesmo assim sou tomada por uma decepção quando elas fazem que não.

— Onde você achou isso? — pergunta Chloe.

— Estava presa naquela pedra ali. — Aponto. — Foi pura sorte. Qualquer outra coisa teria…

— Então, estava no mar? — pergunta Tanya.

— Como a blusa dela saiu? — questiona Annabel, horrorizada.

Analiso a peça, achando um rasgo grande na lateral.

— Tem um rasgo aqui. Talvez tenha saído por ter ficado presa na pedra. Não sei.

— Ou alguém tirou — sussurra Tanya.

— Ela está morta — diz Annabel. — A Poppy está morta, né? Todo aquele sangue, não tem como ela ter sobrevivido.

— Precisamos chamar a polícia — digo.

— Como? — questiona Tanya. — Poppy cortou a linha telefônica, lembra? E nossos celulares não têm bateria e, de qualquer jeito, nem sinal.

— A gente quer fazer isso? — Chloe passa os dedos pelo cabelo. — Quer dizer, talvez ainda seja uma pegadinha. Né?

— Todas queríamos que ela morresse — afirma Annabel.

— Meu Deus, Annabel — rebato. — Estávamos falando em sentido figurado.

— Estávamos? — Ela anda ao nosso redor, de lá para cá. — Não sei. Estávamos com raiva. E muito bêbadas. Eu não me lembro da noite anterior.

— Isso é loucura — diz Tanya. — Você não pode estar seriamente pensando que uma de nós...

— Só pode ser um jogo doentio — opino. — De algum jeito, ela está brincando com a gente. Está mexendo com a nossa cabeça.

Chloe assente, concordando.

— Poppy basicamente disse que ia fazer alguma coisa com a gente. E se for isto?

Annabel continua olhando a blusa manchada de sangue nas minhas mãos.

— Mas, se for um jogo, como explicar todo o sangue? E esta blusa? O fato de que estava no mar?

Consciente demais do que estou segurando, tento enrolar a blusa para esconder o sangue.

— Sei lá. Talvez ela tenha se cortado?

— Se cortado? — Tanya esfrega as têmporas com as duas mãos. — Impossível. Aquele quarto era um banho de sangue. Não tem como se cortar daquele jeito e não sangrar até morrer. E já procuramos pela ilha! Ela não pode ter ido longe com tantos ferimentos.

— Então, será que é o sangue de outra pessoa? — propõe Chloe, quase esperançosa.

— Estamos todas aqui. E nenhuma de nós está machucada. Como pode ser sangue de outra pessoa? Não tem mais ninguém nesta ilha.

— A gente tem certeza disso? — sussurra Annabel.

Esse pensamento nos aterroriza. Olhamos umas para as outras, pálidas.

— É impossível — fala Tanya, firme. — O píer fica muito perto das nossas cabanas. Se um barco tivesse vindo, a gente teria escutado o motor. Conseguimos ouvir o mar do quarto, pelo amor de Deus.

Isso não conforta Chloe.

— Pode ser que tenham usado um barco a remo ou algo assim! A gente nunca teria escutado.

— Um barco a remo tão longe assim? — Tanya sacode a cabeça. — Impossível. Estamos falando de cruzar o mar, não o rio Tâmisa.

— A gente estava tão apagada que pode ter vindo um barco e a gente não ter escutado — insiste Chloe.

Seria possível? Todas parecemos semimortas, uma mescla de estresse e exaustão. Há uma energia nervosa em nós quatro, o que não melhora com Chloe checando se estamos mesmo sozinhas.

Não pode ter mais alguém.

— Não faz sentido — falo. — Por que alguém viria até a ilha só para machucar a Poppy? E o restante de nós?

Isso as faz parar para refletir.

— A Esther tem razão — concorda Annabel. — Não tem por que um estranho vir e machucar só a Poppy.

Chloe franze a testa.

— Então, se não foi um estranho e Poppy continua desaparecida…

— Os sinalizadores! — lembro. — Podemos usar os sinalizadores. Estão embaixo da pia da cozinha. Agora é uma emergência. Precisamos de ajuda.

— Claro! — Tanya começa a correr para a área principal.

— Espera… — começa Chloe, mas não estou a fim de escutar.

Vou atrás de Tanya e ouço as outras vindo também.

Os sinalizadores são nosso último raio de esperança, literalmente. No momento em que dispararmos um deles no céu, alguém virá nos buscar.

Mas, quando abro o armário da cozinha, encontro uma caixa vazia. Eles sumiram.

— Mas que caralho — grito. — Cadê eles?

— Estavam aqui! — diz Annabel. — A Robin falou para a gente.

— A Poppy deve ter mudado de lugar quando cortou a linha telefônica — murmura Tanya. — Aquela filha da puta.

— Não. — Chloe parece que vai chorar. — Ela disse na hora que não tinha tocado neles, lembra? Disse que, se tivesse uma emergência de verdade, ainda dava para usar.

— Mas então o quê? — pergunta Annabel, desacreditada. — Como podem ter desaparecido? Está dizendo que uma de *nós* mudou de lugar. Porque acabamos de concordar que não tem mais ninguém nesta ilha, certo?

Não sei o que pensar. Minha cabeça está rodando.

— Se uma de vocês pegou os sinalizadores, esta é a hora de dizer.

— Bom, eu é que não fui!

— Como você tem coragem de *dizer* isso, Esther?

— Você não confia na gente!

— Cala a boca! — grito. — Calem a boca, todas. Que merda a gente vai fazer?

— Não tenho certeza de que podemos fazer alguma coisa — responde Tanya. — Nossos celulares estão descarregados. A linha fixa está cortada. Os sinalizadores sumiram. A Robin só vem amanhã de manhã. Acho que vamos ter que esperar.

— Mas a Poppy está desaparecida — diz Annabel. — Não podemos só esperar.

Desaparecida é um jeito sutil de dizer. Todo aquele sangue. Tenho certeza de que ela está morta.

— A não ser que você esteja pensando em nadar até o continente — diz Tanya. — Mas eu não arriscaria.

— Então, estamos ilhadas até amanhã? — pergunta Annabel. — Sem ajuda, sem nada?

Tanya assente.

— Parece que sim.

— Mas os sinalizadores. — Annabel sacode a cabeça. — Foi intencional. Alguém tirou do lugar para não conseguirmos pedir ajuda. Para não conseguirmos sair daqui. O que isso significa?

Todas nos olhamos em silêncio.

Significa que alguém nesta ilha não quer que a gente vá embora.

Alguém nesta ilha é uma assassina.

A pergunta é: qual de nós?

É silencioso aqui. Escuro. Ainda não está perto de amanhecer, a luz do luar entra pela janela e ilumina a cena a minha frente. Meu coração bate forte, minha boca está seca. Quero ignorar o sangue, o cadáver imóvel na cama, mas sei que não posso. Sempre soube que isto ia acontecer.

Poppy está morta. O rosto dela continua enérgico, olhos e boca abertos como se gritando, lágrimas ainda manchando o rosto. O cabelo se abre atrás da cabeça como a auréola dos anjos de neve que fazíamos juntas quando éramos crianças.

Minha mão se fecha no cabo da faca ainda com mais força, como se ele pudesse se unir a minha palma. A lâmina está banhada no sangue de Poppy, bem como minhas próprias roupas, cobertas com manchas vermelhas enormes que gritam a verdade.

Fico envergonhada e irritada quando minhas próprias lágrimas vêm. Isso não é sobre mim. É sobre ela.

Quero gritar.

O que eu fiz?

É tudo culpa minha. Eu a matei e este é o resultado.

O que eu faço? Um olhar rápido para a janela me diz que a manhã está se aproximando. Preciso agir rápido. Preciso escondê-la para que ninguém nunca mais a veja assim.

Escondê-la e esconder a faca.

DEZENOVE
———

Poppy

22 DE NOVEMBRO DE 2012

Querido diário,

Acabei de me candidatar ao meu maior sonho. Uma vaga na Escola de Belas-Artes Slade, em Londres.

Estávamos há alguns dias falando de universidades na aula de Artes. Todos nós passamos as tardes de segunda e quarta na sala de Artes, trabalhando em nosso portfólio. O grupo de estudos pré-universidade é bem pequeno, só tem onze pessoas, então podemos conversar, desde que a gente faça o trabalho.

— Eu vou estudar Biologia — disse Sally, uma menina obcecada por desenhar em um estilo de animação que com certeza é copiado dos vários mangás que ela lê.

— Biologia! — repetiu, horrorizada, outra garota (a maior parte da turma, infelizmente, é de meninas, com apenas três garotos), chamada Jayla. Na verdade, ela é ótima; faz umas pequenas esculturas de arame que parecem coisas diferentes dependendo do ângulo que se olha. — De jeito nenhum. Eu vou estudar Artes, com certeza. Vou me candidatar a Oxford, Slade, Goldsmiths e Newcastle.

Isso faz Ollie suspirar.

— Imagina entrar na Slade?! É meu sonho total. — Ele me olhou. — Quais você vai tentar, Poppy? Você vai estudar Artes, né? Eu já me candidatei à Slade.

Se eu dissesse que a Slade também era meu sonho, ia parecer que eu estava imitando ele.

— Ah, não sei, acho que sim — murmurei.

— É só não fazer nada tão maluco quanto você fez na prova — comentou Sally. — Apesar de você mesmo assim ter tirado nota máxima, o que eu acho muito injusto.

A srta. Wersham interrompeu nesse ponto.

— Poppy e eu conversamos longamente sobre a prova de Artes dela e, felizmente, deu para resolver as coisas a tempo. Mas, Poppy, você devia com certeza fazer faculdade de Artes. Você é muito talentosa. — E aí, provavelmente por se sentir obrigada, ela completou: — Todos vocês são.

Quase me meti em encrenca por causa da minha prova de Artes do Certificado Geral. Nosso portfólio precisava incorporar pelo menos dois meios diferentes e, de início, eu queria argumentar contra isso. Tinha passado a vida toda até aquele ponto desenhando e pintando — era no que eu era boa. Tinha todo um plano para uma série de autorretratos que ficavam cada vez mais abstratos, e teriam ficado ótimos apenas como pinturas, mas a professora Wersham me disse que eu tinha que fazer o que o currículo pedia.

— Mas não são obras ótimas? — perguntei, quando ela me chamou para uma conversa sobre o assunto. — Por que não posso só fazer isso, sendo que você sabe que é bom o suficiente?

— É o que os avaliadores da prova querem — respondeu ela, como se isso resolvesse o assunto.

Olha, não estou fingindo que sei tudo. Definitivamente não sei. Mas, no que diz respeito à arte, eu sei o que é bom e o que não é. E parecia uma bobagem adicionar esculturas ao meu portfólio (eu não ia colocar fotografia, né, pelo amor de Deus) quando ele já estava bom do jeito que era.

Fiz o melhor que pude contra aquilo. Só cedi quando eu e meus pais fomos convidados pela srta. Wersham para uma conversa, e disse que eu ia tirar zero no portfólio todo se eu não fizesse o que era pedido.

Quando comecei a turma avançada, ela teve mais uma conversa tranquila comigo.

— Vamos seguir exatamente o que os avaliadores da prova querem, certo? — disse ela.

— Sim — respondi, mas revirei os olhos.

— Estou falando sério, Poppy. — Ela franziu a testa. — Você tem muito talento, só precisa tirar notas que mostrem isso. Quando chegar na faculdade, tenho certeza de que vai ter liberdade para fazer os trabalhos experimentais que quiser. Mas, agora, o principal é garantir que você entendeu e demonstrou os conhecimentos fundamentais. Sem dúvida vai continuar tendo um portfólio incrível.

— Mas não tão bom quanto poderia — murmurei.

Era verdade. O portfólio do Certificado Geral de Artes era ok — mas não tão bom quanto meu plano original. E mesmo a srta. Wersham não ficou particularmente feliz com ele, apesar de ter me dado a maior nota possível.

— É muitíssimo triste *— observou ela, ao ver pela última vez. — Não acha?*

Ela devia estar certa. Mas eu estava triste. *Depois de tudo o que havia acontecido com Julian, o que mais minha arte ia representar? Passei de obras mais alegres para amostras mais duras vermelhas, azuis e pretas com paisagens de fundo abstratas e representações contundentes de mim mesma no meio. Era como eu estava me sentindo?*

— Você está bem, Poppy? — perguntou a professora, com uma preocupação no olhar. — Se quiser conversar sobre alguma coisa, sabe que pode me procurar.

— Estou bem — menti. — É que eu gosto de pintar esse tipo de coisa. Não quer dizer nada.

E estou bem mesmo. Na maior parte do tempo.

Não tive coragem de contar à professora Wersham que os outros professores não estavam se esforçando muito para estar ao meu lado, mas, pelo menos desde o décimo ano e os estudos preparatórios, as coisas se acalmaram.

Annabel, Chloe, Esther e Tanya não pegavam mais no meu pé. Não muito. Pelo menos desde o Certificado Geral, que significava que as coisas precisavam ficar sérias, e aí vinham as turmas avançadas. Claro, elas de vez em quando faziam um comentário passageiro ou davam risada de alguma coisa, mas isso era com a maioria das pessoas, não exclusivamente comigo. Eu consegui respirar um pouco melhor nesses últimos anos, porque todo dia não era um tormento. E pelo menos eu tinha o grupo de Artes. Tentava não deixar me incomodar quando todos voltavam juntos para casa ou se viam depois da escola sem nunca me convidar. De qualquer forma, só acho que eles têm inveja do meu talento.

Tem sido tão mais legal. Existir no mesmo espaço que elas e não me sentir aterrorizada a cada movimento, preocupada com quanto iam me atormentar. Em vez disso, tá, estou sozinha, porém mais feliz.

E achei formas de lidar com a solidão. Ok que tenho que usar roupas de manga comprida, mas já é alguma coisa.

Quando cheguei em casa da escola naquele dia, depois de todo mundo comentar à qual universidade ia se candidatar, passei a noite toda pesquisando todas as faculdades de Artes do país. Tinha várias incríveis, mas eu sabia que meu coração queria a Slade.

Imagina só! Eu indo para Londres. A capital. Só fui a Londres uma vez e foi para uma viagem de aniversário incluindo todas as atrações principais quando eu era pequena, então quase não me lembro. Eu podia ser que nem todas aquelas profissionais de roupa chique e uma bolsa legal, sentada no metrô. De noite, teria vários amigos da faculdade, então a gente ia sair para beber e dançar, e só voltar de manhã.

E, mesmo assim, quando fui me candidatar, meus dedos pairaram acima do mouse, com medo demais de começar a preencher o formulário.

E se fosse que nem a escola? E se ninguém gostasse de mim? E, pior, se todos fossem bem melhores que eu em Artes e rissem de mim e aí eu não tivesse mais nem isso?

E se eu nem for aceita?

O estresse me fez procurar meu pedaço de espelho na gaveta da mesa de cabeceira, mas, bem quando eu estava prestes a me cortar e sentir um pouco de alívio, teve uma batida na porta.

— Poppy, está ocupada? A mamãe falou que o jantar está quase pronto.

Era Wendy.

Dei um pulo, bati a gaveta e abri a porta para ela.

— Desço em um minuto.

— O que você está fazendo? — perguntou ela, já olhando atrás de mim. Ela viu a tela do meu computador e soltou um gritinho de animação. — Ai, meu Deus, você está se candidatando a universidades! Qual você escolheu?

Sem esperar permissão, ela passou por mim e se sentou à minha escrivaninha, clicando nas várias abas que eu tinha aberto.

— Escola de Belas-Artes Slade? — disse ela. — Uau, fica em Londres. Parece incrível!

Fui até ela, pairando atrás, nervosa.

— É uma das melhores escolas de Artes do país todo.

— Você com certeza vai entrar — disse Wendy. — Por que ainda não começou a preencher?

— Eu estava só olhando — expliquei. — Não tenho certeza nem de que vou me candidatar. Eu nunca entraria. Acho que não sou boa o suficiente.

Ela me olhou como se eu tivesse duas cabeças.

— Do que você está falando? Claro que vai entrar. Você é a melhor da escola toda!

Eu queria ter a confiança de Wendy. Ela sempre foi tão segura de si. É tão inteligente que poderia fazer o que quisesse no futuro. Eu não sabia como dizer a ela que não sou tão corajosa ou inteligente. A arte era minha única opção, e a ideia de me expor para o mundo julgar de repente parece demais para suportar, especialmente considerando que eu já fui julgada o suficiente até aqui. Pensar que eu posso me candidatar e não entrar, e aí aquelas quatro iam dar um jeito de descobrir...

Wendy se suavizou ao ver a dúvida em minha expressão e se virou para mim, segurando minhas mãos.

— Ei, é só olhar este quarto para ver como você é talentosa.

Quadros que eu tinha pintado por diversão em casa decoravam as paredes do meu quarto. Aqui, eu tentava manter as coisas mais leves, mas, mesmo assim, olhando tudo, via a diferença entre as obras que eu tinha feito quando tinha onze ou doze e as finalizadas havia poucos meses. As pinturas eram melhores — eu melhorava a cada ano —, mas também mais sombrias.

— Eu sei que você sofreu muito — disse Wendy, me surpreendendo. — Mas faz muito tempo desde tudo que aconteceu com... o Julian e aquelas meninas idiotas. Você arrasou nas provas do Certificado. Vai arrasar nas provas avançadas. E merece ir para a faculdade dos seus sonhos e ser aquela artista famosa que você sempre quis ser.

Ela clicou no botão "Inscreva-se" e começou a preencher minhas informações.

— Wendy! — falei, mas não tentei de fato impedi-la.

Com a mão livre, ela ainda segurava a minha.

— Agora, não dá mais para voltar atrás — falou ela, sorrindo, e deu um leve aperto na minha mão. — Você merece isto, Poppy. Vai para Londres ser feliz!

— Desde que você não me siga daqui a alguns anos.

Dei risada. Era bom rir.

— Ei, Londres é grande! — protestou Wendy, com um sorriso. — E, de qualquer jeito, você vai estar ocupada demais com todos os seus novos amiguinhos londrinos para ter tempo para sua irmãzinha boba.

Vê-la ali, me ajudando a começar minha candidatura, de repente, me deixou com lágrimas nos olhos. Consegui secar enquanto Wendy estava de costas, mas dei um abração nela.

— Para que isso? — disse ela. — Você não vai agora, sabe! Ainda tem praticamente um ano inteiro aqui!

— Eu sempre vou ter tempo para minha irmãzinha boba — falei. — Obrigada, Wendy. Por acreditar em mim.

— Imagina — respondeu ela. — Para que servem as irmãs?

Ela se levantou e assentiu com a cabeça, satisfeita, quando me sentei no lugar dela e continuei a preencher.

— Falo para a mamãe que você vai se atrasar um pouquinho?

— Sim, por favor.

Depois de ela ir embora, terminei o resto. De novo, meus dedos hesitaram no botão "Enviar".

Era a hora do vamos ver.

Eu posso não ter amigos. Posso dar meia-volta e sair correndo só de ver Annabel, Chloe, Esther e Tanya vindo pelo corredor em minha direção. Posso passar as noites ouvindo música triste e confiando demais em um pedaço velho e afiado de espelho para me dar qualquer sensação exceto solidão.

Mas eu sou definitivamente boa em Artes. E definitivamente mereço uma vaga na Slade.

Vou sair daqui e realizar meus sonhos.

Então, aperto "Enviar".

Agora, é um jogo de espera. Tenho que produzir um portfólio e mandar para eles, mas isso vai ser fácil. Tenho tantos quadros para escolher. Só preciso acreditar em mim.

Alguns dias depois, na quarta, contei a todo mundo que tinha me candidatado à Slade.

— Você também tentou a Slade? — disse Ollie, parecendo meio irritadinho.

— É meu sonho também — respondi.

E foi bom dizer em voz alta.

Não importava que, quando eu estava voltando para casa, um ônibus tenha passado por cima de uma poça, perto de mim, e respingado lama por toda a minha saia e nas minhas coxas. Nem que, claro, no momento em que isso aconteceu, Annabel e Chloe por acaso estivessem andando do outro lado da rua e tenham caído na gargalhada.

Não importava.

Eu continuei com um sorriso enorme na cara só de pensar no futuro.

20 DE MARÇO DE 2013

Querido diário,

EU CONSEGUI!!!! ENTREI NA SLADE!!!

Nem acredito. Não acredito mesmo que estou escrevendo isso.

Recebi um e-mail ontem dizendo que minha candidatura tinha sido atualizada no Serviço de Candidaturas e Admissões em Faculdades. E aí eu vi.

Uma oferta da Escola de Belas-Artes Slade. Só preciso de um A e dois Bs nas provas avançadas, incluindo um A em Artes, e vou estar lá em setembro.

Eu! Consegui mesmo!

Estava com muito medo de escrever aqui antes, mas, na verdade, eu tinha passado na pré-seleção e sido convidada para uma entrevista mês passado. Foi assustador. Mamãe foi comigo e eu tive que falar com um monte de gente superchique sobre minha arte e o que eu esperava da experiência universitária e até de artistas famosos que eu conhecia e admirava. Fiquei tão nervosa que tinha certeza de que tinha ido mal pra caramba, então não quis escrever nada aqui para não dar azar. Mas eu não fui mal! EU ENTREI!!!

Mamãe, papai e Wendy gritaram quando corri lá embaixo e contei.

— Eu sabia! — a Wendy se gabou, me dando um soquinho nas costas.

— Sabia que você ia entrar! O que eu falei? Você é incrível!

— A gente tem tanto orgulho de você! — disse papai. Ele estava até chorando! — Vamos comemorar hoje!

Mesmo sendo noite de semana, comemoramos. Saímos para um restaurante megacaro no centro da cidade onde eu nunca tinha entrado, e mamãe e papai até deixaram eu e a Wendy tomarmos uma tacinha de champanhe cada uma quando brindamos ao meu futuro. Comi um bife enorme no jantar e foi sensacional, mas a melhor parte foi uma fatia gigantesca de cheesecake de sobremesa que eu me recusei a dividir, mesmo quando Wendy se arrependeu do bolo cremoso de chocolate dela e pediu para trocar.

Foi surreal voltar à escola no dia seguinte. Eu estava me tremendo de animação para contar à professora Wersham e ao restante da turma, mas consegui guardar segredo até de tarde, quando era nossa aula. Depois de todos se acomodarem, falei que tinha um anúncio a fazer.

— O que foi, Poppy? — perguntou a professora Wersham, parecendo esperançosa.

Não conseguia segurar nem mais um segundo.

— Eu entrei na Slade! Vou para Londres fazer Artes e virar uma artista famosa!

— Ah, Poppy, que incrível! — arfou a professora Wersham.

Até o restante da turma ficou superimpressionado e feliz por mim.

— Poppy, que maravilhoso!

— Uau, você conseguiu mesmo!

— Londres! Como você é sortuda!

Só Ollie não parecia especialmente contente. Eu sabia que ele também tinha feito entrevista na Slade. Tinha passado na pré-seleção até antes de mim, e me lembro de como me senti horrível quando ele chegou se vangloriando da entrevista. Eu tive plena certeza de que havia acabado para mim, mas então, alguns dias depois, também fui convidada para aquela etapa da seleção.

Depois que me acalmei e todo mundo parou de falar, estendi o a mão, segurei o braço dele e tentei falar algo que o confortasse.

— Fica tranquilo, aposto que você também vai receber seu convite em alguns dias.

Ele fez cara feia para mim e puxou o braço.

— Na verdade, recebi minha rejeição há dois dias. Eles não me quiseram. Minha candidatura não foi bem-sucedida.

Meu rosto ficou vermelhão, e a turma toda ficou em um silêncio sepulcral.

— Por que você não contou para a gente? — perguntou Sally. — A gente teria te ajudado a se sentir melhor!

— Sim! — completou Jayla. — Eu nem consegui uma entrevista com eles, fica tranquilo.

Ele deu de ombros, mas estava tão corado quanto eu.

— Eu não estava a fim. Também, quem liga para a Slade?

Mas eu sabia que ele ligava, sim. Estava tão animado quanto eu falando do assunto. Tínhamos até conversado sobre morar no mesmo alojamento juntos para termos alguém conhecido nas primeiras semanas. Era quase como se estivéssemos ficando amigos de verdade.

Não ia rolar mais.

— Eles falaram que eu fui colocado em uma lista de espera, caso alguém desista ou não aceite a vaga — explicou ele. — Mas quem faria isso?

Eu que não, com certeza. Não conheço ninguém que abriria mão de uma vaga na Slade.

— Bom, tem muitas outras faculdades que teriam sorte de te receber — disse a professora Wersham. — Parabéns, Poppy, e, Ollie, tenho certeza de que você vai entrar em outro lugar já, já e vai gostar tanto quanto se tivesse entrado na Slade. Entrar na sua primeira opção nem sempre é o melhor. As coisas podem funcionar de formas misteriosas.

Mas eu sabia que as palavras dela não iam ser tão importantes para ele. Sabia que eu teria ficado arrasada.

Tentei falar com ele depois da aula.

— Ei, Ollie — chamei. — Desculpa por mais cedo. Se eu soubesse que você não tinha entrado, não teria chegado falando daquele jeito.

Mas ele não estava muito disposto. Ollie se virou para mim, de cara feia, e praticamente cuspiu:

— Sai fora, Poppy! Você está piorando tudo. Não quero falar com ninguém, especialmente com você. Agora, se manda.

Doeu, mas eu sabia que era porque ele estava magoado. E também sabia, por experiência própria, que um tempo sozinho podia ajudar.

Mas não vou deixar que ele estrague meu humor. Eu entrei na Slade! Estou realmente realizando meus sonhos.

E sabe o que eu fiz quando cheguei da escola?

A casa estava vazia. Mamãe e papai ainda estavam no trabalho e Wendy tinha revisão de matéria depois da escola. Fui até a minha gaveta da mesa de cabeceira, peguei aquele pedaço de espelho, embrulhei em lenço de papel e joguei no lixo da cozinha lá embaixo.

Porque não preciso mais.

Vou aproveitar ao máximo estes últimos meses em casa e na escola. Sei que dei trabalho nos últimos tempos, temperamental, e, tá bom, não é culpa cem por cento minha, mas também preciso superar. Annabel, Chloe, Esther e Tanya não vão poder me magoar por muito mais tempo. Vou me ver livre delas para sempre.

Meu portfólio de Artes para a prova avançada está indo bem. Estou seguindo as regras. A professora Wersham aprovou tudo. Só falta a prova final em maio, uma criação enorme, com oito horas de duração, de algo completamente novo, e aí terá acabado. Vou conseguir um A e dar o fora daqui. Por mais que eu queira, não vou arriscar nada. Tudo tem que sair perfeito, aí, sim, posso escapar.

Nem acredito. Estou escrevendo neste diário com um sorriso bobo enorme.

As coisas finalmente estão melhorando.

VINTE

Annabel

21 DE MAIO DE 2023

— Tem que ser uma de nós — diz Esther. — Uma de nós fez isto.

Tanya abre a boca para protestar outra vez, aí fecha. Estamos todas começando a pensar isso. Não há outra opção. Estamos em uma ilha particular no meio do mar com o continente a quilômetros de distância. Não tem mais ninguém aqui nem jeito de sair até Robin vir amanhã com o barco.

Minha mente se esforça para se lembrar da noite anterior, mas continua um borrão teimoso de várias imagens. Por que ficamos tão bêbadas? O que estávamos pensando? Em afogar as mágoas, acho, depois de tudo. Que erro.

Por outro lado, também estávamos discutindo o que íamos fazer com Poppy…

— Se alguém confessar que matou a Poppy, talvez a gente possa ajudar a encobrir.

Todas nos viramos para olhar para Tanya.

— Como assim, encobrir? — diz Chloe. — Encobrir um assassinato?

Tanya levanta o queixo, desafiando nosso óbvio desgosto.

— Vocês podem me olhar assim o quanto quiserem. Sabem que faz sentido.

— Como diabos isso *faz sentido*? — diz Esther, rispidamente. — Você está falando de esconder o fato de que uma pessoa foi assassinada. Por uma de nós!

— Bom, você não sabe muito sobre esconder as coisas, né, Esther? — retruca Tanya. — Você ama contar os segredos dos outros, mesmo que signifique que a pessoa vai perder o emprego.

O rosto de Esther se fecha. Ela me olha de soslaio e sacudo de leve a cabeça, implorando para ela não responder.

Chloe para entre elas.

— Agora não é hora disso. Olha, talvez encobrir não seja tão má ideia.

— Você tem alguma confissão, Chloe? — pergunto.

Sai com mais contundência do que pretendo, e ela levanta as mãos, se rendendo.

— Não estou querendo dizer nada! Não fui eu. Mas estamos em uma ilha. Temos tempo de limpar o sangue. Podemos dizer a Robin que a Poppy foi nadar e nunca voltou.

Esther faz que não com a cabeça.

— Limpar sangue é mais difícil do que vocês acham. Não é só passar um pano. O negócio não sai tão fácil. E se fizerem uma investigação completa? O primeiro lugar que olhariam seria a área principal e, ah, quem diria, então foi aqui que todo o sangue dela veio parar. E, aí, nós seríamos acusadas. Provariam que somos mentirosas.

— E como explicamos o telefone quebrado e os sinalizadores desaparecidos? — digo. Essa ideia é completamente insana. — Para não mencionar o fato de que, agora, na Inglaterra, todo mundo está testemunhando a vingança de Poppy.

Tanya respira fundo.

— Então, o que você sugere, Annabel? Vai lá, você sempre foi a líder dos nossos esqueminhas na escola. Por favor, diga como a gente deve proceder agora.

— Talvez Poppy ainda esteja na ilha — falo, desesperada. — Talvez estejamos tirando conclusões precipitadas.

— Ah, sim, ela só se levantou depois de perder todo aquele sangue e foi dar uma boa caminhadinha.

— Para com isso, Tanya. — Chloe começa a andar de lá para cá. — O que vai acontecer quando a Robin voltar? O que a gente vai dizer?

— Quem fez isto vai ter que confessar. — Faço questão de olhar cada uma nos olhos. — Estávamos todas putas com a Poppy. Todas tínhamos motivo para machucar ela. Vamos entender que foi só um momento de loucura. Mas a pessoa precisa falar a verdade agora.

— Mas é justamente o que você falou — diz Esther. — Todas estávamos putas. Todas somos suspeitas. Por que a culpada se acusaria agora?

Não acredito no que estou ouvindo. Esther me olha calmamente e, ao ver minha expressão, dá de ombros.

— Estou só falando. Não fui *eu*.

É horrível, mas não sei se acredito nela. Nem em Tanya e em Chloe, não depois da discussão sobre se devíamos encobrir a coisa toda. São minhas três amigas mais antigas, e acho que não confio em nenhuma delas.

— Alguém se lembra de alguma coisa da noite passada agora? — pergunto. — Alguém se lembra da última vez que viu a Poppy?

Enquanto falo, uma memória volta. Nós quatro, sentadas ao redor da lareira externa e Poppy voltando da caminhada. Ela tinha ficado fora por horas. Disse alguma coisa sobre tomar sol, mas a ignoramos e fingimos que ela não estava lá. E, então, ela entrou na casa e nem se virou para desejar boa-noite. Acho que alguém (Tanya?) gritou pelas costas dela, chamando-a de nomes feios. E todas rimos.

Conto às outras do que me lembro, mas só recebo caras confusas.

— Não, não foi a última vez — diz Chloe. — Ela saiu de novo, lembra? Ficou parada no deque olhando fixamente para a gente.

Foi? Tento me lembrar, mas nada.

As outras, no entanto, estão assentindo.

— É, foi estranho — continua Esther. — Mesmo considerando tudo o que tinha acontecido.

— E o resto da noite? — pergunto. — Tipo, quando é que a gente foi dormir? Alguém escutou alguma coisa?

Elas fazem que não.

— Não faço ideia. — Esther cruza os braços. — Mas eu acordei com...

— Acordou com o quê? — pergunto de imediato, quando ela para de falar.

— Não, deixa. — Ela abana a mão para mim. — Nem sei o que eu ia contar.

— Nenhuma de nós se lembra, sério? — Estou desconfiada, mas não consigo evitar. — Ficamos tão bêbadas que apagamos e acordamos sem saber de nada?

— É estranho, mesmo — admite Tanya.

— O gim — fala Chloe. — E se tiver sido o gim?

Esther franze a testa.

— Você acha que o gim estava batizado ou algo do tipo?

— A Poppy não bebeu. Foi tudo a gente. Nosso prêmio, lembra?

Caralho. Todas parecem entender.

— Mas por quê? — questiona Tanya.

Ah, meu Deus. Pensando bem, lembro que o gosto estava meio amargo e todas nós reclamamos que não merecia ser chamado de prêmio. Mas viramos shot após shot até acabar com a garrafa. E se estivesse amargo porque Poppy tinha colocado alguma coisa nele?

— Poppy realmente falou que tinha mais por vir — lembra Esther. — Talvez estivesse planejando fazer alguma coisa hoje enquanto a gente estava de ressaca ou talvez fosse fazer alguma coisa quando estávamos bêbadas ontem à noite.

— Talvez até tenha feito — propõe Chloe. — Talvez ela tenha começado a fazer alguma coisa, entrando em um dos quartos, e alguém pegou ela e... e a matou.

Absorvemos isso com um momento de silêncio.

— Não. — Tanya sacode a cabeça. — Poppy estava no quarto dela. Não em um dos nossos. Alguém foi atrás dela.

— E é uma coisa assim tão ruim?

Nenhuma de nós sabe como interpretar a pergunta da Chloe.

Ela dá de ombros.

— Estou só falando. Todas queríamos que ela morresse pelo que fez, não? Estávamos todas falando sobre vingança.

— Talvez todas tenhamos feito isso e só não nos lembremos — diz Tanya.

— Alguém realmente está triste por ela ter morrido? — questiona Chloe.

Meu Deus. Já estou de saco cheio de olhar para a cara de Chloe, e isto só me dá mais desculpa para mostrar minha repugnância.

— Uma coisa é falar que vamos nos vingar, outra bem diferente é fazer isso.

— Não estou triste por ela estar morta — diz Esther. — Aliás, devíamos estar brindando a isso. E a responsável merece uma medalha.

Senhor. Seria tão mais fácil se eu confiasse nelas. Mas não confio.

— Gente, vamos só... — Passo os olhos pela cozinha loucamente e chego a uma conclusão. — Vamos só dar um tempo para nos acalmar e resolver isso depois.

Parte de mim espera que elas sejam contra, então fico surpresa por só assentirem com a cabeça, acatando a sugestão.

Começamos a sair da área principal divididas em pares: eu e Esther, Tanya e Chloe. A respiração de Esther está irregular e, caminhando ao lado dela, consigo escutar.

— Você está bem? — murmuro, depois faço uma careta. — Sei que é uma pergunta idiota.

Ela não me olha, mas pega meu braço e aperta de leve.

— Isto é uma loucura, né?

— Você acha mesmo que a gente devia ficar feliz por ela ter morrido?

Esther chega mais perto, indicando Tanya e Chloe, atrás da gente, que desaceleraram o passo. Elas também estão próximas, cochichando sem parar.

— Não acredito que aquelas duas queriam encobrir. É suspeito, não?

Já sinto as frentes de batalha se desenhando, nós contra elas.

— Talvez elas só estivessem... preocupadas com a gente.

Isso faz Esther soltar um barulho de desdém pelo nariz.

— Só estou dizendo que, de repente, é melhor a gente concordar com o que elas estão sugerindo. E, aí, descobrir o que fazer a partir disso.

Chegamos ao gramado, com a área principal atrás de nós. A cena não é mais pitoresca, coisa de cartão-postal. Restos das noites anteriores estão espalhados, balões murchos e até uma poça de vômito no deque. A faixa parabenizando Poppy está pendurada frouxa, com um lado caído. Nada neste lugar indica que aconteceu uma comemoração. Aliás, a paisagem parece saber, apesar do clima escaldante de paraíso, que algo terrível aconteceu. Tudo está claro demais, colorido demais, um fingimento doentio de diversão.

Esther passa um braço pela minha cintura enquanto analisamos a cena, pondo a boca no meu ouvido.

— Lembra, você está me devendo, Annabel. Não vá ter nenhuma ideia idiota.

Sou tomada pelo medo.

— Uma coisa não tem a ver com a outra.

— Mesmo assim. — Esther me solta e tenta sorrir, mas os cantos da boca tremulam e vejo como ela está nervosa. — Eu e você precisamos ficar juntas se as coisas começarem a desandar.

— Já começaram.

Mas Tanya e Chloe agora chegaram até nós, e Esther começa a se afastar.

— Vou dar uma corrida — anuncia ela. — Não consigo pensar desse jeito.

— Preciso tomar um banho — falo, pressionando a mão na testa e só sentindo suor. — Volto em dez minutos.

Tanya e Chloe vão na direção da área do deque ao ar livre, mas parecem incertas uma com a outra. A área principal continua sendo um espaço incômodo. A porta de Poppy fechada e a noção do que está atrás vão continuar tendo lugar de destaque em nossos pensamentos.

Depois que termino o banho, volto. Tanya e Chloe montaram a mesa de jantar lá fora. Em vez de se sentarem de frente, estão uma ao lado da outra, em uma conversa intensa.

Eu sei que não devia. Já tivemos segredos suficientes, e eu não sou inocente. Mas fico onde estou, escondida nas sombras das árvores no caminho, e ouço o que elas estão falando.

— Pode muito bem ser — diz Tanya, agora mais calma.

Ainda estou chocada de ela ter usado drogas nos últimos dois anos. Tantas revelações, tanta coisa que eu não sabia.

Mas mostra que ela sabe guardar um segredo e tanto.

Chloe está mais em pânico. Olha para trás e, por um segundo, acho que me vê e congelo, mas aí ela se vira de volta e continua.

— É o único jeito.

— Fica tranquila. Vamos ficar juntas.

É parecido com o que Esther me disse.

Estamos desenhando linhas na areia, fazendo alianças.

— Ei, vocês duas — chamo, anunciando minha presença.

Elas se separam, com uma expressão de culpa.

Se Poppy não tivesse revelado como Chloe é uma vaca manipuladora, talvez eu estivesse liderando as comemorações. Nós brindaríamos à morte dela, confessaríamos quem foi e faríamos um plano de transformar o assassinato em acidente, um desaparecimento misterioso. Uma ia encobrir a outra e viveríamos felizes para sempre.

Mas não posso fazer isso.

Não tem importância, é o que quero dizer a elas. Façam uma aliança.

Eu não confio em nenhuma de vocês.

VINTE E UM

Chloe

21 DE MAIO DE 2023

Olha, no final das contas, Poppy merecia. Merecia uma morte tão sangrenta e brutal? Não, talvez nem tanto. Não sou um monstro, pelo amor de Deus. Mas, depois de tudo o que ela fez, assim, ela devia ter esperado. Fica se colocando em perigo. E agora olha o que aconteceu, acabou morta. Pode ter sido qualquer uma de nós. Todas tínhamos motivos.

Não acredito que não concordamos em só encobrir. Seria tão ruim assim? Quem é que liga para Poppy, ainda mais depois do que ela fez com a gente? Mas, não, ela tinha que revelar que Andrew traiu Annabel comigo. E, aí, Esther tinha que ir lá dar com a língua nos dentes que foi ela que entregou Tanya e a deixou sem trabalho por meses. Então, Annabel me odeia e Tanya odeia Esther. Não vai dar certo trabalharmos em equipe.

O que significa que vou ter que cuidar de mim, só de mim, não importa o quanto Tanya queira fazer uma aliança. Foi mal, gata. Só tem uma número um. E, se não vamos encobrir esse assassinato, preciso garantir que eu não vou acabar levando a culpa. Minha vida já está bem fodida por causa do videozinho de Poppy, apesar de eu ter certeza de que, quando voltar, todo mundo já vai ter esquecido. (Sinceramente, as pessoas ficam ofendidas com qualquer coisa hoje em dia, que ridículo.) Não vou ter meu nome ligado a isso tudo também, de jeito nenhum.

Alegando uma enxaqueca, deixo Tanya e Annabel à mesa de jantar e finjo que vou dormir.

Não é verdade.

Vou fazer minha própria caça ao tesouro. Hora de ver o que vocês andaram fazendo, meninas, e, com sorte, vou achar algo que possa usar para sair daqui sã e salva. Entro primeiro na cabana de Annabel.

Está uma zona, o que não é nada a cara dela. Roupas pelo chão, todas as gavetas abertas. É estranho, como se alguém tivesse entrado aqui procurando alguma coisa antes de mim. Annabel foi tomar banho mais cedo — será que ela mesma estava procurando alguma coisa? Ou garantindo que algo estivesse bem escondido? Checo as várias gavetas abertas, mas, fora lingerie e meias, não parece ter nada de interessante. Ainda estou impressionada com a qualidade das roupas dela. Absolutamente todas as peças têm uma etiqueta de marca de luxo, e é demais para uma dona de casa, não importa o quanto ela finja que Andrew lhe dá uma mesada gorda. Fico incomodada, mas não tem nada a ver com Poppy, então continuo. Chego a passar as mãos por baixo dos travesseiros na cama — nada.

Quando estou prestes a sair, algo me diz para olhar também o banheiro. Há uma toalha largada no chão, e o ar está quente. Meu pé pisa em algo embaixo da toalha.

O espelho quebrado da caça ao tesouro.

O que isso está fazendo aqui?

Pior. Os cacos que sobraram sumiram. Será que foram usados para esfaquear Poppy?

Solto o espelho e volto a cobri-lo com a toalha, aí saio apressada.

Não é suficiente. Não achei nada conclusivo. Talvez Annabel só tenha pisado nele que nem eu e colocado os cacos de vidro em alguma lixeira. Estou sendo ridícula.

Quando chego à cabana de Esther, bato primeiro, só para o caso de ela ter voltado da corrida.

— Esther? — chamo, abrindo a porta.

Mas ela não está, e o quarto encontra-se em uma condição bem melhor que o de Annabel. Até as roupas que ela ia usar no dia, antes de descobrirmos sobre Poppy, estão dobradas na cama, esperando para serem usadas. As janelas estão abertas, me lembrando de minha maquiagem quebrada.

Enquanto procuro, começo a me questionar. O que é que estou fazendo? Procurando o quê — a arma do crime? O corpo de Poppy, escondido embaixo da cama? E se eu achar? Vou fazer o quê?

Dentro da última gaveta de Esther está o batom da caça ao tesouro, sem tampa e quase todo esmagado, com pedaços vermelhos manchando o fundo.

Que merda está acontecendo?

— O que você pensa que está fazendo?

A voz de Esther me assusta e praticamente caio de cara por causa do jeito que estou abaixada. Volto a me endireitar e encontro o olhar acusador dela.

— Eu devia te fazer a mesma pergunta — declaro, levantando o queixo para mostrar que não tenho medo. — Por que aquele batom da caça ao tesouro está na sua gaveta? O que você está armando?

— Você entra escondida no meu quarto e está me questionando?

Ela vem à frente e, por um segundo, acho que vai me bater, então levanto as mãos em defesa.

O rosto dela se contorce.

— Misericórdia, Chloe. Você está com medo de mim, né? — Ela se senta na cama e chuta os tênis para longe. — É por isso que você está aqui? Você acha que eu matei a Poppy?

— Não! Eu não sei.

Pego o batom e jogo na cama. Parece algo sórdido, um lembrete nojento de como enganamos Poppy para ela pensar que Julian gostava dela. Fica ainda pior assim, aberto e destruído.

— Por que isto estava na sua gaveta?

Esther parece estar sofrendo. Ela solta o rabo de cavalo, deixa o penteado se desfazer e coça a cabeça.

— Vai parecer pior se eu te contar a verdade.

— Como assim?

Agora, estou ainda mais nervosa. Meus dentes estão batendo? Aperto a mandíbula para Esther não notar.

— Acordei com a palavra "vaca" escrita na minha barriga com batom. E esse aí estava no chão, perto de mim.

O choque dessa notícia me faz abrir a boca outra vez.

— Como? Por quê?

— Não sei. — Mas, ao dizer isso, seu rosto se abre. — Ah, meu Deus. Sei, sim. Ontem à noite, quando estávamos bebaças, colocamos todos os itens da caça ao tesouro na mesa. Começamos a zoar com eles.

Algo nisso desperta minha própria memória. Eu estava fazendo algo com a caixinha de suco, fingindo espirrar tudo em Tanya. Annabel estava com o espelho? Foi por isso que ele acabou no banheiro dela? Tanya estava com o chapéu de festa? Tenho uma vaga imagem dela colocando-o em mim e estalando o elástico no meu queixo. Foi daí que vieram os arranhões. E Esther... estávamos mexendo com o batom, passando e fazendo biquinho. Uma de nós escreveu isso nela?

Fico me perguntando o que aconteceu com a tela grotesca, o símbolo da pior coisa que fizemos.

— Acho que também me lembro — digo, com cautela. — Mas por que você não contou para a gente logo de manhã?

— Achei que fosse só uma palhaçada de gente bêbada. Algum jogo idiota. E, aí, as coisas ficaram complicadas.

Claro. Meus nervos começam a se acalmar. Estou tirando conclusões precipitadas.

Ela estreita os olhos.

— E você?

— O que tem?

— Entrando escondida no meu quarto assim. — Esther estala a língua. — Estou decepcionada, Chloe. Não acredito que você duvidou de mim.

— Não é você.

De repente, estou ansiosa pela aprovação dela. A inabalável e confiável Esther. Ela vai me ajudar. Annabel me despreza e Tanya é instável demais. Ninguém vai acreditar em uma coitada viciada em drogas quando for hora do interrogatório policial. Preciso escolher melhor minhas aliadas.

— Olhei o quarto da Annabel também. Vou olhar o da Tanya agora. Vem comigo.

— Achei que você e a Tanya fossem amiguinhas — diz ela.

Merda. Ela sabe o que Tanya e eu falamos?

Dou risada, mas sai forçada, até para mim.

— Somos todas amigas, não?

— Você acha que isso tudo é real? — pergunta ela, evitando meu comentário.

— Como assim?

— Isso tudo. O sangue, Poppy desaparecida. — Esther abraça o próprio corpo. — Fico me convencendo de que Poppy vai aparecer a qualquer segundo e dizer que foi só um jogo, mas está começando a parecer cada vez menos provável.

— Tem sangue demais — respondo.

E todas queríamos matá-la. Todas tínhamos motivo.

Ela suspira.

— Me deixa trocar de roupa. Te encontro na cabana da Tanya.

Esther ignorou meu comentário sobre sermos todas amigas, mas não posso discordar dela sobre isso. Saio apressada e volto na direção da cabana de Tanya, batendo antes de entrar de novo.

As cortinas foram fechadas, então acendo a luz, mas a lâmpada só solta uma faísca e morre. Suspirando, abro as cortinas e tomo o maior susto da minha vida.

Na janela de Tanya, que dá para árvores grossas e é uma rota que nenhuma de nós pegaria, há um respingo de sangue.

Abro rapidamente, colocando a cabeça para fora o máximo possível, até ver o chão lá embaixo.

Não tem mais nada. Nenhum corpo, que foi meu primeiro pensamento, com o coração batendo forte, mas também nem mais uma gota de sangue.

Com as mãos tremendo, vasculho o quarto da Tanya. Nada. Estou prestes a sair quando a porta se abre e Esther entra.

— Meu Deus, Chloe, parece que você viu um fantasma. O que foi?

— Tem sangue na janela da Tanya.

— O quê? — A voz de Esther sai meio estrangulada. Ela corre até onde estou apontando, depois cambaleia para trás com as mãos na cabeça. — Ai, meu Deus.

— O que fazemos agora?

É ruim eu estar sentindo uma onda de euforia? Por talvez ter me deparado com alguma coisa afinal?

— Senta. — Esther acha que estou tremendo de medo. — Você vai desmaiar.

Deito na cama, gostando de fazer papel de dama amedrontada, mas algo na forma como caio parece esquisita.

Tem algo embaixo do colchão. O peso está distribuído do jeito errado — o que devia ser uma superfície plana está mais para cima no fim e, apesar de eu estar sentada no canto, ainda estou mais alto que o resto da cama. Esther também nota.

— Caralho.

Fico de pé de novo e nós duas tiramos o colchão da cama até ver as molas embaixo.

Tem um lençol amassado em uma bola.

Penso na conversa que eu e Tanya tivemos há no máximo uma hora, voltando juntas da praia quando Annabel e Esther saíram na frente, sem dúvida também tendo sua própria conversinha.

— Você e eu estamos em dívida uma com a outra — Tanya tinha dito, com a voz baixa e um pouco ameaçadora. — Você precisa se lembrar disso.

— Nós somos inocentes — eu tinha respondido. — Então, não precisa se preocupar com nada, de qualquer forma. Né?

— É — concordara ela, passado o braço pelo meu. — Mas somos mais próximas do que a Esther e a Annabel, não? Vamos nos defender, especialmente quando a polícia chegar amanhã.

— Claro.

— Pensa em como vamos parecer suspeitas. É melhor a gente combinar logo o que vamos dizer que aconteceu ontem à noite. Então, vamos dizer que vimos uma à outra indo dormir? Mas que não sabemos das duas?

— Combinado.

Ah, Tanya, Tanya. Bela tentativa.

Esther e eu desdobramos o lençol em silêncio. Nós duas evitamos nos olhar, mas escuto sua respiração ofegante; se havia um sinal de nervosismo ou euforia, eu não tenho certeza.

Tem dois lençóis embolados. Desdobramos o primeiro e vemos que o segundo está manchado de sangue.

Por um segundo, entro em pânico.

— Talvez a gente deva só fingir que não viu isto — digo. — Não sei o que eu estava pensando. Entrar no quarto de todo mundo... Isso foi um erro.

Esther me olha atônita.

— Agora é tarde para dizer isso! Foi você que me arrastou para cá. Não podemos só largar tudo assim. Ela vai saber que estivemos aqui. E tem sangue na janela também.

Sei que ela tem razão, mas agora tudo ficou assustadoramente real.

— Tá.

Em um acesso de coragem, abro o lençol e tenho que me forçar a não vomitar com o cheiro.

Como um prêmio no fim de uma brincadeira de Passa Anel, há uma faca ensanguentada bem no meio.

VINTE E DOIS

Tanya

21 DE MAIO DE 2023

Antes mesmo de eu entender o que está acontecendo, elas estão vindo em minha direção, gritando por toda a praia, berrando meu nome, carregando algo. Esther está segurando algo que parece um lençol, e Chloe está carregando… uma faca?

Na espreguiçadeira, me sento direito. Que porra está acontecendo?

Annabel também se levanta, com uma cara confusa que vira horror ao ver Esther e Chloe, que agora se juntam a nós.

É uma faca. Com sangue grosso e seco na lâmina.

O que Chloe está fazendo com uma faca?

Por um segundo de loucura, acho que ela e Esther vieram matar nós duas e fico parada pronta para lutar.

— Não é à toa que você queria encobrir tudo! — diz Chloe, como se isso fizesse sentido para mim.

Annabel para ao meu lado, ainda perplexa.

— Onde você pegou essa faca?

Chloe aponta para mim.

— A Tanya tinha escondido embaixo da cama, entre o colchão e as molas. Estava embrulhada nestes lençóis.

Esther, que aparentemente virou a assistente fabulosa dela, abre o lençol que está segurando e revela uma mancha grande de sangue no meio. Mas o vento está mais forte perto do mar e arranca o lençol da mão dela antes que ela consiga fazer alguma coisa. Vemos voar pelo ar e cair na água, flutuando com a maré.

Não tem importância. Todas vimos o sangue.

E a faca continua na mão de Chloe.

— Não tenho ideia do que você está falando — digo, tentando permanecer calma. — Por que eu esconderia embaixo da minha cama? É meio burro, né? E também o que você estava fazendo no meu quarto? Achei que tínhamos um acordo.

Encaro Chloe ao dizer isso, mas ela sustenta o olhar, sem vacilar.

— Chloe estava vasculhando todos os quartos — diz Esther. — Achei ela olhando o meu, então falei que ajudaria a olhar o seu.

— Claro que falou.

Tenho que resistir à vontade de dar um tapa na cara dela.

— Espera. — Annabel franze a testa. — Você olhou o meu quarto? Procurando o quê?

As bochechas de Chloe ficam vermelhas, mas ela continua, convencida de sua integridade.

— Queria ver se descobria o que tinha acontecido. Se conseguia achar alguma pista.

— Como você tem coragem de entrar no meu quarto depois de tudo o que fez comigo? — questiona Annabel. — É muita cara de pau.

— Por que você está tão incomodada com isso, hein? — pergunto. — Desde quando são as fãs número um da Poppy Greer?

— Não precisa gostar da pessoa para se importar com o assassinato dela!

— Acho que você só queria garantir que não tem culpa — digo, e o rosto de Chloe revela que acertei em cheio. — Eu sabia. Você sempre foi egoísta pra caralho.

— Você só está tentando mudar o alvo! Era você que tinha uma faca no quarto.

— E o seu próprio quarto? Você vasculhou lá?

— Bom, não, óbvio que não.

Abro um sorriso sarcástico.

— Óbvio que não. Uma equipe de busca meio equivocada, me parece. Como eu vou saber que você realmente achou essa faca no meu quarto?

— Eu estava lá — diz Esther. — Eu vi. Para de tentar mudar de assunto.

— E qual seria o assunto, Esther? — Nem estou mais escondendo minha raiva, minha voz sai em explosões afiadas. — Que eu matei secretamente a Poppy ontem à noite, aí tive a maravilhosa ideia de esconder a arma do crime no meu próprio quarto?

— Ninguém mais teria tempo de colocar no seu quarto ontem à noite — continua ela. — Para de tentar inventar desculpa.

— Então, eu tenho tempo de jogar o corpo da Poppy no mar, mas não a arma do crime? — Só posso rir da natureza ridícula da acusação delas. — Ah, lógico, faz total sentido.

A dúvida começa a aparecer nas feições de Annabel, para minha imensa satisfação. Esther está mais segura.

— Talvez você não tenha jogado o corpo dela no mar. Talvez ainda esteja aqui na ilha. Tinha sangue na sua janela. Você pode ter levado ela para algum lugar por lá.

Sangue na minha janela? Uma complicação.

Annabel agora se separou de mim e se aproximou de Esther e de Chloe.

— Vocês não veem como parecem loucas? — falo. — Estão me acusando de assassinar a Poppy? Sério?

— Bom, uma de nós fez isso — retruca Chloe —, como todo mundo não para de dizer.

— Eu não fui. Vocês estão acusando a pessoa errada.

— Você tinha mais motivo que qualquer outra. — Esther parece estar quase gostando disso. É estranho. Nunca a vi assim antes. — Você era a melhor amiga da Poppy, afinal. A mais antiga. Ela tinha mais motivo para odiar você do que a gente. Expôs seu vício em drogas para todo mundo.

Isso parece estar convencendo Annabel, que assente devagar.

— E seu vício, os sintomas de abstinência devem estar ruins. Talvez você tenha perdido a cabeça sem perceber, cometido um erro terrível.

Eu sabia que elas me veriam de um jeito diferente depois de descobrirem. Coitadinha da Tanya, viciada em drogas. Sempre a alma da festa até ser corrompida pela própria festa. Desempregada, sem namorado, quase à beira da falência, tendo gastado tudo em cocaína, bebida ou só com alguma coisa para se divertir, e com todas as minhas economias indo pelo ralo. E agora não tenho chance de recuperar nada disso, porque todo mundo sabe o que minha vida se tornou.

Por causa de Poppy.

Sim, eu estava com raiva na hora. Tá, raiva é um jeito sutil de dizer. Eu estava furiosa. Queimando de raiva. E claro que estou à flor da pele sem a cocaína. Quem não estaria depois de usar praticamente todos os dias nos últimos dois anos?

Então, se eu tivesse a chance ontem à noite, teria machucado Poppy? Depois de tudo? Pode ser que sim. Mas as outras não precisam saber disso.

— Está tudo bem, Tanya — diz Chloe. — Eu entendo. Estávamos todas irritadas. Só conta para a gente o que aconteceu e vamos seguir em frente.

— Vou falar só uma vez, para garantir que fique bem claro — respondo. — Eu. Não. Matei. A. Poppy. Ponto.

Esther suspira.

— Você foi pega no flagra. Isto é ridículo.

— Não, vocês todas é que são ridículas! Uma de vocês fez isso e está tentando me culpar!

Annabel pega a faca de Chloe e fica olhando, embasbacada. É uma daquelas lâminas de cozinha de verdade, que sempre é usada como artefato em filmes de terror. Tem algo burlesco nisso tudo. A qualquer segundo, estou esperando que um diretor grite "Corta!" e a gente dê risada de como a cena ficou realista.

Eu já quis ser atriz, faz muito tempo. Era meu sonho quando eu era criança. Eu era uma daquelas crianças "artísticas" terríveis que falavam cheias de emoção sobre dramaturgos e poetas e me achava especial. Em todas as peças da escola, eu era a protagonista. Fiz até vários testes para peças e séries de televisão.

Nunca recebi um único *callback*.

— Não foi convincente — disseram uma vez. — Não acreditei na sua dor. Será que acreditariam agora?

— Tanya, por favor — diz Annabel. — Vamos acabar com este dia horroroso. Só conta logo.

— Você está acreditando justamente na Chloe, Annabel? Sério?

Isso causa a reação que espero. Annabel olha para Chloe e franze a testa.

— Não escuta ela — diz Chloe.

— Ela transou com o Andrew! — falo. — Como é que você está dando atenção para ela?

Chloe dá um sorrisinho irônico.

— Engraçado como você está disposta a dizer isso agora, mas não antes. Merda.

— Como assim? — pergunta Annabel.

— Ela sabia — explica Chloe. — Ela sabia da traição. Sabe há praticamente um ano e nunca te disse uma palavra.

Eu descobri sem querer. No verão anterior, Annabel tinha pegado uma jaqueta minha emprestada para um evento e nunca devolveu. Ela ainda estava se fazendo de desentendida, fingindo nem lembrar que isso tinha acontecido. Eu sabia que em determinado fim de semana Annabel ia viajar para um casamento de família e decidi pegar eu mesma com Andrew.

O que eu não imaginava era que fosse ver o carro de Chloe na entrada e os dois claramente esperando um delivery quando atenderam a porta seminus e, em vez do entregador, deram de cara comigo.

Esse tempo todo, eu guardei segredo.

Annabel parece congelar por alguns segundos, ainda segurando a faca. Talvez não tenha sido a melhor decisão contar a ela enquanto ela está literalmente com a arma de um crime na mão, e Chloe parece perceber o mesmo, afastando-se e parando atrás de Esther, levantando as mãos como quem se rende.

Mas Annabel a contorna e fica de frente para mim. Está calma. O que será que se passa por baixo dessa fachada?

— É verdade? — murmura ela.

— Claro que não — retruca Esther. — Isso é loucura.

— Não estou perguntando para você. — A voz de Annabel é cortante. — Estou perguntando para a Tanya.

Atrás dela, Chloe me observa, triunfante. Essa putinha. Ela planejou tudo.

— Olha... — Tento ganhar tempo. — Não foi fácil. Eu queria te contar. Mas, Annabel, eu estava tentando te proteger. Tinha os meus próprios problemas, como você descobriu nos últimos dias. Estava imersa no meu próprio caos. Disse várias vezes para Chloe falar a verdade.

— Não acredito nisso! — grita ela. — Você também? Uma coisa é o Andrew trepar com qualquer loira que encontra, outra é essa vagabunda ser uma das minhas supostas melhores amigas, mas outra ainda é, *de novo*, minha outra melhor amiga saber esse tempo todo! Inacreditável.

— Desculpa...

Tento tocá-la, mas ela me afasta.

— Não aguento mais vocês — diz Annabel. — Fiquem bem longe de mim, caralho.

— Annabel!

Ela está andando praia afora e responde ao chamado de Esther com o dedo do meio.

— Annabel, não ouse fazer isso comigo! — grita Esther. — Ou algumas coisas que eu andei guardando segredo também podem ser reveladas. Annabel! Volta!

Apesar da ameaça de Esther, ela continua andando. Annabel logo se torna uma figura a distância, sem olhar para trás nem uma vez.

— Que segredos você está guardando, Esther? — pergunta Chloe. — Segredos mortais, talvez?

— Cala a boca, Chloe — digo. — Ela nunca vai me perdoar.

— Bem-vinda ao clube — murmura ela.

Esther para no meio de nós.

— Chega. Temos coisas mais importantes para resolver do que o caso imbecil da Chloe com o Andrew! Temos a faca! Está coberta com o sangue da Poppy!

— Ah, pelo amor de Deus!

— Você precisa ir para sua cabana e ficar lá — ordena Esther.

Embora o tom dela seja sério, a frase sai parecendo cômica, inapropriada para a situação.

— Você não é a minha mãe.

— Deixa eu falar de outro jeito — diz Esther, em uma voz baixa que nunca ouvi antes. — Ou você vai e fica lá por bem, ou eu vou te obrigar a fazer isso por mal.

Quero discutir mais, mas os olhos dela têm uma loucura em que não confio. Até Chloe a encara, com certeza também com medo dessa nova Esther que emergiu do nada.

Ou será que ela sempre esteve escondida ali?

O plano do Julian foi dela, afinal. Eu me lembro de, na época, ficar surpresa com aquele nível de calculismo.

Um hematoma está se formando em torno do olho esquerdo dela, e mais outros no pescoço.

São marcas de estrangulamento?

Quem faria uma coisa dessas, exceto alguém tentando escapar? Usando toda a força que conseguisse reunir?

Chloe e Esther me levam de volta a minha cabana como se fossem guarda-costas, uma de cada lado. Ainda sinto a raiva efervescente de Chloe, mas não é com ela que estou preocupada. A frieza de Esther é quase tangível e, quando as duas me deixam sozinha no quarto, percebo que estou suspirando de alívio só de estar longe dela.

Elas acham que solucionaram o caso, mas nada está resolvido.

Aliás, pioraram tudo.

Porque, agora, estamos umas contra as outras. Fui eu que quis que a gente viesse para cá para finalmente encarar o passado. Eu não queria que as coisas fossem desse jeito. Mas se é assim que vamos nos comportar, então está bem. Elas que se fodam. É o que merecem.

Mais ou menos uma hora se passa e há uma batida na minha porta.

— Entra — digo, da cama.

Não vou me levantar para atendê-las. Se vieram pedir desculpas ou me acusar mais, que seja. Vão todas para o inferno no final.

Quem quer que seja, entra em silêncio e fecha a porta.

— Tanya — diz ela.

Eu me viro — e vejo a faca.

VINTE E TRÊS

Esther

21 DE MAIO DE 2023

Poppy se senta na cama, o cabelo desgrenhado, esfregando os olhos.
— O que você está fazendo aqui?
Ela não está com medo, mas devia estar. Está usando uma camisola fina, com as alças caindo do ombro. As cortinas estão fechadas, revelando parte do céu noturno, cujo facho de luz a ilumina na cama. Quando dou um passo à frente, ela vê a faca na minha mão. O luar da janela bate na lâmina e a faz brilhar.
Ela está de olhos arregalados e levanta os braços para se proteger.
— Não me machuca.
Mas não estou no clima de perdoar.
— Você devia ter pensado nisso antes de me fazer ser demitida. Antes de acabar com a minha vida.
— Eu conto que fui eu — diz Poppy, implorando.
O desespero no tom dela me traz mais satisfação.
— Você não precisa fazer isso.
— Tarde demais.
Estou cambaleando à frente, ainda sob o torpor do gim, mas me jogo na cama e afundo a faca no torso dela.
— Esther! — grita ela, em pânico, tremendo, tentando fugir.

Tiro a faca e enfio de novo, vendo-a sangrar por todo o lençol.

— É isso que você merece.

— Por favor! — suplica Poppy, a voz agora é um gritinho agudo.

Quando ela percebe que não vou fazer nada para salvá-la, grita ainda mais alto, apelando para qualquer uma.

— Alguém! Socorro!

E aí dou risada. Eu rio e rio e rio enquanto a luz some dos olhos dela, que fica fria e imóvel.

Jesus Cristo.

Acordo com meu corpo pulando à frente enquanto ofego em busca de ar.

Que porra foi essa? Um sonho? Um pesadelo? Uma memória?

Por um segundo, tudo ao meu redor é só um borrão branco e, aí, as coisas entram em foco. Estou sentada em minha cama na cabana, em cima das cobertas, que agora estão ensopadas de suor, assim como minhas roupas. Minha boca está seca e a garganta parece estar pegando fogo. Felizmente, tem uma garrafa de água na mesinha de cabeceira e viro de uma só vez, mal parando para respirar antes de beber tudo.

Vim tirar um cochilo, me lembro. Depois de colocarmos Tanya no quarto dela, fui para o meu, decidida a descansar, ainda de ressaca.

Foi tudo só um sonho horrível.

Pelo menos, é o que vou dizer a mim mesma.

Levanto-me e vou lavar o rosto, depois coloco um vestidinho simples de verão.

O sol continua alto no céu, mas já não cercado por uma extensão infinita de azul. Em vez disso, nuvens de tempestade estão começando a se formar, escuras e ameaçadoras, transformando o azul em cinza. Logo vai começar a chover. Talvez bem forte.

Alguém foi checar Tanya nas últimas horas? Quando saio da minha cabana, acho que consigo ver Chloe a distância, tomando sol no gramado. Será que Annabel voltou desde quando largou a gente na praia? Estará na cabana dela agora?

O alojamento de Tanya está quieto e escuro quando chego. Bato alto na porta e chamo o nome dela.

Nada.

— Eu vou entrar — falo, alto o bastante para Annabel escutar na cabana ao lado, caso ainda esteja lá.

É pior do que Poppy.

Tanya está deitada na cama, com os olhos voltados para o teto. Não há vida neles. O sangue respingou na parede acima da cabeceira, mas a maior parte formou uma poça em torno dela, se infiltrando nos lençóis. A faca — a mesma de antes, percebo, frenética, com o lascado característico no cabo visível a todos — está enfiada no peito dela.

Ela está morta.

Dou um grito.

Nunca gritei assim na minha vida, com pura agonia e terror escapando do meu corpo em um longo berro. Mesmo em casa, onde me sinto mais amedrontada que nunca, com o nervosismo que corrói minhas entranhas todo dia ao entrar pela porta, mesmo quando esse nervosismo se confirma em realidade — nunca é assim.

Eu matei Tanya? O pensamento vem sozinho, um choque horroroso. Será que meu sonho era real, substituindo Tanya por Poppy em meu subconsciente como forma de lidar com o que fiz?

Antes mesmo de eu terminar de gritar, Annabel e Chloe estão atrás de mim. Não sei por quanto tempo grito. Talvez um minuto. Talvez mais. Minha garganta está seca, todos os esforços anteriores de aliviar a secura foram em vão.

Chloe solta um grito, tapando a boca com as duas mãos.

Annabel, surpreendentemente, é quem age, marchando em frente e acendendo a luz, de modo que a devastação completa fica clara. Ela corre até Tanya, apertando os dedos no pescoço dela, embora a gente saiba que é inútil. E aí, com a mão trêmula, retira a faca e a joga no chão fazendo barulho.

— Ela está morta — diz, como se já não fosse óbvio.

— Cobre ela. *Por favor*.

Chloe dá as costas para nós e sai de novo, agarrando o próprio cabelo.

— Não consigo olhar ela assim.

Annabel leva um segundo, analisando o corpo da Tanya.

— Ela foi esfaqueada duas vezes.

— Duas vezes? — pergunto.

Reunindo coragem, me aproximo e vejo do que ela está falando.

E, de fato, há dois ferimentos perfurantes. Aquele onde a faca ficou, no meio do peito. Mas também um no ombro. Os lençóis estão emaranhados e a mesa de cabeceira foi derrubada de lado.

— Teve uma briga — afirmo. — Ela lutou. Você não teria escutado isso da sua cabana?

Annabel faz que não com a cabeça.

— Eu não estava lá. Voltei da praia faz dez minutos. Estava tentando comer. Meu Deus. Não acredito nisto. Ela está mesmo…

— Vocês cobriram o corpo dela? — grita Chloe. — Não consigo entrar aí.

Annabel e eu jogamos um dos lençóis em cima de Tanya.

— Por que o corpo dela está aqui e o da Poppy não? — pergunto a mim mesma, em voz alta, quando acabamos e damos um passo atrás, avaliando a cena.

— A Poppy foi morta à noite — diz Annabel. — É bem mais fácil mover um corpo quando está escuro.

— Mas se a Tanya agora também está morta…

Annabel termina minha frase.

— Então nós estávamos erradas em relação a ela. Ela não matou a Poppy, afinal.

— Não entendo — digo. — A Poppy faz sentido. Mas a Tanya? Por que matar a Tanya também?

Chloe e Annabel balançam a cabeça.

— Todas nós tínhamos motivo para matar a Poppy. Ela fez coisas horríveis com todo mundo. Ninguém ficou triste de verdade por ela ter morrido. Mas a Tanya era uma das nossas amigas mais antigas. Não entendo.

— Ela não contou que eu estava tendo um caso com o Andrew — diz Chloe a Annabel. — Você ficou irritada com ela por isso.

Algo brilha nos olhos de Annabel. Raiva?

— Não é motivo para matar ela — retruca Annabel. — E a Esther? — Ela se vira para mim. — Você tinha feito ela ser demitida. Ela estava furiosa por isso. Talvez vocês tenham discutido de novo e você tenha ficado com raiva.

— Você tem razão, todos esses motivos são triviais — falo, rápido. — Não fazem sentido.

— Mas deve ter sido uma de nós.

Chloe volta para fora e, desta vez, a seguimos, loucas para ficar longe da visão do corpo de Tanya sob o lençol.

— É.

— Era ok quando era a Poppy — diz Chloe. — Isto é diferente.

Todas nos olhamos e, aí, uma nuvem passa por cima do sol, escurecendo a paisagem e criando sombras em nosso rosto. O vento ganhou velocidade, com um som de assovio em meio às palmeiras, e o mar está começando a bater, vítima do clima antes de qualquer uma de nós. Não sei o que pensar das duas mulheres que estão a minha frente, pessoas que conheço desde que estudamos juntas. Eu cresci com elas, nós testemunhamos onde cada uma começou e onde cada uma está agora.

E não confio nem um pouco nelas.

— O que fazemos agora? — pergunta Chloe. — O que raios vamos fazer agora?

— Precisamos nos unir — respondo. — Ninguém mais sai sozinha. Vamos ficar juntas na área principal.

— Na área principal? — ecoa Annabel. — Mas a Poppy foi morta no próprio quarto. Você não pode querer que a gente fique lá.

— Também é o lugar mais central, com uma cozinha e dois banheiros — explico. — Não vamos entrar no quarto, lógico. Duvido que qualquer uma de nós queira dormir.

O céu é iluminado por um flash de relâmpago, acompanhado pelo rugido distante de um trovão. Como se seguindo a deixa, as primeiras gotas de chuva começam a cair.

— Precisamos ir. — Fecho a porta de Tanya, evitando dar uma última olhada lá dentro. — Parece que hoje vai ter tempestade.

Nós corremos para a área principal, entrando antes de a chuva começar a cair com tudo, batendo no solo como um tambor, incansável em sua força. Ouvimos até com a porta fechada, como uma banda de percussão ao nosso redor. Fazemos café, conscientes da porta fechada do quarto de Poppy, e nos sentamos à mesa da cozinha, segurando as canecas entre as duas mãos como se estivéssemos desesperadas por calor neste clima cada vez mais úmido. Chloe não consegue olhar para nenhuma de nós e foca a caneca como se fosse a coisa mais interessante do mundo. Annabel parece estar em choque.

Embora meu estômago esteja apertado de ansiedade e meu coração bata sem parar na garganta, tento acalmá-las.

— Só precisamos aguentar até de manhã — digo. — A Robin vem bem cedo. Só temos que sobreviver a esta noite.

— Pelo jeito, não é assim tão fácil. — Chloe levanta os olhos da caneca, com os lábios tremendo. — Não acredito que ela está morta.

— Não sei nem o que pensar. — Annabel bebe um longo gole de café. — Tudo mudou no espaço de um dia. A esta mesma hora, ontem, estávamos enchendo a cara de gim, todas vivas. Achamos que a vingança de Poppy era a pior coisa que íamos enfrentar. A gente não tinha ideia.

— Eu simplesmente não entendo — diz Chloe. — Elas estão mortas. Não vão voltar. Nunca.

Ficamos sentadas assim por um tempo, ouvindo a chuva lá fora. Mais trovões rugem e, logo, fica claro que há uma tempestade enorme passando pela nossa minúscula ilha.

Todo mundo sempre me subestimou. As pessoas me olham e não veem uma ameaça. E por que veriam, quando é tão mais fácil me enxergar como a garota do passado com que estão familiarizadas? Embora, como foi provado, eu seja muito boa em guardar segredos, e não só os meus.

Tanya em particular. Ah, principalmente Tanya. De todas, era ela que eu tinha que garantir que nunca mais pisasse fora desta ilha. Ela sabe por que teve que morrer pelas minhas mãos. Quando aceitou esse destino, a vida deixou os olhos dela.

Talvez eu esteja começando a deixar minha raiva me dominar. Minhas emoções. Certamente foi uma despedida de solteira e tanto, apesar de a noiva agora estar ausente.

Sinto muito por você ter precisado morrer, Poppy, mas tem que ser assim. O passado finalmente precisa ser confrontado, para eu nunca mais ter que pensar naquele dia.

Vai saber o que eu vou fazer depois? Agora, estou em um caminho sem volta. E eu não quero retornar.

VINTE E QUATRO

Annabel

21 DE MAIO DE 2023

Com a chaleira fervendo e a tempestade lá fora, é difícil ouvir até meus pensamentos. Para ter o que fazer, me ofereço para preparar chá para todo mundo, ciente de que uma de nós é uma assassina. Sentamos em silêncio por muito tempo depois de eu entregar as canecas. Não as lavei depois de tomarmos café e sinto o gosto estranho da mistura dos dois na minha boca. Não importa. Qualquer estímulo de cafeína serve.

— Foi a mesma faca que matou a Poppy — diz Chloe de repente. — Não entendo. Você não trouxe de volta, Esther? Onde você a colocou?

Esther fica corada.

— O que você está querendo dizer?

— Só estou perguntando — respondeu Chloe. — Não precisa ficar na defensiva.

— Não estava comigo.

Elas não lembram que fui a última a segurar a faca. Não vou ajudar a refrescar a memória delas. Essas duas. Chloe e Esther foram vasculhar todos os quartos. Pensar nisso ainda me deixa ansiosa, querendo saber o que encontraram. Com tudo piorando, eu ainda não tive chance de conversar direito com Chloe, e a ideia de que ela foi xeretar para ver se eu era capaz de ser a assassina, depois de tudo o que me fez, me deixa estupefata. E ninguém vasculhou o quarto dela. Chloe pode estar escondendo qualquer coisa lá. Ou talvez tenha sido ela que plantou a faca no quarto de Tanya, para começar, depois encenou aquele joguinho de detetive. Desde quando justo Chloe se interessa por esse tipo de coisa?

Sinto a raiva queimar. Ela anda evitando firmemente contato visual comigo, me olhando quando acha que não estou vendo. Tento analisá-la, me perguntando o que Andrew viu nela que não viu em mim. São os olhos convidativos? Aquele sorriso sedutor? Ou o quanto ela é fácil, disponível em um piscar de olhos?

Chloe é minha amiga há vinte anos e me trata assim? Essa é a questão, não o Andrew em si, que me deixa acabada. O fato de que ela foi capaz de fazer isso comigo.

Não porque Chloe foi uma boa amiga. Não foi. Ela é uma garotinha egoísta e idiota.

Mas porque não consigo acreditar que permiti que isso acontecesse sem que eu me desse conta. Que ainda não consegui fazê-la enfrentar as consequências.

— É tudo culpa da Poppy — diz Esther.

Vou ser justa, Chloe parece tão confusa quanto eu.

— Como que é tudo culpa da Poppy? Ela está morta. A Tanya está morta.

Esther bate a caneca com tudo na mesa, derramando chá.

— Se ela não tivesse convidado a gente, para começo de conversa, nada disso teria acontecido. Devíamos ter percebido, desde o começo, que era um erro. Vocês me convenceram.

— Ah, se manca, Esther — irrita-se Chloe. — No fim, todas queríamos vir. Era uma ilha particular luxuosa, com todas as despesas pagas e voos de primeira classe. Teria sido uma idiotice não vir.

— Mas é justamente isso, né? — Esther suspira. — *Foi* uma idiotice. Concordar com isso. Dez anos depois do que fizemos, a Poppy simplesmente dá para a gente uma viagem maravilhosa? A gente só ligou para a oportunidade de viver uma experiência única, não para ver a Poppy.

Penso em quando recebemos os convites.

— Foi a Tanya que convenceu todo mundo, na verdade — digo. — Era ela que se sentia culpada pelo passado. Não era só por causa da viagem gratuita.

— E olha o que aconteceu com ela — aponta Esther. — Está morta.

Chloe arregala os olhos.

— Você acha que pode ser por isso? Ela era melhor amiga da Poppy, lembra? Talvez a pessoa culpada queira se vingar das duas. Talvez a Tanya estivesse do lado da Poppy.

— Eu nunca devia ter vindo — insiste Esther.

— Você podia não ter vindo — retruco. — Podia ter dito não. Você não precisava vir com a gente.

— Eu queria fugir — diz ela baixinho, quase só para si.

— Bom, então, pronto — respondo.

Mas ela parece distante, como se tivesse até se esquecido do que estamos falando.

— Uma de vocês plantou a faca no quarto da Tanya — murmura Chloe. — Para que eu achasse.

— Nada disso faz sentido. — Franzo a testa. — Se o objetivo era fazer parecer que Tanya era culpada, então, por que matar ela também? Isso acabou com a suspeita mais óbvia. Deixou tudo confuso de novo.

O que me faz pensar que você mesma pôs a faca lá, quero completar, mas me seguro.

— A não ser que tenha duas assassinas diferentes...? — diz Chloe. — Talvez a Tanya tenha matado a Poppy, sim. E aí alguém matou a Tanya.

— Por vingança pelo assassinato da Poppy? — Faço que não com a cabeça. — É ainda mais insano. Tem alguma coisa errada aqui.

— Além de Tanya e Poppy sendo assassinadas, quer dizer? — rebate Esther.

Parece surreal, como se eu estivesse presa em algum pesadelo horrível. A qualquer segundo, estou esperando Poppy e Tanya entrarem pela porta, alegando que foi uma pegadinha elaborada, que era brincadeira.

— O que aconteceu com o quadro? — pergunta Chloe.

Estou com dificuldade de seguir o raciocínio dela.

— Que quadro?

Ela gesticula para a janela, como se fosse fazer diferença. Lá fora, a tempestade piorou. Conseguimos escutar a chuva no escuro total, só visível quando um relâmpago ilumina a ilha. O trovão sempre vem logo depois, mais alto que qualquer coisa que eu já tenha escutado em casa.

— Da caça ao tesouro — diz Chloe. — Depois de ontem à noite, todas nós tínhamos coisas da caça ao tesouro. A embalagem do suco estava na frente da minha janela. Você estava com o espelho quebrado, Annabel. A Esther acordou com batom na barriga. Mas o quadro eu não achei. Desapareceu.

— Talvez só tenha saído voando — sugiro. — Mesmo que fosse cedo, já estava começando a ventar bastante.

— Pode ser.

Ela não está convencida.

A tela arruinada era o pior item daquele jogo idiota.

O quadro de Poppy. O projeto final de Artes dela há dez anos.

Provavelmente, todas estamos pensando nisso, porque Esther menciona o assunto.

— Antes de morrer, Poppy disse que tinha mais coisa vindo depois da caça ao tesouro. Será que ela nos faria reviver cada momento?

— Acho que sim — digo. — Mas ela nunca teve a chance. Foi por isso que ela nos chamou, né?

— Para nos obrigar a falar do que aconteceu na prova de Artes.

Chloe pigarreia.

— A Tanya sempre disse que devíamos ter mencionado logo no começo, pedido desculpas e lidado com o assunto. Foi a gente que insistiu que não era grande coisa.

— Porque foi a Poppy que disse que estava disposta a esquecer o passado! — Minha voz está alta, mas não consigo evitar. — Por que íamos nos dar ao trabalho de desenterrar? Não foi tão ruim assim!

— Por falar nisso — diz Chloe. — Tentei mencionar na hora, mas ninguém escutou. É sobre o assalto.

— O assalto? — Esther termina seu chá. — O que tem a ver?

— Bom, eu disse que o ladrão roubou meu laptop. — Chloe começa a batucar os dedos na mesa, um hábito nervoso. — E foi só isso que roubaram, então a polícia achou que fosse algum tipo de fã *stalker* bizarro.

— Sim, e daí?

— O vídeo estava nele.

Meu coração afunda.

— O vídeo? — Esther faz cara de decepcionada. — Não *aquele* vídeo, né?

Chloe assente.

— Achei que você tivesse deletado há anos — sibila Esther. — Que caralhos você estava pensando em guardar aquilo no seu laptop?

— De início, eu deletei, sim! Também não é como se eu estivesse vendo todo dia nem nada! Foi um acidente — insiste Chloe. — Foi transferido com meus arquivos antigos quando troquei de laptop. Devia estar salvo dentro de algum arquivo ou algo assim. Eu só me dei conta de que estava lá depois de o laptop ser roubado, quando estava checando minha pasta de backup e achei.

Esther se levanta e agarra Chloe pelos ombros, sacudindo-a.

— Sua filha da puta burra. Por que você não contou para a gente?

— Eu tentei! Nenhuma de vocês ouvia. Ninguém queria falar do passado. Todas fingiam que nada tinha acontecido.

— Ah, não vem com essa desculpa. Você devia ter se esforçado mais para contar para a gente. Estava ocupada demais trepando com o marido da Annabel para se preocupar com isso.

Ressentida, Chloe se solta das mãos de Esther e também se levanta.

— Mas a questão é: e se foi a Poppy que me roubou?

— A Poppy? — ecoa Esther. — Mas como?

— Ela sabia onde a gente morava — digo, percebendo o que Chloe está pensando. — Ela enviou os convites para nós. Como ela sabia os endereços? Nunca parei para pensar nisso. Acho que só imaginei que ela tivesse dado um jeito de descobrir, mas como? E quando? Há quanto tempo ela estava observando a gente? Fazendo planos?

O rosto de Esther ficou muito pálido.

— Se foi a Poppy que roubou seu laptop, então ela tem o vídeo. Já tem há vários e vários meses. Ela sabe exatamente o que aconteceu naquele dia e o que a gente fez.

— Ela está planejando isto há muito tempo — sussurro, horrorizada.

Esther está menos chocada.

— Annabel, está tudo bem! Ela está morta. Nunca teve a chance de continuar com o plano. É só especulação.

Os hematomas no pescoço de Esther ficaram verdes, grandes anéis furiosos que se enrolam por tudo.

— O que mais ela estava planejando? — pergunto. — E se a Poppy já tiver feito, se já tiver enviado algo para todo mundo que conhecemos? Ela falou que tinha mais. E se o fato de ela estar morta não fizer diferença, porque já foi feito?

— Não. — Chloe enterra o rosto nas mãos. — Não, não, não. Não pode ser.

— Idiota. — Esther se aproxima de novo de Chloe. — Você também, Annabel. Vocês duas têm que se acalmar!

E, aí, tudo fica preto.

Chloe grita; eu também, não consigo evitar. Mergulhamos na escuridão. Um relâmpago ilumina tudo e, por um breve segundo, vejo Chloe e Esther igualmente aterrorizadas, e fica tudo preto outra vez. Um trovão ressoa acima de nós, fazendo a área tremer, e então só escutamos o sibilar da chuva, batendo com força no teto em uma invectiva incansável.

— Caralho, o que está acontecendo?

— Não estou enxergando nada!

— Merda!

Esther esbarra em uma cadeira, que cai com estrondo no chão.

— O que a gente faz? — grito.

— Tem lanternas embaixo da pia! — Esther grita de volta. Não sei por que estamos gritando; o pânico e a cegueira repentina parecem pedir isso. — Eu vi enquanto estávamos procurando as porcarias dos sinalizadores. Quarto armário à direita da geladeira. Se a gente conseguir chegar até lá.

Não tenho certeza se as outras estão tentando. Vou tateando o caminho, sentindo as paredes geladas com as pontas dos dedos. Parece levar um século, andando assim, com medo de, a qualquer momento, algo me fazer tropeçar, cada uma de nós ciente de que estamos em uma sala com uma assassina e não vamos conseguir ver de onde a pessoa está vindo.

Minhas mãos acham uma bancada de cozinha, tateando as bordas. Atravessando, encontro a geladeira, uma textura diferente do resto.

— Achei a geladeira! — berro. — Quinto armário para o lado?

— Quarto! Quase cheguei também, estou vindo da outra direção!

— Não consigo me mexer!

É Chloe, gritando um pouco distante. Ela claramente não se moveu nem um centímetro, ficou paralisada no lugar. Não a culpo.

Vou contando, sentindo as reentrâncias das portas dos armários para garantir que estou contando direito, e aí abro a porta que acho que é a quarta. Colido com vários objetos aleatórios, escutando-os cair no azulejo da cozinha com sons de coisas se quebrando.

— O que vocês estão fazendo? — diz Chloe, chorando. — O que está acontecendo?

— Só estou tateando atrás das lanternas!

À minha direita, algo agarra meu braço, e grito outra vez.

— Sou eu! — diz Esther. — Deixa eu ajudar.

Um relâmpago particularmente próximo anuncia um raio que cai lá fora. Tenho certeza de que atingiu a ilha. Por um momento, o solo parece pulsar, reagindo ao golpe. Mas é uma bênção disfarçada: enfim iluminado, o armário fica visível e, bem no fundo, entre duas caixas de papelão de produtos de limpeza, vejo quatro lanternas.

Esther e eu tentamos pegar ao mesmo tempo, e batemos as mãos uma na outra. Ela chega a me arranhar, em um movimento que espero ser acidental. Ela pega uma e acende, bem quando mergulhamos outra vez na escuridão. Eu pego duas, acendo uma e guardo a outra para Chloe.

Jogo um facho de luz pela sala e encontramos Chloe enraizada no mesmo lugar, com medo. Desviando das várias coisas que caíram no chão durante minha busca, corremos até ela e lhe entrego a terceira lanterna, que é acendida na mesma hora, grata por um pouco de luz de verdade.

— Graças a Deus já estão com pilha — comento. — Não sei o que teríamos feito. Boa memória, Esther.

Estamos iluminadas como quem conta histórias de fantasma, paradas juntas em círculo.

— O que aconteceu? — pergunta Chloe, meio ofegante.

— É a tempestade. — Ilumino a janela com a minha lanterna, e só vemos escuridão. — A eletricidade caiu.

— Deve ter um quadro de luz em algum canto — diz Esther. — Este lugar deve ficar sem luz o tempo todo.

— Se tivesse, provavelmente estaria fora do prédio, onde ficava o telefone — comento. — Faria sentido.

Chloe morde o lábio.

— Mas isso significaria sair com esse tempo.

— Fica logo ali. — Minha jaqueta está pendurada em uma das cadeiras, e a visto. — Eu vou checar. É só ligar um interruptor.

Esther tenta o interruptor de onde estamos, só para testar, ligando e desligando, mas nada acontece.

— Achei que valia tentar — diz ela, dando de ombros. — Não vou sair.

— Eu vou.

Chloe também põe o casaco.

— Eu vou junto.

— Não, obrigada — respondo, irritada. — Não preciso da sua ajuda.

Ela parece decepcionada, mas não discute. Abro a porta e quase sou levada pelo vento, meu cabelo voando por todo lado e o vestido subindo. A chuva cai com força, me ensopando sem suavidade, e a temperatura é uma mescla horrorosa de úmido e congelante, tudo de uma vez.

Fico sem fôlego.

— Jesus Cristo — ofego.

— Certeza de que ainda quer sair? — diz Esther.

— Preciso sair. Não podemos passar horas assim.

— Antes você do que eu. Fecha a porta quando sair.

Dou um passo para fora e o vento bate a porta. Agora exposta, preciso de um segundo para recuperar o equilíbrio, a força da ventania me empurrando para trás. Nem usar a lanterna está ajudando muito, porque a chuva é tão grossa e pesada que minha visão fica prejudicada. Mas continuo, me forçando a continuar, virando a esquina na direção da cabine telefônica e movendo a lanterna por todo lado, tentando achar um quadro de luz.

Rá! Achei!

Por um segundo horrível, acho que vou precisar de uma chave, já que o quadro fica dentro de algum tipo de caixa presa na parede. Uma plataforma acima o mantém protegido da maior parte da chuva, mas o vento indo em todas as direções ainda conseguiu molhar um pouco. Por sorte, não precisa de chave. Encaixo o dedo em um buraquinho e puxo, e aí o vento bate na tampa e a prende na parede do outro lado, mantendo-a aberta, o que para mim é um favor.

Encontro o interruptor principal desligado. Graças a Deus. Eu ligo, esperando que a luz externa ao meu redor ganhe vida, mas nada acontece e, depois de alguns segundos, ele desarma de novo.

Merda.

— Está funcionando?

Quase morro de susto.

— Desculpa! — Chloe está atrás de mim, sem jaqueta, ensopada pela chuva. — Eu precisava falar com você.

— Não dá para esperar? — grito por cima do vento. — Não é a melhor hora.

— Não! — Ela vem para baixo da plataforma, que mal dá para uma pessoa, quanto mais duas, e se aproxima de mim para que eu possa escutá-la. — Preciso te dizer o quanto estou arrependida.

Ah, pelo amor de Deus.

— Isso não importa agora.

— Importa, sim! Desculpa. Eu fui uma completa idiota, como a Esther diz. Sou egoísta. Só penso em mim. E acho que sempre tive inveja de você.

Isso me pega de surpresa.

— Sério?

— É verdade, juro. Eu odiava que você tivesse o marido perfeito, a vida perfeita.

— Minha vida está bem longe de perfeita, como você viu.

— Eu sei. Me desculpa.

Pedir perdão não é o suficiente. Ela sabe. Eu sei. Mas também sabemos que temos problemas maiores no momento. Podemos lidar com isso quando estivermos em casa e seguras.

Se é que vamos conseguir voltar.

— Os interruptores não estão armando — digo. — Não sei o que fazer.

— Nem eu.

Chloe se aproxima mais uma vez. Acho que está tentando ser discreta, mas precisa levantar a voz por causa da tempestade.

— Você não acha que a Esther está agindo de um modo meio suspeito? — pergunta ela.

Acabaram as alianças. Como se Chloe achasse que, depois do que fez, eu ficaria do lado dela. Dou de ombros.

— Não sei do que você está falando.

— Ela reagiu a tudo de um jeito tão despreocupado. — É uma palavra um pouco sofisticada para Chloe. — E ela tem todos aqueles hematomas no pescoço e no corpo. Como se tivesse participado de uma briga. Não é estranho? Aquele no pescoço parece que alguém tentou estrangular ela.

Eu mesma pensei nisso. Os vários ferimentos de Esther que ninguém parece querer mencionar, a atitude estranha dela em relação a tudo. Mas tenho quase certeza de que alguns dos hematomas já existiam quando chegamos, por mais que isso pareça ter sido há décadas.

— Ela foi a última a segurar a faca — diz Chloe. — Finge que não sabe o que fez com ela. Mas como ela pode ter se esquecido? É a arma do crime! Não dá para só esquecer onde você colocou a arma do crime.

— Mas eu me esqueci.

— Jesus! — grita Chloe.

Esther está parada atrás da gente. Ela acende a lanterna para se iluminar. Estava parada nas sombras escutando sabe Deus desde quando.

— Há quanto tempo você está aí? — pergunta Chloe.

— Tempo suficiente — responde ela. — Vamos entrar, eu explico.

— Explica o quê?

— Os hematomas. Já está na hora de vocês saberem.

Voltamos para a área principal com os dentes batendo por causa da chuva. Penduro a jaqueta de novo na cadeira e fico correndo no lugar para tentar me esquentar um pouco. Chloe e Esther se sentam, pingando no chão e formando poças.

Esther suspira.

— É o Brad.

— O Brad? — repito.

— Ele fez isso comigo. Meu pulso, meu pescoço, meu rosto. Tudo.

Então começa a fazer sentido.

— O Brad *bate* em você?

Esther assente, muda.

— Meu Deus — digo, sem conseguir absorver a informação. — Por que você não *contou* para a gente?

Esther sorri ironicamente.

— Acho que se tem uma coisa que provamos nos últimos dias é que não somos um bom grupo de amigas. Não conseguimos confiar umas nas outras.

Chloe está perplexa.

— Eu não fazia ideia. Eu via vocês dois juntos e ele parecia tão atencioso...

— O Brad do mundo externo é um homem maravilhoso — diz Esther. — O Brad do mundo externo é minha alma gêmea. O Brad sozinho comigo é um homem totalmente diferente.

Penso no último ano. Na frieza de Esther, nos humores dela, na relutância em fazer qualquer coisa com a gente. No pânico por causa da despedida de solteira. Eu achei que fosse por causa do trabalho, mas talvez houvesse mais do que eu imaginava. Penso em Brad mandando mensagens e ligando sem parar, tentativas de contato persistentes das quais eu tinha tanta inveja em comparação à apatia de Andrew. A forma como Esther se encolhia quando alguém se movia rápido demais. A forma como saía sozinha para correr para relaxar e escapar do estresse, mas nunca me ocorreu perguntar do que ela estava relaxando e escapando.

— O hematoma no meu pescoço está particularmente feio — diz ela. — Quando descobriu a despedida de solteira, ele me enforcou, disse que ia deixar uma marca para eu me lembrar dele enquanto estivesse longe. Não adiantava explicar que eu vinha para uma ilha particular, que não ia ter outros homens. Não importava.

— Ah, Esther. — Não sei o que dizer. — Você precisa terminar.

— Eu mereço ele — diz ela. — Olha o que a gente fez com a Poppy. Eu mereço tudo o que ele já me fez.

Chloe fica sem saber o que dizer.

— Eu achei... quando os hematomas apareceram...

— Você achou que eu tivesse brigado com alguém? — pergunta Esther. — Com a Poppy? Bom, você estava parcialmente certa. Só errou a pessoa.

— Há quanto tempo isso está acontecendo?

Esther pondera.

— Desde o começo, acho. Desde a nossa primeira briga.

Um silêncio desconfortável se instala enquanto processamos a informação.

— O quadro de luz não consertou o problema, então, pelo jeito? — pergunta Esther, ansiosa para mudar de assunto.

Faço que não com a cabeça.

— Acho que vamos ter que ficar assim até de manhã.

— Tem um gerador — comenta Esther. — Lembro que a Poppy mencionou isso. Quando a gente subiu o Pico de Deadman, ou sei lá como ela chamava. Aquela cabaninha verde?

A subida da montanha parece ter acontecido há uma vida, em uma época diferente. A gente no topo, olhando a vista, e aí aquela cabaninha verde bem distante. Éramos tão diferentes. Nós cinco juntas, tirando aquela foto. Onde será que está a câmera digital agora? Também desapareceu. Aquela foto é a última imagem de Tanya e Poppy vivas.

— Fica do outro lado da ilha — digo. — Não tem como chegar até lá nesta tempestade.

— Aposto que deve ter algum tipo de sistema de backup.

Esther se levanta e pega minha jaqueta.

— O que você está fazendo? — questiono.

Ela sente o pânico em minha voz.

— Qual é o seu problema? Você foi tentar o quadro de luz. Eu posso tentar o gerador.

— A gente tem lanterna. — Tento pegar minha jaqueta de volta. — Não precisa ir.

Mas Esther segura firme e puxa de volta.

— Eu disse que vou tentar.

— Não.

Finco o pé.

Chloe senta entre nós à mesa, confusa, e diz:

— Vamos só ficar aqui.

— Viu? A Chloe concorda comigo.

— Annabel, me deixa sentir que estou fazendo alguma coisa de útil. Por favor.

Ela dá um puxão final na jaqueta, que se solta da minha mão.

Ao cair, algo escapa do bolso e bate com força no chão.

Não quero olhar, mesmo sabendo exatamente o que é. E também não dá tempo de pegar. As duas estão prestes a ver.

— O que foi isso?

Chloe joga a luz na direção do som e ficamos olhando o objeto no chão. O colar de Esther.

Meus sentidos estão à flor da pele. Está tudo acelerado — batimento cardíaco, respiração, pulso, até meus movimentos. Meus dedos se contraem, mas minhas pernas estão congeladas. Minha boca se abre, desesperada para oferecer uma explicação, mas não encontro nem uma que justifique a situação.

Chloe se levanta, empurrando a cadeira para trás até bater na parede.

— É o colar da Esther — diz ela. — Você não perdeu faz uns dias?

— No segundo dia — responde Esther, impressionantemente calma, o que me deixa mais nervosa. — Eu sempre uso. Não consegui acreditar que tinha só perdido por aí.

— Mas então como? — Chloe se vira e mira a lanterna em mim, me fazendo ficar com calor sob a luz forte. — Não entendo. O que você está fazendo com ele, Annabel?

— É exatamente o que eu ia perguntar — diz Esther.

Quero que o chão me engula inteira. Parte de mim considera fugir, ir em direção à tempestade e não voltar mais.

— Achei que a Poppy tivesse pegado — murmura Esther. — Eu tinha certeza. Mas foi você.

— Esther — suplico. — Eu posso explicar.

— Espero que sim — diz Esther. — Porque você precisa começar agora.

VINTE E CINCO

Chloe

21 DE MAIO DE 2023

Por que Annabel está com o colar de Esther? Não faz sentido. A lanterna ser nossa única fonte de luz está piorando a coisa toda. Só consigo focar minha visão em uma de cada vez, movendo o facho de luz de uma para a outra. O vento está ficando ainda mais forte lá fora, uivando e fazendo as janelas baterem e com que tenhamos que falar bem alto, mesmo aqui.

— Sério? Até eu, Annabel? — pergunta Esther, cheia de malícia. A calma controlada de antes desapareceu em um instante, me fazendo questionar os verdadeiros sentimentos dela, se consegue mudar assim tão rápido. — Com certeza você não seria idiota a ponto de me roubar quando eu *sei* como você realmente é. Ou será que foi por isso que você roubou? Você plantou a faca no quarto da Tanya também?

— Quê? — questiona Annabel, com o que parece um grito. — Não é isso. Você entendeu tudo errado.

— Você está tentando me fazer parecer culpada. — Furiosa, Esther se vira para mim também. — Ouvi vocês duas lá fora. Conspirando para me fazer parecer culpada. Falando que eu parecia suspeita. Achei que explicar os hematomas ia ser suficiente, mas isso mostra que foi premeditado. Planejado. Você também estava envolvida, Chloe?

— Não! — protesto. — Eu não fazia ideia de nada!

Annabel levanta as mãos, tentando nos silenciar.

— Por favor, se vocês escutarem, eu explico. Foi depois da nossa discussão, Esther.

— Que discussão? — pergunto, franzindo a testa.

Mas Esther parece saber do que ela está falando.

— Aquela sobre o seu...?

— Sim.

— Alguém, por favor, pode me falar o que está acontecendo? — interrompo, impaciente. — Não tenho ideia do que vocês estão falando.

Esther aperta os lábios, que viram uma linha fina.

— Você precisa contar para ela.

— Tá bom.

Annabel suspira e se senta, nos chamando para perto. Quando estamos todas sentadas, com o colar no meio da mesa, ela continua, com o olhar no acessório, não em nós.

— A Esther já sabe disso, Chloe, mas vou explicar do começo para você entender. Eu... roubo coisas.

— Você rouba coisas? — repito.

Ela parece estar sofrendo.

— O Andrew não é... bom, você conhece muito bem, como descobrimos. Com certeza vai concordar que ele não é o homem mais generoso do mundo.

Annabel está mesmo tentando culpar Andrew por ser uma ladra? Por mais tentador que seja, não posso contar que ele me deu um colar de ouro caro quando reclamei que só tinha joias de prata, então só assinto com a cabeça.

— Apesar de eu ter parado de trabalhar por insistência dele, o Andrew não me pedia para fazer nada. Eu ficava sempre presa em casa, morta de tédio. Então, comecei a sair para fazer compras, só para me entreter.

Ela faz uma longa pausa. Penso nas roupas caras dela, que me deixaram tão confusa. Está começando a fazer sentido.

Tenho que admitir, estou impressionada. Não achei que Annabel tivesse essa coragem.

— No começo, eu roubava algumas coisinhas — continua. — Nada de mais. Uma pulseira aqui, uma echarpe ali. Coisas que, se me confrontassem, eu podia facilmente alegar que tinha esquecido e pedir desculpas. Mas, aí, comecei a querer mais.

Lógico. Ninguém quer andar por aí parecendo uma liquidação ambulante.

— Eu pedia para os funcionários me deixarem experimentar as coisas. E, aí, quando eles se distraíam com alguma coisa... eu saía sem olhar para trás. Quase fui pega várias vezes, mas não consigo parar. É tipo uma adrenalina.

— De quanto exatamente estamos falando aqui? — pergunto.

— Não sei — sussurra ela. — O Andrew nem questiona quando apareço usando algo novo, apesar de custar bem mais do que ele me dá. Também tenho cartões de crédito, um monte, então, mesmo quando estou roubando alguma coisa, compro outra com eles. Eu nem verifico.

— Como você deixou chegar a este ponto?

— Eu não conseguia parar. — Mesmo com a luz da lanterna, consigo ver lágrimas nos olhos dela, fazendo-os brilhar. — Virou um vício. Eu tinha muita certeza de que era isso que a Poppy ia expor quando começou a falar de segredos. Mas acho que escondi bem.

— E a Esther sabia? — questiono, para confirmar.

— Ela começou a questionar minhas roupas. Precisei contar.

São incríveis os segredos transformadores que escondemos umas das outras. Annabel, a bandidinha. Meu caso com o marido dela. O abuso que Esther sofre nas mãos do namorado. O vício em drogas de Tanya. E era para sermos amigas.

— Então, você roubou o colar também? — pergunto. Não consigo deixar de dar um sorrisinho sarcástico, apesar de tudo. — É meio burro, não? Sendo que a Esther sabe? Com certeza ela ia suspeitar que você tinha algo a ver com isso.

Annabel finalmente parece envergonhada.

— A Esther vive falando desse colar. E, enquanto estávamos na viagem, ela perdeu a paciência comigo. Falou que eu não podia mais contar com ela. Que, de agora em diante, o problema era meu.

— Você chegou nesta despedida de solteira com uma roupa que custa pelo menos cinco mil libras! — irrita-se Esther. — Claro que eu fiquei puta. Então o quê, você roubou meu colar por vingança?

— Sim.

Esther joga o corpo para trás, como se Annabel tivesse dado um tapa nela.

— Você é inacreditável mesmo.

— Desculpa. Eu estava com raiva.

— Depois de eu guardar os seus segredos!

— Foi um momento de loucura. A gente tinha brigado. Eu saí puta. Voltei para conversarmos de novo, mas você estava na corrida. O colar estava lá, largado no seu travesseiro... desculpa. Eu teria devolvido, depois de tudo o que aconteceu aqui.

— Mas não devolveu, né? Ainda estava aí, guardado para quando você voltasse para casa.

— Não sei o que eu estava pensando.

A expressão de Esther é de puro desgosto. Nunca a vi tão irada, quase me dá arrepios. Mas, aí, ela curva os ombros, desistindo de brigar.

— Deixa pra lá — diz. — O que passou, passou. Temos problemas maiores agora.

— Por que você não me contou? — pergunto.

— Porque você provavelmente teria me encorajado — responde Annabel. — E, além do mais, você claramente estava ocupada demais com meu marido para notar que tinha alguma coisa errada.

É, acho que essa aí eu mereci.

As duas se viraram para longe uma da outra, de braços cruzados. Agora, estamos todas brigadas. Annabel me despreza e Esther despreza ela. E eu? Não confio nelas.

Quanto tempo falta para a manhã? Quanto tempo precisamos ficar presas nesta sala, fugindo da tempestade enfurecida lá fora, mas enfrentando uma pior aqui dentro? Não acho que, neste ritmo, vamos chegar ao amanhecer. O clima está tão pesado, tão cheio de tensão, que a faca usada para matar

Poppy e Tanya seria útil aqui para cortar o ar e liberar um pouco da pressão crescente.

Se for para impedir de me esfaquearem até a morte, melhor eu fazer papel de apaziguadora. Seria bom sobreviver.

— Todas escondemos coisas umas das outras — afirmo. — E sei melhor do que ninguém que todas somos capazes de coisas horríveis.

A recepção não é bem o que eu esperava.

Esther faz cara de desdém e murmura algo bem baixinho.

Annabel retorce os lábios para mim.

— Algumas piores do que as outras — diz ela.

Meu Deus. Não aguento mais um segundo aqui.

— Lembrei uma coisa de ontem à noite — diz Esther, de repente.

Nós duas nos viramos para ela.

— É estranho — continua ela. — Era tarde, talvez até já fosse o começo da manhã, na verdade. — Ela franze o rosto, concentrada. — Nós quatro tínhamos ido para as nossas cabanas, ou o que achávamos que eram nossas cabanas, e aí lembro que pensei que todas as minhas coisas pareciam muito diferentes. Fiquei que nem uma doida, arrancando as gavetas e tentando achar minhas roupas. No fim, eu estava no quarto de Annabel.

O quarto de Annabel. A cena caótica que encontrei durante a busca vem à tona.

— Foi você que bagunçou meu quarto? — pergunta Annabel. — Achei que tivesse feito aquilo bêbada e não me lembrasse. Fiquei superchocada quando acordei.

— Eu cheguei na minha cabana — diz Esther. — E é engraçado, mas podia jurar que tinha alguém me seguindo até lá.

— Te seguindo?

Pensar nisso me dá arrepios.

Esther pigarreia.

— Foi muito esquisito. Mas sabe quando você consegue sentir as coisas, de algum jeito? Era como ter olhos me observando aonde quer que eu fosse, uma sombra às minhas costas. Talvez tenha sido só uma ilusão causada pelo gim, sei lá. Mas parecia real. Corri para a minha cabana. Annabel estava lá dentro, óbvio; a gente, naquele estado de confusão, tinha trocado. E, meu Deus, parece tão horrível agora, mas fiquei aliviada só de ter entrado e achei que, se tivesse alguma coisa lá fora, pelo menos ia, sabe...

— Me pegar primeiro — completou Annabel, estarrecida. — Porra, Esther.

— Bom — continua ela, atrapalhada. — Não aconteceu nada com você. Você deve ter cambaleado de volta até sua cabana de boa, porque acordou lá na manhã seguinte.

— Mas podia ter acontecido! A Poppy foi morta naquela noite!

— Mas eu não sabia disso na hora, né?

As duas ficam com essa picuinha por um tempo, enquanto eu me perco tentando pensar na noite anterior. Ainda é tudo um borrão. Consigo discernir os acontecimentos principais: nós nos reunindo, bebendo aquele gim, ficando loucas, fazendo coisas idiotas com os itens da caça ao tesouro. Mas os detalhes estão enevoados e não gosto da ideia de que Esther sentiu alguém a observando. Porque toda vez que penso naquela noite, uma sensação incômoda de formigamento se infiltra em minha pele.

E acho que é porque senti a mesma coisa.

— Talvez cada uma de nós devesse ter alguma coisa. — O medo me faz falar. — Cada uma deveria carregar uma faca também, só por segurança.

— Por segurança? Caso uma de nós decida matar as outras duas, é isso? — Esther passa os dedos pelo cabelo. — Estamos mais seguras sem isso. Só precisamos ficar juntas.

Não sei como explicar que estou enlouquecendo aqui, trancada nesta sala minúscula com elas. Sabendo que uma de nós é uma assassina. Não sabendo quando vão atacar de novo. Está sendo lindo e belo fingir que duas contra uma vai fazer diferença na hora. O que vai acontecer com a que for atacada primeiro?

Não tenho planos de que seja eu. Vou matar essas vacas com minhas próprias mãos antes de acabar morta.

— Acho que é melhor a gente se dividir — digo.

— Dividir? — repete Annabel. — Sem chance.

— E ainda tem a tempestade lá fora — aponta Esther. — Nenhuma de nós conseguiria sair daqui nem que quisesse.

Algo no jeito como fala, o tom condescendente, me quebra.

— Vocês duas me acham muito idiota, né?

— Quê?

Elas fingem não entenderem, mas eu as conheço.

— Chloe, a cabeça de vento, sempre a fim de rir, mas não de uma conversa instigante — comento. — Viu? "Instigante", que palavra impressionante, né? Não sou idiota. Eu sei bem quem vocês são. E não confio em nenhuma das duas.

— Não é hora de ficar insegura com a sua inteligência — retruca Esther.

— Mas vocês duas sempre jogaram isso na minha cara. E a Tanya também, e até a maldita da Poppy Greer. Me tratando como se eu fosse uma loira burra sem conteúdo.

— Bom — diz Annabel —, fala sério. Você é, né?

— Meu Deus, Annabel — diz Esther. — Para de piorar as coisas.

— Eu sabia que era assim que vocês me viam.

Eu me levanto e vou em direção à saída.

Esther tenta me alcançar.

— Chloe, não. Não é seguro.

Mas o ar aqui está grudento, úmido, e estou suando, com o brilho da lanterna me deixando com calor. Por flashes no escuro, vejo a expressão teimosa de Annabel, a preocupação de Esther, mas não ligo mais.

— Não consigo passar nem mais um segundo aqui com vocês — digo. — Não venha atrás de mim, senão vou achar que é a assassina. Só me deixem em paz.

— Chloe!

Abro a porta e, antes de dar dois passos, ela volta em mim com a força do vento, batendo na lateral do meu corpo e me fazendo perder o ar.

— Você está bem?

— Vai se foder! — grito.

Apesar de uma dor cada vez mais forte, empurro de novo a porta e a seguro com toda a minha força.

A tempestade não melhorou. Aliás, está pior do que antes. Projetando minha lanterna à frente, só consigo ver alguns metros, o gramado bem-cuidado agora cheio de destroços da ilha toda. Palmeiras balançam praticamente na horizontal e meu cabelo ganha vida própria, tentando sair da minha cabeça.

Mas ainda é melhor do que ficar aqui dentro.

— Você está cometendo um erro — grita Esther.

— Então, me deixa errar! — respondo. — Já estou de saco cheio disto. A Poppy merecia morrer, mesmo.

— E a Tanya? — diz Annabel. — A Tanya também?

Olho as duas pela última vez. A lanterna brilha no rosto delas, me dando uma imagem final das mulheres que achei que fossem minhas amigas. Annabel está furiosa, os olhos em chamas, parada com a própria lanterna na minha direção. Está ensopada da tempestade, o cabelo grudando na cara e lhe tampando a boca, então não consigo entender se ela está falando mais alguma coisa. Esther continua sentada, mais calma, com uma leve ruga entre as sobrancelhas. Em silêncio. Não são as mulheres com quem vim para a ilha.

Eu simplesmente não as reconheço.

Deixando-as para trás, saio para a tempestade.

VINTE E SEIS

Esther

21 DE MAIO DE 2023

Sobramos Annabel e eu paradas no escuro, com a porta ainda aberta. A tempestade entra com uma ambição faminta, derrubando nossas canecas e quebrando-as no chão. A chuva parece cair de lado, nos ensopando sem desculpa. Meus ouvidos começam a zumbir, sensíveis aos barulhos. Viro a lanterna para Annabel, depois para a porta.

Ela parece entender, embora seja difícil falar mais alto que a força da natureza.

— A gente devia ir atrás dela. Ela só ficou meio louca de estar presa aqui.

Chloe e todas nós, né? Apesar do ataque da tempestade, tem algo de libertador na onda de ar que nos assola, mais fresca que a umidade daqui. Também estou bem consciente de que não quero ficar sozinha com Annabel no momento, não aqui, no escuro, que nem uma patinha. Melhor a gente sair e enfrentar a ilha do que ficarmos aqui juntas.

É difícil julgar o que ela está pensando sem jogar a lanterna na cara dela, o que tornaria muito óbvio que estou tentando entender qual é a dela. A confissão de ter roubado meu colar mudou as coisas para mim. Antes, se tinha alguém em que eu confiava, era Annabel. Agora, não tenho tanta certeza. Se ela estava disposta a roubar meu pertence mais precioso, o que mais poderia fazer?

— Vamos — grito. — Ela não pode ter ido longe.

Armadas com nossas lanternas, marchamos na chuva. Está pior aqui fora, desprotegidas, a ventania nos jogando em várias direções. A chuva me deixa ensopada, tornando respirar difícil. Saímos aos poucos, devagar, aí paramos, pensando para onde ir.

— O mar deve estar agitado — berra Annabel. — Ela não teria ido para a praia.

— Para onde, então? — grito de volta.

Até falar é um esforço. A tempestade parece decidida a pegar nossas vozes e as carregar como folhas caídas.

— Ela provavelmente foi para uma das cabanas — grita Annabel. — Precisamos checar.

— Talvez seja melhor a gente se separar — sugiro. — Cada uma olha duas cabanas.

Há um silêncio e me pergunto se Annabel me escutou. Eu me viro e vejo sua expressão de sofrimento. O cabelo está grudado no rosto, não importa quantas vezes ela tente soltar, e o rímel escorre pelas bochechas. Neste momento, Annabel parece vulnerável e nada assustadora.

Fico com pena.

— Deixa para lá. Vamos continuar juntas.

Contornamos devagar a área principal, ficando perto das paredes. De vez em quando, um relâmpago ilumina o caminho para nós, caindo no mar próximo com um sibilo que parece abrir a terra, fazendo o chão em que andamos tremer, como se estivéssemos cambaleando bêbadas. Tomo o cuidado de manter a lanterna apontada para o caminho à frente, mas Annabel parece mais frenética, o facho se espalhando pela área toda, revelando, dentro das árvores, sombras que parecem pessoas nos observando.

— Chloe! — grita Annabel, se esforçando para que o som saia o mais alto possível. — Chloe, cadê você?

Não há resposta. Difícil ter uma quando até o grito mais alto é carregado como se nada fosse. O vento é a única resposta, um grande uivado e assovio que começa como se o céu estivesse agonizando.

Chegamos à primeira cabana ofegantes, quase caindo contra a porta para abri-la. Automaticamente, levo a mão ao interruptor, mas, claro, continua escuro.

— Chloe? — chamo.

De novo, sem resposta. Nossas lanternas provam que o lugar está vazio, mesmo no banheiro, que Annabel checa. Mas é um alívio sair da tempestade ainda que só por alguns minutos, e nos sentamos na cama, tirando um tempo para recuperar o fôlego. Apesar de estarmos nos movendo muito devagar, com muito cuidado, parece que corremos uma maratona.

— O que a gente devia fazer? — pergunta Annabel, com a voz rouca de tanto gritar.

— Esta é a primeira cabana. Tem mais três.

— Duas.

Olho confusa para ela.

— Como assim?

— Ela não vai ter entrado na da Tanya.

Lógico. Eu quase me esqueci. É perturbador pensar no corpo de Tanya deitado na cama. É ainda menos reconfortante pensar no de Poppy, desaparecido no mar, à deriva por causa da tempestade, talvez agora já tendo afundado bem abaixo da superfície, tão abaixo que está se decompondo sem ser afetado.

Engulo involuntariamente, me impedindo de vomitar.

— Bom, então, mais duas — falo, com uma alegria forçada. — A Chloe vai estar bem.

— E se ela não estiver lá? Continuamos procurando?

Como se seguindo a deixa, um trovão ruge acima da nossa cabeça e algo cai lá fora.

— Não podemos ficar andando pela ilha com a tempestade acontecendo — digo. — Se ela não estiver nas cabanas, não tem muita coisa que a gente possa fazer agora.

Annabel parece decepcionada, mas assente.

— É. Eu entendo.

— Vamos continuar?

Eu me levanto.

Nenhuma de nós trouxe roupa para um tempo como este porque esperávamos só praias ensolaradas e céu azul. Annabel e eu estamos usando vestidos brancos finos que não oferecem proteção alguma, e, apesar disso, não estamos congelando de frio. A adrenalina que corre por nosso corpo nos mantém quentes e vivas. O ar é pungente, como um cheiro de perfume, um aroma doce que contrasta com nossa respiração azeda enquanto ofegamos.

Chloe não está nas outras cabanas.

Ao fim de nossa busca, terminamos na minha, e só consigo pensar em como seria bom dormir agora. Estou começando a ficar zonza de exaustão.

— Ela pode ter entrado na cabana da Tanya, apesar de tudo — digo. — Pode ter precisado se abrigar lá. Ou talvez já tenha voltado à área principal.

— Talvez.

Annabel espreme o cabelo, formando uma poça d'água no chão.

Continuamos sem luz e a tempestade continua furiosa.

Não há o que fazer.

— A gente devia tentar dormir — digo. — Eu fico nesta cabana e você, na sua. Vou ficar olhando da porta para ver se você chega em segurança.

— Você não confia em mim, né?

A pergunta é como um tapa, mas fico firme.

— Tenho bons motivos.

— Desculpa pelo colar.

— Só acho que vamos dormir melhor separadas — respondo. — Em algumas horas, vamos acordar e a Chloe vai ter voltado, você vai ver.

— Tá. — Ela suspira e se levanta da cama. — Eu estou cansada, mesmo.

— Eu também.

— Você vai ficar me olhando ir até a minha cabana? Para ver se eu chego em segurança?

— Lógico.

Annabel sai devagar, com ainda mais cuidado do que quando estávamos andando juntas. É um trajeto curto, menos de vinte metros, mas ela se demora, garantindo que não vá tropeçar. Mantenho minha lanterna firme, iluminando o caminho para ela, que balança a própria, e, depois de alguns minutos sofridos, Annabel chega à cabana e abre a porta.

Está prestes a entrar, então se vira e fala alguma coisa que não escuto.

— Não consigo ouvir — grito. — Quê?

Os lábios dela voltam a se mover, mas o vento engole a voz dela.

Quando dou de ombros, com a palma das duas mãos para cima, ela sacode a cabeça. Enfim, entra e fecha a porta.

É um alívio fechar a minha, apesar de isso fazer piorar a sensação de isolamento. Tranco a fechadura, com uma sensação de refúgio ao ouvir o som do clique que me diz que posso respirar normalmente outra vez. Sem tirar o vestido, deito-me na cama e puxo as cobertas.

As emoções do dia enfim me atingem, partindo meu coração, e me permito chorar.

Por quem estou chorando? Por mim, principalmente. Presa aqui nesta ilha sem ter como fugir, pensando em como duas das pessoas que vieram para cá há menos de quatro dias estão mortas. Pensando em como perdi meu emprego, minha subsistência, e agora as outras sabem dos abusos de Brad. Não sei o que vou encontrar quando voltar para casa, se é que vou voltar.

Tento me acalmar com respirações lentas e intencionais. Mas o esforço é inútil. Soluços explodem da minha boca, um choro engasgado ensopa meu travesseiro com algo além da chuva. Estou fendendo à ilha, à tempestade. Uma mescla de chuva, terra e suor. Devemos estar no olho do furacão agora, porque, de repente, o vento morreu e o silêncio se instaurou. Ainda está escuro, mas é reconfortante não conseguir ouvir nada exceto o zumbido em meus ouvidos.

Não consigo dormir. Fico aqui deitada, exausta além da conta, mais exaurida do que jamais estive, mas, mesmo assim, meu cérebro continua ligado. Meus sentidos estão em alerta. Meu corpo parece saber que há perigo na esquina e não me deixa relaxar. Talvez eu devesse agradecê-lo por me manter focada. Tem um flash em frente à minha janela. Será uma lanterna? Desaparece e aí aparece de novo.

É uma lanterna, definitivamente.

Será Chloe?

Corro até a janela com a minha para iluminar o caminho para ela. Meu rosto registra decepção quando vejo quem é.

Annabel.

O que ela está fazendo lá fora de novo? Será que está se aproveitando da pausa na tempestade?

A lanterna dela ilumina minha janela e preciso abaixar a cabeça. Depois que passa, eu a observo. Annabel está de novo andando pelas cabanas, checando vários lugares. Será mais uma busca inocente por Chloe ou algo mais sinistro? Ela parece estar no próprio mundo, mas, de vez em quando, olha para a direita e para a esquerda, certificando-se de que não está sendo seguida.

Não vou arriscar. Vou até minha porta, com o cuidado de não iluminar o quarto e ela me notar, e tateio a maçaneta.

Pronto.

Continua trancada.

Ela não pode entrar aqui.

Me sinto um pouco mais segura, mas, ao voltar para a cama, enfrento o mesmo problema. Não consigo dormir. Não acho que algo vá me deixar tranquila hoje, não com Annabel vagando pelo escuro e Chloe desaparecida. Ainda mais quando, ontem à noite, havia cinco pessoas nesta ilha e, agora, só três.

VINTE E SETE

Poppy

17 DE MAIO DE 2013

Querido diário,

Eu fui ao baile! Fui a uma FESTA! Bebi e dancei e os meninos até FLERTARAM comigo! COMIGO!

Até agora este ano foi o melhor da minha vida toda. Primeiro a Slade, agora isso. Será que as coisas finalmente estão indo bem para mim? Até Annabel, Chloe, Esther e Tanya foram legais. Eu fui na casa de Esther!

O baile começava às sete. Nós todas vivenciamos os ritos de passagem, até eu: ir comprar vestido com a mãe e ficar com a bochecha doendo de tanta foto que ela tira de você sorrindo e insistindo que você está linda em todas; fazer o cabelo e a maquiagem horas antes e aí precisar ficar sentada, tensa, evitando comer ou beber; e, para algumas, incluiu se encontrar em algum lugar para o transporte dramático até a festa, que era no Hotel Marriott, em College Green. Perdi essa última parte de chegar em uma limusine com outras garotas ou até algo mais opulento, tipo um ônibus antigo de dois andares. Mas mamãe e papai pagaram por um táxi clássico de Londres de verdade, com papai como meu motorista, e, quando chegamos no hotel, pareceu uma decisão consciente, não tomada por causa da solidão. Mamãe e Wendy estavam sentadas no banco de trás comigo e, ao contrário das outras vezes, não liguei de elas estarem me envergonhando na frente de todo mundo, garantindo que eu estivesse perfeita e tirando mais fotos.

— Você está tão linda — disse papai, depois de abrir a porta do carro para mim, fingir fazer uma mesura e tirar a boina. — Tenha uma ótima noite.

Os três iam a algum congresso de ciência no fim de semana com a Wendy, agora que ela estava pensando seriamente em uma carreira na Medicina.

— Pode deixar — respondi. — Obrigada por tudo! Foi muito incrível.

— E você está muito linda — falou mamãe, quase às lágrimas. — Estamos tão orgulhosos de você, querida.

Por mais que entendesse o meu lugar, eu estava orgulhosa do meu vestido. Com salto alto combinando para eu não me sentir tão atarracada, era um vestido longo e reto com mangas flutuantes. Parecia simples, mas tinha strass colado por toda a barra e até a cintura, se destacando no fundo cinza. Já meu cabelo tinha sido preso em um coque complicado com mechas soltas emoldurando meu rosto. O cabeleireiro tinha dito que eu estava chique, e eu gostei da palavra. Ao me ver na janela do carro, virei para um lado e para outro, observando a parte de baixo do meu vestido rodopiar e meu cabelo continuar no lugar. Eu nunca tinha usado tanta maquiagem assim antes e, apesar de a quantidade repentina de base ser meio chocante (e, em segredo, eu estar preocupada de ser um tom laranja demais), eu definitivamente parecia uma adulta. E muito diferente.

Mas nada de batom vermelho. Era rosa-claro; mesmo assim, meu coração bateu forte quando a maquiadora passou.

O sr. Edwards, que ainda me fazia suspirar melancólica, abriu um sorriso ao me ver subindo as escadas até a porta da frente.

— Ah, Poppy — disse ele. — Como você está bonita! Estou muito feliz por você ter vindo.

O sr. Edwards sabia melhor do que todo mundo que eu estava questionando se devia vir. Tivemos até uma reunião sobre isso há algumas semanas, em que fui convencida de que precisava vir a este último evento escolar e que ele ficaria de olho em mim.

— Obrigada, sr. Edwards! — falei. — Também estou feliz de estar aqui!

— Então, pode ir entrando — disse ele. — Eu te vejo lá já, já.

Enquanto entrávamos, a equipe do hotel tinha sido contratada para nos entregar uma taça de champanhe (se mostrássemos a identidade, mas eu sou menor) ou um copo de suco de laranja (se preferíssemos ou fosse nossa única opção) e, aí, caminhávamos por um longo tapete vermelho passando por portas duplas que davam nos salões do evento. Era um espaço enorme incluindo dezenas de mesas circulares decoradas com toalhas brancas e centros de mesa elaborados. Havia uns cartõezinhos com os nomes das pessoas. O mapa de assentos deste ano tinha sido aleatório, o que se mostrou polêmico, mas os professores falaram que já éramos todos (ou quase todos) adultos e podíamos nos acostumar a conversar com pessoas com quem não convivíamos normalmente. Eu, claro, fiquei contente, porque significava que não precisaria ir para uma mesa onde não era bem-vinda.

Do outro lado do salão, tinha uma pista com um DJ e um sistema de som incrível. Tinha até um globo de espelhos pendurado no teto, além de luz estroboscópica. Ainda que a maioria dos alunos não tivesse chegado, e só estivesse tocando música de fundo pré-gravada; algumas pessoas da minha turma de Artes, no entanto, já estavam paradas em círculo na pista, jogando as mãos para o ar e comemorando sempre que a batida começava. Ollie Turner, corajosamente usando um smoking turquesa, me cumprimentou com um gesto de cabeça quando acenei para ele, mas não parecia a fim de me convidar para dançar, então só segui em frente.

Em outro canto, como parte do tema da noite, que era Las Vegas, tinha uma seção de "apostas". Todo mundo recebia dez fichas de plástico para apostar, e a pessoa que tivesse mais fichas no fim da noite ganhava algum prêmio.

Eu estava admirando a roleta, no momento vazia, quando ouvi alguém ofegando atrás de mim.

— Ah, meu Deus, Poppy, é você?

Eu me virei e dei de cara com Annabel, a última pessoa que eu queria ver.

Annabel estava parada, sozinha. A roupa dela não era tão incrível quanto eu esperava. A maquiagem claramente tinha sido feita pela própria, e, apesar de muito boa, não chegava a um nível profissional. O cabelo loiro e brilhante como sempre estava solto, alisado, mas nada de mais. Por fim, os sapatos eram os mesmos que ela usara no baile do décimo ano, sandálias brancas de tirinha que já estavam marcadas na parte dos dedos, e o vestido era um longuete de cetim bem grudado no corpo. Eu esperava que ela fosse exagerar, mas a coisa toda era bem simples.

Antes de Annabel conseguir falar qualquer outra coisa, um grupo de garotos barulhentos e alvoroçados entrou. Tinham se esforçado, com gel no cabelo e de terno, e, ao passarem por nós, pararam e assoviaram.

Annabel se virou para sorrir para eles, então corou ao perceber.

Eles não estavam assoviando para ela. Estavam assoviando para mim!

— Poppy Greer, não pode ser você! — disse um deles, provavelmente o cara mais lindo do nosso ano agora que Julian tinha saído, e veio na minha direção com um sorriso.

Era Aidan, e ele namorava Annabel fazia seis meses.

— Caramba, você ficou mais do que mais ou menos, hein!

Os outros meninos concordaram, animados.

— Ela está foda!

— Eu pegaria.

Não consegui deixar de ficar desconfiada. Depois de Julian, eu não conseguia confiar nos garotos. Mas todos pareciam sinceros, me olhando de cima a baixo de um jeito elogioso. Alguns estavam se cutucando e cochichando coisas que eu não conseguia ouvir. Fiquei ainda mais intimidada, arriscando um olhar para meu peito para garantir que não tinha nada acidentalmente à mostra.

Mas estava tudo certo. Eles realmente só achavam que eu estava bonita. Que eu estava linda!

Eu nunca tinha sido chamada de linda.

Aidan me deu uma piscadela, aí foi até Annabel e deu um beijo na bochecha dela.

— Você também está joia, gata. Mas não dava para ter usado uma coisa mais parecida com o que a Poppy está usando?

— Não.

Annabel estava de cara amarrada. Eu nunca a tinha visto com tanta raiva. O rosto todo estava vermelho e ela parecia querer dar um tapa nele.

— Até depois, tá, gata? — disse Aidan. Ele acenou para mim. — E até depois, Poppy!

— Vem dançar com a gente mais tarde, Poppy! — gritou um dos outros caras.

Depois de todos saírem, Annabel e eu ficamos paradas juntas, desconfortáveis, ao lado da roleta. Ela piscava furiosamente, como se tentasse não chorar.

E, então, foi como se algo se acendesse em seu rosto, porque ela abriu um sorriso e revirou os olhos.

— Meninos, né?

Ela estava tentando fazer piadinha comigo?

— É — respondi, insegura.

— Você é o brinquedinho novo — comentou, e eu ainda não tinha certeza se ela estava brincando.

— Cadê a Chloe, a Tanya e a Esther? — perguntei, para tentar mudar o assunto de Aidan e os outros meninos, já que ela ficou parada no mesmo lugar, como se esperando uma conversa.

Por um momento, Annabel hesitou.

— Estão vindo em um carro ridículo. Eu decidi vir um pouco mais cedo em vez disso.

— Você não quis vir com elas?

— Era mais fácil para mim assim. Eu moro perto, então vim a pé.

— Você mora perto do centro?

Tentei imaginar a casa da Annabel e visualizei um loft artístico com uma mãe que segurava um cigarro entre os lábios e um pincel entre os dedos, e falava com sotaque francês.

— Perto o suficiente — disse ela, então mudou de assunto. — Você veio sozinha?

Eu não tinha certeza se era uma provocação deliberada ou se ela só queria falar de outra coisa, então dei o benefício da dúvida e tentei eu mesma fazer uma piada

— Não é como se eu tivesse muitas opções.

— Nós estamos na mesma mesa, sabia? — Ela apontou para uma das mesas que estavam no canto do fundo do salão. — Quem sabe não nos sentamos juntas?

— Claro.

Eu estava desconfiada das intenções dela, apesar de ela não ter me feito nada em mais de três anos, mas fui até lá com confiança suficiente de que não dava para dar nada errado ali, com todos os professores por perto. Enquanto atravessávamos o salão, muita gente me parou e elogiou meu cabelo e minha roupa, até pessoas com quem eu nunca tinha falado antes.

— Poppy, você está maravilhosa!

— Uau, Poppy, de verdade, você é deslumbrante.

Mais garotos, que estavam quase todos juntos em um grande círculo, soltaram arquejos de surpresa quando passei rápido. Até consegui ouvir umas conversas sobre como nunca tinham percebido que eu era gostosa, o que não devia ter me deixado tão feliz, mas deixou, e sorri de orelha a orelha.

Na mesa, Annabel estava a duas cadeiras à esquerda da minha, mas trocou o cartão com o de Eric Smith e se sentou ao meu lado. Era muito esquisito nós duas sentadas juntas como se fôssemos amigas, além de toda a atenção que eu estava recebendo. Eu sentia que tinha me tornado uma pessoa de verdade, a pessoa que eu deveria ser. Chega de Poppy Greer, a menina digna de pena, largada no fundão, agora eu era Poppy Greer, que era alguém, parte do círculo interno e valorizada.

— Você está recebendo tantos olhares — comentou Annabel.

Tentei me fazer de boba.

— Estão olhando para você, não para mim.

Ela riu.

— Ah, para com essa, Poppy. Você sabe que eu não sou idiota. Eu fui melhor que você naquele simulado que fizemos semana passada. Todo mundo está olhando para você. E, desta vez, de um jeito bom.

O último comentário doeu.

Ela deve ter visto meu rosto, porque fez uma careta também.

— Desculpa, não foi legal da minha parte. Não queria ser tão babaca o tempo todo.

— Você não é.

— Sou, sim.

— Que aconchegante que está aqui!

Dei um pulo. Esther, Tanya e Chloe tinham chegado, todas parecendo modelos.

A postura de Annabel mudou na mesma hora. Ela se afastou de mim e se virou na direção das amigas, com um sorrisão.

— Vocês chegaram elegantemente atrasadas.

— Que pena que não deu para você vir na limusine com a gente — disse Esther. — Minha mãe teria pagado a sua parte, sabe.

— Não tem problema — respondeu Annabel, rápido. — Onde vocês três estão sentadas?

— Ah, fomos todas separadas, demos o maior azar — falou Tanya.

Então, ela pareceu me notar e seus olhos praticamente pularam da cara.

— Meu Deus do céu, Poppy.

— Você parece realmente atraente! — Chloe deu uma risada aguda. — Ah, caramba, olha você tentando se enturmar. Funcionou! Você está muito gostosa hoje.

Esther levantou uma sobrancelha para mim, demonstrando aprovação. Vi o piercing de prata brilhante atravessado, que em geral não era permitido durante o horário escolar.

— Você está bonita mesmo, Poppy. Acho que até mais que a Chloe.

Chloe, cuja beleza natural significava que ela não precisava se esforçar tanto quanto todo mundo, tinha optado por um look mais simples semelhante ao de Annabel, mas que ficava melhor nela. Ela parecia tão chique quanto todas nós que tínhamos gastado centenas de libras, aparentemente sem ter precisado disso. Mas a careta dela com o comentário de Esther a deixou feia.

— Isso eu já não sei.

— Muito bem, pessoal — gritou a sra. Hargreaves, nossa diretora. — Todos para os seus lugares para começarmos a noite com alguns anúncios e discursos, e aí vamos ter nosso jantar de três pratos.

Annabel e eu fomos deixadas ali juntas, e rapidamente os outros se aproximaram de nós. Quando nossa mesa estava cheia, ela chegou perto e cochichou no meu ouvido:

— Estamos pensando em dar uma festa depois daqui, quer vir?

— Uma festa?

— É, um lugar em que dê para beber de verdade. — Ela bateu a taça de champanhe no meu suco de laranja, aí deu de ombros. — Dá uma pensada.

— Ninguém vai querer que eu vá — sussurrei.

— Claro que vai. E, de qualquer jeito, é na casa da Esther, então ninguém pode falar nada.

Esther mora em uma mansão georgiana com cinco andares no coração de Clifton. Não tenho certeza do que os pais dela fazem, mas ela é ridiculamente rica, e a festa que deu depois do baile do décimo ano aparentemente foi icônica.

— Você quer mesmo que eu vá?

— Lógico — disse ela, como se não fosse nada de mais.

— Bom, meus pais e minha irmã estão viajando, então...

— Ótimo! Então, você vem!

Comecei a hesitar, tentando voltar atrás. Afinal, era Annabel. Eu ainda me lembrava do Julian.

— Talvez eu fique muito cansada depois do baile.

— Poppy, fica tranquila — falou ela. — Relaxa e se diverte hoje. Vai ser ótimo.

Por mais incrível que pareça, apesar das minhas dúvidas, eu me diverti mesmo. A comida estava boa, e Annabel e eu conversamos pra caramba sobre nossas provas e o que queríamos fazer. Eu ia para a Slade, ela ia ficar em Bristol. Nossa mesa conseguiu ficar em segundo lugar no quiz que rolou durante a sobremesa, e cada um ganhou um voucher valendo um livro, o que fez os outros reclamarem, mas me deixou superanimada. Depois, abriram a pista de dança e a seção de apostas inspirada em Vegas, liderada pela sra. Hargreaves para ninguém roubar. Perdi todas as minhas fichas apostando no vermelho na roleta, e Annabel logo perdeu as dela depois de arriscar um quinze em um jogo de vinte e um. Nesse ponto, as outras tinham se juntado a nós, mas tinha uma multidão tão grande em torno que não pareceu estranho estar com aquelas quatro. Tanya parecia mais desconfortável que qualquer uma delas e, quando foi fumar na varanda, eu fui junto.

Um dos professores de Ciências que todo mundo sempre dizia que cheirava a maconha também estava lá, mas distante, no mundinho dele.

Fora isso, a varanda estava vazia, exceto por nós duas, e o DJ tocava "Stronger", da Kelly Clarkson. Mesmo daqui de fora e com as portas fechadas, dava para ouvir a batida da música e os sons de todo mundo gritando a letra da música.

Tanya acendeu o cigarro, tragou fundo e se recostou na sacada.

— Você não fuma.

Não adiantava fingir com Tanya. Mesmo depois de tantos anos, era como se ela ainda me conhecesse melhor que qualquer um. Eu me lembrava de nós duas fazendo um pacto, aos dez anos, de nunca fumar nem usar drogas, porque a gente se respeitava demais. Declaramos para o mundo (meu jardim) e fechamos o acordo enfiando as mãos em uma poça enlameada e apertando.

Fiquei me perguntando se ela se lembrava.

— Você quebrou o pacto — falei baixinho.

Para minha surpresa, ela sorriu.

— Eu sabia que você ia dizer isso.

— Eu só queria ver se você estava bem — expliquei. — Por isso saí. Queria perguntar como você está. Quais são seus planos?

Ela tragou de novo, soltando a fumaça em anéis.

— Vou para a UWE. Não é tão impressionante quanto a Slade.

Os professores tinham anunciado minha aceitação na Slade no boletim da escola, o que significava que todo mundo sabia. Tinha sido vergonhoso sentir os olhos de todos em mim, me julgando, mas, secretamente, eu também estava orgulhosa.

— Você vai estudar jornalismo, né?

— Isso — disse ela, parecendo chocada. — Não achei que você soubesse.

— Acho que um dos professores falou — murmurei, percebendo que eu tinha deixado escapar que, apesar de tudo, ainda acompanhava a vida dela. — Fico feliz por você.

— Valeu.

Ela deu um trago final, aí apagou o cigarro na pedra da balaustrada e o jogou fora dando um peteleco.

— O que aconteceu com o sonho de ser atriz? — perguntei, mesmo relutante.

— Ah, isso. — Ela deu de ombros. — Desisti faz muito tempo.

— Não devia — rebati. — Sempre achei que você fosse conseguir.

— Ah, bom — disse ela, com um sorrisinho. — Lembra quando a gente se arrumava nos fins de semana e fazia desfiles de moda para os seus pais?

— Lembro.

A gente sempre fazia temas diferentes todas as semanas. Meus pais, com uma paciência quase digna de santos, ficavam sentados no nosso sofá velho de veludo, aplaudindo e torcendo enquanto Tanya e eu desfilávamos pela sala achando que éramos a Tyra Banks.

— Meu favorito foi quando a gente se vestiu de palhaço de alta-costura — falei.

Tanya caiu na gargalhada e bateu palmas.

— Meu Deus, eu me lembro desse. Não, meu favorito foi quando decidimos que alienígenas com certeza usariam Uggs nas mãos e luvas nos pés, e tivemos que mancar quando tentamos caminhar, porque não conseguíamos pôr os pés direito nas suas luvas de lã velhas.

Então, também comecei a gargalhar e, nossa, por um minuto, foi como se o tempo não tivesse passado. Éramos eu e Tanya de novo, tão próximas quanto sempre fomos, e foi maravilhoso.

— Vamos — disse ela, estourando a bolha da nossa velha amizade. — Melhor a gente entrar, devem estar querendo saber onde nós estamos.

Aquele uso de "nós". Finalmente eu estava incluída.

Passei o resto da noite dançando com todo mundo, como se sempre tivesse sido parte do grupo. Quando as luzes enfim se acenderam e a sra. Hargreaves agradeceu pela presença, eu estava toda suada, assim como todos. E, então, Esther disse as palavras mágicas que eu estava esperando, a confirmação de que eu realmente fazia parte da galera.

— Poppy, você vem na festa, né?

— Claro — respondi, de imediato.

No caminho, mandei mensagem para minha mãe e meu pai dizendo que eu tinha chegado bem em casa, embora tecnicamente não fosse verdade.

Tinha umas quarenta pessoas das sessenta do baile, mas até isso parecia um número enorme. A casa de Esther não era pequena, mas ficou lotada em segundos. Ela nos levou até o porão, que era um cômodo aberto enorme com sofás e mesas. Alguém colocou música e foi como se nunca tivéssemos saído do hotel. As pessoas começaram a dançar de novo, mas, desta vez, todos tínhamos álcool para animar ainda mais o clima, depois de ter parado em lojas no caminho de volta para estocar dúzias de garrafas.

Eu nunca tinha bebido antes. Eu sei, uma menina de dezessete anos no século XXI que nunca tomou um drinque. Mas não é como se eu tivesse tido oportunidade. Era minha primeira festa.

Aidan me passou um copo de plástico apenas com um pouco de líquido.

— Vira uma comigo, Poppy. A gente ainda não viu você bêbada!

Ele era tão gato e estava tão perto de mim que fiquei em pânico de ele conseguir ouvir as batidas do meu coração.

— Lógico — falei, como se fizesse aquilo sempre, apesar de nem ter ideia do que tinha dentro.

— No três — disse Aidan. — Um... dois... três!

Nós dois viramos o líquido. Não consegui segurar um engasgo de leve quando a sensação de queimação bateu no fundo da garganta, e Aidan riu, me dando um tapinha nas costas.

— Talvez virar shots não seja a melhor coisa a se fazer na sua primeira festa! — disse ele. — Aqui.

Ele estendeu o braço e roçou os dedos no meu lábio. Naquele momento, acho que o tempo parou. Meu estômago começou a revirar e fiquei preocupada de desmaiar a qualquer segundo.

Mas eu sabia que tinha que me acalmar. Ele era o namorado de Annabel. Dei um passo para trás, colocando um pouco de distância entre nós, e Aidan pareceu entender.

— Tinha um pouco na sua boca — explicou ele. — Vou te apresentar depois a uns amigos meus. Eles querem muito te conhecer.

— Claro — sussurrei, mal conseguindo soltar essa única palavra.

Era assim para todas as outras garotas? Um carinha fofo chegava em uma festa e dava em cima de você? Ou falava que ia te apresentar para os amigos dele? Alguns dos outros meninos eram quase tão bonitos quanto Aidan. Eu não ia ficar escolhendo.

Um primeiro beijo seria bom. Era a única coisa na minha mente, além dos meus lábios ainda formigando onde tinham sido tocados por Aidan.

— Está se divertindo?

Annabel apareceu atrás de mim, aparentemente do nada, segurando uma bebida. Ela estendeu para mim.

— Limonada com vodca. Desce um pouco mais fácil do que um shot puro.

— Ah. — *Imediatamente, me senti desconfortável.* — Aidan só veio falar comigo, eu não...

— Não tem problema. — *Annabel deu de ombros.* — Ele é simpático. Não me incomoda. Ele só está garantindo que você esteja se divertindo. Agora, toma.

Hesitei.

— Não é sua primeira vez bebendo, né? — *disse ela.*

— Não! — *respondi, mas era tarde demais.*

— Ah, que graça. — *Ela levantou a voz, para todo mundo ouvir.* — Gente, esta é a primeira bebida alcóolica da Poppy, fora esse shot que ela virou agora! Vamos dar uma salva de palmas?

Corando furiosamente, dei meu primeiro gole e precisei treinar meu rosto para não fazer careta com o choque do gosto. Por algum motivo, foi pior ainda que o shot. Com um sabor acentuado, forte e horrível, até um pouco amargo. Annabel cochichou algo para uns caras do lado dela e todos riram. Mas a galera ficou torcendo por mim.

— Vira, vira! — *entoaram.*

— Ai, meu Deus — *murmurei, mas fiz o que pediram, engolindo apesar de meus olhos arderem.* — É para ter esse gosto? — *perguntei para Tanya, que estava parada do meu lado, sem participar da torcida ou do coro de risadas.*

Ela franziu a testa

— Que gosto?

— Estranho. Tipo, como se tivesse uma coisa horrível?

Ela se debruçou e cheirou minha bebida. Não tinha sobrado mais nada, então ela deu de ombros para mim.

— Não senti cheiro de nada. Mas não devia ter gosto muito ruim se era só vodca.

Sem ninguém prestando atenção em mim no momento, ela colocou outra dose e me entregou.

— Experimenta de novo.

Desta vez, a bebida pareceu descer mais fácil. Ainda tinha a distinta sensação de estar tomando uma bebida alcoólica, mas sem nenhum gosto estranho.

— Esse foi ok — falei.

— De repente a Annabel só colocou demais para sua primeira tentativa — comentou Tanya, mas ainda parecia desconfiada.

Ela foi até Annabel e, apesar de eu não conseguir ouvir o que estavam falando, pareceu sério até Tanya acabar sendo vencida, sorrir e sacudir a cabeça.

A festa continuou. Eu me lembro de dançar, de alguns dos caras do meu ano com as mãos em mim tentando dançar perto, todo mundo comemorando e se divertindo. Era como se eu estivesse hipersensível, mas imaginei que aquela devia ser a sensação de ficar bêbada. Tudo estava claro e colorido, e eu estava mais confiante do que nunca, como se nada mais pudesse me perturbar. As meninas não paravam de me dar bebida e, quando elas riam, eu também ria, com uma voz aguda ridícula.

Um momento maravilhoso foi quando eu estava voltando do banheiro e o Elliot, namorado de Chloe, me encurralou. Na verdade, ele não era da nossa escola e tinha aparecido quando a festa já estava rolando havia mais ou menos uma hora. Era tão diferente dos outros garotos. Tinha até um piercing no nariz, coisa que definitivamente não era permitida no nosso colégio.

— Olha minha garota favorita — disse ele, colocando um braço ao meu redor.

Apesar de ter dado uma risadinha, ainda pensei na namorada dele.

— Essa não seria a Chloe?

Isso o fez sorrir.

— Lógico. Não quer dizer que eu não possa ter mais de uma, né?

Ele se inclinou à frente e tive certeza de que ia me beijar. Meu coração começou a bater forte e eu fui na direção dele, começando até a fechar os olhos.

Mas aí Esther entrou no corredor e ele deu um pulo para longe, rindo.

— A gente estava mesmo querendo saber onde vocês dois tinham se enfiado — disse Esther.

Ela não parecia incomodada, mas estava olhando praticamente só para mim. Será que ela tinha visto que a gente ia se beijar? Não dava para ter certeza.

— Eu só estava ajudando a coitada da Poppy a voltar — explicou Elliot. — Ela está bebaça.

— Bom, de repente é melhor ir dançar com a Chloe — sugeriu Esther. Depois de ele sair, esperei que ela fosse me dizer algo.

— Ele estava mesmo só me ajudando — falei, quando Esther ficou quieta.

— Tenho certeza de que sim — respondeu ela, aí entrou sozinha no banheiro.

No resto da noite, dancei com mais caras, mas não voltei a chegar perto de um primeiro beijo. E, quando Aidan se ofereceu para me levar em casa, Annabel saiu do banheiro falando que tinha vomitado e precisava da ajuda dele, então ele não pôde.

Mas voltar sozinha para casa não me incomodou, não depois da noite incrível que eu tive. Quando cheguei, pendurei o vestido do baile com o maior cuidado do mundo, para não amassar e manter a memória daquela noite para sempre.

Acho mesmo que estou finalmente virando alguém, diário. Imagina como eu vou ser no futuro!

Ninguém vai me reconhecer.

VINTE E OITO

Annabel

22 DE MAIO DE 2023

A tempestade está começando a enfraquecer. O que antes era uma chuva pesada do tipo que te impede de dar um único passo agora é uma garoa patética, e até as nuvens grossas começaram a se abrir ao terminarem seu trabalho. As estrelas começam a aparecer atrás delas, tendo estado esse tempo todo escondidas e enfim trazendo um pouco de luz para este lugar.

Como ainda é de noite? Já deve estar quase amanhecendo, com certeza. Parece que a noite está durando para sempre.

Talvez esteja. Talvez estejamos presas em uma ilha mágica onde o tempo não segue lei alguma e estejamos amaldiçoadas a ficar aqui até só sobrar uma de nós.

Meu Deus. Não é à toa que eu não dormi.

Nem tentei. Fiquei deitada na cama por séculos e, aí, no momento em que a tempestade pareceu estar melhorando, me levantei para procurar Chloe de novo, sem ligar para como eu estava acabada. Mas ela não estava em nenhuma das cabanas, nem na de Tanya, que cheguei com um pouco de receio, nem na área principal.

Saio da minha cabana com algum cuidado e os pelos dos braços arrepiados.

Do outro lado do gramado, formaram-se poças, revelando que a área não é tão plana e perfeita como eu tinha pensado de início. Também está enlameada, com marcas marrons espalhadas por tudo. Minha sandália fica encharcada, mas não ligo. Os esforços finais da tempestade acabam e, por fim, uma lua crescente aparece entre as nuvens, forte o bastante para iluminar toda a ilha.

Vou para a área principal e encontro Esther sentada sozinha à mesa, tomando mais café. Ela está com aquela energia pilhada de quem bebeu cafeína demais, agarrando as bordas da cadeira com a mandíbula apertada. Ela se assusta quando eu entro, mas disfarça bem, colocando uma expressão calma no rosto.

— Também não conseguiu dormir? — pergunto.

Ela faz que não.

— Eu tentei. Não adiantou.

Nós duas olhamos o céu, que parece estar nos provocando com sua noite eterna.

— Cadê a Chloe? — pergunta Esther.

Meu coração quase para.

— Você não a viu?

— Não.

— Precisamos realmente procurar e encontrá-la desta vez — falo. — Ela pode ter ficado presa em algum lugar por causa da tempestade. A gente disse que ela era uma idiota por sair naquela chuva. Você sabe como ela é. Impulsiva.

Nós duas pensamos em Chloe. Na sua energia vibrante, mas também no seu comportamento irresponsável. A tendência de agir primeiro e pensar depois. Ela deve ter só se perdido, tropeçado em algum lugar no escuro e ficado lá até a tempestade passar. É o que preciso continuar dizendo a mim mesma. Ou talvez esteja machucada em algum acidente. Não consigo pensar na alternativa, porque só sobramos eu e Esther.

Ela fica de pé.

— Vamos procurar juntas de novo. Ainda temos as lanternas. Vão funcionar melhor agora. Antes, não conseguimos ir tão longe. Vamos.

Ela sai pela porta sem olhar para trás. Corro até a gaveta da cozinha e pego uma faca, só por segurança, deslizo pela alça do sutiã e estremeço com o metal frio contra a pele nua. Preciso estar preparada para qualquer cenário, é o que digo a mim mesma.

Apesar da iluminação melhor aqui, por algum motivo, estamos mais desastradas. Ficamos próximas, andando em dupla, mas isso não me ajuda a ficar menos nervosa. As árvores estão escondidas pela sombra e, de vez em quando, tenho certeza de que tem alguém nos observando e seguindo todos os nossos movimentos. Em certo ponto, tropeço em um galho e caio com tudo no chão, e minhas mãos ficam escorregadias de lama e folhas.

Esther não me ajuda, mas fica parada esperando que eu me levante. Nenhuma de nós quer andar muito na frente. Nenhuma de nós quer ficar de costas para a outra. Supondo que Chloe tenha procurado abrigo, atravessamos o caminho enlameado sob as palmeiras, passando pela lateral do penhasco, que se destaca de um jeito imponente e revolto contra o luar, e miramos as lanternas nos arbustos. Desde a tempestade, tudo ficou quieto, o sibilo do mar negro nos lembrando da força do que aconteceu. O chão agora também está cheio desses lembretes: galhos, folhas, até restos de nossa despedida de solteira acabaram espalhados aqui. Um balão velho está preso em um arbusto espinhoso e, não sei como, um dos tênis de Esther está enfiado entre umas pedras.

— Chloe? — grito. — Cadê você?

Não há resposta nem sinal dela. Ela tem que estar em algum lugar.

O corpo desaparecido de Poppy e a poça de sangue que ela deixou para trás me vêm à mente, como se rissem de mim. Descarto o pensamento e continuo.

Acabamos chegando a uma pequena encruzilhada. Paramos, considerando qual rota pegar.

— O caminho da esquerda leva de volta à praia principal — diz Esther, apontando a lanterna para lá. — Não é longe. A Chloe pode ter ido por aqui.

— Mas o outro caminho leva àquela praia pequena.

Esse trajeto parece menos percorrido, com ervas daninhas na trilha, mas me faz lembrar da caça ao tesouro, com Tanya. É difícil acreditar que faz só dois dias. Que, agora, Tanya está morta.

— Verdade — diz Esther. — Tem a cabana verde com o gerador.

— Se a Chloe tiver lembrado que tinha uma cabana por ali, pode ter tentado se abrigar nela.

— É uma possibilidade — admite Esther. — Mas não acho que adianta olhar. Chloe não ia saber o caminho. É uma trilha mais difícil. Estava no meio da tempestade. Ela mal devia conseguir enxergar.

Esther se vira para pegar o acesso à praia principal, mas algo me faz hesitar.

— Espera.

Ela olha para trás.

— O que foi?

— Acho que devíamos mesmo ir por esse caminho.

Algo nele está me chamando, como um farol.

Esther não parece feliz, mas vê que não estou a fim de discutir.

— Tá.

Não demora muito. O caminho se abre rápido, as praias são praticamente iguais. Troncos à deriva acabaram sendo trazidos pela tempestade para a margem, além de um monte de alga. Lá na frente, a cabana verde está empoleirada na ponta, junto com um pequeno barco a motor.

Vê-lo me faz ficar com o coração na boca.

— Esther, tem um barco — sussurro, cutucando-a.

Ela também notou e está com os olhos arregalados.

— Isso sempre esteve aqui?

Estava aqui durante a caça ao tesouro? Tento me lembrar, mas não consigo.

— A gente teria ouvido, né? — falo, embora Esther não seja lá uma especialista. — Se alguém tivesse chegado nesse barco, a gente não teria ouvido o motor? Talvez sempre fique aqui para pescar ou algo assim.

Será que, afinal, alguém poderia ter vindo à ilha?

Vamos até o barco e achamos uma lona o cobrindo, protegendo da tempestade.

— Deve ser usado para pesca mesmo — concorda Esther, mas também parece abalada. — Olha, claramente não é usado há algum tempo. Só tem a gente aqui.

— A Robin era estranha, né? — murmuro. — Por que ela está aqui, a milhares de quilômetros de casa? Ela está escondendo alguma coisa. E se ela voltou e foi ela desde o começo?

— Para de ser ridícula — irrita-se Esther, embora seu rosto empalideça com minhas palavras.

De canto de olho, algo chama minha atenção e solto um gritinho.

— O que é aquilo?

Uma onda sobe, escondendo por uns segundos.

Esther franze a testa.

— Não estou vendo nada.

— Espera.

A onda recua de novo, a água preta e reluzindo o céu noturno. Finalmente, em meio às algas e destroços, ela aparece.

Chloe.

— Ali! — grito, saindo correndo pela areia. — É a Chloe!

Esther me segue e a puxamos em segurança, para longe da maré que sobe.

Ela está ensopada e pálida. O cabelo está grudado no rosto, escondendo suas feições.

— Chloe, você está me escutando? — grito. Tento sacudi-la. — Merda, ela pode ter se afogado. Será que caiu na água e ficou cansada demais para nadar? Chloe...

As palavras morrem em minha boca quando puxo o cabelo dela para trás, pronta para começar a tentar ressuscitá-la. Meus dedos estão vermelhos, o sangue ainda úmido, pingando por minhas mãos e no meu vestido. De início, fico confusa. O rosto dela não mostra sinais de ferimentos. Mas, aí, eu a viro e vejo o golpe na parte de trás da cabeça.

— Meu Deus.

Chocada, eu a derrubo e a cabeça bate com força na areia. Cambaleio para trás, caindo, e me levanto com dificuldade.

O corpo de Chloe já está ficando cinza, sarapintado e afetado por estar assim exposto. O golpe parece proposital, não foi resultado de acidente. Ela também foi morta.

Meu coração começa a bater forte.

— Você — sibila Esther. — Você fez isso. Era você o tempo todo.

— Quê?

Levanto a cabeça e, para meu choque, Esther brande uma faca à frente, apontando diretamente para mim. Onde ela arrumou isso? Quando? Estava com ela desde sempre?

Minha visão por um segundo fica borrada e há duas Esthers, duas facas, as duas brilhando para mim.

Esther. Não acredito.

— Do que você está falando? — pergunto. — O que você está fazendo, Esther? Calma.

— Eu sabia desde o começo — diz ela. — Sabia mesmo. Faz meses que você está fora de si. Todos os roubos em lojas, fingindo ter um estilo de vida que não era o seu, inclusive claramente ignorando o fato de que o Andrew estava te traindo o tempo inteiro. Você devia saber. E está compensando isso desde então. Afinal, Annabel Hannigan não pode sofrer. A líder da nossa gangue, jamais.

Minha própria faca pressiona a pele das costas, a lâmina já não fria, mas quente e úmida de suor.

Lá vamos nós. A verdade finalmente está aparecendo.

— Você sempre se ressentiu de mim, né, Esther? — falo. — Você era a inteligente, que vinha de família rica. Mas ninguém gostava de você por ser quem era. Só te davam atenção porque eu era sua amiga.

Os olhos dela brilham de raiva e percebo que atingi um ponto sensível.

— Foi sobre isso o tempo todo?

— Não sei do que você está falando — respondo.

— Você não consegue admitir nem para você mesma, né? Finge que está tudo bem e, quando seus segredos começam a ser revelados, você precisa fazer algo para impedir. Precisa assumir o controle de novo. Está mentindo para si mesma.

Mentindo para mim mesma? Olha quem está falando. Esther está mentindo e guardando os segredos de todo mundo há meses.

— Só que, desta vez, era a Poppy que estava no controle, não era? Seus segredos estavam sendo revelados e você tinha que fazer alguma coisa.

Quero dizer que ela está errada, mas estaria mentindo se dissesse que um dos meus primeiros sentimentos, depois da descoberta inicial do sangue no quarto da Poppy, não foi alívio.

— E depois a Tanya? Colocar a faca no quarto dela daquele jeito? — Esther balança a cabeça. — Você fez a gente acreditar que era ela. E aí... o quê? Ela pegou você se livrando do corpo ou algo assim? Descobriu alguma coisa? Foi por isso que você fez aquilo?

Percebo aonde ela está querendo chegar. O que está tentando fazer.

— E a Chloe... — O corpo dela ainda está entre nós como uma barreira. — Será que ela simplesmente era imprevisível demais? Não era digna de confiança? Você achou que ela ia entrar em pânico e te acusar na frente da polícia? Ou foi só porque Chloe trepou com o Andrew e ele gostou bem mais dela do que de você?

— Sua filha da puta — falo, baixinho.

Ela dá um passo para trás e tem a delicadeza de parecer estar com medo de verdade.

— Você matou as duas — diz ela. — Foi você, Annabel. Tentando me despistar mencionando aquele barco. Tentando insinuar que podia ser qualquer uma, menos você.

Estou a ponto de rir. É isso, então?

Que jogo espertinho.

Tiro a faca das costas. Ela tem um sobressalto; não esperava que eu viesse preparada. O que é uma idiotice da parte dela. Ela já deveria me conhecer melhor.

Se é assim que ela quer jogar, estou pronta.

VINTE E NOVE

Esther

22 DE MAIO DE 2023

Annabel também tem uma faca e está apontando para mim com as duas mãos, tentando se estabilizar.

Se significa alguma coisa, é que estou certa. Que bom que ela está armada. Vai ser bem mais fácil explicar para a polícia por que fui obrigada a fazer isso.

— Eu sabia — falo. — Sabia que era você. Eu devia ter suspeitado. Você matou elas, não foi?

Não vou morrer aqui, não como elas. Passei por coisa demais para isso.

— Eu sei o que você está fazendo — grita Annabel. — Para de fingir. Só sobramos nós duas.

— Por que você fez isso? — pergunto. — Você ainda não me respondeu.

Annabel ri.

— Não acredito nisso. Não consigo acreditar no que você está fazendo.

— Era por isso que ontem você estava saindo de fininho, não era? — grito. — Eu te vi saindo naquela tempestade. Que outro motivo teria para fazer isso? Você saiu, achou a Chloe e matou ela!

Ela parece desnorteada, claramente sem entender como eu a vi.

— Você não vai jogar isso em cima de mim. — Annabel agora segura firmemente a faca com apenas uma das mãos. — Eu confiei em você. Achei que fôssemos amigas.

— Nós somos amigas. — Estou tentando acalmá-la o máximo possível, mas minha voz sai em um tremor nervoso. — Todos os seus problemas com roubo de lojas e das suas amigas. A dívida de cartão de crédito. Eu não contei nada para ninguém, né? Por anos. Até meu colar. Eu te perdoo. Está tudo bem. Não precisa fazer nada. Solta a faca.

— Solta você a faca — diz ela. — É você que devia estar explicando as coisas para mim. Por que *você* fez isso? Foi mesmo por inveja, é isso? Algo tão simples quanto sempre ter sentido inveja de mim?

Fico sem palavras. Inveja? Ela acha mesmo que eu mataria todo mundo nesta ilha porque tenho *inveja* dela?

— Se fosse, por que você ainda estaria viva? — rebato.

— Eu sei o que você está tentando fazer — diz ela. — Não vai funcionar comigo. Agora somos eu e você, Esther. Não temos a Chloe fazendo os showzinhos idiotas dela nem a Tanya depressiva que só virou nossa amiga porque estávamos entediadas e tivemos pena dela. Sobraríamos apenas eu e você, né? Você queria isto.

— Annabel, não sei que tipo de jogo você está fazendo, mas precisa parar agora.

Por um momento, ela parece perplexa e genuinamente acho que surtou, mas aí aparece um brilho em seu olhar. Uma expressão de reconhecimento.

Ela está querendo mexer comigo. Eu sabia.

— Esther. Solta a faca.

Em vez disso, seguro mais perto do peito e dou um passo atrás.

— Annabel, você precisa se acalmar.

— Para de repetir meu nome desse jeito — irrita-se ela. — Eu sei o que você está fazendo. É uma tática comum isso de usar o nome da pessoa para ela sentir que pode confiar em você. Eu não sou idiota, lembra? Tenho dois diplomas de Psicologia.

Ela tem mesmo.

É fácil esquecer, na maior parte do tempo, que Annabel tem um cérebro. Com a aparência dela, loira, de olhos grandes e vestida na última moda, ela parece uma clássica Barbie. Mas era mais inteligente que todas nós na escola, tanto quanto a própria Poppy. Quando ela não apareceu no dia dos nossos resultados das provas avançadas, foi Annabel que assumiu o holofote, posando para todas as fotos. E eu odiei. Era para eu ser a inteligente, não ela. E ela ficou com toda a glória quase sem qualquer esforço.

A líder da quadrilha, Annabel Hannigan. Quem, de todas nós, teria mais rancor da recente interferência de Poppy, da sugestão de que era qualquer coisa, menos perfeita? Aparentemente, Annabel virou uma atriz consagrada. Todo o horror e a repugnância com as mortes de Poppy e Tanya, sua fraqueza, suas súplicas patéticas para a gente fazer a coisa certa. Tudo fingimento. Na verdade, é impressionante.

E nós caímos que nem umas patinhas. Ainda fantoches de Annabel, mesmo dez anos depois.

Arrisco um olhar para o horizonte. O céu continua escuro, sem sinal de um nascer do sol iminente. Cacete, que horas são? Robin precisa chegar aqui antes que sobre apenas uma de nós.

— Você achou mesmo que Poppy merecia morrer? — pergunta Annabel.

Faço que não com a cabeça para ela.

— Não, claro que não. O que a gente falou mais cedo… era só drama.

— E a Tanya? A Chloe?

Chloe continua entre nós. Foco meu olhar em Annabel e contorno o corpo de Chloe, aproximando-me de Annabel.

— Não — respondo. — Ninguém merecia morrer.

— Então, por que estamos aqui? — retruca ela. — Não entendo.

Eu também não entendo. Mas não posso confiar que ela vai fazer a coisa certa. Annabel já matou três pessoas, por que pararia na quarta? Preciso acabar com isso.

Mesmo que signifique matá-la com minhas próprias mãos.

O pensamento vem surpreendentemente fácil.

A adrenalina corre em minhas veias, me colocando mais alerta do que jamais estive. O cabo da faca começa a deixar uma marca na minha mão, de tão forte que estou segurando.

Talvez Annabel sinta algo mudar na minha determinação, porque sua expressão fica mais sombria. Aqui expostas aos elementos, as duas de vestido branco fino, devemos parecer uma imagem espelhada perturbadora.

— É só você soltar a faca que tudo isso pode acabar — implora, parecendo quase desesperada.

— Nunca.

— Então, o que a gente vai fazer?

— Se você se recusa a soltar a faca, vou ter que te obrigar.

Antes de eu ficar cansada demais, antes de você conseguir me dominar.

Já estou exausta agora. Mal dormi. As sequelas do gim ainda estão comigo, dando nós no meu estômago. Posso ser mais forte que Annabel em um dia normal, mas isto aqui não é normal.

Como tudo deu tão errado?

— Por favor, Esther.

Ela parece tão triste.

Mas, quando olho para o corpo de Chloe, minha determinação volta.

Eu sou mais forte do que ela. Eu consigo.

— Sinto muito, Annabel — digo e, antes de ela conseguir responder, ataco.

O oceano ao nosso redor.

A areia entre nossos dedos.

Isso, lutem com toda a sua força. Eu com certeza estou fazendo isso. Passei a vida toda lutando e isso me trouxe a este momento, aqui na praia à luz do luar, o barulho do mar atrás de nós, a tempestade que se transformou de força externa em interna, já que cada uma de nós sabe que é a última vez.

Mate-a.

TRINTA

Annabel

22 DE MAIO DE 2023

Esther me ataca com um grito estrangulado, correndo para a frente e se jogando em cima de mim. Minha faca cai quando seguro a dela com as duas mãos, gritando quando a lâmina corta minhas duas palmas. Rolamos na areia, lutando com a faca, que ela tenta arrancar de mim, e eu seguro forte, apesar da dor excruciante. Entra areia na minha boca, nos meus olhos, pelo meu vestido, mas não posso ceder.

Há mais gritos, de nós duas, acho, e começamos a nos chutar. Em certo ponto, Esther parece recuar, então levanto a cabeça e colido com a dela, o que a faz voar para trás. Ela tenta se levantar, mas, nesse ponto, estou em cima dela, agora com a faca.

— Sai de cima de mim! — rosna, agarrando meu pescoço com as duas mãos.

Esther aperta com tanta força que minha respiração sai em ofegos engasgados e tenho que soltar a faca. Ela me larga para pegá-la e consigo me pôr de pé e me afastar, andando pela areia.

Cadê a porcaria da outra faca? Olho ao redor loucamente, mas não tem nada reluzindo na praia. A maré deve ter subido e levado ou enterrado na areia molhada. Cambaleando para trás, encontro uma pedra dura e a pego, grata por qualquer arma.

Está molhada de sangue.

Tem cabelo de Chloe grudado nela.

— Ah, caralho!

Parte de mim quer soltar, se debruçar e vomitar. Mas Esther está vindo me atacar, então tenho que deixar meu receio e me virar rápido, batendo a pedra na lateral da cabeça dela.

Ela cai para trás, gritando.

Levanto a pedra e bato de novo, com um joelho de cada lado do corpo dela, ofegante. Esther tenta se arrastar para longe, mas é impossível. Como um esforço final, tenta me esfaquear, mas está fraca para segurar a faca. Sua força está sumindo.

É o olhar final que ela me dá, de choque, medo e dor, tudo junto, que me faz pausar um segundo e duvidar.

Mas tem que ser Esther. Não sobrou mais ninguém.

Ela sente minha hesitação e tenta pegar a faca. Consigo puxar para longe antes de ela conseguir e, em vez disso, a mão dela alcança meu rosto e arranha minha bochecha.

Não tenho escolha.

Eu a esfaqueio várias e várias vezes, o suficiente para ela parar de lutar embaixo de mim.

— Annabel... — fala, em um arquejo, e é só o que consegue dizer.

Ela cospe pela boca o sangue, que espirra na minha cara. Suas pálpebras tremulam e Esther fica imóvel.

Ela está morta.

Levanto-me devagar, com os joelhos tremendo, aí corro para o mar e vomito.

Parte de mim quer se dobrar em posição fetal e só se afogar nas ondas.

Ainda não entendo *por quê*. É isso que me faz seguir em frente, continuar de pé. Por que Esther fez isso? Poppy, eu entendo. Poppy acabou com a vida dela. Fez com que ela fosse demitida do emprego, a humilhou com aquelas fotos dela nua, que agora podem estar em qualquer lugar. Mas

Tanya? Não faz sentido. De todo mundo, Esther tinha mais problema comigo. Então, por que fiquei por último? Por que vasculhamos a ilha juntas atrás de Chloe?

Mais pensamentos me vêm à mente. O ferimento horrível de Chloe na parte de trás da cabeça. O sangue ao redor dela.

O vestido branco de Esther. Até brigarmos, não tinha nem uma gota de sangue nele. Como? Ela não trocou de roupa. Como pode ter matado Chloe e continuar limpa?

A dúvida começa a aparecer. Todo mundo está morto. Tem que ter sido ela.

Com o canto do olho, consigo ver que o barquinho a motor continua na praia, me provocando.

Recomponha-se.

Olho meu próprio vestido, arruinado. Tem dois cortes fundos também na palma da minha mão, por ter agarrado a lâmina. Ainda estão sangrando. Lavo as mãos no mar, mas não faz muita diferença, só deixa a água vermelha ao meu redor. Até o ardor forte que isso causa só traz mais um lembrete de que a dor é quase avassaladora. Meu nariz também está sangrando e, quando tateio o rosto, está dolorido.

Nada disso faz sentido.

Fico olhando o horizonte, as pequenas manchas rosa e laranja.

O sol finalmente está nascendo.

Por que Chloe foi deixada na praia?

Não sei por que esse pensamento me vem agora, mas vem.

Com Tanya fazia sentido. Era de dia, e a pessoa que a matou teria sido descoberta se movesse o corpo.

Mas Chloe está bem aqui. Ela está na praia. Era só arrastá-la e ela teria sido levada pela maré para nunca mais ser vista. Por que deixar o corpo dela aqui se tinha feito todo o esforço de tirar Poppy da área principal?

Por que o corpo de Poppy foi o único que desapareceu?

Meu Deus. Aperto a testa com as mãos quando uma enxaqueca explode, violenta e latejante.

Atrás de mim, escuto palmas.

— Bravo.

Tremendo, me viro em câmera lenta. Estou coberta de sangue. Minha boca tem gosto de vômito.

Poppy está parada ao lado do corpo de Esther, com as mãos na cintura. Ela abre um sorriso ao me ver.

— Belo show — diz. — Muito bem.

TRINTA E UM

Annabel

22 DE MAIO DE 2023

Poppy está viva. Ela está *viva*. Simplesmente não tem como. Não é possível que esteja parada na minha frente.

Não consigo tirar os olhos dela. Mesmo enquanto caminho à frente, saindo do mar, continuo encarando-a, como se ela pudesse desaparecer a qualquer momento. Talvez eu tenha caído em algum lugar e batido a cabeça, e tudo isso seja uma grande alucinação.

— Você não pode estar aqui — digo. — Você está morta.

Estou tremendo. Será que, afinal, Esther me matou e isso é um tipo de vida após a morte?

— Estou? — pergunta Poppy.

Ela sente a própria pulsação no pescoço, esperando uns segundos.

— Pareço viva para mim. Talvez você queira vir checar?

Como ela pode estar tão calma? Tão debochada?

Esther e Chloe estão na areia perto da gente, mortas.

— Eu matei a Esther — falo. — Achei que ela fosse... achei que ela tivesse...

Poppy sorri.

— Ah, eu sei, você pensou que ela fosse a assassina. Porque, né, quem mais tinha sobrado? Só vocês duas. Engraçado, Esther pensou a mesma coisa de você.

Meu Deus. Não foi Esther. Nós duas, uma convencida de que a outra era a culpada porque não havia outra explicação.

— Foi você — sussurro. — Você matou a Tanya e a Chloe.

— Sim — diz Poppy. — Fui eu.

Lembro como estava o quarto dela, a quantidade de sangue lá. Como ela está aqui parada? Como está viva?

— Mas como...

Não consigo terminar minha frase. Eu matei Esther. Ela está morta por minha causa. Poppy matou Tanya e Chloe. Eu sou a próxima. Só posso ser a próxima.

— Eu explico — fala Poppy. — Vem cá.

Ela gesticula para a cabaninha verde com a porta aberta ao lado. A cabana com o gerador. Era lá que ela estava o tempo todo.

Poppy sente minha hesitação.

— Se eu quisesse te matar, teria chegado de fininho enquanto você estava no mar.

— Você não quer me matar?

— Ah, não, Annabel — diz ela. — Tem coisas que eu preciso saber. Coisas que você precisa me contar. E coisas que eu preciso que você escute. Considere seu dever como a minha última madrinha de casamento. Pode até dizer que ficou com o lugar de honra.

Vou vomitar de novo.

Poppy sorri para mim e levanta uma sobrancelha.

— Ou com o lugar de desonra, na verdade.

Ela está esperando que eu dê risada? Depois de tudo?

— Vem. — De repente, ela está cheia de energia. — Quero que você saia do frio. A gente não tem muito tempo.

É só quando ela diz isso que percebo que esfriou muito e meus braços estão arrepiados. Agora que a tempestade passou, não tem nada para substituí-la, e o ar está fresco e exposto à imensidão do mar. Poppy dá as costas para mim e vai em direção à cabana verde. Vou atrás, pegando a faca ensanguentada do chão e me questiono se devo ou não esfaqueá-la e acabar logo com isso.

Como se lesse minha mente, ela se vira, achando divertido.

— Está pensando em me esfaquear pelas costas, Annabel? Não seria a primeira vez.

Ela levanta o vestido e noto que está usando Doc Martens, botas pesadas, impróprias para a praia. Ela se dobra e tira algo de uma das botas. Quando brilha sob o céu de início da manhã, vejo que ela também tem uma faca.

Claro que ela está preparada. Por que não estaria?

— Não vá fazer algo idiota — diz ela, como se estivéssemos discutindo um jogo de xadrez. — Vem comigo e entra.

Abaixo minha faca. Não é hora. Poppy é mais alta e está mais em forma do que eu. Se vou sair desta, tenho que contar com o elemento-surpresa.

Só começa a parecer real quando ela fecha a porta atrás de nós, isolando o mundo externo. O cômodo não tem um gerador coisa nenhuma, parece mais uma cabana de pesca, então talvez Poppy estivesse mentindo desde o começo sobre isso. Tem uma cama de campanha aqui, imagino que para noites como esta, quando seria perigoso atravessar a ilha até a acomodação principal. Quase todo o espaço está tomado de equipamentos. Tem apetrechos de pesca, como esperado, mas também de mergulho, incluindo pés de pato e trajes de mergulhador. Em um canto tem uma sacola com parte da comida da despensa.

Poppy se senta na cama. Quando analiso o rosto dela, não sei se está molhada da chuva ou de choro. Ela me vê encarando e seca o rosto com urgência, o que me faz acreditar que, afinal, eram lágrimas. A pintura horrível que encontramos na caça ao tesouro também está aqui, apoiada na cama ao lado dela. Poppy me pega olhando e sorri.

Estamos no limite. Paro, apoiada na porta para ter uma sensação de segurança, a ideia de que posso abri-la e fugir correndo se necessário. A faca parece escorregadia na minha mão e, se é de sangue ou suor, não sei.

Como ela pode estar aqui sentada? O quarto dela estava um massacre. Todo aquele sangue.

— Explica — digo, entorpecida de tudo. — Que porra está acontecendo? Como você está viva?

Poppy assente. Não existe mais prazer na expressão dela.

— Eu encenei minha morte — diz ela. — Depois de me vingar de todas e destruir a vida de vocês, eu sabia que iam ficar putas. Tão putas que iam querer se vingar também. Então, quis me adiantar e passar logo para a parte boa, o desfecho. Cobri o quarto de sangue, cheguei a me arrastar da cama ao chão em cima do sangue, para parecer realista. Respingos em vários lugares, incluindo a janela de Tanya, a varanda da frente, o batente da porta. Coloquei no mar, naquela pedra, a blusa que estava vestindo, para fazer parecer que eu tinha sido levada pela maré. Já tinha montado um cantinho aqui, com comida e uma cama. E uma transmissão ao vivo, claro.

Poppy aponta, e há uma telinha dividida em quatro. Várias câmeras espalhadas pela área, um belo material audiovisual.

— Claro, a tempestade estragou a transmissão — continua ela. — Foi por isso que fiquei chocada ao encontrar a Chloe na minha porta tentando religar a luz.

Meus pensamentos estão confusos. Parte de mim continua surtando com o simples fato de Poppy estar aqui. Eu tinha aceitado a morte dela. E agora ela está aqui e não sei o que isso significa.

— Então, você matou ela? — pergunto. — Você matou a Chloe?

— Sim — diz ela, sem qualquer emoção. — Na verdade, foi puro azar o dela ter vindo parar aqui. A tempestade tinha acabado com meu plano inicial de pegar uma por uma, mas ela me fez um favor.

— Como você matou ela?

A imagem da pedra coberta de sangue, a mesma que usei em Esther, vem a minha mente.

— Não foi tão fácil quanto a Tanya. Ela começou a correr. Estava escuro. Peguei uma pedra e bati na cabeça dela. Achei que era melhor deixar o corpo ali para você e a Esther acharem.

— Como tinha tanto sangue no seu quarto se você não está morta? — pergunto, ainda vendo a cama grotesca com as manchas de sangue escuras, as marcas no chão. — Era horrível.

— Sangue de porco. — Poppy cruza os braços. — Do continente. Trouxe comigo no barco com Robin antes de vocês chegarem, em umas garrafas térmicas grandes. Acho que o açougueiro pensou que eu era de alguma seita. Ele não questionou muito.

— Foi só para confundir a gente.

— Ah, sim. Fazer vocês todas acharem que uma das outras era uma assassina foi a melhor parte.

Em pânico, tento lembrar a sequência de acontecimentos.

— Então, foi você que sumiu com os sinalizadores?

— Lógico. Eu não podia deixar vocês alertarem alguém e acabarem com a diversão cedo.

— Minha blusa?

Penso naquela blusa horrorosa de lantejoulas que desapareceu tão rápido. Ela cruza os braços.

— Isso e quebrar a maquiagem da Chloe. Coisinhas pequenas para vocês surtarem um pouco. Joguei aquela blusa no mar, aliás. Já foi embora faz tempo.

— E você plantou a faca no quarto da Tanya?

— Queria que ela fosse a culpada, pelo menos um pouco — diz Poppy. — Antes de eu matar ela.

É o tom casual dela ao dizer isso que finalmente me tira do sério.

— Tudo isso é só uma piada para você. — Fico surpresa com a força com que as palavras saem de mim. — Esta viagem toda, esta despedida de solteira. Pessoas *morreram*, Poppy. Você matou elas. Você entende o que isso significa?

Os olhos dela brilham de raiva, eu nunca a vi tão enfurecida.

— Não ouse me dizer isso — fala ela. — Você não tem ideia. Não sabe do que está falando.

— Então me *conta*! — grito. — Você fica falando em enigmas e estou cansada deles. Se quer me matar, vai logo e mata. Com certeza eu mereço, segundo você.

— Fiquei tentando ser uma pessoa superior por muito tempo. Passei anos tentando superar, seguir a vida. Estudei na Universidade de Cambridge, virei uma porra de uma médica. Devia ter uma vida feliz, realizada. Mas não tenho. Não importava o quanto eu tentasse fugir, sempre acabava voltando para vocês — diz ela. — Vocês acabaram com a minha vida.

— A gente não acabou com a sua vida coisa nenhuma — retruco. — Parece que sua vida é fantástica! Como você disse, olha só para você. Está melhor que nós. Você vai se casar, pelo amor de Deus.

— Ah, a noiva linda? — Poppy suspira. — Mentira, infelizmente. Por mais que eu quisesse que fosse verdade.

Não sei por quê, mas isso me surpreende.

— Você estava mentindo sobre se casar?

— Eu precisava fazer alguma coisa para trazer todas vocês para esta ilha, e uma despedida de solteira parecia a desculpa perfeita. Foi tudo para vocês e, menina, vocês entregaram tudo.

— Mas seu Instagram!

Até para meus ouvidos, soa patético.

— Criado para vocês acreditarem na história. Engraçado como só precisa de umas fotos de vestidos de noiva e um belo anel de diamante para, de repente, você ser noiva, sem ninguém questionar.

— Meu Deus... — Não sei nem como reagir. — Mas todo o resto... tudo na sua vida parece maravilhoso. Você não tinha necessidade de fazer isto...

— Não. — Ela levanta a mão para eu parar de falar. — Fiz tudo aquilo para provar que eu estava lidando com as coisas. Para tentar mostrar para a minha mãe e para o meu pai que eu estava feliz. Porque, por mais que finjam, eles não são felizes.

O sol começa a entrar por baixo da porta. Enfim, esta noite horrível acabou. Mas o dia está só começando.

Os olhos de Poppy se enchem de lágrimas.

— Finalmente, precisei descobrir onde vocês quatro estavam.

— Quando foi isso? — questiono.

— Há um ano — diz Poppy. — Estou observando vocês há muito tempo. Investigando. Foi muito fácil encontrar vocês.

— O roubo na casa da Chloe — sussurro. — Foi você, afinal?

— Agora, ela nunca vai saber — diz Poppy. — Que pena. Eu amaria ver a cara dela sabendo que fui eu. Mas fazer aquilo me deu muito mais acesso a tudo sobre vocês.

Mas Chloe sabia. Ela tinha descoberto.

E, agora, tenho a confirmação.

Isso quer dizer que Poppy realmente tem o vídeo?

Aqui, na cabana, sem janelas, a sensação claustrofóbica para piorar, com tudo se fechando em cima de mim.

— Você ficou rastreando a gente por todo esse tempo. Por quê?

— Para dar uma chance a vocês — diz Poppy. — Simples assim. Se eu visse que vocês eram… sei lá, pessoas que ajudam os outros, fazem boas ações, vivem uma vida boa, acho que teria sido suficiente para mim. Eu podia só ter pegado o que eu precisava e deixado todo mundo em paz. Mas nenhuma de vocês conseguiu isso. Todas continuavam tão egoístas quanto sempre foram. Vocês nem fizeram novas amizades. Isso diz muito sobre o tipo de gente que vocês são.

Como assim pegado o que ela precisava?

— Vocês todas aceitaram meu convite — continua Poppy — e ninguém me pediu desculpas. Estavam mais preocupadas com a minha aparência.

Outra verdade terrível.

— Mas fingir sua própria morte?

— Foi justiça poética — responde ela.

— O que é que isso quer dizer?

Poppy sorri.

— Vocês todas mal se lembram do passado. Ou, pelo menos, fingem não lembrar. Só a Tanya estava pelo menos disposta a mencionar. O resto de vocês esqueceu?

— A gente não esqueceu — falo, baixinho.

— Não.

Ela me olha de cima a baixo, o que faz com que eu me sinta nua.

— Faz dez anos!

Não posso contar a verdade a ela: que, mesmo agora, ainda não acredito que foi realmente tão ruim.

Poppy continua como se eu não tivesse dito nada.

— O bullying inicial talvez eu pudesse perdoar. Crianças fazem bullying. É um fato infeliz da vida. Podem ser cruéis. Mas aí vocês tiveram que se superar.

Não sei o que dizer.

— Você precisa lembrar — fala Poppy. — Lembrar o que vocês fizeram dez anos atrás.

Sacudo a cabeça.

— Não é hora disso. Todo mundo morreu, Poppy.

— É a hora perfeita. — A voz dela está engasgada. Vejo como isso dói nela. — Dez anos atrás exatamente hoje, aliás. Dia 22 de maio de 2013.

A prova de Artes.

— Foi o pior dia da minha vida — diz Poppy. — Que tal eu te levar de volta?

Quero dizer não.

— Você quer uma explicação de por que eu matei a Tanya e a Chloe e fiz tudo isto com vocês? — continua ela. — Então, você precisa escutar.

TRINTA E DOIS

Poppy

22 DE MAIO DE 2013

Querido diário,

Desculpa se não der para entender minha letra. Minhas mãos ainda estão tremendo de mais cedo. Abri e fechei este caderno umas dez vezes. Como posso entender o que aconteceu?

Não consigo acreditar. Se eu não escrever, posso fingir que na verdade não aconteceu e que foi tudo um pesadelo doentio.

Só que, se eu não fizer algo, não vou suportar.

Tá. Consigo escrever sobre isso se começar do começo e fingir que é uma história que está acontecendo com outra pessoa. É o único jeito de eu ver algum sentido. Se eu registrar tudo, talvez consiga lidar. Talvez consiga pensar no assunto sem chorar.

Esta é uma história sobre uma garota que foi muito mal na prova de Artes.

Nossa última obra para a prova avançada de Artes durava quase dois dias e acontecia na sala da professora Wersham. Tínhamos esse tempo, e só esse tempo, para produzir um projeto que mostrasse o melhor das nossas habilidades. Todo mundo falou do assunto por meses, até mais do que dos nossos portfólios, que agora estavam prontos esperando para serem enviados aos avaliadores.

Antes de começarmos, podíamos escolher nosso próprio espaço de trabalho. Imediatamente fui para o fundo da sala, em um canto em que ninguém mais conseguiria ver o que eu estava fazendo. Não queria que me copiassem no último minuto. Meu tema durante todo o nível avançado foi isolamento e o corpo humano, e tirei muita inspiração de artistas como Frida Kahlo, Remedios Varo e Gertrude Abercrombie, o que significa que meu trabalho ficou mais surrealista.

— Mal posso esperar para começar — disse Sally, depois de todos terem escolhido seu lugar e montado tudo.

De onde estava, eu via a tela e o cavalete dela, e sabia que sua obra não seria nem de perto tão boa quanto a minha. Ela só estava fazendo Artes por diversão.

— Vou fazer uma colagem de vários jornais que colecionei e criar uma imagem de um pássaro para apresentar muito bem meu tema de espiritualidade.

Que original. Mas não comentei nada. Só assenti com a cabeça.

— Eu vou fazer uma escultura dentro de uma escultura — declarou Jayla, e riu de nervoso. — Espero que funcione. Andei praticando em casa.

— O que você vai fazer, Poppy? — perguntou Ebbie, outra garota que estava sentada perto de mim. — A sua tela é enorme!

Dei um jeito de colocar meu cavalete em um ângulo ainda mais distante, virado para o fundo, para ela não conseguir ver nada.

— Uma coisa completamente inesperada — falei, com orgulho. — Nenhum de vocês nunca viu nada assim.

— Não deixa a srta. Wersham te ouvir falando isso — disse Jayla. — Vai ficar brava achando que você vai quebrar as regras outra vez.

— A srta. Wersham não pode entrar aqui — respondi.

Era verdade. Como nossa professora, era considerada parcial e, portanto, não podia ficar na sala enquanto fazíamos a prova. Em vez disso, uma inspetora externa tinha vindo ficar de olho na gente.

— E, de qualquer forma, dá para uma coisa ser inovadora e polêmica continuando dentro das regras, sabia?

— Tá. — Jayla não estava convencida. — Qual é a ideia, hein?

Coloquei o dedo em frente aos lábios para mostrar que não ia falar mais nada.

Eu não era a única que estava quieta. Ollie tinha se colocado no outro canto e se recusava a conversar, checando obsessivamente se tinha tudo de que precisava.

Nesse momento, a inspetora, uma mulher bem sem graça de cabelo branco e jeans apertado demais, se levantou e pediu silêncio. Ela explicou as regras da prova (não podíamos conversar uns com os outros, não podíamos olhar as obras dos outros, tipo, dã) e aí acionou um timer. Tínhamos oito horas no total para a prova, divididas em dois dias. Também podíamos fazer um intervalo no meio, então o timer só marcava duas horas de cada vez. Mas, mesmo assim, produzir algo que me satisfizesse em um período tão curto parecia uma tarefa e uma pressão enormes.

Quase não tenho vontade de escrever sobre meu projeto. Dói demais. Mas, por enquanto, ainda estamos fingindo que é uma história, certo? Isso aconteceu com uma garota qualquer. Não aconteceu de verdade comigo.

Ebbie não estava brincando — minha tela era enorme. Quase do meu tamanho. Meu plano era um autorretrato, mas surrealista. O fundo ia ser cheio de objetos que pareciam positivos, mas, olhando mais de perto, eram perturbadores. Flores chamativas e coloridas que estavam murchando e crescendo do céu de ponta-cabeça. Crânios como nuvens. Maçãs com mordidas que revelavam podridão por dentro. Romãs soltando suco que parecia sangue. Insetos rastejando no meio das árvores, altos como elas e com milhares de pernas. Não árvores comuns — árvores com espelhos no lugar de troncos, reluzentes e refletindo figuras tristes de contos de fada tentando desesperadamente estender a mão e escapar. Finalmente, eu no meio, enorme e chorando, com a boca aberta para gritar, o cabelo para cima de lado como se eu tivesse sido eletrocutada. Há linhas prateadas em meus braços e minhas mãos, estendidos à frente. Não tenho corpo; estou flutuando.

Assustador. Ousado. Polêmico. Surreal. Tudo o que eu queria que fosse.

Todo mundo ia ficar chocado. E melhor: com inveja por não conseguir criar algo que encapsulasse tão perfeitamente o tema e o estilo do portfólio deles. Eu ia levar comigo para a Slade. Mostrar para todo mundo do que eu era capaz.

Minha passagem para ir embora. Como em A Fantástica Fábrica de Chocolate. *Eu ia receber meu Bilhete Dourado e escapar para um lugar melhor.*

No primeiro dia, desenhei a cena, garantindo que estivesse o mais perfeita possível dentro das condições de tempo. A inspetora se levantou e deu uma volta na sala, checando se todo mundo tinha tudo de que precisava no começo da prova, e depois passou o resto do tempo sentada à mesa da srta. Wersham lendo Vogue *e* Harper's Bazaar. *Não era muito profissional. Mas todos estavam tão concentrados no trabalho quanto eu, a sala estava tranquila e só com sons baixinhos abafados de lápis, pincéis, farfalhar de papéis e esculturas sendo fundidas.*

O segundo dia foi mais corrido, já que eu precisava pintar tudo. Verdade seja dita, eu queria tinta a óleo, mas sabia que ia demorar mais para secar. Precisava ser acrílica. O resultado continuou sendo as explosões de cor grossas e expansivas que eu queria, vivas em alguns lugares e terrivelmente escuras em outros.

— Vocês têm meia hora — disse a inspetora, falando pela primeira vez desde que recomeçara a prova depois de nosso intervalo de manhã mais cedo.

Entrei em pânico vendo o que me faltava. Eu tinha pintado meu fundo com um cuidado meticuloso, garantindo que cada parte estivesse como eu queria, mas só estava na metade da figura que era eu no centro. Significava pintar mais rápido do que eu pretendia, mas as pinceladas frenéticas e a leve sobreposição de linhas acabaram parecendo deliberadas, como se eu quisesse que minha figura central se mesclasse de um jeito desordenado com o fundo e consigo mesma.

Terminei faltando praticamente um segundo.

— Nem dá para acreditar que acabou! — gritou Sally, enquanto todos saíamos da sala de Artes depois de terminar. — Parecia que não ia acabar nunca.

Sendo a última a sair, me virei para olhar a inspetora. Era para ela estar olhando nosso trabalho, um por vez, mas estava ocupada mexendo em algo na bolsa e saiu basicamente logo depois de nós, claramente ansiosa para ir embora. A porta se fechou atrás dela com um zumbido, trancando-se automaticamente.

— Não sei como eu fui — murmurou Jayla. — Acho que deu errado, para ser sincera.

— Pelo menos, você não estava sentada no meu lugar — disse Ebbie. — Estava superfedido. Eles vivem falando que vão fazer alguma coisa, mas não fazem. Meninos são nojentos.

A sala de Artes dividia uma parede com os banheiros masculinos, que são notoriamente desagradáveis, especialmente agora no verão. Quando dava, todo mundo tentava evitar se sentar perto daquela parede. Não era ótima — mas tinha mais privacidade, então eu aguentei, já sabendo, ao escolher meu canto, o que ia precisar suportar.

— Olha, se não são os amiguinhos artistas!

Annabel, Chloe, Esther e Tanya estavam paradas juntas no corredor, enquanto todos íamos na direção delas. A maioria das pessoas se sentia intimidada por elas. Era difícil não sentir, já que elas pareciam top models e o restante de nós, alunos do prézinho. Mas, desde o baile e a festa, eu sentia que estava bem. Não que eu fosse uma delas. Não sou tão doida. Mas a gente tinha se divertido junto. Era quase como se pudéssemos ser amigas. Então, não me afastei com medo, como faria antes.

— Como foi a prova de Artes, Poppy? — perguntou Chloe.

Enquanto elas focavam a atenção em mim, todos os outros conseguiram continuar andando. Chloe deu uma piscadinha para Ollie quando ele passou, o que o fez corar furiosamente, então ele parou perto da esquina do corredor, fazendo algo no celular. Será que estava esperando ela falar com ele de novo? Não tinha como Ollie ser tão iludido.

Só tinha sobrado eu ali parada. Devia ter seguido com o restante da turma e fingido que não tinha escutado. Mas eu era tão iludida quanto Ollie. Ainda achava que talvez elas quisessem ser minhas amigas, que podiam até ter perguntado por se importar com como eu fui.

Claramente, eu sou uma otária que gosta de sofrer.

— Alô? Tem alguém aí? — falou Chloe quando não respondi de imediato, sorrindo. — Eu te fiz uma pergunta.

— Foi tudo bem.

Minha voz estava rouca por ter passado tanto tempo sem ser usada.

— Hein? — Esther enfiou a mão atrás da orelha e se inclinou à frente. — Não entendi nada. Vocês entenderam?

— Nadinha — disse Tanya.

— Sinceramente, Poppy — falou Chloe, sacudindo a cabeça.

Dei uma risada nervosa, sem saber se estavam brincando ou sendo más de novo.

— Gente, para. — Annabel revirou os olhos e me olhou. — Que bom que foi bem, Poppy. Você anda ótima ultimamente, né?

— Como assim? — perguntei.

— O centro das atenções na festa sexta passada. Agora arrasando na sua prova. Não seja modesta! Aposto que você foi superbem.

Fiquei corada de orgulho.

— Obrigada.

— Alguma coisa totalmente ousada, né? — falou Esther. — Todo mundo já viu suas obras nos corredores. Aposto que você foi cem por cento experimental.

Era como se ela tivesse lido meus pensamentos, mas fiquei confusa quando Tanya deu uma cotovelada em Chloe e as duas riram.

— Exatamente — respondi. — Tentei absorver tudo o que aprendi até aqui e coloquei nessa peça para mostrar uma coisa surreal.

— Com certeza é surreal — comentou Tanya. — Parabéns, Poppy.

Foi legal escutar isso dela. Ela parecia sincera, com um sorriso largo, assentindo para mim de forma encorajadora.

Eu devia ter lembrado como a Tanya era boa atriz.

— Bom, mal podemos esperar para ver — disse Annabel. — Vamos poder ver, né? Eles vão mostrar sua obra de arte para as pessoas?

— Acho que sim — respondi. — Também mal posso esperar para todas vocês verem. Obrigada por... obrigada por terem sido legais esta semana. Foi ótimo.

— Você ficou bem felizinha na festa, com certeza — comentou Chloe. — Realmente saiu da concha e a gente viu quem você realmente é.

Franzi a testa, confusa. Não tinha certeza de aonde Chloe queria chegar.

Annabel a interrompeu calmamente.

— Enfim, melhor você ir logo. O sr. Edwards queria falar com você sobre sua prova. Foi isso que a gente veio te dizer. Ansiosa para ver logo sua obra. Vai ser... surreal, com certeza.

Saí correndo e quase esbarrei em Ollie, que ainda estava parado no corredor, e ignorei-as rindo atrás de mim. Elas riam de tudo. Não deviam estar rindo de mim, não agora que éramos quase amigas. Mesmo que, depois de achar o sr. Edwards, ele estivesse confuso, falando que não tinha dito nada daquilo a Annabel.

Não entendi na hora o que estava acontecendo. Mas, logo depois, ficou óbvio.

Naquela tarde, estávamos em um simulado de Matemática. Nosso último simulado, em condições de prova reais. Eu era a única que fazia Artes e Matemática também, então me disseram que era uma infelicidade eu ter uma prova real no mesmo dia, mas não podiam mudar só por mim e eu tinha que fazer do mesmo jeito. E foi por isso que fiquei chocada quando a srta. Wersham entrou na sala, cochichou algo com o sr. Holmes e me pediu para pegar minhas coisas e ir com ela.

— Agora? — sussurrei.

Notei quando todos levantaram a cabeça da prova, intrigados. Annabel e Esther estavam com um sorrisinho irônico, bem satisfeitas, e comecei a sentir algo horrível na boca do estômago.

A srta. Wersham assentiu, séria.

— Agora, Poppy, por favor.

Precisei ir atrás dela bem à vista de todo mundo. Estava tão silencioso que o único som era o dos nossos sapatos enquanto saíamos. Assim que a porta da sala se fechou atrás de nós, tentei descobrir o que estava rolando.

— Aconteceu alguma coisa em casa? — perguntei, horrorizada. — Minha mãe e meu pai estão bem? É a Wendy?

— Não tem nada a ver com sua família — esclareceu a srta. Wersham, mas ainda parecia solene. Até brava. — Estou tão decepcionada com você, Poppy.

— Decepcionada comigo? — repeti, gritando. — O que eu fiz? Eu fiz alguma coisa errada?

— Você vai ver. Achei que agora você já sabia o que não devia fazer.

Ela não falou mais nada enquanto caminhávamos juntas e logo percebi aonde estava me levando. De volta à sala de Artes.

Será que tinha acontecido algo com minha prova?

Annabel, Chloe, Esther e Tanya apareceram imediatamente na minha cabeça. Os comentários misteriosos. A alegria delas. A proximidade da nossa sala de prova.

Será que elas fizeram algo?

Para meu choque, chegamos à sala de Artes e achamos não só a inspetora de antes, mas a diretora, a sra. Hargreaves, e outro homem sério, de terno, com um crachá de visitante pendurado no pescoço.

Fiquei pálida. A coisa era grave.

— O que está acontecendo? — perguntei, e o tremor em minha voz deixou claro o quanto eu estava assustada.

A sra. Hargreaves suspirou, cruzando os braços.

— Quando a srta. Wersham entrou para dar notas às peças da prova hoje de tarde, encontrou a sua em um estado impróprio. Ela não teve escolha a não ser me informar, e eu chamei os avaliadores. Felizmente, conseguiram mandar um moderador relativamente rápido. — Ela indicou com a cabeça o homem de terno, cuja boca estava apertada em uma linha fina. — Ele confirmou as suspeitas da srta. Wersham. Seu projeto final é não apenas inapropriado e indelicado, mas simplesmente ofensivo, não só em sua concepção, mas em relação à coitada da srta. Wersham, que trabalhou tanto com você todos esses anos. O moderador não tem escolha a não ser desqualificar você do nível avançado.

Minha mente estava girando.

— Como assim? — Eu mal entendia o que ela tinha dito. — Em que sentido é ofensivo? Eu conversei antes com a srta. Wersham...

— Você não conversou antes comigo sobre nada disso, Poppy — interrompeu, bruscamente, a professora. O rosto dela estava cheio de decepção. — Estou muito surpresa de você ter feito isso. Depois de tudo o que aconteceu no seu Certificado Geral. Achei que tivesse aprendido com aquilo. Você sabe muito bem que eu não te liberei para adicionar aquelas peças nojentas na sua pintura. Se você tivesse deixado como estava, teria sido incrível.

Agora, eu estava ainda mais confusa.

— Que peças nojentas? A pintura de sangue? A fruta apodrecida? Você disse que não tinha problema!

— Claro, a inspetora devia ter ficado mais de olho nas coisas — disse a sra. Hargreaves para a inspetora, que pelo menos teve a decência de parecer envergonhada, de cabeça baixa e evitando contato visual com todo mundo. — Mas, no fim das contas, é sua responsabilidade produzir algo que siga as regras.

— Por favor. — Comecei a chorar, lágrimas grossas que nublavam minha visão. — Eu não faço ideia do que você está falando.

— Pelo amor de Deus, mocinha. — A sra. Hargreaves abriu a porta da sala de Artes e entrou. — Venha ver você mesma e nos diga por que você acha que é aceitável.

Todos entramos. Minha tela tinha sido virada para a frente da sala. Eles pararam em linha reta atrás de mim enquanto eu analisava, absorvendo o dano causado.

Era meu quadro.

Oculto sob o massacre que ocorreu por cima.

Balões estourados estavam pendurados, murchos e coloridos, cobertos com agulhas e grudentos de suco de caixinha, em cada canto da tela. Os respingos tinham secado e pareciam flores murchas estouradas que pingavam pelas laterais.

Pedaços de espelho estavam colados em diferentes áreas da tela, refletindo a luz e piscando como glitter selvagem. Eu me via dentro deles, pálida e horrorizada. Alguns também estavam enfiados na tela, apontando para fora de um jeito perigoso, com as pontas afiadas irregulares e ameaçadoras, como aquele que eu usava para rasgar minha pele.

O pior de tudo eram os pedaços de pele de frango pendurados nas agulhas como em um miniaçougue e as manchas de cocô de cachorro em faixas marrons que pareciam uma criação deliberada de sombras na pintura. Era horrível. A forma como tinham sido distribuídas me fez pensar no batom vermelho que eu tinha espalhado pela minha boca, e, então, eu me lembrei.

Estava tudo ali. O suco do meu primeiro dia. Balões de festa arruinados que mostravam todos os aniversários que eu passei sozinha. E os pedaços de espelho... elas não tinham como saber, mas me lembravam principalmente de como eu tinha me destruído. Não só porque eu via meu reflexo horrível, mas porque tinha usado um pedaço para acabar com meu corpo, e aqui estavam, completamente à mostra, como se eu tivesse orgulho disso.

Fiquei enjoada. Aquilo era brutal. Estava além de qualquer coisa que já tivessem feito comigo. Era minha arte. Era para ser algo seguro. E, agora, tinha sido distorcida e tirada do meu controle, igual a todo o resto.

— Não entendo — sussurrei, dando um passo para trás. — Eu não fiz isso.

— Não adianta fingir, Poppy — disse a srta. Wersham, triste. — Não seria sua primeira vez ultrapassando os limites. Já conversamos várias vezes sobre isso antes.

Meu rosto deve ter ficado muito pálido e minhas pernas devem ter vacilado, porque ela correu para me segurar. A sra. Hargreaves me trouxe uma cadeira.

— Não começa a fazer drama amador comigo — irritou-se a diretora. — Não dá para cometer o crime se não conseguir enfrentar as consequências.

O moderador da prova pigarreou.

— Infelizmente, ser desqualificada do projeto final significa que você foi reprovada no nível avançado.

— Espera. — Levantei rápido a cabeça para olhá-lo, boquiaberta. — Como assim? Não pode ser.

— O que você achava que fosse acontecer? — questionou a sra. Hargreaves. — Claro que você foi reprovada.

— Mas não posso. — A náusea começou a borbulhar em minha garganta. — Se eu fui reprovada, significa que não vou para a Slade.

— Você devia ter pensado bem antes de fazer tudo isso. — A sra. Hargreaves deu de ombros, como se não tivesse mais discussão. — Por um comportamento tão insolente, você vai ser suspensa da escola por uma semana. Vou telefonar agora para seus pais para avisar. Você só pode vir se tiver prova.

Nesse ponto, eu mal estava escutando. Meu mundo todo estava se estilhaçando. Acabando. Eu tinha sido reprovada no nível avançado. Significava que nada de Slade. Significava que nada de sair daqui e realizar meus sonhos.

Eu não fiz isso. Mas eu sabia, naquele momento, quem tinha feito. Annabel, Chloe, Esther e Tanya.

Eu devia saber que aquelas quatro nunca iam ser minhas amigas. Mas ninguém jamais ia acreditar em mim.

Estavam todos começando a sair, como se aquilo estivesse resolvido. Trêmula, fiquei de pé.

— Eu não fiz isto! — gritei. — Não fui eu!

— A sala estava trancada — disse a srta. Wersham. — Ninguém mais podia ter entrado. Na hora do almoço, quando a prova terminou, todo mundo, incluindo você, devolveu a chave de acesso que recebeu no começo da prova.

Não fazia sentido. Mas eu sabia que aquelas quatro tinham dado um jeito de entrar. Sabia no fundo do meu âmago.

— Você disse para todo mundo que ia fazer algo inesperado — continuou a srta. Wersham. — E falamos com a Ebbie, que estava sentada do seu lado. Ela sentiu cheiro de alguma coisa nojenta, mas supôs que fosse o banheiro.

— Era o banheiro! — protestei. — Por favor, vocês precisam me escutar. Não sei como isso aconteceu e não posso provar, mas não fui eu. Eu juro.

— Infelizmente, isso não muda nada. Você precisa sair agora. Vamos informar seus pais, como disse a sra. Hargreaves. Estou muito decepcionada com você, Poppy.

— Srta. Wersham…

Mas ela só sacudiu a cabeça. Eu fui praticamente tirada da sala e escoltada até a saída da escola em silêncio.

Eu ainda estava chorando, em choque total com o que tinha acabado de acontecer. Quando saí pelos portões e dobrei a esquina, tudo foi confirmado. As quatro estavam me esperando com puro deleite no rosto.

— Ah, puxa, Poppy, por que você está tão chateada? — perguntou Esther.

Não havia nenhuma compaixão em sua voz.

— Você sabe que está toda vermelha e seu rímel escorreu pelas bochechas, né? — completou Chloe. — Eu não sabia que você estava usando maquiagem até ver essas enormes manchas pretas nos seus olhos, que nem um panda. Que make barata.

— Achei que a gente estava ficando amiga — sussurrei. — Achei que vocês estavam começando a gostar de mim.

— Amiga? — repetiu Annabel, como se a palavra a enojasse. — Por que raios você acharia isso?

— Por causa... do baile...

De repente, comecei a duvidar da minha memória. Elas tinham sido legais, não tinham? Tinham me convidado para a festa delas. Eu tinha dançado com as pessoas. Bebido. Tinha me divertido.

— Você está falando de quando a gente te convidou para ir na casa da Esther e você tentou pegar nossos namorados? — respondeu Chloe. — É, você estava bem amiguinha, sim, mas não da gente.

Meu coração, que já batia forte do choque de ser desqualificada, acelerou ainda mais. Parte de mim teve medo de que eu fosse desmaiar ali mesmo.

— Eu não fiz nada! O Aidan e o Elliot estavam... eles estavam sendo legais. Eu não achei que eles estivessem interessados em mim.

Annabel fez cara de desdém.

— Bom, óbvio que eles não estavam interessados de verdade em você. Era uma piada. Chloe e eu contamos para eles, lógico. E você caiu. Você ia mesmo trair a gente com eles. Bela amiga você seria!

Elas estavam distorcendo tudo. Ela só podia estar mentindo. Mas, no meu estado de pânico, eu não sabia o que dizer nem como melhorar a situação. Elas já tinham feito o pior possível.

— Por que você foi tirada da prova de Matemática? — perguntou Tanya. — Todo mundo ficou falando disso depois.

A pergunta dela parecia inocente, mas o brilho no olhar de todas confirmou o que eu já sabia que era verdade.

— Foram vocês quatro, né? — murmurei. — Vocês estragaram minha prova de Artes.

— Nós?! — disse Annabel, pondo a mão no coração e se balançando para trás de um jeito dramático. — Se sua prova de Artes estava destruída, deve ter sido porque você mereceu.

— Ouvi dizer que, de qualquer jeito, era uma merda — falou Chloe, com uma risadinha. — Já que, aparentemente, merda era seu tema.

Elas sabiam. Sabiam que estava manchada de cocô de cachorro.

— Você não pode provar — falou Tanya.

— Eu fui desqualificada. Fui reprovada no nível avançado. Agora, não vou poder ir para a faculdade.

— Ah, buá, buá. — Annabel revirou os olhos. — Você achou que ia ser um recomeço, era isso? Um lugar onde ninguém ia conhecer a coitada da Poppy Grande?

Minha voz estava engasgada pelos soluços.

— Sim.

Annabel sorriu.

— Bom, tenho uma ótima notícia para você. Não teria feito diferença nenhuma. Você teria chegado lá e eles teriam te tratado que nem a gente. Porque você irradia desespero, Poppy. Você é ridícula.

Tive uma epifania. Levantei a cabeça, que estava virada para o chão, com medo demais de olhar, e gritei com todas elas.

— Eu não mereço ser tratada assim! Eu não fiz nada! A única coisa que eu queria era fazer minha arte e ter amigos. É tão ruim assim? É uma coisa tão terrível?

Fui para a frente, tentando dar um tapa em Annabel, mas tropecei e caí no chão de joelhos. A onda de dor combinava com o turbilhão interior.

— Ela tentou te bater! — gritou Chloe. — Meu Deus! Ela é maluca!

— Você devia revidar — disse Tanya.

Annabel parou em cima de mim, aí se abaixou e agarrou meu queixo de um jeito não muito delicado.

— Nunca mais toca em mim, sua aberração. Espero que você curta passar mais um ano neste lixo. — Ela se virou para as outras. — Vamos.

— Tchau, Poppy — disse Esther enquanto começavam a se afastar.

— Pena que a coisa da arte não deu certo para você.

Fiquei de joelhos, sem ligar para o quanto estava doendo, escutando a risada e as zoações ficando cada vez mais longe enquanto elas *desapareciam a distância. Lágrimas pesadas caíam dos meus olhos no chão, tão grandes que eu as via deixando impressões breves no solo. Por um momento, considerei me deitar em posição fetal e ficar onde estava, torcendo por uma noite fria que me matasse para acabar com tudo aquilo.*

Mas, tremendo, me levantei. Meus joelhos ardiam e minha meia-calça tinha rasgado, criando uma escadinha em cada perna, mas não dava para resolver isso. Voltei devagar para casa, me demorando tanto por causa da dor quanto porque sabia que minha família estaria esperando, sabendo o que tinha acontecido.

Vou te poupar dos detalhes. Mas, no início, mamãe e papai foram bacanas. Tinham recebido a ligação, óbvio, mas, quando viram meu estado ao chegar em casa, se controlaram. Mamãe me colocou na banheira como se eu tivesse seis anos de novo, com um monte de espuma, e lavou meu cabelo, meu rosto, e me disse que ia ficar tudo bem. Papai fez uma lasanha e nos sentamos à mesa para jantar, falando de tudo menos do que tinha acontecido. Wendy estava surpreendentemente quieta e bem-comportada, o que significava que devia saber o que tinha rolado.

Foi depois do jantar que eles finalmente se sentaram comigo, disseram para Wendy ir fazer alguma coisa no quarto por uma hora e me pediram para explicar o que tinha acontecido.

Eu contei que não tinha sido eu. Que alguém devia ter entrado e deliberadamente mexido no meu quadro. Eles ouviram e fizeram todos os barulhos certos, mas eu via que não acreditavam de verdade em mim. Se acreditassem, teriam entrado em contato com a escola e tentado fazer alguma coisa.

Eu estava com medo demais para contar a verdade. Eles iam achar que eu estava só colocando a culpa em qualquer um, e eu não tinha prova.

Wendy era a única pessoa para quem eu queria contar. E cheguei muito perto de fazer isso. Quando fomos para nossos quartos dormir, bem quando eu estava prestes a escrever aqui, ela bateu na minha porta e entrou. No início, nem falou nada, só se sentou na cama comigo e me abraçou forte.

Ficamos assim por muito tempo.

— Eu te amo, Poppy — disse Wendy enfim, me soltando. — Você sabe disso, né?

Ela quase nunca falava isso. Só quando era praticamente forçada. Wendy sabia o quão sério era o que estava acontecendo.

Não era só uma questão de ser reprovada na minha prova de Artes porque eu não era boa suficiente. Era eu deliberadamente desrespeitando as regras e me humilhando, tendo minha nota arrancada de mim. A Slade agora não vai nem me olhar mais, não depois de saber o motivo para eu ter precisado repetir o ano. Vou ficar presa aqui. Sozinha. De novo.

— Eu também te amo — respondi.

— As coisas vão melhorar — disse ela. — Eu acreditei quando você disse que não foi você.

Mas acho que não acreditou, não. Ela só estava tentando me consolar.

Ninguém entende de verdade como eu me sinto. Como poderiam entender?

Da próxima vez que todos saírem, vou descer e roubar uma faca de cozinha. Sei exatamente qual. Pequena, afiada, usada raramente e escondida bem no fundo da gaveta de utensílios, embaixo de duas espátulas. Ninguém vai sentir falta.

Vai ser mais fácil do que usar o pedaço de espelho, que eu nunca devia ter jogado fora. O que eu estava pensando? Claro que as coisas não iam dar certo para mim. Não que eu fosse querer usar agora, de qualquer jeito, depois de cacos parecidos terem sido usados para destruir meu quadro.

Eu podia ficar com minhas cicatrizes antigas. Abri-las de novo. Mas acho que vou precisar de mais do que isso. Preciso sentir alguma coisa. Qualquer coisa. O máximo possível.

Não vou para a Slade. No verão, minha candidatura vai ser atualizada, informando que as condições de minha proposta não foram cumpridas e que minha vaga foi rescindida. Todos os meus planos, todos os meus sonhos, desapareceram em um instante, e é tudo culpa delas.

Aquelas quatro.

Aquelas vacas.

Eu odeio elas. Odeio o que elas fizeram comigo.

TRINTA E TRÊS

Annabel

22 DE MAIO DE 2023

— A prova de Artes — diz Poppy. — Precisei fazer isso por causa da prova de Artes.

Fico parada na cabana em um silêncio absoluto depois de Poppy contar o que aconteceu naquele dia.

— Eu só não entendo por quê — continua ela, balançando a cabeça. — Por que vocês fariam aquilo comigo? Nenhuma de vocês ligava para arte. Não tinha nada a ver com vocês.

Abro a boca para falar alguma coisa, aí volto a fechar.

Eu estava puta com Poppy. Vou ser sincera. Ela estava tão linda naquela noite, apesar de tudo, e todo mundo estava tão interessado nela. Não era justo. Eu tinha passado anos tentando ser popular, mantendo uma certa imagem, mas nunca tive essa recepção. Não tinha dinheiro para gastar centenas de libras naquele baile, então ninguém elogiou meu cabelo e minha roupa. Eu não queria que a última impressão que as pessoas tivessem dela fosse melhor do que a de mim.

Até Aidan, meu próprio namorado, pareceu preferir Poppy a mim naquela noite, para não mencionar todos os outros garotos. Elliot, namorado de Chloe. Mas Aidan era o pior. Ainda lembro como ele se debruçou em cima dela, cochichando, elogiando e aí, depois, no caminho da festa de Esther, não parou de falar dela. Por que eu tinha sido tão má com ela no passado? Ela era tão gata. Ela com certeza devia ter ido a mais festas.

Então, tá, eu posso ter dado uma surtada. Eu era adolescente, caramba. Ela estava flertando com meu namorado. A Poppy! Logo ela. Eu não ia perder meu namorado para alguém assim. Ela não ia me ofuscar em um dos nossos últimos eventos da escola e se safar.

Eu sei que parece mesquinho. E foi. Mas depois de tantos anos... por que tem tanta importância? Por que ela está tão chateada?

O dia me volta com muita clareza. Entrar escondida na sala de Artes (eu devia me sentir mal por continuar orgulhosa de como conseguimos fazer aquilo?), nós quatro armadas com o máximo possível de itens que quebravam as regras. Eu cheguei segurando balões e uma caixa de agulhas, Chloe agarrada a pedaços de pele de frango que tínhamos comprado no KFC e até uns saquinhos de suco como lembrança do dia em que conhecemos Poppy, Esther havia quebrado um espelho e carregava os pedaços em uma caixa, e Tanya tinha até se dado ao trabalho de pegar um pouco de cocô do cachorro dela em uma sacola. Estava fedendo demais. Mesmo agora, o cheiro é a primeira coisa em que penso.

Chloe pegou o telefone, um Motorola Moto X que, na época, era o telefone mais bacana possível de se ter. Ligando a câmera de vídeo, ela o apontou para nós e depois virou para si mesma, sorrindo, aí montou em uma das mesas perto do projeto de Poppy.

A sala toda estava cheia de obras da prova, mas soubemos na hora qual era a dela. Era uma tela absolutamente enorme, pintada com muitíssimos detalhes. Um autorretrato. Para alguém de apenas dezessete anos, até a gente via o talento genuíno à mostra, mas isso só nos deixou mais decididas a acabar com aquilo.

Ela estava linda no quadro, praticamente como estava no baile.
Inaceitável.

— Vamos começar com os balões! — falei. — Poppy estava tentando criar um clima de comemoração triste, pelo jeito. Vamos cada uma encher um, aí prender no topo e estourar com estas agulhas.

Esther riu.

— Espera, tenho uma ideia melhor. Vamos encher de suco primeiro, *aí* estourar. Vai explodir em tudo.

— Ah, sim, e também vai parecer de propósito — disse Chloe. — Aqueles quadros com bexiga que explode tinta, tipo os da mãe da Mia em *O diário da princesa*.

Enchemos e prendemos com cuidado em cada um dos quatro cantos do quadro, aí jogamos uma agulha em cada um. Chloe e Tanya precisaram de algumas tentativas, mas Esther e eu acertamos de primeira, as agulhas furando os balões e espalhando suco por tudo, com o resíduo de laranja grudento criando um padrão de respingo que parecia mesmo planejado, como se a própria Poppy tivesse pintado. Os do topo escorreram pela tela, criando longas marcas que faziam parecer que a pintura estava chorando.

— Isso é tão engraçado — falou Chloe. — Agora, vamos colocar várias agulhas nos balões, viradas para fora.

— E pendurar as peles de frango nelas! — sugeriu Tanya.

— Brilhante! — falei. — Está começando a parecer um experimento de vanguarda que deu muito errado.

Peguei os pedaços de espelho, tirei um e arrastei pela tela para rasgar, aí enfiei no meio, para se projetar de um jeito perigoso, com uma ponta afiada bem maior que as agulhas.

Chloe, Esther e Tanya adicionaram seus próprios cacos de espelho ao quadro, passando cola em alguns para ficarem planos e podermos ver pedacinhos do nosso reflexo sorrindo de nossos esforços.

— Finalmente, o toque final — declarei, pegando o saco de merda de cachorro. — Vamos espalhar em tudo? Caramba, que nojo! Está fedendo.

— Não em tudo — disse Esther. — Olha, onde ela pintou sombras… Podemos adicionar lá.

— Ah, perfeito! — Chloe sorriu. — Graças a Deus que tem uma pia aqui para a gente poder lavar a mão depois. Isso é uma nojeira.

Começamos a trabalhar, fazendo sons de vômito enquanto aplicávamos a merda na tela, como se fôssemos criancinhas pintando com os dedos. Foi nojento, mas valeu a pena quando terminamos. E, depois de lavarmos as mãos, demos um passo atrás para admirar nossa obra-prima.

— Pronto! — disse Chloe, com um gritinho, pegando o celular e filmando o projeto finalizado mais de perto. — O talento artístico da Poppy!

A coisa toda parecia uma rebelião perturbada de um projeto de arte. A pintura original ainda era visível embaixo da nossa destruição, mas, agora, com nossas adições, parecia uma sátira, uma piada de uma obra de arte séria.

Era perfeito. Era grotesco.

Na época, achamos hilário. Não era para ela levar tão a sério.

Tá. Talvez isso não seja verdade. Era, sim, para ela levar a sério e ficar chateada. Mas a gente não sabia que ela ia ficar guardando rancor disso por dez anos. A gente nem achou que foi tão ruim assim.

É. Estávamos bem erradas.

— Poppy.

Minha voz é só um sussurro, como se eu estivesse tentando acalmar um animal selvagem.

— Todos esses anos que vocês tiveram para pensar no que fizeram e não tomaram nenhuma atitude para compensar — diz Poppy. — Vocês me torturaram durante todo o ensino fundamental, sem nunca me deixar ter um minuto de paz. Exceto quando eu estava com a minha arte. E aí pegaram isso também. Vocês destruíram a única coisa que me dava alegria na vida: minhas obras. E, aí, concordaram com esta festinha de despedida de solteira com todas as despesas pagas e não falaram *nada*.

— Eu sei que não dá para mudar o que aconteceu, mas desculpa — digo. — Se tiver qualquer coisa, qualquer coisa mesmo, eu juro, vou fazer. Por favor, não...

Tenho vergonha de como o medo faz minha voz falhar.

— É tarde demais — responde Poppy.

— Nunca é tarde demais. Você está aqui na minha frente, falando. A gente pode resolver isso. Eu faço o que você quiser.

Imploro a ela silenciosamente: *Por favor, não me mate.* Não quero morrer. Meus dedos tremem ao se fechar mais no cabo da faca.

— A Tanya soube no momento em que entrei na cabana dela que eu ia matar ela — murmura Poppy. — Eu tinha batido na porta; educada, sem levantar suspeita. Entrei e tranquei. Ela até que lutou bastante. Com certeza vocês viram que praticamente tudo estava derrubado. Mas é engraçado, sabe o que ela me disse enquanto estava lá morrendo?

Meu corpo está tão tenso de terror que levo um segundo para perceber que ela quer uma resposta. Faço que não com a cabeça.

— Ela pediu desculpa. Disse que merecia. Que estava sofrendo havia anos com a culpa. Mas nunca tentou falar comigo. Nunca tentou se redimir. Acho que estava usando a culpa para justificar tudo o que tinha acontecido com ela.

— Ela queria reparar as coisas com você — sussurro. — Ela disse isso quando recebemos os convites. Se sentia pior do que nós. Acho que porque ela tinha sido sua amiga quando vocês eram pequenas.

— Eu contei a verdade para ela no final. E sabe o que ela disse?

— O quê?

A verdade?

— Ela disse: "Então, eu mereço mesmo isto." Tanya merecia morrer pelo que fez. Chloe, Esther e você também.

— Você está viva — digo, percebendo que Poppy tinha se levantado e aterrorizada pelo que ela faria agora. — Você está aqui. Me desculpa. A gente pode achar um jeito de consertar isso. Vamos contar à Robin que a Chloe morreu depois de bater a cabeça, e que a Esther matou a Tanya e eu agi em legítima defesa. Você não precisa fazer isto.

Poppy sacode a cabeça para mim.

— É tarde demais.

— Não é!

— É, sim.

— A gente pode consertar tudo — continuo, desesperada.

— Não tem como consertar. Eu não sou a Poppy. Você não entendeu? A Poppy já está morta.

— Quê?

— Ela morreu há quase dez anos — diz ela. — A Poppy se matou.

TRINTA E QUATRO

Poppy

21 DE AGOSTO DE 2013

Querido diário,

É dia dos resultados do nível avançado e eu quero morrer.

Como é a morte? Eu fui no velório do meu avô há quase dez anos. Ele era velho, doente e tinha quase cem anos, então, apesar de as pessoas estarem tristes, ficavam dizendo como ele tinha vivido uma vida longa e boa. Não me lembro direito dele. Só ficava pensando se os livros favoritos estavam no caixão com ele e se estava frio. Agora, sei que é uma bobeira, obviamente ele não está com frio, está morto. Mas talvez a pessoa sinta frio quando morre.

Bom, vou descobrir em breve. Se as coisas não forem como o planejado.

Não fiz nenhuma das minhas provas, mas isso não deve ser uma surpresa. Meu portfólio, que eu tinha passado meses planejando cuidadosamente, agora não valia nada depois de eu ter sido reprovada no projeto final. Queimei no jardim, vendo derreter até não ser mais nada. Queimei o portfólio da Slade também, que tinha feito eu conseguir a entrevista. Afinal, agora era inútil. Mamãe e papai me imploraram para fazer as outras provas. Até Wendy me implorou. Disseram que eu estava jogando meu futuro no lixo. Que eu não devia deixar a reprovação em Artes impactar toda a minha vida.

Hoje, olhei o site da escola e vi todo mundo comemorando o sucesso nas provas. Tinha uma fotografia de Annabel e uns garotos inteligentes chamados Oscar e Lucas abrindo os resultados e pulando alto, sorrindo. A manchete dizia: "Notas máximas para os melhores alunos!" Eu, claro, não era mencionada, mesmo sabendo que, se tivesse feito as provas como o planejado, estaria bem ali do lado deles.

Embaixo, tinha uma passagem sobre o departamento de Artes e uma foto do Ollie com a obra do projeto final dele.

Meu quadro era melhor. Bom... era. Antes de destruírem.

Dizia que Ollie afinal tinha conseguido uma vaga na Slade. Será que era a minha? Será que me arrancar de lá fez com que ele conseguisse entrar? Lembro dele falando que estava em uma lista de espera. Ele tinha ficado tão chateado quando eu entrei e ele não. Olha quem está rindo agora.

O Facebook mostrou as comemorações que continuavam a noite toda, as festas que estavam sendo planejadas. Annabel tinha tirado só notas máximas. Esther também tinha ido superbem, enquanto Tanya tinha passado na média. Chloe tinha reprovado no nível avançado, tirando só notas medianas, mas, pelas fotos, parecia não estar nem aí. Fora ela, que ia começar um estágio de cabeleireira ou coisa do tipo, as outras iriam para a faculdade e para novos horizontes, como eu devia ir.

Nada do que tinha acontecido afetava nenhuma delas.

Quer dizer, claro que não. Para elas, era só uma grande piada.

Apesar de estarem decepcionados com o que aconteceu, mamãe e papai ficaram cada vez mais preocupados. Tentaram conversar comigo e, quando não funcionou, me forçaram a ir ao médico, então agora faço terapia toda semana. E ainda tem os antidepressivos. Mas eu não os tomo. Finjo que sim, aí guardo na gaveta da mesa de cabeceira dentro de uma caixinha de joias, junto com a faca que roubei da cozinha. Essa faca virou minha companheira constante.

Estão esperando até que eu esteja pronta. Mas tenho um plano primeiro.

Não fiquei completamente inútil. Vi as pessoas no Facebook comentando sobre o que aconteceu comigo e com minha prova de Artes. Aparentemente, talvez tenha um vídeo. Chloe filmou todas elas na sala de Artes. Ou, pelo menos, é o que algumas pessoas dizem. Ninguém postou de fato o vídeo, então pode nem ser verdade. Mas imagina só: um vídeo me inocentando. Se elas mostrassem para alguém, podia significar ter minha vaga de volta.

Na hora, fiquei chateada, mas percebi que não estava focando uma peça importante do quebra-cabeça.

Elas não podiam ter feito aquilo sem alguém que as deixasse entrar. Cada um que fez a prova recebeu um cartão de acesso à sala. Quem não fizesse aula de Artes não conseguiria passar da porta. Então, alguém teve que ajudar. Talvez até tivesse participado de tudo. Se eu conseguir descobrir quem foi, talvez isso mude as coisas. A Slade afinal vai me oferecer minha vaga.

Mas, para fazer isso, preciso falar com uma delas. E só tem uma com quem eu falaria, mesmo depois de como ela me tratou naquele último dia.

E se não der certo?

Acho que aí vai ser a hora. Porque não tem nada mais para mim aqui.

25 DE AGOSTO DE 2013

Querido diário,

Estou pronta.

Acho que não faz mal eu escrever aqui o que aconteceu. Assim ganho um pouco mais de tempo para...

Preciso me recompor. Só porque não consigo escrever, não quer dizer que não estou pronta. Voltando a ontem.

Mamãe e papai não podiam saber que eu ia sair, considerando que eu não saía desde que tudo aconteceu. Eles fariam perguntas demais. Esperei até eles irem trabalhar.

É tão difícil pensar nos meus pais. No que vou fazer com eles. Se um dia lerem isto — eu sinto muito. Sinto muito por não ter sido forte o suficiente. Vocês não podiam ter feito nada, juro. Nada disso foi culpa de vocês. Foi delas.

Meu último obstáculo era Wendy.

Ela estava lavando a louça do café da manhã, bem-comportada como sempre hoje em dia, quando dei um abraço nela. Ela se virou, ainda com as mãos cheias de espuma, e me abraçou de volta.

— Por que isso? — perguntou, imediatamente apertando os olhos, desconfiada.

Sempre tão inteligente.

Ela vai ser incrível quando crescer.

— Vou sair hoje — falei.

— Sair? — repetiu ela. — Você?

Eu não tomava banho havia semanas. Meu cabelo estava escorrido e oleoso, passando dos ombros, e meu rosto brilhava de suor. O máximo que eu fazia era me lavar na pia quando o cheiro ficava demais. Eu estava usando o mesmo pijama havia quatro dias; mais do que isso, mamãe colocava discretamente um novo no pé da minha cama.

— Vou tomar banho — completei, como se não fosse óbvio. — Vou passar o dia fora.

— Vai o quê?

— Não conta para a mamãe e o papai — pedi, rápido. — É só uma coisa que eu preciso fazer. Por favor.

— Então, é você que recebe toda a atenção neste momento e eu continuo tendo que fazer favores para você?

É, essa doeu, admito. Porque era verdade. Wendy tinha sido quase esquecida, de tão preocupados que mamãe e papai estavam comigo. E eu me sinto péssima por isso. Mas não vai durar muito tempo e aí ela pode ficar com toda a atenção deles.

— Por favor, Wendy.

Isso a fez amolecer.

— Tá. Que seja. Vai. Mas você precisa voltar antes da mamãe e do papai chegarem. Aí já não vou poder te cobrir. Eles vão surtar de pensar que você saiu de casa.

— Ah, obrigada!

— Poppy... — Ela mordeu o lábio. — Você vai ficar bem, né? Você não vai ficar assim para sempre, vai?

Eu não sabia o que responder. Não podia mentir para ela.

— Por favor, me fala o que está acontecendo — pediu.

Sinto muito, Wendy. Você merece uma irmã melhor do que eu.

Quando saí de casa, meus nervos estavam fazendo meu estômago se retorcer. Eu não sabia o que esperar quando chegasse lá. Mas sabia aonde estava indo.

A casa de Tanya não tinha mudado, uma casa geminada vitoriana com um jardim malcuidado na frente. A luz estava apagada quando cheguei e, por um momento terrível, achei que talvez ela tivesse saído e o trajeto todo tivesse sido um desperdício, mas, quando bati à porta, escutei movimento lá dentro.

Ela mesma abriu a porta, ficando boquiaberta de choque ao me ver ali parada. Apesar de eu ter me lavado e me trocado, sabia que não tinha como esconder os meses de autoflagelação. Meu cinto fechado no último furo porque tudo estava largo em mim. Eu tinha perdido muito peso e também parecia cansada.

Derrotada.

Ah, Tanya.

Desculpa. Precisei fazer uma pausa e me acalmar. É difícil escrever em um diário quando a gente está chorando tanto que não consegue enxergar.

Engraçado como minhas memórias desses momentos horríveis são claras. Bom, não engraçado tipo haha, engraçado tipo trágico. Mas é só fechar os olhos e pensar por um segundo que tudo volta de uma só vez. Cada palavra que me apunhalou, cada gesto ou atitude terrível.

— Meu Deus. Poppy? — disse ela, ao me ver lá parada. — O que você está fazendo aqui? Você está doente?

— Já estive melhor — respondi.

Ela sacudiu a cabeça, ainda desacreditada.

— Não consigo acreditar.

— Posso entrar? — pedi.

Acho que ela não queria, mas concordou com a cabeça e abriu a porta para mim. Ela era tão diferente sozinha, sem a influência das outras. Entramos na sala de estar dela.

— Tem mais alguém em casa?

— Meus pais estão no trabalho. — Tanya não parecia feliz. — Por que você está aqui?

— Preciso falar com você.

— Sobre o quê?

— Sobre a prova.

Isso a fez fechar os olhos. Aí, bem quando eu desisti de esperar uma resposta, falou:

— É só um nível avançado em Artes. Ninguém morreu.

— Só um nível avançado em Artes... — ecoei. — Você sabe que ser artista tem sido meu sonho desde que eu era pequena. A gente conversava sobre isso. Você ser atriz, eu ser artista. Vocês todas sabiam que eu tinha entrado na Slade. Eu ia realizar meu sonho.

— Não é nada de mais. Você pode entrar em outro lugar.

— Não, não posso. Eles acham que eu quebrei as regras. Não tem chance de eu entrar em lugar nenhum. E era... a Slade.

Minha voz falhou, as lágrimas ameaçando vir.

Isso a fez revirar os olhos.

— Que seja. Em algum ponto, você ia ter que vir para o mundo real. Até parece que você ia mesmo ser uma artista famosa.

O ataque dela me fez arquejar.

— Você não tem como saber. Eu podia ter conseguido. E agora, em vez disso, não tenho nada. Nem um nível avançado.

— *Bom, isso aí é culpa sua.*

— *Acho que a Chloe gravou. O que vocês quatro fizeram. Eu vi as pessoas falando na internet que tem um vídeo.*

— *Gravou, é?* — Tanya fez uma careta, como se não fosse nada. — *É a cara da Chloe, mesmo. Eu não sei nada sobre isso.*

Tentei não deixar a esperança que estava sentindo transparecer em meu tom.

— *Mas, se tivesse um vídeo, isso provaria que não fui eu. Talvez eu conseguisse minha vaga de volta.*

Ela não negou.

— *O que você quer de mim, Poppy?*

Falei tudo de uma vez.

— *Quero que você assuma a responsabilidade. Me ajude a pegar o vídeo da Chloe e levar para os professores. Talvez eu conseguisse minha vaga de volta, e a gente poderia esquecer tudo o que aconteceu. Eu ainda posso ir para Londres e a gente nunca mais tem que se ver.*

— *A Chloe deve ter deletado* — disse ela, sem dar atenção. — *Não era tão interessante.*

— *Mas a gente podia checar...*

— *E aí nós íamos nos ferrar* — falou. — *Sem chance. Não vou te ajudar a fazer isso.*

Tentei uma tática diferente.

— *Alguém tem que ter ajudado vocês a entrar na sala de Artes. Nenhuma de vocês faz a matéria, vocês não teriam acesso. Pode culpar essa pessoa, dizer que foi ideia dela. Quem era?*

Ela pareceu arrogante.

— *Você não acreditaria nem se eu te contasse. Foi ideia da pessoa, sabia? Ela deixou a gente entrar com o cartão de acesso, devolveu para a srta. Wersham enquanto ainda estávamos na sala e aí ficou de guarda enquanto a gente fazia aquilo.*

Ouvindo o que ela falou, foi difícil respirar. Eu tinha minha confirmação.

— *Quem foi?* — sussurrei, mal conseguindo falar.

— Você nunca vai ouvir da minha boca.

— Tanya, eu... — De todo mundo, no fim foi para ela que eu contei tudo. E preciso escrever aqui. — Acho que eu vou me matar. Não consigo mais aguentar isso. Preciso que você me ajude, senão não tem como sair dessa.

— Se matar? — Ela tentou esconder o choque, mas estava lá, tenho certeza. — Você não faria isso.

— Olha para mim. Eu mal estou conseguindo existir. Você achou que eu estava doente. Eu estou.

— Doente da cabeça — falou ela. — Não fala de se matar, que coisa idiota.

— Estou falando sério.

Lágrimas caíram dos meus olhos com tanta facilidade e, logo depois, comecei a soluçar sem parar.

— Por favor, me conta quem ajudou vocês a entrar na sala de Artes. Se eu souber quem foi, posso conseguir fazer alguma coisa. Não precisa mostrar o vídeo. Eu entendo. Mas, se você me contasse quem é, a escola podia investigar. Talvez consigam provar alguma coisa. Por favor.

Ela se virou contra mim, com a raiva chegando como um raio.

— Você só pode estar brincando. Eu não vou te contar quem ajudou a gente. Você está sozinha nessa.

— Tanya...

— Vai embora, Poppy. Vai embora e não volta mais. E, se for se matar, é melhor andar logo e fazer esse favor para o mundo.

Eu tinha minha resposta.

— A gente não é amiga desde os onze anos — disse ela, amarga. — Para de fingir que a gente tinha alguma coisa parecida com amizade verdadeira. Nós éramos crianças. Seu drama não vai me enganar.

Tanya. Minha única amiga no mundo.

Não sei por que dói tanto, por que continuo tão surpresa.

Então, onde eu fico? Aqui, escrevendo em você, diário. Eu nunca te dei um nome. Provavelmente é melhor assim, senão você se transformaria em mais uma coisa que me sinto culpada de abandonar.

Ah, mamãe. Papai. Wendy. Vou sentir tanta falta de vocês.

Os antidepressivos estão do meu lado na cama. Tem um monte.

A faca também está aqui. Tenho que me garantir.

Daqui a dez anos, será que aquelas quatro vão se lembrar de mim? Annabel, Chloe, Esther, Tanya.

Acho que não vão se lembrar de mim daqui a dez meses.

Nem a pessoa misteriosa, quem quer que seja. A que deixou elas entrarem na sala de Artes. Quem foi? Sally? Jayla? Ollie? Pode ter sido qualquer um deles. Achei que a turma da aula de Artes gostasse de mim. Nós não éramos amigos, mas achei que pelo menos me vissem como uma boa pessoa. Eu sei que eu achava isso deles. E, mesmo assim, um deles tem que ter me traído. Talvez todos estivessem rindo pelas minhas costas há anos junto com aquelas quatro. Eu fui tão tonta. Até a arte me decepcionou no fim.

Estou com medo.

Não quero morrer.

Quero, sim.

Preciso fazer isto.

E sinto muito mesmo.

TRINTA E CINCO

Annabel

22 DE MAIO DE 2023

Tudo gira ao meu redor.
— O que você está falando?
— Não sei por que você está fingindo estar tão surpresa — diz ela.
— Você é a Poppy! Está parada bem na minha frente! Você acabou de encenar sua morte.
— Bem que eu queria que a Poppy tivesse encenado a morte dela — murmura ela. — Você é tão burra. Eu não sou a Poppy *mesmo*.
— Você não é…
Minha visão clareia e olho a mulher que todas achamos que fosse a Poppy Greer. A mudança drástica de aparência, mas ainda tinha a Poppy por baixo de tudo. Não entendo. É tão parecida.
— Ela se matou — diz ela, apenas —, no verão depois das provas. Ela nunca se recuperou. De tudo o que vocês fizeram.
Consigo vê-la — Poppy, ainda adolescente. O aparelho. O cabelo castanho sem graça. O sorriso, mesmo quando nós éramos cruéis.
— A gente teria ficado sabendo — digo, decidida a não aceitar isso. — A gente teria descoberto sobre o suicídio dela. Alguém teria contado.
— Foi mantido em segredo — diz a imitadora de Poppy. — Os pais da Poppy não queriam que ninguém soubesse. O velório foi bem discreto. Só para a família. Afinal, ela não tinha amigos.

— Mas com certeza teria sido divulgado. As pessoas ficariam sabendo.

— Claro. Se alguém tivesse se dado ao trabalho de realmente perguntar da Poppy, descobrir o que aconteceu com ela. Mas nenhuma de vocês fez isso. Vocês não se *importavam* o suficiente para querer saber.

As palavras dela são adagas.

Ela para por um segundo para se recompor.

— Foi por isso que você roubou a Chloe — digo. — Estava procurando o vídeo da gente estragando a prova dela.

A mulher faz que sim e fecha os olhos. Eu não ouso fazer o mesmo; fechar meus olhos ia me levar de volta a tudo aquilo.

— E achei. Eu me forcei a ver a coisa toda. O que mais me impressionou foi a alegria genuína que vocês sentiram.

— A gente não achou que fosse ser nada de mais — respondo. — Foi só... uma diversão.

A imitadora de Poppy ri, um som vazio.

— Uma diversão! Nenhuma de vocês sabia quanta esperança Poppy estava colocando naquela vaga na Slade. Em sair e escapar de todas vocês.

— A gente sente muito — digo. — Eu sinto muito.

Ela se vira para mim e o riso morre em seus lábios.

— Eu já te disse que é tarde demais para pedir desculpas.

— Quem é você? — pergunto.

— Você ainda não descobriu? — retruca ela, irritada. — Achei que você fosse a inteligente.

— Eu sou... eu...

— Você precisa me falar o nome da pessoa — diz ela, cruzando os braços.

— O nome de quem?

— Da pessoa que ajudou vocês a entrar naquela sala — diz, ríspida, feroz. — A que permitiu que vocês destruíssem a obra. A cúmplice de vocês.

Estou prestes a falar só para acabar logo com tudo isso quando algo me faz parar.

— Se eu te falar o nome dele, o que você vai fazer comigo?

— O nome dele — repete ela, e quero me xingar pelo erro. — Foi um menino. Você é mesmo uma peça, Annabel, sabia?

Preciso sair daqui. Enquanto não revelar o nome, ela não pode fazer nada comigo.

Mas ela ainda não terminou.

— Deixa eu te contar por que isto aqui não vai acabar bem para você, não importa a idiotice que você tente. Você matou ela. Agora, não dá para fazer nada. Eu matei a Tanya primeiro porque a Poppy implorou pela ajuda dela bem no fim, um dia antes de se matar. Ela disse que ia cometer suicídio e a Tanya falou que ela estava querendo atenção e que devia se matar logo.

Tanya tinha aprendido tão bem comigo.

— A Poppy deixou um diário que explicava tudo. Cada detalhezinho horrendo.

— E como você sabe de tudo isso? Como você leu o diário da Poppy? — questiono. — Quem é você?

Poppy — a pessoa que eu achava que era a Poppy — faz um aceno de cabeça para mim.

— Dá uma boa olhada em mim, Annabel. Quem é que eu poderia ser?

Eu a analiso, olhando de cima a baixo. Ela conseguiu ter acesso ao diário de Poppy. Sabe detalhes pessoais que alguém que não estivesse lá não conseguiria fingir.

Fico encarando os olhos tristes e raivosos dela e, enfim, o último detalhe se encaixa.

— Você é a Wendy — falo. — Você é a irmã da Poppy.

TRINTA E SEIS

Annabel

22 DE MAIO DE 2023

Wendy. Claro.

Faço um esforço para me lembrar da irmã de Poppy e logo a imagem me volta: cabelo escuro, olhos escuros, completamente diferente da mulher diante de mim agora. Há uma mescla de triunfo e fúria na expressão dela. Não quero acreditar em nada do que ela disse. Quero mais do que tudo que ela seja a Poppy.

— Você não se parece nada com ela — digo. — Eu me lembro da Wendy. Você é totalmente diferente. Você é…

Igual à Poppy, quero dizer. Uma versão nova e melhorada dela.

Minha cabeça está uma zona.

— A Poppy se matou um dia depois de a Tanya dizer que ela merecia morrer. — Abro a boca para falar, mas Wendy levanta um dedo para me silenciar e continua. — Ela tinha guardado em algum lugar os antidepressivos que devia tomar e engoliu todos depois de nós irmos dormir. Não sei se ela duvidou de que fossem funcionar, mas ela também tinha uma faca. — A voz dela fica tensa, mas ela continua. — Quando eu a encontrei, ela estava morta havia horas. Tinha sangue por todo lado. O velório demorou semanas, só aconteceu depois da autópsia.

Ela respira fundo e se acalma. Eu espero.

— O quarto dela ficou por muito tempo do jeito que estava. Nenhum de nós conseguia suportar entrar lá. Levou um ano inteiro para minha mãe e meu pai decidirem que precisávamos nos mudar. Era como se tivéssemos o túmulo dela no meio da nossa casa. Quando estávamos guardando tudo, achei o diário dela. Mas não li por muito tempo. Eu estava com muita raiva da Poppy pelo que ela tinha feito com a nossa família.

Que merda eu faço agora?

— Foi só depois do dia em que saíram os meus próprios resultados nos níveis avançados, quase dois anos depois da morte dela, que eu decidi olhar. E descobri... tudo. Mas tentei esquecer, focar minha própria vida. Dar orgulho para minha mãe e para o meu pai, porque eles estavam arrasados. Ainda estão, na verdade, apesar de fingirem que estão ótimos. Eu fiz faculdade, virei médica.

— A despedida de solteira? — sussurro.

Ela balança a cabeça.

— Só uma ilusão. Não era justo Poppy nunca poder ter tido seu próprio casamento, sua própria vida.

— Tem razão, não foi justo.

Agora estou só tagarelando, ganhando tempo enquanto o sol continua a nascer. A que horas Robin vem? Ela disse de manhã, mas o que isso quer dizer?

— Nenhuma de vocês sequer considerou como podia ser da perspectiva dela. Então, eu precisei fazer vocês enxergarem.

— Os quadros nas cabanas — sussurro, lembrando a imagem perturbadora. — Achamos que a Poppy tivesse pintado.

— Eu contratei uma pessoa — explica Wendy. — Uma artista talentosa. As obras não são tão emotivas quanto as da Poppy. Mas eu mostrei o que sobrava da arte dela e pedi que reproduzisse peças clássicas no mesmo estilo, o mais próximo possível. Não ficou exatamente igual, um pouco polido demais. Mas teve o efeito que eu queria. — O tom dela fica melancólico. — Queria poder ter visto como as pinturas da Poppy iam evoluir. Ela ia ser excelente. Mas vocês interromperam isso precocemente. Assim como a vida dela.

— Você quer saber quem ajudou a gente a entrar naquela sala — digo.

— Ah, Annabel, esperta como sempre — diz Wendy, mas fica séria. — Sim. Quero que você me conte o nome do seu cúmplice.

É a única coisa que eu tenho. Minha única moeda de troca.

— E se eu contar?

— A pergunta certa é: e se você não contar? — responde Wendy. — Você quer mesmo me provocar? Sério?

A frieza dura da voz dela faz minha boca secar e minhas mãos tremerem. Acredito cem por cento nela.

— Tá bom — digo. — O nome dele era Ollie Turner.

Ollie Turner.

Foi na segunda depois do nosso baile, uma tarde gloriosamente ensolarada que nós quatro estávamos passando, tomando sol no campo atrás das salas de música. Não tínhamos interagido muito com Ollie antes disso; ele era da minha turma de Biologia e nós dois havíamos feito um projeto juntos, que envolvera eu ir à casa dele algumas vezes por semana por mais ou menos um mês, mas só. As outras mal o conheciam. Ele era bem bonito, de um jeito meio desengonçado de artista, e Chloe gostava dele em segredo fazia séculos, mas, também, ela gostava de qualquer um que tivesse batimento cardíaco e um sorriso pilantra.

— Você viu como a Poppy estava olhando o Aidan? — falei.

Eu continuava furiosa. Aidan e eu tínhamos inclusive brigado por isso depois de todo mundo ir embora, quando estávamos voltando a pé para casa. Ele tinha até se oferecido para acompanhar a Poppy! Não tinha chance de eu deixar isso acontecer, então joguei um pouco de água no meu vestido e fingi que tinha vomitado em um dos banheiros da Esther para que ele fosse obrigado a ficar.

Convidar Poppy para a festa era para ser uma piada. Eu tinha até colocado um comprimido de ecstasy na bebida dela, esperando que ela fosse se fazer de otária, mas, na verdade, aquilo só a fez perder as inibições e virar a pessoa simpática e confiante que claramente podia ter sido se a tivéssemos deixado em paz. Todos os caras da festa estavam olhando hipnotizados para ela.

— E o Elliot também? — perguntou Chloe. — Esther, que sorte que você pegou os dois bem na hora. Aquela puta barata.

Esther assentiu com a cabeça.

— Não acreditei quando fui lá e vi os dois praticamente pendurados no pescoço um do outro. Eles negaram, mas eu sabia.

— É tudo culpa dela. — Chloe fez uma cara de desdém. — O que o Elliot ia fazer com uma garota se jogando nele? Ela com certeza estava tentando fazer ele me trair.

— Ela tentou falar comigo sobre eu me tornar atriz — contou Tanya, parecendo irritada. — Obviamente estava se exibindo com aquela vaga idiota na faculdade de Artes e querendo que eu me sentisse mal.

— Ela precisa ter o que merece — murmurou Esther. — Tentar ficar com os namorados de vocês desse jeito. Agindo como se de repente fosse alguém.

— Vocês estão falando da Poppy Greer?

Nós nos viramos, sobressaltadas, e vimos que Ollie tinha chegado de fininho atrás da gente, sem percebermos.

Ele parecia meio desconfortável, parado de um jeito esquisito enquanto nós estávamos sentadas, mas nenhuma de nós ofereceu um lugar para ele.

— E se estivermos? — perguntou Chloe, virando de barriga para baixo e apoiando o queixo nas mãos. Ela usou os cotovelos para juntar os seios e Ollie poder ver bem a camisa desabotoada dela, que mostrava o decote e um sutiã rosa néon por baixo. — Vocês não são, tipo, amiguinhos artistas?

Ele fez uma careta.

— Com certeza, não. Ela só fica falando sem parar de como entrou na Slade. É uma faculdade de Artes chique em Londres. Ela se acha.

Tanya revirou os olhos.

— É, ela não cala a boca sobre esse assunto, até com a gente.

— Poppy Greer se mandando para Londres daqui a alguns meses — comentei. — É muito injusto.

— A Poppy Grande sempre pega o que quer — murmurou Chloe. — Seria engraçado se a gente pudesse estragar isso para ela.

— Bom, e se vocês pudessem? — disse Ollie.

— Como, exatamente? — perguntei, enrugando a testa.

— Ela vai para a Slade e vai esquecer da gente — disse Tanya.

— Não se algo acontecer com a prova de nível avançado de Artes dela — retrucou Ollie. — Se ela reprovar, vai sair do caminho.

Consideramos aquilo por um segundo.

— Por mais engraçado que pudesse ser — comecei —, como a gente ia fazer isso? Nenhuma de nós faz nível avançado de Artes e não saberíamos sequer como ela poderia reprovar.

— Mas eu, sim. Nossa prova começa amanhã. — Ollie parecia estranhamente animado com a ideia. — No segundo dia, quando todo mundo tiver ido embora, eu posso deixar vocês quatro entrarem. Tem certas coisas que não podemos fazer nas obras. Vocês podem trazer essas coisas e colocar no quadro dela, e aí ela vai ser reprovada.

— Não é um pouco demais? — questionou Tanya, com uma cara preocupada. — Ela ama a arte que faz. É tudo para ela.

— Ela pode fazer a matéria de novo — disse Esther. — Não é grande coisa.

— *Seria* engraçado — falei, começando a gostar da ideia.

— Como a gente pode garantir que não vai ser pega? — questionou Tanya, ainda insegura.

— Eu fico de guarda — disse Ollie. — Se alguém vier no corredor, eu falo, e vocês ainda podem fugir correndo. Mas ninguém vai aparecer, porque as provas só vão ser avaliadas de tarde.

— Parece perfeito, então — respondi. — Vamos fazer. Não fica tão carrancuda, Tanya. É só uma brincadeira. Vai compensar por você não ter entrado naquela faculdade de teatro, né?!

— Tá, tá — concordou Tanya. Ela tinha feito teste para uma faculdade esnobe de teatro também em Londres, mas não tinha conseguido nem uma entrevista. — Acho que você tem razão. Seria bom para ela ver que a arte dela não é tão maravilhosa quanto ela diz.

— Ótimo — disse Ollie. — Então, temos um plano.

— Por que você quer tanto isso? — perguntei, levantando a sobrancelha. Ele corou, mas sua voz saiu com mais força do que eu jamais ouvira.

— Eu quero estudar na Slade. Ela roubou meu lugar. Estou só pegando de volta.

A resposta de Ollie me fez sorrir e Chloe gargalhar de satisfação.

— Vai ser tão engraçado — comentou ela. — Mal posso esperar para ver a cara dela.

Wendy fica boquiaberta depois de ouvir o nome dele.

— Ollie Turner? — repete ela, parecendo estupefata. — O que entrou na Slade depois de a vaga da Poppy ter sido tirada dela?

— É, ele.

— Seria uma estupidez muito grande mentir sobre isso, Annabel.

— Não estou mentindo. Foi o Ollie.

— Ollie Turner — sussurra ela, mais para si mesma do que para mim.

A incerteza de Ollie quando terminamos volta a minha mente. O choque com o quão longe a gente tinha ido. Ele se arrependeu no minuto em que terminamos.

Não digo isso a Wendy.

— Ele não era amigo dela — afirmo.

— Eu sei disso — sibila ela. — Só fico contente... fico aliviada de a Poppy nunca ter ficado sabendo que foi ele. Vai lá para fora. Está mais do que na hora de terminarmos com isso aqui.

Abro a porta e saio para a praia, consciente de Wendy às minhas costas, o tempo todo me virando para ver se ela não está prestes a me esfaquear. Agora é de manhã, o céu azul ao nosso redor e uma brisa assoviando suavemente. Fora os destroços na praia, não há sinal da tempestade de ontem à noite. Chloe e Esther continuam lá, claro, e lhes dou as costas, virando-me para o horizonte.

Wendy para ao meu lado, também olhando para lá.

— Por que me deixar para o final? — pergunto, se bem que acho que sei a resposta.

Wendy confirma minhas suspeitas.

— Annabel, você sempre ia ser a última. Você sempre esteve no controle, a líder do grupo. Você não ia perder.

Estou distintamente ciente de que Wendy está distraída falando de tudo isso, a faca ainda na mão, mas abaixada, na altura da coxa. Continuo segurando a faca que matou Esther, com o sangue dela há muito seco na lâmina.

Mas devo ter feito algo para trair meus pensamentos. Wendy indica minha faca com a cabeça.

— Mesmo agora, depois de tudo, você ainda está pensando em como vai me matar antes de eu conseguir matar você. Não está?

— Eu não...

— Mesmo depois de ser lembrada do que fez. Você continua disposta a me matar. — Ela suspira, como se isso a decepcionasse. — Com certeza é a marca de uma sobrevivente. Seria admirável em qualquer um que não você, porque você não merece viver. E, mesmo assim, vou deixar.

— Quê?

Isso me pega de surpresa.

— Eu disse que vou deixar você viver.

— Por quê?

— Porque alguém precisa ser culpada por esses assassinatos. E não planejo que seja eu.

— Você é louca. — Levanto a faca. — Você não pode simplesmente se safar desta.

— Já me safei — diz ela. — Afinal, *eu* nunca estive aqui.

Sinto o sangue sumindo do meu rosto.

— Como assim?

— Preciso admitir que eu estava doida para ouvir sobre a confusão da Robin — diz ela. — Mas nenhuma de vocês comentou. Será que a Robin não deixou escapar que, na verdade, você era a nossa noiva, Annabel? A despedida de solteira era sua, não minha.

A memória me volta muito claramente. Robin achando que eu era a noiva. Esther querendo corrigi-la e eu rindo, pedindo para ela não fazer isso. Gostando do erro. Achando que fosse tudo uma grande piada.

Algo deve ter se revelado no meu rosto, porque Wendy sorri.

— Ah, então ela *contou* que você era a noiva. Claramente você não se deu ao trabalho de corrigir. Para quê, né? Qualquer desculpa para ser o centro das atenções.

— E daí? — Fico perplexa com o quanto ela está alegre com isso. — A Robin achou que eu fosse a noiva. Que importância isso tem?

Wendy se vira para olhar a paisagem atrás de nós. Apesar de a tempestade ter passado e um brilho matinal suave ter tomado seu lugar, ainda parece perigosa. É como se a ilha soubesse tudo que aconteceu aqui. Esconde o corpo de Tanya e traz os de Chloe e Esther como oferendas aos nossos pés.

— Foi você que reservou a viagem — explica Wendy. — Não eu. Se alguém, digamos, a polícia, fosse olhar os registros, ia ver que foi tudo reservado no nome de Annabel Dixon.

— Mas do que você está falando? Eu não reservei nada!

— Você não é muito cuidadosa com dinheiro, né, Annabel? — diz Wendy. — Você tem tantos cartões de crédito que nem notou quando um deles sumiu por uns dias. Tempo mais do que suficiente para reservar uma viagem.

— Como você roubou meu cartão de crédito?

— É incrível o que detetives particulares conseguem fazer. Eles conseguem tanta informação. Tantos segredos picantes.

Por um momento de loucura, considero me jogar em cima dela e matá-la.

— Você foi uma ótima professora — continua Wendy. — Aprendi com a melhor depois de ler o diário da Poppy. Todos os seus esqueminhas nojentos. Era sempre você, Annabel. Não, você não vai ter o luxo de morrer. Eu quero que você sofra na prisão pelo resto da vida, para perder seu marido traidor, sua casa chique e seus amigos falsos.

— Você não pode achar que eu vou te deixar se safar dessa — digo, balançando a cabeça. — Você é louca. Eu vou contar para a polícia que foi tudo você e que eu estava agindo em legítima defesa. Você é que vai pagar por isso, não eu.

— Você vai contar o quê, exatamente? — questiona Wendy. — Que você, que orquestrou toda esta viagem, não tem problemas com dinheiro? Uma dúzia de cartões de crédito, um dos quais pagou por tudo isto? Que você não tem em casa um guarda-roupa inteiro de itens roubados, alguns provavelmente ainda com os lacres de segurança? Que você não teve um desentendimento enorme com suas amigas nesta viagem? Talvez esse desentendimento tenha ficado violento. Tudo estava começando a ser revelado e você surtou.

Fico boquiaberta.

— Coitada da Esther, esfaqueada até a morte tentando fazer você parar de assassinar a Chloe — continua ela. — E a pobrezinha da Poppy? A quarta madrinha?

Não consigo escutar mais nada disso. Meus dedos agarram firme o cabo e me preparo para correr contra ela.

Mas ela é mais rápida do que eu. Dá um tapa no meu braço, me fazendo deixar a faca cair. Ela cai na areia e Wendy pega, rápida como um raio, aí chega ainda mais perto e a apoia no meu pescoço, com a dela ainda firme na mão esquerda.

— Vai saber o que aconteceu com a coitada da Poppy? — sussurra ela, como se nada tivesse ocorrido. Sua respiração está tão próxima que faz cócegas no meu pescoço, me deixando aterrorizada. — Poppy Hall, claro. Não daria para usar o nome real da Poppy no formulário de reserva. Acho que você deve ter afogado ela. O corpo nunca vai ser encontrado.

Ela dá um passo atrás e joga a faca sobressalente nas árvores. Ela desaparece em um segundo, longe demais para eu tentar pegar.

— A polícia vai achar aquela faca. Vai achar você coberta de sangue. — Ela dá de ombros. — Não é nada de mais.

Essa filha da puta. Essa *filha da puta*.

Foi tudo ela. Tudo isso é culpa dela. Dela e da irmã patética. Não vou ser presa. Isto não pode estar acontecendo.

Wendy gesticula para o barco a motor.

— Eu vou voltar com ele para o continente. E, aí, vou pegar um avião para casa e encontrarei o Ollie Turner. Adeus, Annabel. Aproveite a vida na prisão. Você merece de verdade.

Ela não espera uma resposta, e eu não dou uma; caminha até o barco de pesca. Não interrompe o contato visual comigo nem uma vez nem abaixa a faca, chegando a colocar o cabo entre os dentes para empurrar o barco para o mar. Entra e se afasta, ligando o motor, e só então ela solta a faca, me dando um sorrisinho arrogante final e até um pequeno aceno.

Eu a vejo ir embora, o barco indo em direção ao mar aberto.

Não tem como impedi-la. Preciso descobrir o que vou fazer a partir daqui.

TRINTA E SETE

Annabel

22 DE MAIO DE 2023

As pessoas começam a desembarcar. Os serviços de emergência correm em minha direção, com kits médicos nas mãos, que serão inúteis aqui.

Dou um passo à frente e cumprimento a polícia, derramando mais umas lágrimas. Não tive tempo suficiente para criar um plano de verdade. Robin chegou e chamou a polícia em segundos. Mas não vou cair sem lutar.

Um dos policiais vem na minha direção. É bem alto e delicioso, e não está usando aliança. Se eu não estivesse neste estado, provavelmente poderia manipulá-lo, mas, em vez disso, vou ter que jogar a carta da donzela em apuros.

— O que aconteceu? — interroga ele, tentando parecer intimidador, mas fracassando miseravelmente.

Como se não conseguisse segurar meu próprio peso, eu me aproximo delicadamente dele, vacilando, mantendo as mãos bem abertas para ele poder ver os cortes e saber que não foi um simples caso de uma mulher enlouquecendo. Na pior das hipóteses, foi legítima defesa. Na melhor, vou me safar de tudo.

Ele estende a mão e eu dou um pulo para trás, como se assustada demais para chegar perto dele. O alerta em seu olhar me agrada imensamente; devo estar fazendo um excelente trabalho.

— Cadê as outras que vieram para esta ilha com você? — pergunta ele.

Ah, lá vamos nós. Os outros policiais passam correndo por mim, indo para o resto da ilha. Não vai demorar até encontrarem Tanya, pelo menos. Chloe e Esther talvez eles levem um pouco mais de tempo.

O que eu posso fazer?

Vai ter DNA, claro. Digitais. Prova de que Wendy estava aqui e de que ela matou Chloe e Tanya. Mas meu DNA e minhas digitais também vão estar por todo o lugar. Eu toquei em Chloe. Eu toquei em Tanya. E não só isso — os vestígios de dezenas, centenas de pessoas que já se hospedaram aqui antes. Para não mencionar a tempestade, que com certeza deve ter interferido nas evidências no corpo de Chloe. E no de Esther também, jogado na praia daquele jeito. E Wendy não chegou nem perto dela.

É meu nome que está no cartão de crédito. Supostamente, eu reservei este lugar.

Calma. Você consegue resolver isto.

Robin viu Wendy. Pelo menos mais uma pessoa sabe que tinha uma quinta mulher nesta ilha. Que tem outra suspeita em tudo isso.

Só que...

Um ar frio de repente atinge meu corpo e faz meus braços se arrepiarem. Fico encurvada e me abraço.

É como Wendy falou. Robin viu *Poppy*. E Robin achou que eu fosse a noiva. Era minha despedida de solteira. Eu sou a única que restou.

— Sargento!

Uma policial vem correndo pela trilha.

— Achamos um corpo — diz ela. — Em uma das cabanas.

O sargento se volta para mim. Pega suas algemas.

— Chame reforços — diz ele ao colega, e então me agarra com força pelo braço e me vira. — Como você se chama?

— Annabel Dixon — respondo, porque nem adianta fingir outra coisa.

— Annabel Dixon, você está presa por suspeita de homicídio — anuncia ele, prendendo minhas mãos nas algemas atrás das minhas costas. — Você tem o direito de permanecer calada...

O rosto sardento de Poppy Greer dança em minha mente.

Ela tinha que se matar, né? Por causa de nada. Por causa de menos que nada.

Logo o rosto de Poppy se transforma no de Wendy, aquele sorriso arrogante dela ao sair de barco, achando que venceu.

Bom, não venceu.

Eu não sou idiota. Vou ficar quieta por enquanto. Arrumar um bom advogado. Vou pensar em um plano.

— Mais dois corpos! — escuto no rádio do sargento enquanto ele me força a entrar no barco.

Um dos paramédicos da ambulância começa a me examinar, limpando meus ferimentos e fazendo curativos nas minhas mãos.

O jogo começou, Wendy. A gente se vê mais cedo do que você imagina.

TRINTA E OITO

Wendy

22 DE MAIO DE 2023

Bem, bem. Foi um sucesso, né?
	Consegui o que eu queria e muito mais.

Sentada na sala VIP do aeroporto, com café quente para continuar acordada antes de poder dormir no longo voo de volta para casa, não consigo tirar o sorriso que, enfim, está na minha cara. O aeroporto é barulhento, com centenas de pessoas esperando para viajar para o mundo todo. Mesmo de manhã cedo, a luz é artificialmente forte, sem dúvida expondo meu cabelo varrido pelo vento e meus olhos cansados. Não tem importância. Logo vou poder lavar o fedor daquela ilha de mim para sempre e deixar aquelas filhas da puta para trás.

Enquanto as pessoas conversam ao meu redor, não consigo deixar de me perguntar uma coisa. Estou sentada com pessoas boas e honestas seguindo o dia, indo embora felizes depois de umas férias agradáveis? Ou com gente que esconde segredos horríveis?

Naturalmente, tenho certeza de que ambos. E talvez valha a pena guardar esses segredos horríveis.

Dou um gole no café, considerando tudo.

Como eu me sinto? "Exausta" é a primeira palavra que me vem à mente. Exaurida. Uma parte de mim tinha esquecido como Poppy realmente era antes disso. Preciso olhar fotos de quando éramos pequenas para encontrar a Poppy de que mal me lembro agora.

Não, aquela noite horrorosa é de que mais me lembro quando acordei com a sensação de que tinha alguma coisa terrivelmente errada. Entrei de fininho no quarto de Poppy, a janela aberta permitindo que a lua me mostrasse seu corpo morto em toda sua brutalidade. Ela tinha cortado os pulsos com uma faca. Não só isso, mas os braços estavam cobertos de cicatrizes antigas. Cicatrizes que ela tinha claramente infligido a si mesma meses ou até anos antes. Peguei aquela faca com mãos trêmulas e só consegui pensar que tinha fracassado com ela. Eu. A irmã dela, sua amiga mais antiga. Eu tinha falhado com ela. Era como se eu mesma a tivesse esfaqueado. As outras são culpadas, mas uma parte minha a matou também, porque não notei o que estava acontecendo. Eu sabia que aquelas garotas pegavam no pé dela, sabia que, às vezes, as coisas ficavam horríveis de verdade, mas simplesmente não percebi a gravidade. Vê-la ali, impotente e sem vida, me deu vontade de escondê-la e fingir que aquilo não estava acontecendo. Mas, no fim, só consegui gritar.

Mamãe e papai nunca mais serão os mesmos. Mamãe se esforça muito. Acho que não a vejo chorar desde aquelas primeiras semanas, mas sei que ela chora escondido. Uma vez, achei vários lenços de papel cobertos com o rímel dela embaixo de uma pilha de revistas no armário do banheiro. O esforço de fingir que está bem cobrou seu preço: ela não tem nem sessenta anos, mas está enrugada e encolhida como uma mulher quase vinte anos mais velha. Ela não consegue nem falar o nome de Poppy. É assim que ela se vira: fingindo. Poppy só existe em aniversários, no Natal e no dia em que ela morreu. Já papai, é mais óbvio que está acabado. Acho que não se passou um dia em que ele não tenha chorado. Acontece de noite, quando ele está vendo televisão, ou às vezes durante o dia, quando está cuidando do jardim. De repente, ele ofega, com a memória da filha morta o atingindo, e se entrega.

Durante anos, eu odiei Poppy. Posso admitir. Foi ela que fez isso consigo mesma e me deixou para limpar os cacos, quebrados demais para voltarem a ser inteiros. Meus anos de adolescência, em vez de serem cheios de diversão e rebeldia, foram um esforço consciente para ser a filha perfeita, nunca preocupar meus pais, e nunca era o suficiente.

Foi só ao ler o diário dela que eu soube que tinha que fazer alguma coisa. Mas funcionou melhor do que eu podia ter imaginado.

Toco a tatuagem no pulso, Poppy impressa permanentemente na minha pele. No fim, consegui a última peça do quebra-cabeça que eu estava procurando. Meu caderno balança no colo. Como é satisfatório pegar minha caneta e riscar o nome de cada uma delas. Então, viro uma nova página.

Mais um nome.

Mais um alvo.

Será que Ollie ainda pensa em Poppy, a garota que devia ter vivido a vida dele? Ele foi para a Slade em setembro, será que pensou se ela estava bem? Ou simplesmente chegou e recomeçou a vida, ignorando a bagunça que largou para trás sem nem ligar para isso?

Bom. Alguém logo aparecerá para lhe relembrar.

O alto-falante anuncia:

— Convidamos os passageiros do voo BA 2256 com destino ao aeroporto de Londres, Gatwick, para embarque imediato no Portão 6.

Fecho o caderno fazendo barulho e o guardo na lateral da mala.

Ninguém vai vir atrás de mim.

Annabel vai ser culpada de tudo, por mais que tente manipular as pessoas para sair dessa. Desta vez, ela não vai conseguir.

Enquanto vou para o portão, não consigo deixar de prender a respiração ao ver uma família a minha frente. Os pais estão distraídos olhando as lojas, o pai encarregado de arrastar duas malas grandes de rodinhas. Atrás deles, se beliscando e cutucando, vêm duas irmãs, um par de garotas sardentas com cabelo castanho-claro. A mais nova está de bico, infeliz com a vantagem da irmã. Bem quando acho que ela vai cair em prantos, a irmã mais velha estende outra vez o braço, mas, agora, a abraça e aconchega perto do corpo.

Seco os olhos com a mão. Não vai pegar bem começar a chorar aleatoriamente em um aeroporto.

Afinal, para que servem as irmãs?

Aquelas vacas podem ter começado, mas eu com certeza terminei.

AGRADECIMENTOS
―

Há muitas pessoas a quem eu gostaria de agradecer por terem ajudado a tornar este sonho realidade.

Em primeiro lugar, a Helen Heller, não apenas a melhor agente literária do mundo, mas alguém que mudou minha vida completamente. Você acreditou neste livro e em mim e me deu um feedback muito valioso. Obrigada por tudo.

A Saliann St-Clair, Katie James, Sarah McFadden e a todos da Marsh Agency. A Joe Veltre, da Gersh Agency.

Obrigada a minha editora, Rachel Kahan, por adorar *Ela que começou* e ajudar a torná-lo o que é hoje. Você é brilhante! À incrível equipe da William Morrow, incluindo Ariana Sinclair, Kim Lewis, Olivia Lo Sardo e Ali Hinchcliffe, por tudo, desde a edição até o design da capa e o marketing — vocês são fenomenais.

E. A. Aymar tornou-se meu mentor no Pitch Wars, uma experiência que jamais esquecerei. Você foi a primeira pessoa, além da minha família e dos meus amigos, a ler minha obra e, não só isso, achou que era até que razoável! Com seu apoio, orientação e feedback, aquele manuscrito tornou-se algo que eu poderia enviar com confiança para os agentes. Mas você não parou por aí — não importa quantas vezes eu ligue ou mande uma mensagem com uma dúvida ou preocupação, você está lá para me ajudar. Nunca conheci alguém tão altruísta e dedicado a ver outras pessoas terem sucesso. E, quando achou que seu conselho não era suficiente (coisa que sempre era!), você me apresentou a alguns autores generosos e gentis que me ajudaram e a quem eu gostaria de agradecer também: Susi Holliday, Jennifer Hillier, Bruce Holsinger, Hannah McKinnon e Alex Segura.

Meus colegas mentoreados do Pitch Wars — obrigada por me apoiarem tanto! Um agradecimento especial a Kelly Mancaruso, que chora e ri comigo sempre que preciso!

Freddie Valdosta, você leu um rascunho muito antigo deste texto e me deu um feedback fantástico. Além disso, é o melhor amigo do mundo e nunca duvidou por um segundo de que este livro seria publicado.

A minha mãe e ao meu pai, que são meus maiores defensores. Desde que eu era pequena, vocês apoiaram meu sonho de ser escritora. Desde comprar centenas (provavelmente milhares!) de romances até pintar minha primeira escrivaninha de um rosa incrível e me dar inúmeros cadernos e canetas, vocês nunca deixaram de acreditar em mim, e eu não estaria onde estou hoje sem vocês. Eu consegui! Ao meu irmão Lewis, o melhor irmão mais velho que alguém poderia desejar. Normalmente, você não gosta muito de livros, mas ficou empolgado e me apoiou em cada passo desta jornada, e isso significa muito! (Vou abrir aquele champanhe no dia do lançamento!) Ao meu maravilhoso gato Toby, que esteve no meu colo muitas vezes ao longo dos anos enquanto eu estava escrevendo.

Toda a minha família tem sido extraordinária desde que lhes contei sobre este livro, e espero que todos saibam o quanto eu os amo e valorizo por se interessarem tanto.

Meu companheiro, Joe, não poderia ter sido mais incrível. Desde ler inúmeros rascunhos e oferecer suas opiniões, passando pela ajuda com os personagens, até o simples fato de me oferecer um banho de espuma após um dia cansativo, você é maravilhoso. Muito obrigada. Sem você, o livro não existiria.

A *você* que leu este livro: obrigada.

Por fim, este livro é dedicado à memória da minha avó, Marie Blackmore. Ela faleceu alguns dias depois que descobri que a William Morrow havia comprado *Ela que começou*, e foi muito importante para mim o fato de ela ter tido a oportunidade de conhecer o livro antes de morrer. Éramos muito unidas por causa dos livros e do nosso amor pela leitura, e ela sempre acreditou que eu poderia ser escritora. Espero tê-la deixado orgulhosa. Obrigada, vovó. Eu te amo.

Impressão e Acabamento:
GRÁFICA GRAFILAR